Le dernier mensonge

LAURA CALDWELL

Le dernier mensonge

Roman

MIRA

Titre original :
THE GOOD LIAR
publié par MIRA®

Traduction de l'américain par SYLVIE NEAURÉPY

Photos de couverture
Paysage de nuit sous la neige : © ERIC BEAN / GETTY IMAGES
Femme : © DIGITAL VISION / ROYALTY FREE / GETTY IMAGE
Réalisation graphique couverture : T. SAUVAGE

83-85 boulevard Vincent-Auriol 75646 PARIS CEDEX 13.
www.harlequin.fr
ISBN 978-2-2802-2124-5 — ISSN 1765-7792

« Tu es la seule à pouvoir sauver ta vie. »

Voilà ce que tout le monde m'a dit quand j'ai sombré dans la déprime la plus noire après le départ de Scott. J'ai pris ces conseils à cœur. J'ai fait tout ce que je pouvais pour me sauver.

J'ai adressé des prières à une divinité dont je ne percevais pas la présence. J'ai rempli mon quota d'heures prostrée sur le canapé. J'ai contraint mon corps à des contorsions censées me purifier. J'ai gribouillé et griffonné dans des carnets. J'ai lu Goethe. J'ai dormi, j'ai pleuré, j'ai regardé des comédies et des drames, j'ai juré de ne plus allumer la télé. J'ai mangé bio. J'ai beaucoup trop bu. Je me suis mise au jardinage. J'ai couru jusqu'à ne plus tenir sur mes jambes.

Rien ne marchait. Je n'étais même plus très sûre de vouloir remonter la pente. Il fallait que quelqu'un d'autre se charge de me sauver. Ce quelqu'un, ce fut Liza.

Mais même Liza ne se doutait pas de ce qu'il lui faudrait faire pour arriver à ses fins.

1.

Rio de Janeiro, Brésil

Roger Leiland aimait et détestait le Brésil. Il l'aimait, parce que c'était ici qu'il avait fait ses premières armes. Le Trust, l'organisation pour laquelle il travaillait et qu'il dirigeait à présent, l'avait posté à Rio de nombreuses années auparavant. Il y avait vécu sous une fausse identité : là-bas, il était Paul Costa, un businessman américain chargé de vendre des vaccins au gouvernement brésilien. Ce Paul Costa était tombé amoureux d'une certaine Marta et, par conséquent, du Brésil tout entier. Puis Marta était morte, fauchée par une balle perdue lors d'une fusillade sur l'autoroute Rodovia dos Lagos — et Paul avait commencé à détester le Brésil. Pendant un temps, il s'était senti comme mort, lui aussi. Le Trust avait compris qu'il dérapait, et l'avait rapatrié. Paul s'était donc retrouvé à Chicago, fantôme revenant lentement à la vie, tout comme la mission dont il était chargé, le projet Juliette. Puis il avait déménagé à New York, où il avait compensé la perte des bonheurs ténus de l'amour par ceux, plus durables, du pouvoir. Il avait gravi les échelons du Trust et s'était forgé une vie complètement nouvelle à son sommet, sans jamais lâcher son emprise sur le projet Juliette.

A présent, on avait de nouveau besoin de lui à Rio. Théoriquement, il aurait pu y envoyer quelqu'un d'autre, mais il avait envie de se prouver qu'il était au mieux de sa forme. Que Rio ne pouvait plus rien contre lui. Et il y était parvenu : de retour au Brésil depuis quelques semaines, il n'éprouvait qu'une pointe de nostalgie pour son ancienne vie. Il était quelqu'un d'autre, à présent.

Son travail sur place était presque terminé. Après avoir réuni toutes les informations dont il avait besoin, il était maintenant en rendez-vous avec Elena Mistow. En général, les membres du Trust ne se connaissaient que par leurs noms d'emprunt et ne cherchaient pas à en savoir plus — on leur avait inculqué des consignes formelles à ce sujet. Mais Roger connaissait la véritable identité d'Elena bien avant d'entrer à la direction du Trust. Tout le monde la connaissait. Elena faisait partie de l'aristocratie de cette organisation. Et pour cause : c'était son père qui l'avait fondée.

Ils s'étaient installés à une terrasse de café dans le quartier de Santa Teresa, sur les hauteurs de la vieille ville. Roger faisait de son mieux pour ne pas se laisser impressionner par son interlocutrice. Elle était plus jeune que lui, après tout, et moins élevée dans la hiérarchie. Mais il y avait ses origines familiales. Et sa beauté.

Elena, de son côté, était toute aux affaires.

— Qu'est-ce qu'on a sur Luiz Gustavo de Jardim ? Penses-tu qu'il ait l'intention de se montrer en public dans les mois à venir ?

— Bien sûr. Il n'a pas le choix. Il parle de se représenter

aux élections, et il doit démentir la rumeur selon laquelle il serait déjà mort et enterré.

— Si seulement c'était vrai… Ce serait tellement plus simple !

Ils partirent d'un vif éclat de rire. Rien n'était jamais simple dans leur métier. Puis ils sirotèrent leur café en silence. Il avait un goût de noisette. Un goût de cendre, aussi. Pour les passants, ils devaient ressembler à un couple ordinaire ou à des collègues s'accordant une pause dans leur journée de travail.

— Il va faire comme d'habitude, reprit Roger. S'entourer de sa femme et de ses enfants.

— Ce salopard les utilise comme boucliers !

Roger fut surpris par l'amertume qui perçait sous sa voix. Elle se souciait encore des pertes humaines, apparemment.

— Ça marche très bien, dit-il. Gustavo n'est pas bien grand. Sa femme fait la même taille que lui. Et son plus grand fils doit le dépasser, maintenant.

— C'est immonde.

— On sera peut-être obligés d'éliminer les boucliers.

Ils échangèrent un long regard.

Roger détourna les yeux le premier. Il but une gorgée de café et fixa son regard sur les passants.

— On n'a jamais fait ça, dit Elena. On s'est engagés à ne pas le faire.

— Etant donné l'impossibilité d'infiltrer l'entourage de Gustavo, on est obligés de prendre d'autres mesures pour l'éliminer. Les temps ont changé. Tu le sais aussi bien que moi.

— Pas de dégâts collatéraux. Cela a toujours été notre devise.

— Tout change. Ne t'accroche pas trop au passé, Elena. Concentre-toi sur notre mission. Eliminer Gustavo, quel qu'en soit le prix, nous rapprochera de notre objectif. C'est la seule chose qui compte.

Elena Mistow leva les yeux vers le ciel pâle. Elle semblait scruter un objet lointain, perdu dans les nuées. Une minute s'écoula, puis deux.

— Nom de Dieu, dit-elle enfin.

Roger garda le silence. Il la sentait chercher, analyser, lutter contre les émotions qui s'agitaient en elle. Il espérait qu'elle parviendrait à la même conclusion que lui.

Enfin, elle hocha la tête.

— D'accord pour éliminer les boucliers, mais en dernier recours.

Roger s'autorisa un petit sourire avant de porter sa tasse de café à ses lèvres.

2.

Une semaine plus tard
Oakbrook, Etat de l'Illinois

Je regardai par la fenêtre de la cuisine. Le soleil hivernal jouait sur la balançoire vide et la terre nue de la pelouse. Un long samedi après-midi s'étendait devant moi. Interminable, comme tous les autres. Je me rappelais encore, assez vaguement, l'époque où mes week-ends étaient chargés d'activités et de possibilités.

Je pris le téléphone et composai le numéro de portable de Liza.

— C'est Kate, ta copine nulle et triste.

— Je t'interdis de dire que tu es triste.

— Je peux continuer à dire que je suis nulle ?

— Sans problème.

J'éclatai de rire. Il n'y avait plus que Liza qui parvînt à me faire rire, ces jours-ci.

— Tu es revenue ? dis-je.

— Revenue et repartie.

— Tu étais où ?

— A Montréal. Je t'ai trouvé un cadeau.

Liza Kingsley me rapportait toujours des cadeaux. De Tokyo, un sac à main de soie taupe que j'avais gardé jusqu'à ce qu'il soit réduit en lambeaux. De Budapest, un tapis tissé main orné d'arabesques céladon et or. De Londres, où elle allait régulièrement, des bonbons de chez Harrods et, un jour, une robe très chic, couleur chocolat. « Pour mettre tes yeux en valeur », avait-elle déclaré en me l'offrant.

C'était une amie merveilleuse. Notre relation allait bien au-delà de ces cadeaux attentionnés et de notre histoire commune. C'étaient ses appels, ses visites, ses encouragements constants, son affection qui m'avaient soutenue et empêchée de sombrer depuis que Scott était parti.

Et maintenant, elle m'avait rapporté un cadeau de Montréal.

— Quel genre de cadeau ?

— Un homme.

— Quoi ? m'étranglai-je.

— Il est extraordinaire.

— Je ne suis pas encore prête à rencontrer quelqu'un.

— Kate, ça fait dix mois qu'il est parti. Il est temps de te jeter à l'eau.

Elle hésita, puis ajouta :

— Je ne te demande pas de l'épouser, juste de passer une soirée avec lui.

Un souffle de vent fit voler la balançoire vers moi. Une seconde plus tard, elle s'immobilisait de nouveau.

— Il s'appelle Michael Waller, dit Liza. Et il est français.

— Ce n'est pas drôle.

— Non, c'est vrai, je te jure ! Enfin, il est américain, mais de souche française, et il parle parfaitement la langue de Molière.

— Tu te fiches de moi.

Liza savait que j'avais un faible pour les Français. Nous avions grandi ensemble à Evanston, dans l'Illinois, mais j'avais passé six mois en France après le lycée, dans une petite ville de la région parisienne où j'étais tombée amoureuse d'un dénommé Jacques. Episode tragique. Ridicule. Mais face à cet accent, ces paupières mi-closes, ce dédain dont les hommes français font preuve envers le monde entier, eux-mêmes compris, j'étais sans défense.

— Je ne me fiche pas de toi, dit Liza. Evidemment, il parle aussi cinq autres langues.

— Arrête.

— Mais si, c'est vrai.

— Il a quel âge ?

Elle s'éclaircit la gorge.

— Quelques années de plus que toi.

— Crache le morceau.

— Il a cinquante-cinq ans, mais il ne les fait pas.

— Liza, ça fait dix-sept ans de différence !

— Je sais, je sais, mais je suis persuadée que c'est l'homme qu'il te faut pour rebondir. Je te demande juste de t'amuser un peu avec lui !

— Mais… *dix-sept ans* ?

— Ecoute, Scott avait notre âge, et ça n'a rien changé, pas vrai ?

Je fermai les yeux. Cela me faisait mal de l'admettre, mais Liza avait raison. La seule chose qui avait compté, c'était mon incapacité à faire un enfant. J'arrivais bien, avec un peu d'assistance médicale, à tomber enceinte ; cela m'était arrivé trois fois, mais ces grossesses s'étaient toutes soldées par des fausses couches. Mon corps rejetait les enfants, et Scott, à son tour, m'avait rejetée. Avoir une famille, c'était la chose la plus importante qui soit pour lui — plus importante même que notre relation. Et il était catégoriquement opposé à l'idée d'adopter. Il voulait un enfant *à lui*, m'avait-il répété des centaines de fois. Le plus bizarre, c'était qu'à présent je n'étais plus très sûre d'en vouloir un. Cette quête forcenée de la procréation m'avait vidée de tout désir de maternité. De ce point de vue, l'âge de Michael m'importait peu.

— Kate, tu es toujours là ?

— Malheureusement, oui. Dans cette horrible maison construite par Scott.

— Vends-la.

— Je vais le faire. Bientôt. Mais pour l'instant je ne me sens pas capable d'affronter de nouveaux changements.

— Ce qu'il te faut, c'est une soirée en ville avec un type séduisant.

— Une soirée ? C'est tout ?

— C'est tout. Il habite le Vermont, mais il vient à Chicago de temps en temps pour son boulot. C'est idéal.

— Comment l'as-tu rencontré ?

— Par la boîte. Il travaillait pour Presario à une époque. Ça faisait des années que je ne l'avais pas revu, puis je l'ai croisé par hasard à Montréal. Et je ne t'ai pas dit le meilleur ! Il est sur le point d'ouvrir un restaurant à Saint-Marabel, tout près de Montréal. Ça s'appellera le Twilight Club.

— Comment veux-tu que je fréquente un type qui habite le Vermont et qui travaille au Canada ?

— Tu m'écoutes, oui ou non ? Je ne te parle pas de le fréquenter, juste de sortir un soir avec lui.

— Et toi, pourquoi tu ne sors pas avec lui, s'il est si génial ?

J'entendis un rire sardonique à l'autre bout du fil.

— Ce n'est pas mon genre d'homme. Et contrairement à toi, je ne suis pas obsédée par les francophones. Ecoute, je peux lui donner ton numéro ? Il doit venir à Chicago pour rencontrer des investisseurs qui s'intéressent à son restaurant. Il descendra au Peninsula.

— Ouah !

— Oui, il a de l'argent. Je te dis, Kate, ce type a tout : le physique, l'intelligence, l'argent, l'humour.

Je m'avançai jusqu'à la petite salle d'eau qui donnait dans la cuisine. J'allumai la lumière et me regardai dans la glace.

— Il faudrait d'abord que j'aille chez le coiffeur.

Mes cheveux blonds, que je portais habituellement au niveau du menton, avaient repoussé de manière désastreuse. Les pointes étaient très abîmées et je devais écarter ma frange pour y voir clair.

— Eh bien, vas-y ! Offre-toi des vêtements, un massage, fais-toi plaisir. Va faire quelques courses de Noël sur Michigan Avenue.

— Je vais y réfléchir.

La vérité, c'était que depuis le départ de Scott j'avais perdu toute motivation. Pour la première fois de ma vie d'adulte, je n'avais même pas acheté de sapin de Noël. J'arrivais tout juste à me traîner au boulot chaque matin. J'étais comptable chez un grossiste en fournitures médicales ; je détestais mon travail. Avant de me marier, j'étais employée par un grand cabinet de comptabilité du centre-ville, où nous gérions des portefeuilles intéressants pour de gros clients. La plupart des gens trouvent la compta d'un ennui mortel ; moi, j'ai toujours adoré l'ordre qu'elle instaure. Cela m'amuse, un peu comme un casse-tête chinois. Mais mon travail chez le fournisseur médical n'avait pas grand-chose d'amusant. Je ne faisais qu'aligner des colonnes de chiffres au sujet de cathéters et de bassins hygiéniques. C'était moins stressant que mon ancien travail, et j'étais à dix minutes en voiture de chez nous — mais cela n'avait eu d'intérêt que lorsque nous pensions avoir des enfants. Au moins, je n'avais pas changé de nom en me mariant. Mon patronyme, Greenwood, était la seule chose qui semblait encore m'appartenir.

— J'aimerais vraiment être là pour te faire sortir de cette foutue maison, reprit Liza.

— Où es-tu ?

— A Copenhague.

Liza avait un appartement à Chicago, qui donnait sur le lac Michigan, mais, en tant que directrice des ventes internationales du géant pharmaceutique Presario, elle jouait régulièrement les globe-trotteuses.

— Ton téléphone portable marche à Copenhague ?

— Il marche partout.

— C'est comment, là-bas ?

— Il fait un froid de canard.

— Tu t'amuses quand même un peu ?

— Tu crois que j'ai le temps de m'amuser ?

— Liza, tu ne peux pas passer ta vie à…

— Arrête. Je te rappelle que c'est de ta vie minable qu'on parle, pas de la mienne. Alors, tu es d'accord pour aller au restaurant avec ce type ?

— Tu es impitoyable.

— Il faut bien que l'une de nous le soit. C'est d'accord ?

Je poussai un soupir exaspéré — mais en réalité notre conversation m'avait requinquée. Liza me faisait toujours cet effet. Je jetai un coup d'œil à la pelouse jaunie et à la balançoire vide.

— O.K. Tu peux lui donner mon numéro.

3.

Trente-sept ans plus tôt
Fort Benning, Etat de Géorgie

A cinq mille mètres d'altitude, la porte du DC-47 s'ouvrit brusquement, laissant entrer un vacarme assourdissant. Michael Waller n'avait jamais entendu un tel rugissement. Une lumière perçante et argentée envahit l'appareil ; un vent féroce lui brûla les yeux.

— On y est ! cria le chef d'équipe. On vérifie les attaches et on s'avance vers la porte !

Michael ajusta les sangles de son harnais et les serra un peu plus que ce qu'on lui avait conseillé.

— Waller ! A vous !

Son cœur s'emballa.

Il s'avança vers la porte, s'accroupit et se pencha vers l'avant comme une tortue à la carapace trop lourde. Au cours de l'entraînement spécialisé qu'il suivait depuis quelques mois, il avait enduré bien des épreuves. A Holabird, son unité avait marché pendant des jours entiers dans une sorte de jungle, à peine moins hostile que la vraie. A Fort Polk, ils avaient suivi un stage d'entraînement à la survie en captivité au cours duquel ils avaient été enfermés dans des casiers métalliques puis enterrés vivants. Mais rien de tout cela n'avait été aussi terrifiant pour Michael que ce saut dans le vide.

Sachant que ce serait une partie de plaisir pour la plupart de ses camarades, il n'avait parlé à personne de son appréhension. Son vertige le gênait presque autant que l'événement qui en était à l'origine. En s'approchant de la porte béante de l'appareil, il avait soudain revu le visage de son père, un visage à la fois séduisant et cruel. Celui-ci se tenait sur le plongeoir de la piscine municipale, à dix mètres du sol ; l'instant d'après, il laissait pendre son fils de cinq ans à bout de bras, tête en bas, au-dessus du vide. Les reflets du soleil sur l'eau lointaine de la piscine étaient aveuglants. Son père espérait que cette expérience endurcirait Michael. En ce qui concernait la peur des hauteurs, malheureusement, cela avait eu l'effet inverse. Cela non plus, Michael ne l'assumait pas. Plus tard, il avait toujours dit à son père que l'épisode du plongeoir avait marché, qu'il ne ressentait plus aucun vertige. Il mentait, bien sûr.

Si son chameau de père pouvait le voir en ce moment, il serait enfin fier de lui. Le problème, c'était que Michael n'avait eu le droit de parler à personne de l'entraînement qu'il subissait. Il s'était engagé dans l'armée pour les mêmes raisons que la plupart des gens — il s'ennuyait et n'avait rien de mieux à faire. Au moment de remplir le formulaire, il avait coché la case Service de renseignements. Il trouvait que ça faisait très James Bond.

Il avait passé des tests ; on l'avait sélectionné pour la formation destinée aux agents du renseignement. Au début, à Holabird, cela lui faisait l'effet d'un jeu : l'entraînement n'était pas difficile et, le soir, il écumait les boîtes de Baltimore avec ses camarades. Puis la formation s'était intensifiée. De plus en plus de candidats étaient éliminés. Michael savait qu'il faisait preuve d'une aptitude particulière puisqu'il était systématiquement retenu. Mais laquelle ? Il n'en avait aucune idée. Personne ne savait quel genre de programme son unité devait rejoindre, ni ce pour quoi elle était entraînée.

Et maintenant, il en était là. Sur le point de se jeter d'un d'avion en plein vol. *Nom de Dieu.*

— Waller, prêt ? hurla son chef d'unité.

Il se tint devant la porte, paralysé. Le vent lui brûlait le visage. Il baissa les yeux et vit la terre, cinq mille mètres plus bas, camaïeu d'émeraude et de brun. Tout autour de l'avion s'étendait le bleu poudreux du ciel. *Hors de question*, se dit-il. Il tourna la tête vers l'intérieur, prêt à déclarer forfait, quand il revit le visage de son père.

— Waller ! hurla de nouveau son supérieur.

— Prêt ! cria-t-il, surpris par la vigueur de sa voix.

Il empoigna le bord de la porte, se balança trois fois d'avant en arrière et se jeta dans le vide. Il fit un tour complet sur lui-même, puis un autre et encore un autre. Son cerveau luttait pour vaincre tous ses instincts, tous les signaux d'alarme que lui envoyait son système nerveux. Il arc-bouta sa poitrine et ses hanches pour former un U, comme on le lui avait appris, et bientôt il se mit à flotter doucement dans le bleu du ciel. Il n'avait plus la sensation de tomber. On le lui avait dit, mais il ne l'avait pas cru. Il était suspendu, il rebondissait dans le ciel, surplombant la terre entière, délivré de toute raison et de toute peur.

Trop vite, il dut vérifier son altimètre et activer l'ouverture de son parachute.

Dans le hangar, après son atterrissage, Michael tapa dans le dos de ses compagnons à mesure qu'ils arrivaient et accepta leurs félicitations. Tous étaient euphoriques. Michael s'émerveilla de la capacité de son cerveau à passer en un instant de la terreur à la joie exubérante. C'était une leçon qu'il était ravi d'apprendre.

Le chef de l'équipe s'avança vers eux. Le silence se fit instantanément.

— Nous avons un invité spécial, dit-il. Le colonel Coleman Kingsley.

Il se mit au garde-à-vous, imité par tous les membres de l'unité.

Une silhouette impressionnante se découpa sur le seuil du hangar et s'y figea un instant. L'homme était éclairé à contre-jour, et Michael ne put voir son visage.

— Repos, dit le colonel en approchant.

Sa voix était calme et profonde : rien à voir avec les aboiements hystériques du commandant de l'unité. Michael se sentit gagné par une vive émotion. Il n'avait jamais rencontré un gradé aussi important. En outre, cet homme dégageait un charisme, une assurance, une sérénité qui semblaient indiquer une longue habitude du combat. Il posa un regard plein de sagesse sur les soldats alignés devant lui ; ses yeux avaient la couleur d'une mer tropicale.

— Messieurs, dit-il, je vous félicite. Vous venez de faire votre premier saut en parachute. Ce ne sera pas le dernier, je vous le garantis, et ce n'est pas non plus la fin de votre entraînement. Celui que vous allez recevoir à partir d'aujourd'hui va mettre à l'épreuve chaque fibre de votre corps, chaque cellule de votre cerveau. Mais vous réussirez, parce que nous vous avons sélectionnés pour cela. Quand vous aurez complété votre formation, vous me rejoindrez.

Le colonel se tut, et son regard bleu s'arrêta un moment sur Michael. A cet instant, Michael eut envie que cet homme soit fier de lui. Il voulait réussir pour lui, plus encore qu'il n'avait jamais voulu réussir pour son père. Il redressa le menton et le regarda droit dans les yeux en espérant lui montrer qu'il était prêt à tout, *absolument tout* ce qu'on lui demanderait.

4.

Oakbrook, Etat de l'Illinois

Au cours des dernières années, mes efforts pour concevoir un enfant avaient sapé toute mon énergie et ma concentration. Cette épreuve nous avait vidés, Scott et moi. Depuis son départ, j'étais déterminée à retrouver un semblant de paix intérieure. A être moins stressée, moins obsédée par mes objectifs — plus libre, en somme. Finies, les piqûres d'hormones, les visites constantes chez le médecin, les prises de sang. Pour ce qui était de la paix, je l'avais. Dans la grande maison construite par Scott, le silence régnait. Un silence de mort. Ainsi, quand Michael Waller me laissa un message, cinq jours après ma conversation avec Liza, je ne jouai pas les inaccessibles : je le rappelai aussitôt. J'étais prête à vivre quelque chose de nouveau, à mettre un grain de folie, un léger désordre dans ma vie.

— Comment Liza vous a-t-elle convaincu de m'appeler ? demandai-je.

— Elle sait se montrer persuasive.

— Ça, c'est sûr !

Nous gloussâmes tous deux.

Ainsi débuta notre première conversation. Elle fut interminable, comme cela arrive parfois entre deux inconnus qui apprennent à se connaître. Il me rappela le lendemain soir. Puis de nouveau quelques jours plus tard. Nous discutions à bâtons rompus en parsemant nos propos de vieilles histoires, qui retrouvaient auprès d'une oreille neuve la fraîcheur et l'originalité qu'elles n'avaient plus pour nos amis de longue date.

Michael était charmant et intéressant. Il parlait de jazz, d'art, de restaurants disséminés aux quatre coins du globe. Il racontait toutes sortes d'anecdotes sur ses professions successives — photographe à Washington, représentant pharmaceutique à Boston, propriétaire d'un vignoble en Californie.

— Comment êtes-vous passé de la photo à la viticulture ? C'est quand même un sacré changement, non ?

— Laissez-moi réfléchir... Le vin, c'est parce que j'étais en pleine crise de la quarantaine et que je voulais une bonne excuse pour boire beaucoup.

— Ça ne semble pas très logique.

— C'était une période difficile... Mes capacités d'analyse n'étaient pas au top.

J'éclatai de rire. Michael pimentait le récit de ses reconversions professionnelles d'une bonne dose d'humour. Il savait aussi se montrer sérieux : il me parla de ses années au Vietnam, et de son mariage, au retour de la guerre, avec une certaine Chérie.

— Chérie, c'était son prénom ? demandai-je d'un ton sarcastique.

Il ne mordit pas à l'hameçon.

— C'est assez courant dans le Sud. C'était une femme merveilleuse.

Je restai un moment silencieuse. Qu'il s'abstienne de casser du sucre sur le dos de son ex-femme, contrairement à la plupart des divorcés, voilà qui me plaisait.

— Et vous ? demanda-t-il.

— Il s'appelait Scott. C'est encore douloureux.

— Vous avez envie d'en parler ?

Une note de compassion s'était glissée sous sa voix suave et mélodique.

Je fus touchée, mais je ne me sentais pas prête à évoquer mon divorce. Pas encore. Pourtant, j'avais l'impression que bientôt je pourrais lui parler de tout.

Quand il me proposa un rendez-vous, une semaine et demie après notre première conversation, je m'exclamai :

— Enfin ! Vous en avez mis, du temps !

— Je sais, je sais. J'ai un peu perdu la main à ce jeu-là. Qu'en dites-vous ? Je serai à Chicago vendredi. J'aimerais beaucoup vous inviter au restaurant.

— Avec grand plaisir, dis-je d'une voix un peu aiguë.

Quelques jours plus tard, il m'appela pour m'annoncer qu'il était en route. C'était le moment que j'attendais et que je redoutais depuis le début de la semaine. J'avais le trac du premier rendez-vous, porté à la puissance dix par le fait que je n'étais pas sortie avec un homme depuis ma rencontre avec Scott à une réunion d'anciens du lycée, cinq ans auparavant. Je me tracassais aussi au sujet de notre différence d'âge. Pendant nos conversations, j'avais réussi à l'oublier, mais bientôt il serait là en chair et en os — un homme de cinquante-cinq ans ! Au téléphone, il m'avait plu, mais que se passerait-il quand il serait devant moi ? Pouvais-je être attirée par quelqu'un de plus vieux que moi ?

Je me remis du brillant à lèvres, puis j'errai d'une pièce à l'autre. J'avais négligé mes tâches domestiques pendant la période d'isolement à laquelle je m'étais condamnée. Je ramassai des piles de journaux et les fourrai dans le bac du recyclage. Je vidai des bouteilles de thé glacé et rinçai quelques assiettes sales qui traînaient dans l'évier. J'en vins à regretter de ne pas avoir acheté de sapin de Noël, ou au moins installé une guirlande pour égayer les lieux ! La maison m'apparaissait comme un réceptacle vide, un rappel lugubre de ce qui aurait pu être et ne serait jamais.

Je me précipitai dans la chambre et contemplai un instant la banquette de soie, les coussins olive sous la baie vitrée, la bibliothèque chargée de souvenirs. Puis je laissai mon regard se poser sur le lit défait. Le refaire maintenant, n'était-ce pas l'équivalent d'enfiler des sous-vêtements flambant neufs pour un premier rendez-vous ? Cela ne risquait-il pas de me porter la poisse ? Pourtant, je n'avais pas envie de coucher avec Michael. L'idée de faire l'amour avec un quasi-inconnu me terrifiait. Mais je souhaitais aussi que notre rendez-vous se passe bien… Alors, pourquoi tenter le sort en faisant mon lit ?

Ridicule. Je remontai rapidement les draps, rajustai la couette et tapotai les oreillers. Puis je redescendis à toute vitesse jusqu'à la cuisine, où j'ouvris un bon merlot. Nous nous l'étions offert avec Scott, à l'époque où nous essayions de nous remettre de ma troisième fausse couche. Nous ne l'avions jamais bu, finalement. On ne s'en était jamais remis.

Au moment où je sortais des verres à pied du placard, la

sonnette retentit. Je me figeai. Il y avait si longtemps que personne, à part le livreur UPS, n'avait sonné à ma porte ! Je m'examinai rapidement. J'étais assez présentable : pantalon cigarette noir, chemise de soie écrue, talons ridiculement hauts. J'étais allée chez le coiffeur. Mais, nom d'un chien, pourquoi avais-je accepté ce rendez-vous ? Mon divorce ne serait même pas prononcé avant trois semaines. Je pensai subitement aux rumeurs qui couraient en ville, selon lesquelles Scott fréquentait une étudiante en droit de vingt-cinq ans, une fille jeune et fraîche qui serait sans doute capable de lui donner les enfants qu'il voulait. Cette idée me délivra de ma paralysie.

En ouvrant la porte, je vis un homme svelte d'environ un mètre quatre-vingts emmitouflé dans un manteau de sport en poil de chameau. Il sourit : ses dents étaient blanches. Une fine neige s'était mise à tomber. Les flocons s'accrochaient à ses cheveux châtains, qui n'étaient argentés qu'aux tempes. Il tenait un petit pot en cuivre, soigneusement emballé, dans lequel se balançait une belle orchidée blanc et mauve.

— Kate, c'est pour toi.

Sa voix réveilla quelque chose qui dormait en moi depuis trop longtemps. Il me tendit l'orchidée, puis il se pencha et m'embrassa légèrement sur la joue. Sa peau sentait le soleil, et j'eus brièvement l'impression d'atterrir en Floride après un hiver long et rigoureux.

J'avais vécu toute ma vie à Chicago ou dans ses environs, mais je n'avais jamais mis les pieds dans l'endroit où Michael m'emmena. L'établissement s'appelait la Cucina Carrissima et se trouvait à l'extrémité ouest de Grand Avenue.

Nous nous garâmes devant, ce qui me parut être de mauvais augure. A Chicago, la qualité des restaurants m'a toujours semblé inversement proportionnelle à la difficulté de trouver une place de parking. Pour moi, plus on doit marcher, meilleurs seront la cuisine et le service.

— Comment connais-tu cet endroit ? demandai-je.

Michael ouvrit ma portière et m'aida à descendre. Scott n'avait jamais fait cela.

— Le propriétaire est un vieil ami. Il se peut qu'il investisse dans mon restaurant.

— Alors… il faut que je fasse bonne impression ?

Michael sourit. Sa main reposait légèrement sur mon bras.

— Tu n'as pas besoin de faire quoi que ce soit, Kate. Tu es merveilleuse comme tu es.

Je rougis vivement. Dans ma vie récente, les compliments étaient aussi rares que les éclipses totales de soleil.

La porte était lourde et industrielle, marquée par des coups et des entailles. Elle ouvrait sur un couloir sombre aux plafonds bas, comme dans certains immeubles très anciens. Arrivé au bout du couloir, Michael ouvrit une deuxième porte — et l'atmosphère changea du tout au tout. L'espace, assez intime, évoquait une cour intérieure au clair de lune. Le plafond était orné de vignes peintes en trompe-l'œil. Des guirlandes de minuscules ampoules éclairaient la salle. Des nappes en lin blanc, des couverts étincelants et de grands vases remplis d'iris bleu vif ornaient les tables. Des notes de violon s'entortillaient dans l'air.

Un homme en costume noir s'avança vers nous.

— *Benvenuto*, Michael ! dit-il d'une voix forte.

Ils s'embrassèrent sur les deux joues.

— Tomaso, comment vas-tu ?

Michael dit cela d'un ton étrange, un peu forcé. Les deux hommes échangèrent quelques paroles. L'autre aussi s'exprimait d'une façon bizarre, comme s'il avait quelque chose dans la bouche. Mais, d'évidence, il était italien ; c'était peut-être un problème de langue.

Michael se tourna vers moi.

— Une amie nouvelle, mais déjà très chère, dit-il.

Je serrai la main de Tomaso en souriant.

— Enchantée de faire votre connaissance.

Comme je lui faisais des compliments sur le restaurant, Tomaso inclina la tête et fixa un regard intense sur mes lèvres. Son visage était tout près du mien. Je réprimai un mouvement de recul.

— Pardonnez-moi, dit Tomaso. Je lis sur les lèvres.

— Ah, vous êtes…

Je ne réussis pas à prononcer le mot « sourd », craignant que ce ne soit pas politiquement correct.

Tomaso et Michael se mirent tous deux à rire.

— Je n'entends pas très bien, dit Tomaso.

Il fit un geste en direction de ses oreilles ; Michael rit de plus belle.

— Il est complètement sourd, dit-il. Fais attention, il est capable de lire sur tes lèvres depuis l'autre bout de la salle.

— Seulement quand je crains qu'on ne dise des choses désagréables sur moi.

Il nous conduisit à une table au centre de la pièce et me proposa une chaise.

— Du champagne pour commencer ?

Michael me regarda. Je fis oui de la tête.

Après le champagne, nous passâmes au chianti. Nous avions aussi bu un verre de merlot chez moi, et je fus bientôt saisie d'une douce euphorie. Les étoiles électriques semblaient pétiller au-dessus de ma tête. Michael me racontait sa rencontre avec Tomaso, en Italie, à l'époque où il travaillait dans l'industrie pharmaceutique.

— C'est aussi comme ça que tu as connu Liza, n'est-ce pas ?

Michael acquiesça et remplit mon verre de chianti.

— Liza est une jeune femme exceptionnelle.

— Elle n'est plus si jeune, gloussai-je. Moi non plus, d'ailleurs.

— De mon point de vue, vous êtes jeunes toutes les deux.

Il y eut un petit silence. C'était la première fois que nous parlions ouvertement de notre différence d'âge.

— Désolé, dit Michael. Ce n'est peut-être pas une remarque appropriée pour un premier rendez-vous ? Je n'ai plus trop l'habitude de ce genre de chose.

Il eut un sourire timide qui me fit craquer.

— Moi non plus, je n'ai plus trop l'habitude, dis-je en riant.

— Alors… on trinque à nos différences ?

Je levai mon verre.

A bien y réfléchir, cela ne me dérangeait pas d'être plus jeune que lui. Au contraire. Il m'avait déjà présenté à un ami et fait découvrir un nouveau lieu… et la soirée ne faisait que commencer ! Sa vie était sans doute riche en individus et en adresses de ce genre — il possédait une expérience, une sophistication qui m'attiraient.

— Liza et toi, vous vous connaissez depuis que vous êtes petites, c'est ça ?

— Depuis qu'on a treize ans.

— Vous deviez former une sacrée équipe.

— Oui, les hormones et une nouvelle meilleure amie peuvent vous faire faire à peu près n'importe quoi à cet âge-là !

Je racontai à Michael la fois où j'avais teint en brun les cheveux roux de Liza parce qu'elle voulait décrocher le rôle de Velma dans la pièce *Chicago* montée par le club théâtre de l'école. Et la fois où nous avions piqué le vélo de son frère et où il avait malencontreusement fini au fond d'un étang...

— Son frère, Colby, dit Michael. Il lui est arrivé quelque chose, non ?

— Il est mort quand on était en dernière année de lycée. Un accident de voiture. Le conducteur d'en face était ivre. Ça me rend encore furieuse, pour toutes les raisons évidentes, bien sûr, mais aussi parce que c'est une façon tellement banale de mourir. Alors que Colby était quelqu'un d'exceptionnel.

Le frère aîné de Liza était un grand gars musclé avec les mêmes taches de rousseur qu'elle, des cheveux encore plus roux et un sourire asymétrique auquel personne ne résistait. Avec Liza, nous l'adorions et l'admirions. Il avait seulement quelques années de plus que nous, tandis que mes frères à moi avaient tous deux quitté la maison depuis belle lurette.

Après la mort de Colby, quelque chose s'était brisé en Liza. Je ne savais comment l'aider, et c'était en partie pour cette raison que j'avais décidé de participer à un programme d'échange universitaire de six mois en France. J'avais abandonné Liza en espérant qu'à mon retour elle irait mieux et que, entre nous, tout reprendrait comme avant. C'était lâche, et je me sentais d'autant plus coupable aujourd'hui que Liza m'avait fidèlement soutenue tout au long de mon divorce. Mais nous étions très jeunes quand Colby est mort, et le temps écoulé pendant mon séjour en France semblait avoir fait son œuvre. Liza ne fut plus jamais la même — comment aurait-elle pu l'être ? — mais, à mon retour, elle avait perdu le regard triste et les gestes lents qui m'avaient tant déconcertée.

Je bus une gorgée de chianti et regardai Michael. Il m'étudiait avec attention ; on aurait presque dit Tomaso lisant sur mes lèvres.

— Toi aussi, tu es exceptionnelle, Kate.

J'ouvris la bouche pour protester, pour dire que je ne m'étais pas sentie exceptionnelle depuis très longtemps. Puis je me ravisai. Depuis que Michael m'avait appelée pour la première fois une semaine auparavant, quelque chose avait changé. Ou plutôt, j'avais changé. Au lieu de le démentir, je lui souris.

— Merci, dis-je.

Puis, avant d'avoir pu y réfléchir à deux fois, je me penchai au-dessus de la table pour l'embrasser.

5.

Moscou, Russie

Le lendemain de son dîner au restaurant avec Kate, Michael Waller prit un avion pour Moscou. En entrant dans la zone de contrôle des passeports de l'aéroport Cheremetievo, il sortit un passeport de son bagage à main et se rangea dans la file réservée aux citoyens russes. Elle était presque aussi longue et avançait presque aussi lentement que celle des ressortissants étrangers. Ici, certaines choses ne changeraient jamais.

Michael remonta les épaules au maximum puis les relâcha et pivota la nuque pour essayer de prévenir la migraine qu'il sentait poindre. Il n'était plus le grand voyageur qu'il avait été. Après plusieurs décennies passées à sillonner le monde sans se sentir vieillir, voilà que, tout d'un coup, chacune de ses cinquante-cinq années lui pesait.

Le visage de Kate lui vint à l'esprit. Pourquoi pensait-il à elle *maintenant*? A elle ou à n'importe quelle femme, d'ailleurs. Son premier mariage lui avait appris à quel point son métier était incompatible avec la vie de couple. Le secret était l'essence de son travail ; or, Michael ne le supportait pas dans le contexte d'une relation amoureuse. Sa double vie faussait tout, même les sentiments les plus sincères. Ce qui changeait un peu la donne, aujourd'hui, c'est qu'il était en train de prendre sa retraite. Petit à petit, il raccrochait, contraignait le Trust à le mettre sur la touche, à le retirer du service actif.

Avec un peu de chance, cette mission à Moscou serait sa dernière. Dieu merci. Parce que, avec l'âge, il supportait de moins en moins les missions. Enfin, ce n'était peut-être pas dû à l'âge. C'était sans doute lié au fait que, depuis peu, le Trust donnait dans la brutalité et dans l'indifférence. Ce n'était pas ainsi que les agents travaillaient autrefois. Par chance — si l'on pouvait dire — , cette mission à Moscou était cruciale pour l'organisation et, surtout, pour la sécurité des Etats-Unis. Michael ferait donc son travail, si déplaisant soit-il, puis il rentrerait chez lui et tenterait de reprendre une existence plus normale. Il téléphonerait à Kate. S'il ne jouait plus un rôle de premier plan pour le Trust, il serait peut-être enfin capable d'accueillir une compagne dans sa vie. Or, il avait l'impression qu'il venait de la trouver.

Il leva les yeux vers le guichet. Plus qu'un voyageur, et ce serait son tour. Une pointe d'inquiétude lui noua l'estomac. Bien que l'Union soviétique ait été dissoute et que la guerre froide fût terminée, Michael éprouvait une légère appréhension chaque fois qu'il arrivait en Russie. Et pour cause : le dénommé « Michael Waller » aurait eu de sérieuses difficultés à passer la frontière. Le gouvernement américain lui interdisait de voyager dans tout pays autrefois considéré comme communiste, parce qu'il était, en théorie, un ancien employé de la CIA. Sa présence dans un pays postcommuniste pourrait être interprétée comme un acte d'espionnage. Mais aujourd'hui, il n'était pas « Michael Waller ».

Il inspira profondément en canalisant l'air vers les lobes inférieurs de ses poumons. Il força son pouls à ralentir. Sa nervosité s'apaisa plus rapidement que d'habitude. Il se demanda si c'était dû à la répétition de ces foutues missions. Puis une autre idée lui vint à l'esprit. Et si c'était à cause de Kate ? Avec elle, il se sentait plus jeune, lavé de tous ses péchés — même si elle ne les connaissait pas et ne les connaîtrait jamais. Cette pensée le troubla un instant. Quelle que fût la qualité de sa relation présente et future avec Kate, elle n'aurait jamais accès à son passé. Il sentit une vague de tristesse monter en lui, mais il la laissa s'évaporer et se concentra sur l'effet que Kate lui faisait. Grâce à elle, il se sentait jeune, viril, et surtout optimiste, plein d'espoir pour l'avenir.

L'agent des douanes lui fit signe. Il s'avança vers le guichet et tendit son passeport. L'homme l'ouvrit et se mit à l'examiner.

— Sergueï Kovalev ? dit-il.

— *Da*, répondit Michael.

— Quels pays avez-vous visité ?

— L'Italie. La France.

— Combien de temps y avez-vous passé ?

Michael continua de répondre en russe aux questions de l'agent en feignant la lassitude du touriste impatient de rentrer chez lui.

L'agent se tut un instant. Il regarda tour à tour le visage de Michael et la photo du passeport de Sergueï.

Michael sentit sa respiration s'accélérer, mais il continua à regarder l'agent avec ennui.

Enfin, l'homme leva la tête, décocha un coup de tampon au passeport et le referma.

— Content d'être de retour chez vous ? lui demanda-t-il d'un air complice.

— Ravi, répondit Michael.

Même si, en réalité, son voyage ne faisait que commencer.

6.

Cinq heures plus tard, Michael traversait le hall de son hôtel moscovite, un endroit autrefois miteux qui avait retrouvé depuis quelques années sa splendeur d'antan. Les plafonds dorés étaient rutilants. Le souvenir de la décrépitude récente, conjugué à ces moulures flambant neuves, évoqua à Michael certains établissements de Las Vegas. La comparaison ne s'arrêtait pas là : comme à Las Vegas, le Moscou d'aujourd'hui possédait un charme glamour, des survivances historiques un brin sinistres et une pègre franchement dangereuse. Mais à Moscou, tout était plus dur qu'ailleurs, semblait-il.

En quittant l'hôtel, il se dirigea vers la place Rouge, bordée de neige grise sur tout son périmètre. Il la traversa en admirant, comme toujours, les dômes aux couleurs vives de la cathédrale Saint-Basile, qui lui évoquaient un parc d'attractions. La place elle-même avait changé. Autrefois, seuls la cathédrale et le Kremlin se distinguaient de l'austérité ambiante qui donnait à la place, et à toute la ville de Moscou, son caractère étrange, presque sinistre. Aujourd'hui, une patinoire et un luxueux centre commercial se partageaient la vedette avec les monuments historiques. Michael regrettait l'ancienne place Rouge, mais elle restait un excellent endroit pour se promener — et savoir s'il était suivi.

Il traversa la place deux fois de suite en s'arrêtant de temps à autre pour contempler l'étoile qui se dressait au sommet de la tour du Kremlin. Sans en avoir l'air, il observait ceux qui l'entouraient, des touristes pour la plupart, ainsi que quelques jeunes Russes branchés et des *babouchkas* faisant la manche. Tous ceux qui entrèrent dans son champ de vision en ressortirent rapidement. Il n'était pas suivi. Du moins pas pour le moment.

Il se dirigea vers le métro. Après avoir franchi ses portes voûtées en marbre massif, il déambula entre des statues de bronze, sous des plafonds chromés d'où pendaient des lustres richement ornés. Ces stations de métro l'avaient toujours intrigué. Construites entre les années trente et cinquante, elles faisaient la fierté de Staline, qui les avait conçues pour affirmer la primauté de l'architecture soviétique et le caractère privilégié du mode de vie communiste. Optimisme, délire ou tromperie délibérée ? Michael n'avait jamais réussi à trancher, mais il appréciait leur beauté.

Dans l'interminable Escalator qui descendait vers les quais, il contempla les mosaïques qui ornaient les murs tout en jetant des coups d'œil méthodiques derrière son épaule pour mémoriser les visages des autres voyageurs. En quittant l'Escalator, il s'immobilisa devant un portrait de Staline recevant des fleurs d'un groupe d'enfants. Puis il se dirigea vers un autre Escalator, tout aussi long, et s'enfonça davantage dans les boyaux de Moscou. A l'arrivée, il fut accueilli par une mosaïque de verre coloré à l'effigie de Iouri Gagarine.

Les gens autour de lui le dépassèrent en le bousculant, indifférents à cette étonnante œuvre d'art. Deux minutes plus tard, il montait dans une rame. Il descendit deux arrêts plus loin. Remontant à la surface dans une petite rue, il leva le bras et attendit. Les Moscovites ne prenaient pas de taxis : ils attendaient simplement qu'une voiture allant dans leur direction veuille bien s'arrêter pour les emmener. On négociait un tarif, en général quelques centaines de roubles, et on repartait. C'était une forme payante d'auto-stop, en somme.

Une voiture s'arrêta sur le bas-côté. L'intérieur était exigu et sentait la cigarette. La conductrice, une femme d'une soixantaine d'années au physique sévère, annonça qu'elle ne voulait pas de conversation et qu'elle n'acceptait que l'argent liquide. Cela convenait tout à fait à Michael.

Au bout d'un kilomètre ou deux, il demanda à descendre et prit un minibus dans la direction opposée. Quelques kilomètres plus loin, il reprit le métro, sur une autre ligne cette fois, sans cesser d'observer calmement les personnes qu'il croisait. Rien n'indiquait qu'il fût suivi. Et, s'il l'avait été, le métro de Moscou était le meilleur endroit au monde pour semer quelqu'un, tant il y avait de niveaux dans les stations et de lignes différentes.

Enfin, il remonta de nouveau à la surface. Il sortit le téléphone mobile international qu'il avait loué à l'aéroport et composa le numéro d'un homme qu'il connaissait sous le nom de Sebastian Bagley, un agent du Trust posté à Seattle. Sebastian avait une dizaine d'années de moins que lui. C'était sans doute la personne la plus intelligente que Michael ait jamais rencontrée — et l'une des plus humbles.

Sebastian et Roger Leiland étaient ses deux meilleurs amis au sein du Trust. Comme Leiland, Sebastian avait fait des études de médecine. Passionné dès son plus jeune âge par les ordinateurs et la haute technologie, il était vite devenu un spécialiste, ce qui l'avait incité à renoncer à sa carrière médicale. A son arrivée au Trust, il avait accepté de rejoindre les bureaux, de tirer les ficelles en coulisses. Etranger aux rêves de grandeur qui minaient certains de leurs collègues, il n'avait qu'une ambition : faire son travail du mieux possible. Et cette ambition faisait de lui un agent de coordination exceptionnel. Par chance, Michael avait suffisamment d'ancienneté pour pouvoir collaborer avec Sebastian dès qu'il le demandait.

— Andrew Marson, dit-il quand Sebastian décrocha.

C'était un de ses noms d'emprunt.

— Tu peux y aller, répondit calmement Sebastian.

— Trotsky est au bureau ?

— Oui.

— Entouré de son personnel habituel ?

— Oui. Comment te sens-tu ?

Michael sourit. Aucun autre coordinateur ne demandait aux agents de terrain comment ils se sentaient. Il n'était pas sûr que Sebastian posât cette question à d'autres que lui ; il appréciait sa sollicitude, en tout cas. C'était agréable de savoir que quelqu'un, à l'autre bout de la planète, s'inquiétait de son sort.

Il parcourut à pied les sept cents mètres qui le séparaient du bâtiment trapu, en béton grisâtre, où il avait rendez-vous avec Radimir Trotsky. Tout était en place. Sa mission pouvait commencer.

Trotsky était un des membres les plus éminents de la Mafiya, la mafia russe, et l'un des plus dangereux. Depuis l'effondrement de l'Union soviétique, l'attention du Trust s'était reportée sur le crime organisé, une évolution qui ne plaisait guère à Michael. Autrefois, il avait l'impression d'être un guerrier engagé dans un combat loyal. Aujourd'hui, il était un flic pourchassant des truands. Et ces truands se révélaient encore plus brutaux que leurs homologues du KGB. C'était en partie pour cette raison qu'il voulait prendre sa retraite. Or, le Trust ne permettait jamais à ses membres de raccrocher complètement ; il lui faisait donc une faveur particulière en l'autorisant à réduire ses activités. Encore que cette autorisation fût assez théorique. La preuve : cette mission. Le fait était que personne ne connaissait la Mafiya comme lui, et qu'il avait fallu que quelqu'un se charge de Radimir Trotsky. D'urgence.

Trotsky était sorti de nulle part six ans auparavant. De sa jeunesse, on ne savait quasiment rien. Il aurait grandi dans une petite ville de la Sibérie et fini par percer dans l'une des nombreuses équipes de hockey professionnelles que comptait la Russie. Une blessure au genou ayant mis fin à sa carrière sportive, il s'était servi de sa notoriété pour entrer en affaires avec Boris Petrov. Trotsky s'était rapidement adapté à son nouveau domaine d'activités : trafic de tabac et de pétrole, contrefaçon de médicaments et ainsi de suite. Mais c'était dans l'arrière-boutique — où l'on pratiquait défonçage de crânes, intimidations et menaces en tout genre — que les talents de l'ancien sportif s'étaient révélés vraiment utiles. La brutalité étant hautement appréciée et récompensée au sein de la mafia russe, Trotsky avait effectué une ascension fulgurante jusqu'au sommet de l'organisation de Petrov, dont il était devenu le bras droit.

Il avait alors décidé de s'attaquer aux Etats-Unis. Très doué en langues, il adorait l'anglais, qu'il parlait remarquablement bien. Quand Boris Petrov avait tourné son attention vers les rues de New York et leur potentiel lucratif, c'était Trotsky qu'il avait envoyé sur place. On soupçonnait ce dernier d'avoir commandité, au cours des dernières années, le meurtre d'au moins vingt-neuf hommes et cinq femmes qui avaient contrecarré ses projets d'une manière ou une autre. C'était cela qui préoccupait le Trust : les vies américaines perdues, et celles qui risquaient de l'être à l'avenir. Plus préoccupante encore était la façon dont Trotsky marchait sur les pieds de personnes sensibles au sein des compagnies de pétrole et de tabac, très représentées au Trust.

Michael ne suivait plus les activités de la Mafiya depuis un moment, mais, d'après les renseignements du Trust, Trotsky était une publicité vivante pour les aspects les plus pernicieux de la mafia russe : l'absence de code de l'honneur et l'ambition démesurée. Ses membres ne reculaient devant rien pour obtenir ce qu'ils voulaient — en l'occurrence, l'argent, le pouvoir et l'extension de leur zone d'influence aux Etats-Unis. Leur tactique consistait à tuer ou à faire tuer, et ils mettaient systématiquement leurs menaces à exécution. Aussi ceux qui avaient affaire à eux se montraient-ils très dociles. Or, Michael était sur le point de mettre fin à ce système. Du moins, à une partie de ce système. Le Trust lui avait demandé de reprendre du service parce qu'il était leur meilleur expert sur les questions russes. Michael avait accepté faute de pouvoir faire autrement.

Il passa les portes de verre et d'acier et se présenta sous le nom de Sergueï Kovalev à un jeune réceptionniste au regard féroce. Michael vit à sa façon de se tenir sur sa chaise qu'il avait un pistolet coincé à l'arrière de son jean. Grâce à l'assiduité mise par Michael à créer de toutes pièces, au cours de la décennie précédente, le personnage de Sergueï Kovalev, ce dernier avait la réputation d'être un homme d'affaires russe respectable et richissime, qui menait une vie sans histoires. Quelques conversations téléphoniques avec l'entourage de Trotsky, laissant entendre que Sergueï souhaitait s'associer avec lui, avaient abouti à ce rendez-vous, fixé pendant une période où Trotsky était de retour au pays. Il eût été impossible, à n'importe qui d'autre que Sergueï, de s'approcher à moins d'un pâté de maisons du parrain.

Le jeune homme aux yeux sauvages scruta un écran d'ordinateur. Au bout d'un moment, il prononça quelques mots dans un talkie-walkie. Une porte derrière lui s'ouvrit avec un cliquetis et laissa passer un grand homme chauve. Celui-ci demanda à Michael d'enlever son manteau et d'écarter bras et jambes. Il passa un détecteur de métaux sur tout son corps, balayant chaque centimètre d'une manière lente et méticuleuse. Puis il le fouilla en tapotant ses bras, son torse, son dos, son aine, ses fesses, ses jambes et ses pieds. Il lui demanda d'ouvrir la bouche et en examina l'intérieur. Il passa son manteau dans un détecteur de poudre. Enfin, il recula et tendit un doigt vers l'ascenseur.

— Quatrième, dit-il en russe.

Dans l'ascenseur, il y avait un autre type en jean, les yeux froids. Michael demanda à monter au quatrième. L'homme le dévisagea un moment, puis il appuya sur un bouton.

A la sortie de l'ascenseur, il escorta Michael le long d'un austère couloir en béton jusqu'à une double porte en acier. Il sonna. Tous deux levèrent la tête vers la caméra qui les surplombait. Bientôt les portes s'ouvrirent. L'homme conduisit Michael au bout d'un deuxième couloir tout aussi dépouillé, ponctué de portes closes. Il frappa à la dernière porte à gauche puis recula d'un pas.

Radimir Trotsky ouvrit la porte et tendit la main à Michael. Il avait un physique agréable, des cheveux châtain clair, des yeux gris, un pull en laine bleu. On aurait facilement pu le prendre pour un père de famille du Middle West des Etats-Unis. Mais Michael avait souvent constaté que les personnes les plus cruelles se dissimulent sous une apparence anodine.

Trotsky le conduisit jusqu'à son bureau et ferma la porte derrière eux. Pour se préparer mentalement à ce qu'il allait faire, Michael se rappela la liste des crimes commis par son interlocuteur. Il se rappela le danger qu'il constituerait pour les Etats-Unis s'il poursuivait son ascension vers le pouvoir.

— Merci d'avoir accepté de me recevoir, dit Michael en russe. Je ne vous retiendrai pas longtemps.

Il se lança dans le discours qu'il avait préparé sur l'exportation de produits dérivés du pétrole, sur ses contacts aux Etats-Unis, et sur les raisons pour lesquelles une association leur serait profitable à tous les deux. Quand Trotsky se tourna pour prendre un document sur le meuble derrière lui, Michael sauta par-dessus le bureau. Son corps adopta presque naturellement la position nécessaire à cette manœuvre qu'il avait trop souvent effectuée. Il coinça la tête de Trotsky sous un bras ; de l'autre, il lui couvrit la bouche et attrapa son menton. Le Russe tendit brusquement la main vers un bouton d'alarme, mais Michael, qui avait anticipé ce geste, fit pivoter le corps de son adversaire loin du bureau. Il savait qu'il devait aller vite. L'ancien joueur de hockey était plus grand et plus jeune que lui. S'il lui laissait ne serait-ce qu'une seconde, Trotsky se reprendrait, et la bagarre qui s'ensuivrait ne manquerait pas d'alerter les gardes.

Il cessa de chercher à se justifier. Il s'interdit de prier pour celui qui serait bientôt mort, ainsi que pour sa propre absolution. Il appuya de toutes ses forces sur le crâne de Trotsky tout en l'inclinant vers la gauche, vers la droite, puis de nouveau vers la gauche pour lui fractionner les vertèbres.

Le corps de Trotsky s'affaissa et Michael se figea, l'oreille tendue. Les gardes les avaient-ils entendus ? Briser le cou d'un homme n'était pas toujours discret, mais c'était la meilleure solution dans les circonstances actuelles. L'adrénaline lui brûlait le corps, et il avait la mort dans l'âme. Il resta encore quelques instants aux aguets, s'attendant à entendre des pas de course. Rien.

Il cala le torse de Trotsky contre son bureau, écarta la doublure de son pantalon au niveau de la ceinture et en sortit un minuscule Dictaphone numérique. L'appareil n'était pas plus épais qu'une carte de visite ; comme prévu, il avait échappé au garde qui l'avait fouillé à l'entrée. Tirant sa manche sur sa main pour recouvrir ses doigts, il décrocha le téléphone sur le bureau et composa le numéro du garde posté devant la porte.

Quand il entendit décrocher, Michael enclencha le bouton lecture du Dictaphone. Le Trust avait mis Trotsky sous surveillance et sur écoute depuis plus d'un an, et ses techniciens avaient réalisé un montage sonore en utilisant des mots enregistrés à différents moments.

Michael détourna les yeux du cadavre tandis que la voix de Trotsky s'élevait du Dictaphone.

— Il va sortir. Maintenant, je veux rester seul pendant une heure.

Le garde confirma qu'il avait compris. Michael remit le Dictaphone dans la doublure de son pantalon et quitta le bureau en saluant le garde d'un hochement de tête.

C'était sa dernière mission, se répéta-t-il. Il fallait que ce soit la dernière. Il savait comment cela se passerait, à partir d'ici. Il rentrerait à l'hôtel, réglerait sa note et partirait pour l'aéroport. Il aurait une place en première, avec un siège confortable qui se déplierait à l'horizontale, mais il ne dormirait pas. Après les missions de ce genre, il ne dormait pas pendant des jours et des jours. Il ne cessait de se répéter, dans ces moments-là, les raisons pour lesquelles le Trust existait, pour lesquelles son action était nécessaire.

Mais, cette fois, il ne ressentait pas la même appréhension face aux jours à venir. Car il allait insister pour que cette mission soit la dernière, et cette idée le remplissait d'un sentiment inhabituel pour lui : l'optimisme. Ce n'était pas tout. Il y avait aussi Kate. Son rire rapide et profond. Sa fragilité. Ses yeux noisette qui le contemplaient avec émerveillement. Des yeux lumineux, qui ne voyaient que ce qu'il avait de meilleur. Kate se déversait en lui comme une eau pure et limpide. Il n'avait qu'une hâte : la revoir.

L'heure était venue de quitter Moscou. De quitter ce monde, cette vie. C'était l'heure de Kate.

7.

Oakbrook, Etat de l'Illinois

— Je n'en peux plus, dis-je au téléphone. Ça devient insupportable.

— Pour moi aussi.

La voix de Michael était rauque et profonde, sa respiration, irrégulière.

Je me retournai sur le ventre sans lâcher le téléphone.

— Bon Dieu, Michael…

— Je sais, je sais. Je n'ai jamais ressenti ça avec personne, et je ne t'ai même pas encore touchée.

Depuis que nous avions dîné ensemble deux semaines auparavant, nous nous téléphonions chaque soir. Nous parlions de notre travail, de la journée que nous avions passée, de nos mariages, de nos rêves — ceux auxquels nous avions renoncé et ceux auxquels nous croyions encore. Nous parlions aussi des baisers et des caresses que nous échangerions si nous étions ensemble.

En gros, nous faisions l'amour au téléphone. Cette pratique, qui m'avait déroutée jusqu'à présent, m'ouvrait des horizons insoupçonnés. *A quoi ça sert?* m'étais-je toujours demandé. *Pourquoi ne pas attendre de le faire pour de vrai ?* J'ignorais alors à quel point l'amour par téléphone peut éveiller l'imagination. Je ne savais pas que je serais amenée à décrire avec précision la façon dont j'aimais qu'on me touche, qu'on me caresse les cuisses, qu'on me parle à l'oreille. Je n'avais pas compris que j'apprendrais ainsi ce que mon partenaire aimait, lui.

Au bureau, quand j'analysais le bilan trimestriel de l'entreprise ou que je discutais avec le responsable du service, j'entendais la voix de Michael résonner à mon oreille. Je n'arrêtais pas de nous imaginer au lit ensemble. Les détails dont nous avions parlé étaient si précis que j'en venais parfois à me demander si nous n'avions pas déjà fait l'amour, tant les images qui surgissaient à mon esprit me paraissaient réelles.

Mais à présent, les choses étaient allées trop loin. Je perdais les pédales. Le désir m'envahissait, me possédait tout entière.

— Je ne sais pas si je pourrai attendre encore deux semaines, avoua Michael.

Il était censé revenir à Chicago quinze jours plus tard, et nous avions prévu de nous revoir à cette occasion.

— Moi non plus. Je n'en peux plus.

— Je vais prendre un billet d'avion pour demain matin.

— Dieu soit loué.

Le lendemain soir, nous dînâmes chez Merlo, un restaurant italien de Maple Avenue. La conversation ne tarit pas, ni les regards intenses que nous échangeâmes du début à la fin du repas. En quittant le restaurant, Michael me prit doucement par la taille. Ce simple contact m'électrisa.

Le quartier de Gold Coast scintillait sous les guirlandes

lumineuses, mais le calme régnait, comme toujours après les fêtes de fin d'année. Quelques flocons de neige blanchissaient le trottoir.

— Attention, Kate, dit Michael en descendant les marches du restaurant.

Je m'arrêtai. Michael, qui se tenait une marche plus bas, fit de même.

— J'en ai assez de faire attention, dis-je.

J'attrapai son visage à deux mains, son visage doux, chaud, rasé de près, et je l'embrassai de toutes mes forces. La seconde d'après, nos corps étaient plaqués l'un contre l'autre, nos bras enlacés. J'eus très chaud, tout à coup ; mon manteau de cachemire pesait trop lourdement sur mes épaules.

— Allons à ton hôtel, dis-je.

— Tu es sûre que…

— Tais-toi.

Sur le lit de sa chambre d'hôtel, Michael regardait la femme allongée près de lui. Une femme belle, intelligente, sexy. Kate.

Ils s'étaient dépouillés de leurs vêtements et même, semblait-il, des vêtements invisibles — faux-semblants et artifices — qu'ils arboraient d'ordinaire. Michael se sentait aussi svelte et musclé que d'habitude, mais quelque chose, au cœur de son être, s'était liquéfié, était revenu à la vie. Ils se tenaient tous deux au bord de l'abîme, sur le point de se livrer à la mystérieuse alchimie de l'amour.

Il plongea son regard dans celui de Kate — ni l'un ni

l'autre n'avaient fermé les yeux ce soir, même quand ils s'étaient embrassés — et sentit la solennité de cet instant. Le sexe ne lui avait jamais fait cet effet. Cette pensée le fit sourire parce qu'ils n'avaient pas encore techniquement fait l'amour, mais il se sentait si proche d'elle, si uni à elle, que les détails techniques n'avaient aucune importance, justement. *C'est ça! C'est elle!* Ces mots ne cessaient de lui revenir à l'esprit. Sa vie allait changer, à présent. Il allait prendre du recul par rapport au Trust et aller de l'avant avec Kate.

— Tu es prête? demanda-t-il.

Elle le fixait avec une intensité bouleversante — *d'âme à âme*, se dit-il, infiniment troublé. Elle ne répondit rien. Pas un mot. Sans cesser de le regarder, elle posa les mains sur ses hanches. Puis, lentement, très lentement, elle l'attira en elle.

8.

Quatre mois plus tard
Saint-Marabel, Canada

— Kate, ma vieille, je n'en reviens pas ! s'écria Liza en faisant irruption dans le vestibule de l'église. Tu te maries vraiment ! Et tu as le culot de porter une robe blanche !

Ses cheveux auburn étaient tirés en arrière, mais quelques mèches ondulées, échappées de son chignon, venaient chatouiller ses joues. Elle portait une robe rose pâle souplement drapée sur ses épaules.

Ma mère lui lança un regard acerbe.

— Liza, dis-je en riant, arrête.

A vrai dire, j'adorais ce côté drôle, excessif, olé olé, qui la caractérisait quatre-vingt-dix pour cent du temps. Il cachait une autre Liza, une Liza sérieuse, profonde et sombre qui ne se laissait deviner que très rarement.

Ma mère s'affairait autour de moi, lissant ma robe, éliminant de mon bouquet les fleurs qu'elle jugeait imparfaites. Nous étions dans la minuscule église de Saint-Marabel où Michael se rendait deux ou trois fois par an, pendant ses vacances d'été. Je n'étais pas allée à la messe depuis des années, mais l'endroit m'avait semblé convivial et accueillant. C'était d'autant plus important que Michael allait ouvrir un restaurant ici et que, surtout, il allait devenir mon époux. Une nouvelle vie s'annonçait, différente, pleine d'inconnues. Comme par hasard, c'était le printemps.

— Je vous l'enlève ! Il faut que je lui parle, déclara Liza en m'entraînant à quelques mètres de ma mère.

Elle m'accula contre un mur en pierre et son sourire laissa place à une expression pensive.

— Tu es sûre de ton coup ? dit-elle à mi-voix.

— Liza, on a déjà eu cette discussion.

Elle avait été ravie d'entendre que mon premier rendez-vous avec Michael s'était bien passé. Ravie d'entendre que nous nous étions revus à Chicago. En apprenant que j'étais allée passer le week-end chez lui, elle s'était montrée plus circonspecte. Et l'annonce de nos fiançailles l'avait carrément alarmée. Je la comprenais. Tout était allé tellement vite que je peinais, moi aussi, à traiter l'information.

Nos sentiments avaient été exacerbés par la distance qui nous séparait : nos conversations téléphoniques, les longs week-ends que nous passions ensemble, les adieux déchirants qui me laissaient souvent en larmes — tout cela n'avait fait qu'enflammer notre amour naissant. Bientôt je n'avais plus supporté d'être loin de Michael. C'était trop douloureux de ne pas le voir, de me contenter de sa voix au bout de la ligne. J'avais le choix : accepter que notre relation se développe à une vitesse fulgurante, ou feindre l'indifférence pour laisser du temps au temps. De son côté, Michael avait été franc et rapide. Il m'avait dit qu'il m'aimait dès le premier week-end que j'avais passé chez lui. C'était dans le Vermont, nous

nous promenions à cheval le long de sa propriété. Le soleil disparaissait derrière la crête d'une petite montagne. Son cheval s'était approché du mien. Surprise, j'avais resserré mes mains gantées autour des rênes. Puis je m'étais détendue en voyant l'expression de son visage — un visage qu'il me semblait connaître depuis toujours.

— Je dois te dire quelque chose… Normalement, on ne le dit pas avant un bon bout de temps — mais je n'ai pas le choix.

Il y eut un silence. J'entendis une branche craquer dans le bois. Au loin, un avion bourdonnait.

— Je t'aime, dit-il avec certitude.

J'avais perdu l'habitude des certitudes. Pendant toute ma vie avec Scott, je n'avais cessé de douter et de me poser des questions : aurais-je un enfant ? Notre couple durerait-il si nous n'en avions pas ?

Je n'ai pas parlé de mes sentiments à Michael, ce jour-là. Ce n'était pas faute d'en avoir envie. Mais j'avais aussi envie de réfléchir. De retourner sa déclaration dans ma tête, de la rapporter chez moi, de l'essayer pour voir comment elle m'allait.

Pourtant, le lendemain, alors que j'étais sur le point de le quitter devant le guichet du minuscule aéroport local, je sentis quelque chose se serrer dans ma poitrine. Cet homme allait tellement me manquer… Et je n'avais pas envie qu'il me manque. J'avais envie de le voir tous les matins et tous les soirs. Avant de rencontrer Michael, j'avais sincèrement cru que cela ne m'arriverait plus jamais. Comme un cambrioleur emportant des objets de valeur sous couvert de la nuit, Scott m'avait dérobé ma confiance, mon espoir, mon innocence, ma foi — toutes les composantes du premier grand amour. J'avais cru que c'était définitif, que je ne les retrouverais jamais. Mais à présent je sentais l'émotion gonfler ma poitrine et des sentiments oubliés renaître en moi.

Je laissai tomber mon sac sur le sol, me hissai sur la pointe des pieds et attrapai le visage de Michael à deux mains.

— Moi aussi, je t'aime, lui dis-je.

— Pas trop tôt !

Nous nous embrassâmes en riant.

Je retournai dans le Vermont le week-end suivant. Celui d'après, il me fit visiter sa maison de vacances à Saint-Marabel, où il allait s'installer à l'année pour ouvrir son restaurant. Le week-end suivant, il était de retour à Chicago, et nous avions rendez-vous dans sa chambre du Peninsula. En entrant, je découvris que ce n'était pas une chambre mais une suite, et qu'elle était remplie de pivoines, ma fleur préférée. Sur une table devant la fenêtre, un repas attendait, composé de tous mes plats préférés des restaurants de Chicago — une assiette de fromage de chez Avec, une salade d'endives du Bistrot Margot, un bar rôti de chez Spring et des truffes au chocolat, appelées Perles noires, de chez Vosges.

— Si tu devais partir, dit Michael, je sais que Chicago te manquerait. Mais je te promets que j'essaierai d'amener Chicago à toi dès que possible.

Je compris ce qui allait suivre, et je me mis à trembler.

— Kate…

Il caressa ma joue et m'embrassa sur les paupières, le front, puis, avec douceur, sur la bouche.

— J'ai envie de faire ça tous les jours. Veux-tu m'épouser ?

Sans une seconde d'hésitation, j'acceptai.

Je mis ma maison en vente dans la semaine. Je mentirais si je disais que je n'ai pas pleuré — et à chaudes larmes — en la quittant. Mais une fois dans la voiture de ma mère, en route pour l'aéroport, sur le point de quitter la ville pour toujours, j'ai eu l'impression que ma vie commençait.

A présent, j'étais à Saint-Marabel, près de me marier pour la deuxième fois.

— Liza, je te rappelle que c'est *toi* qui as insisté pour nous présenter.

— Je sais, je sais.

Elle coinça une mèche de cheveux roux derrière son oreille et me décocha un regard perçant.

— Je ne me doutais pas que…

— Que quoi ?

— Que vous alliez vous marier ! C'était censé être une transition.

— Eh bien, c'est l'homme de ma vie. Moi non plus, je ne m'y attendais pas.

Elle expira bruyamment.

— Quoi ? Qu'est-ce qui ne va pas ?

— Rien. C'est allé très vite, c'est tout.

— Liza, tu apprécies Michael, non ?

— Bien sûr.

— Pourquoi ?

Elle haussa les épaules.

— Parce que c'est quelqu'un d'honorable. Un type bien.

— Exactement. Et ça, tu l'as ressenti en le fréquentant dans un cadre professionnel. Tu devrais le voir à la maison, avec moi. Il est extraordinaire.

Tout en parlant, j'observai attentivement le visage de

Liza. Dès le début, je m'étais demandé si Michael et elle n'avaient pas eu une petite aventure. Parfois, la manière dont ils parlaient l'un de l'autre semblait indiquer une intimité qui allait au-delà de celle d'anciens collègues. Mais Liza avait catégoriquement nié quand je lui avais posé la question, et Michael avait éclaté de rire.

— Je l'aime, dis-je. Tu ne peux pas être heureuse pour moi ?

Liza se redressa et m'embrassa sur la joue.

— Bien sûr que si. Je le suis.

Derrière nous, ma mère s'éclaircit la gorge. Je me tournai vers elle.

— Tout va bien, maman ?

Ma mère, Geri Greenwood, était une grande angoissée. Mes frères, qui avaient sept et huit ans de plus que moi, lui avaient causé assez de soucis pour lui faire perdre tous ses kilos superflus. A soixante-six ans, elle rentrait dans du 36. Aujourd'hui, elle portait une robe de couturier en mousseline de soie beige et, même si je savais qu'elle était heureuse pour moi, les plis aux coins de sa bouche étaient plus marqués que d'habitude.

Elle me fit un petit sourire, lissa l'ourlet de ma robe pour la centième fois et dit :

— Je veux juste ton bonheur, Kate.

— Mais c'est ça, mon bonheur !

Un peu d'hystérie perçait dans ma voix.

— Ecoutez, toutes les deux. C'est le jour de mon mariage, j'aimerais avoir un peu plus de soutien ! Et…

Ma mère posa une main sur mon bras pour m'interrompre. Elle me regarda dans les yeux et son visage s'adoucit.

— Je sais que tu l'aimes, Kate. Et je suis très heureuse pour toi.

— Moi aussi, dit Liza. Allez hop, on y va !

Elle se tourna pour ouvrir en grand la porte du vestibule. Je vis le sol pavé de la cour et, au-delà, les grandes portes de bois ouvertes sur l'allée centrale.

Je m'avançai de quelques pas, sortis la tête pour scruter l'intérieur de l'église, et aperçus Michael. Grand, beau, les mains jointes, il se balançait d'avant en arrière en souriant à Roger Leiland, son témoin, qu'il avait rencontré pendant son premier mariage. Michael avait divorcé des années auparavant, mais il était resté proche de Roger, même si ce dernier avait beaucoup changé. Apparemment, la femme de sa vie était morte, et il s'était endurci jusqu'à devenir insensible. Mais Michael disait qu'il n'abandonnerait jamais un ami, et cette loyauté inconditionnelle m'impressionnait. Roger avait cinq ou six ans de moins que Michael. Il était plus petit que lui, plus massif. Leur complicité était évidente.

Je balayai les autres invités du regard. Il n'y avait pas grand monde sur les bancs de la petite église. Je repérai Tomaso, le restaurateur de Chicago, avec sa femme. Mes frères étaient là, aussi, accompagnés de leurs épouses respectives. Ils arboraient de grands sourires, sans doute soulagés que leur petite sœur soit sortie de cette dépression qui durait depuis presque un an. Dans un coin, mon père se tortillait nerveusement sur sa chaise. Je lui avais dit que ce n'était pas la peine de me conduire à l'autel. Cela me paraissait plus adulte, plus honnête, plus vrai, de m'avancer toute seule vers mon nouveau mari.

Je sentis quelque chose monter en moi — la vision d'une nouvelle ville, de nouveaux amis, d'une nouvelle vie.

— Prête ? s'enquit Liza en me décochant un coup de hanche.

Je redressai les épaules.

— Absolument.

Michael et Roger discutaient devant le bar du Jameson Place, le charmant petit pub de Saint-Marabel où se tenait la réception. Il n'y avait que vingt invités, mais l'ambiance était aussi euphorique que s'il y en avait eu des centaines.

Saint-Marabel était l'un des endroits où les membres du Trust se retrouvaient depuis des années, et Michael y avait passé beaucoup de temps. Mais à présent qu'il avait épousé Kate, il s'y sentait chez lui pour la première fois.

Il commanda un scotch Lagavulin. Roger demanda un verre de vin rouge.

— Non, non, dit Michael, un Château Beychevelle, s'il vous plaît.

Il se tourna vers Roger et ajouta :

— Mon cher, je t'ai déjà expliqué que si tu ne précises pas, ils te donnent du cabernet d'office.

Roger accepta le verre que lui tendait le barman et en sirota une gorgée.

— Délicieux. Tu es devenu un vrai snob en matière de vins depuis que tu t'es occupé de ce vignoble. C'est la meilleure couverture que le Trust ait jamais donnée à quelqu'un.

— Et maintenant, dit Michael en riant, je vais devenir quoi ? Un snob en matière de restaurants ?

— Si j'en crois la manière dont tu dévores Kate du regard, je dirais que tu es en passe de devenir une de ces personnes insupportables qui croient que tout le monde peut trouver le grand amour, à condition de savoir le chercher.

Michael détacha les yeux du visage de Kate, qui bavardait à l'autre bout de la pièce, et les reporta sur celui de son meilleur ami.

— Hum, tu as peut-être raison.

Roger se tourna vers le bar. Le barman apporta le scotch de Michael, et ils burent un moment en silence.

— Au fait, dit Roger, je n'ai pas eu le temps de te le dire personnellement — bravo pour la mission de Moscou.

Michael se crispa légèrement. La plupart des gens n'auraient rien remarqué, or il était certain que Roger l'avait vu. Ils étaient amis, mais ils étaient aussi entraînés à repérer ce genre d'indice physique chez toutes les personnes qu'ils croisaient.

— Il faut que cette mission soit la dernière, dit Michael. Maintenant que je m'occupe de gérer le Twilight Club pour le Trust.

— Maintenant que tu as Kate.

— Exactement. Tu vas me reprocher de vouloir être un bon époux ? Un époux normal ?

Roger leva les mains en feignant de se rendre.

— C'est bon, Michael, ne monte pas sur tes grands chevaux ! Moscou, c'était juste un dernier détail à régler.

Michael soupira.

— C'est exactement le genre de chose que je n'ai plus

envie de faire. J'ai envie d'offrir une belle vie à Kate. De la rendre heureuse.

— Tu ne dois surtout pas lui parler du Trust.

Michael le foudroya du regard.

— Je ne ferais jamais une chose pareille. Tu le sais.

Roger hocha la tête.

— Il faut que je te dise, mon vieux…

Sa voix s'érailla, il secoua la tête et Michael se prépara à entendre de nouveaux sarcasmes au sujet du grand amour.

— Je t'envie, dit simplement Roger. Ça me manque, d'éprouver ça.

— Je croyais que tu ne voulais plus jamais de relation à deux, après Marta.

Son compagnon haussa les épaules.

— On ne sait jamais, hein ?

Un silence passa, pendant lequel Michael laissa à son ami la possibilité de s'expliquer davantage. Il n'en fit rien.

— Je suis ravi de m'occuper du Twilight Club, reprit Michael au bout d'un moment. Ravi que le Trust ait enfin un vrai lieu de réunion. Mais pour moi, c'est tout. A partir de maintenant, je m'en tiens là.

— Tu radotes, Michael.

— C'est juste pour que tu le saches. Tu fais partie du Conseil.

— Toi aussi, tu en faisais partie.

— Avant. C'est terminé, tout ça.

Roger but une nouvelle gorgée.

— Très bien. J'ai compris le message.

— J'espère bien. J'ai consacré toute ma vie au Trust.

— Comme nous tous, non ?

— Michael ! s'exclama Kate, qui riait aux éclats avec Liza. Il faut que tu entendes ça !

Michael sentit ses lèvres s'étirer. Il sourit — un sourire si spontané qu'il lui fit un effet bizarre. Les deux hommes échangèrent un regard.

— Va la rejoindre, dit Roger.

— Merci.

Roger lui donna une tape dans le dos. En s'éloignant vers sa femme, Michael laissa son sourire s'épanouir de nouveau sur son visage.

9.

Quelques heures plus tard, la plupart des bouteilles étaient vides et les mariés s'étaient éclipsés. Roger Leiland s'avança vers le bar et la personne à laquelle il brûlait de parler depuis le début de la soirée.

Elle lui tournait le dos ; une des bretelles de sa robe rose glissait sur son épaule constellée de légères taches de rousseur. Roger sentit quelque chose s'éveiller en lui : elle l'attirait. Mais ce n'était pas seulement pour cela qu'il voulait lui parler.

Il ne restait que quelques clients dans le pub. Les frères de Kate et leurs épouses étaient serrés les uns contre les autres à un bout du bar, manifestement soûls. A une table au milieu de la salle, le chef de chantier du Twilight Club resservait du champagne à la jeune femme qui l'accompagnait.

— Bonsoir, Elena, dit Roger en utilisant son nom d'emprunt.

Elle se tourna vers lui, une lueur inquiète au fond des yeux. Elle la dissimula aussitôt, bien sûr. Mais Roger l'avait vue. Il avait perçu une émotion chez celle que tout le monde au Trust connaissait pour son sang-froid exceptionnel. Il s'en étonna. Qu'est-ce qui avait bien pu la troubler à ce point ?

— Bonsoir, Paul, dit-elle en utilisant son pseudonyme à lui aussi.

— Quelle surprise de vous rencontrer ici.

— Arrête tes conneries, dit-elle sur un ton aimable.

Il aimait sa manière de s'exprimer simplement et crûment, comme un homme. D'autant que, lorsqu'il contemplait son corps, ses cheveux roux et ses yeux d'un vert intense, il était toujours très conscient d'être face à une femme.

Il promena un regard autour d'eux. Personne ne les écoutait. Le barman s'occupait des frères de Kate.

— Dis-moi, pourquoi les as-tu présentés ?

Elle lui lança un regard dur, puis elle engloutit une petite gorgée de vin blanc.

— Je n'avais jamais imaginé qu'ils *se marieraient*. Je pensais qu'ils sortiraient ensemble une fois ou deux. Kate est ma meilleure amie, et elle se morfondait depuis presque un an. Et tu connais Michael : il n'avait pas invité une femme au restaurant depuis Dieu sait quand !

— Parce qu'il savait qu'il n'en sortirait rien de bon.

— Arrête ton char. Il va prendre sa retraite et s'installer ici, à Saint-Marabel. Pourquoi il n'aurait pas le droit de vivre avec la femme qu'il aime ?

— Parce que c'est dangereux. Surtout pour ton amie.

Elle but une autre gorgée de vin en fronçant les sourcils.

— Michael va jouer un rôle complètement différent au sein de l'organisation, si j'ai bien compris ?

— Oui. Il a demandé à se retirer du jeu. On l'a affecté à la direction du Twilight Club.

— Mais il ne pourra pas vraiment quitter le Trust.

— C'est impossible. Tu connais les règles.

Liza se tourna vers le bar en soupirant.

— Personne ne les connaît mieux que moi.

Roger se rapprocha un peu. Il respira l'odeur de sa crème de jour — des notes de vanille mêlées à un parfum plus musqué — et sentit son sexe se durcir. Il aurait pu s'en empêcher ; comme Liza, il excellait dans l'art de dissimuler ses émotions et de contrôler son corps. Mais il n'en avait pas envie. Ce soir, pour une fois, et en compagnie de quelqu'un comme Liza, il avait envie de laisser les sensations reprendre le dessus. Bien qu'elle fût sa subordonnée, elle était une star de l'organisation. L'idée de capturer cette étoile, de la posséder, était enivrante.

— Ce n'est pas l'enfer, quand même, dit-il.

Elle fixa son verre.

— C'est dur. Tu sais comment ça se passe.

— C'est ton héritage.

— Parfois, je m'en fiche.

— Si ça peut te rassurer, sache que les recherches qu'on mène à Chicago donnent d'excellents résultats. Extraordinaires, même. Je me ferais un plaisir de te les montrer.

Liza lui décocha un regard perplexe.

— Je ne suis pas au courant de ces recherches, et, puisque je n'ai rien à voir avec elles, tu ne devrais pas m'en parler. Tu connais le protocole.

— On peut toujours contourner les règles.

Si seulement elle savait comment il les contournait…

Il s'approcha encore ; il se tenait tout près d'elle, à présent.

— Je peux t'aider à te sentir mieux.

Une expression étonnée s'afficha sur le visage de Liza.

Elle avait reconnu le désir qu'il lui montrait ouvertement. Elle laissa tomber les pseudos.

— Roger, dit-elle avec sévérité, arrête.

Elle recula d'un pas. Il s'avança de nouveau. Il sentait de nouveau l'odeur de sa peau — une odeur qui lui donnait envie de la plaquer contre le mur et de mordre à son long cou blanc.

— Pourquoi ? Pourquoi Michael et Kate seraient-ils les seuls à s'amuser ?

— Pas de fraternisation. Ça fait partie des règles. Je te rappelle que tu fais partie de ceux qui les ont écrites !

— Je suis d'autant mieux placé pour les briser.

Elle eut un petit rire amer.

— Arrête-toi, Roger, avant de dire quelque chose que tu vas regretter.

— Laisse-moi te donner du bon temps.

— Laisse-moi tranquille, bordel !

Cette grossièreté dans la bouche de Liza le mit en colère, mais elle eut aussi pour effet de l'exciter davantage. Il perdait les pédales, il s'en rendait compte. Mais cela lui plaisait. Il y avait très, très longtemps que cela ne lui était pas arrivé.

Il attrapa le bras de la jeune femme et l'attira vers lui.

— Raccompagne-moi à mon hôtel.

— Roger, j'ai l'impression que tu n'as pas compris. Je ne m'intéresse ni à toi ni à ton corps, et je préférerais passer six mois en isolement total que t'accompagner dans ta foutue chambre d'hôtel.

Il resserra les doigts autour de son bras. Elle commençait à l'agacer, à présent.

— Si tu n'enlèves pas ta main d'ici à une seconde, reprit-elle à voix basse, je te casse toutes les phalanges.

— Liza ! s'écria un des frères de Kate depuis l'autre bout du bar.

Elle libéra son bras de l'emprise de Roger et lança un sourire aux autres.

— J'arrive !

Puis elle se retourna vers lui et son visage devint dur.

— Je vais faire comme si ce n'était pas arrivé. Et ça n'arrivera plus jamais. Compris ?

Il avait envie de lui mettre un coup de poing dans la figure. Il avait honte, à présent, de s'être laissé humilier ainsi, mais il ne le lui montrerait jamais. Il se contenta de lui décocher un sourire narquois.

Elle redressa les épaules et s'éloigna vers le bout du bar. Elle accepta la bière que lui tendait une des belles-sœurs de Kate et déposa une bise sur la joue d'un de ses frères.

Une minute plus tard, elle regarda par-dessus son épaule pour voir s'il était encore là. Il restait là sans bouger, essayant de dompter sa colère. Elle avait beau être une star dans leur milieu, ce n'était pas une raison pour le traiter comme un moins que rien. C'était inexcusable.

Il quitta le bar. Les rues pavées de Saint-Marabel étaient luisantes ; il avait dû pleuvoir. Roger enfonça les mains dans ses poches et reprit le chemin de son hôtel. Il avait réussi à laisser la plupart de ses émotions derrière lui — son désir et sa perte de contrôle momentanée s'étaient évaporés. Mais il y en avait une qui lui collait aux basques. Sa colère. Il aurait énormément de mal à s'en défaire.

10.

Chicago, Etat de l'Illinois

Liza Kingsley traversa LaSalle Street au niveau de Madison Avenue et entra dans l'un des bâtiments les moins remarquables de la rue. Plusieurs plaques en cuivre entouraient l'entrée ; neuf d'entre elles portaient les noms de cabinets d'avocats. La dixième indiquait simplement « Presario Pharmaceutique ».

— Bonjour, Ed ! lança-t-elle d'un ton jovial au gardien, comme elle le faisait chaque matin.

— Bonjour, mademoiselle.

Elle prit l'ascenseur avec deux types qui avaient des têtes d'avocat. Ils appuyèrent sur l'étage du cabinet Toffer et Brodley. Elle leur adressa un sourire poli.

— Salut, dit l'un d'eux.

Il laissa son regard s'attarder sur son visage. Ce même regard qui avait rapidement parcouru son corps quand elle était entrée dans la cabine. Il pensait sans doute qu'elle ne s'en était pas aperçue.

Elle portait un tailleur-pantalon noir, comme souvent lorsqu'elle travaillait. Elle l'avait agrémenté d'un haut couleur saumon au décolleté assez ravageur. Depuis qu'elle avait assisté au mariage de Kate et de Michael la semaine précédente, elle commençait à souffrir de son célibat. Il serait temps qu'elle se trouve un petit ami, non ? Ou du moins quelqu'un avec qui coucher de temps à autre. Elle avait passé son week-end à se dire qu'il était interminable.

— Vous avez passé un bon week-end ? demanda le type en face d'elle, comme s'ils se connaissaient.

Il portait un pantalon de toile et une chemise bleue parfaitement assortie à ses yeux. Ses cheveux châtains étaient coupés très court — comme tous les avocats — mais son sourire était plein de malice. Liza connaissait ce genre d'hommes. Très sûrs d'eux. Toujours en train de se vanter. Complètement égocentriques. Et, en général, très bons au lit.

— Un peu solitaire, dit-elle.

Le sourire de son interlocuteur s'élargit.

— Moi aussi.

Ils se dévisagèrent un instant.

— Vous travaillez chez Presario, c'est ça ?

Elle hocha la tête.

— Vous êtes spécialisée dans quel genre de médicaments ?

L'ascenseur sonna et les portes s'ouvrirent sur la réception spacieuse, aux murs crème, de Toffer et Brodley. L'autre avocat sortit de l'ascenseur et s'éloigna.

Le premier se plaça entre les portes pour les empêcher de se refermer.

— Richard Macklin, dit-il en lui tendant la main.

— Liza Kingsley.

— Je suis de Boston, mais je travaille ici à mi-temps.

Si je montais chez Presario vous faire un petit coucou un de ces jours ?

— Oh, non, ne faites surtout pas ça.

Le sourire satisfait de l'homme s'estompa.

— C'est un vrai zoo, là-haut. La réceptionniste n'arrive jamais à trouver qui que ce soit.

Elle leva les yeux au ciel pour indiquer le degré de folie qui régnait dans son bureau.

Il sortit une carte de sa poche.

— Eh bien, appelez-moi si vous descendez boire un café… ou n'importe quand. Vous avez mon téléphone au bureau et mon portable.

— Entendu.

Elle accepta la carte. Son cœur s'était légèrement emballé, et elle y avait pris plaisir. Bien que le numéro de son étage fût déjà allumé, elle l'enfonça de nouveau.

— A un de ces jours, dit-elle.

— A un de ces jours.

Il lui offrit un autre sourire canaille avant de sortir de l'ascenseur, qui repartit aussitôt.

Liza serra la carte de visite dans sa main. Elle aimait le contact de cet objet très fin, aux bords coupants. A son étage, un grand panneau de verre indiquait aux visiteurs qu'ils étaient bien arrivés chez Presario Pharmaceutique. Le nom de l'entreprise se détachait en lettres d'acier sur le panneau lumineux. Juste en dessous, entre deux fauteuils réservés aux clients, se dressait une petite console surmontée d'un téléphone noir.

Elle décrocha le récepteur. C'était un STU-III, un dispositif téléphonique sécurisé conçu pour capter des signaux audio, les numériser et les encrypter.

— X68BTY233BR5Y780, débita-t-elle.

Sur le côté de l'entrée, une porte qui se devinait à peine s'ouvrit en produisant deux petits déclics. Liza s'engouffra dans un couloir à l'épaisse moquette grise — le genre de moquette que l'on devait trouver dans le cabinet de Richard Macklin, à l'étage inférieur. Sauf qu'ici on n'entendait aucun bruit : pas le moindre éclat de voix. Les portes donnant sur le couloir étaient toutes fermées à clé. Les lieux paraissaient déserts.

Arrivée devant la porte de son bureau, Liza appuya son pouce sur un bloc de reconnaissance dactyloscopique. Un message l'invita à composer une nouvelle série de lettres et de chiffres sur le clavier en dessous. Enfin, la porte s'ouvrit sur son bureau. C'était un espace austère, aux murs blancs, meublé d'un bureau en pin ébréché qu'elle avait hérité de son père et qu'elle adorait. Les seuls ornements étaient un tapis d'Orient prune et vert olive, qu'elle avait rapporté de Chine, et deux photographies encadrées. La première la montrait avec Kate à leur cérémonie de remise des diplômes ; la deuxième, prise au milieu des années quatre-vingt, représentait la famille Kingsley. Son père se tenait derrière eux — Liza, Colby et leur mère —, les bras tendus, comme pour les entourer. Encore aujourd'hui, c'était ainsi qu'elle se le représentait — essayant de les tenir sous ses ailes, de les protéger. Difficile de croire qu'elle et sa mère étaient les seules survivantes de leur petite famille.

Le téléphone posé sur le bureau émit un bourdonnement,

puis se tut. Liza décrocha et porta l'appareil à son oreille sans prononcer un mot.

— Bonjour, Liza, dit une voix féminine.

C'était une analyste du Trust. Sa mission consistait à suivre et à interpréter l'actualité mondiale, puis à avertir les agents actifs, comme Liza, des incidences possibles de certains événements sur leur travail. En général, ces conversations n'étaient assorties d'aucune formule de politesse — ni « bonjour » ni « comment allez-vous ». Que se passait-il ?

— Bonjour, répondit Liza avec circonspection.

— Un avion d'affaires s'est écrasé à l'aéroport de Moscou, il y a une demi-heure environ.

Liza fronça les sourcils, de plus en plus perplexe.

— Transportait-il des marchandises ?

Moscou était une des rares villes russes où Presario vendait réellement des produits pharmaceutiques.

— Non.

— Des victimes ?

— Sept. L'équipage et quatre passagers.

— Des personnes que nous connaissons ?

Il y eut un silence. Un silence étrange, surnaturel, pendant lequel l'espace de son bureau sembla rétrécir et se refermer autour d'elle, puis se dilater comme un ballon gonflable.

— Aleksei Ivanov, énonça la voix au bout du fil.

Liza s'affaissa contre le dossier de sa chaise. Elle avait l'impression qu'elle venait de recevoir un boulet de canon en plein ventre.

— Aleksei ?

Pourquoi réagissait-elle ainsi ? Elle ne l'avait pas vu depuis des années. Elle resta figée sur sa chaise, incapable de parler.

Au fond, elle savait pourquoi la nouvelle lui faisait cet effet. Aleksei était différent de tous les hommes qu'elle avait connus, de tous ceux qu'elle s'autoriserait jamais à connaître.

Il lui apparut clairement, tel qu'à leur première rencontre, à Rio. Elle revit ses yeux vert sombre, tantôt perspicaces, tantôt hilares ; ses cheveux couleur sable, toujours décoiffés ; son blouson en cuir souple élimé. Et ses petits carnets à spirale qu'il trimballait partout. Il avait voulu la convaincre de faire de même. « Pour ne rien oublier », disait-il en lui tapotant le front du bout du doigt, les yeux pétillant d'humour. Elle lui répétait toujours qu'elle n'avait pas besoin d'aide-mémoire. Mais à présent, elle regrettait amèrement de ne pas avoir rempli un carnet de tous les détails qu'elle savait de lui. Elle se força à respirer.

— On sait pourquoi l'avion s'est écrasé ?

— Non. Les autres passagers étaient aussi des journalistes.

— Merci de m'avoir prévenue, articula-t-elle.

— Je vous en prie.

Liza raccrocha et quitta son bureau aussi rapidement qu'elle était arrivée.

11.

Cinq ans plus tôt
Rio de Janeiro, Brésil

L'obscurité tombait doucement sur la ville encore baignée de chaleur. Liza Kingsley s'écarta de la lunette de surveillance à laquelle son œil était rivé depuis un moment, et ôta son casque. Elle se leva, s'étira, puis se laissa glisser sur le parquet ciré. Dos au mur, elle balaya les lieux du regard. Quelques semaines plus tôt, cet appartement appartenait à un couple de Brésiliens aisés — mais pas assez fortunés pour refuser l'offre phénoménale que Liza leur avait faite par l'intermédiaire d'un agent immobilier. Situé dans le Gávea, le quartier bourgeois qui se dresse au cœur des favelas, leur domicile avait l'avantage d'offrir une vue imprenable sur celui de João Pedro Franco, un associé de Luiz Gustavo de Jardim. Ce couple de propriétaires avait sans doute suivi l'ascension fulgurante de Gustavo ; ils savaient, comme tous les Brésiliens, qu'il avait l'intention de briguer la présidence du pays. Mais ils ignoraient certainement que leur appartement allait servir à surveiller et à écouter Franco, le principal confident de Gustavo.

Ce dernier, ainsi que tous ses proches associés, était sous étroite surveillance. S'il accédait au pouvoir politique, Gustavo ne serait pas seulement chargé de la valeur du réal, la monnaie brésilienne, et des transactions d'armes (qu'il contrôlait déjà de toute façon). Il mettrait aussi la main sur les importantes ressources pétrolières du pays, ainsi que sur sa production d'avions de combat. Or, Gustavo était connu pour être corrompu jusqu'à la moelle. On le soupçonnait fortement d'avoir profité de son dernier mandat politique pour détourner des fonds prévus pour la lutte contre le sida au profit des sociétés-écrans qu'il contrôlait. Et, d'après les informateurs du Trust, Jardim était maintenant en contact avec différentes organisations terroristes à qui il promettait des ventes clandestines d'avions de tourisme et de combat. Ces organisations cherchaient à mettre la main sur ce genre d'appareils depuis des années, afin de les bourrer d'explosifs et de les utiliser dans des attentats contre les Etats-Unis.

Le Trust tentait à présent de déterminer si ces renseignements étaient exacts, et si Gustavo comptait tenir ses promesses une fois au pouvoir, ou s'il s'agissait simplement de paroles en l'air. Ainsi, à l'autre bout de la ville, d'autres agents surveillaient la maison et le bureau de Gustavo pendant que Liza surveillait son meilleur copain, Franco (ainsi que sa femme, ses enfants, sa femme de ménage et son cuisinier). En réalité, elle passait le plus clair de son temps à écouter leurs conversations grâce aux micros planqués chez lui. Comme la plupart des belles demeures de Rio, celle de Franco était construite autour d'une cour intérieure. Seule une fenêtre du bâtiment donnait sur la rue.

L'appartement dans lequel elle se trouvait avait été vidé de tous les souvenirs et des objets personnels qui l'égayaient, puis rempli de matériel de surveillance gris et noir. Liza y voyait une métaphore de sa vie actuelle, tout entière consacrée à son travail — et à rien d'autre.

Elle s'arracha à ses pensées avant que la nuit ne soit complètement tombée, rangea sa longue-vue et la remplaça par une lunette infrarouge. Elle remit son casque et pointa la lunette vers le trottoir, au cas où des visiteurs se rendraient chez Franco. Elle venait de faire la mise au point quand un homme s'avança vers la maison, s'accroupit pour refaire son lacet, puis repartit vers le bout de la rue.

Liza refit le point et le regarda s'éloigner. Il était décoiffé, comme s'il venait de se réveiller. En dépit de la chaleur moite qui régnait dehors, il portait un jean et un blouson de cuir léger. Ce type, elle l'avait vu la veille. Elle reconnaissait son blouson. Etait-ce un voisin, tout simplement ? Il n'avait pas l'air brésilien, pourtant. Ni assez riche pour habiter le quartier.

Elle ramena la lunette vers la maison de Franco et examina l'endroit où l'homme s'était accroupi. Un sourire entendu éclaira son visage.

Elle quitta l'appartement, verrouilla les quatre serrures à double cylindre et tapa le code qui permettait d'activer la reconnaissance dactyloscopique installée depuis l'achat de l'appartement par le Trust. Elle traversa la rue, dépassa la maison de Franco en marchant d'un bon pas, puis, arrivée au bout du pâté de maisons, repartit en sens inverse. Lors de son deuxième passage, elle vit ce qu'elle cherchait — un caillou au milieu de l'étroite bande de gazon devant la maison, non loin de la grille en fer noire. Elle se pencha rapidement et le ramassa. Puis elle remonta dans l'appartement, s'installa dans une pièce intérieure dépourvue de fenêtres et alluma la lumière.

Elle examina le caillou, puis le retourna. Le fond était amovible. Elle le démonta en souriant. A l'intérieur, il y avait une caméra miniature, sans doute destinée à photographier les personnes invitées au domicile de Franco. L'objet était de conception simple, sa couleur trop uniforme pour paraître vraie. Si Gustavo et ses complices avaient été au pouvoir et entourés d'un important service de sécurité, le dispositif eût été rapidement découvert.

Elle éteignit les lumières, quitta de nouveau l'appartement et marcha jusqu'au coin de la rue. Là, elle se dissimula dans une allée sombre d'où elle pouvait voir une moitié de la rue. Une heure passa, deux. On était vendredi soir. Des couples passaient en riant, un peu éméchés par leur dîner au restaurant ou le vin qu'ils avaient bu chez des amis. Elle s'enfonça alors plus profondément dans l'allée, en proie à une solitude écrasante. Elle n'avait pas été en couple depuis très longtemps. Depuis le début de sa vie adulte, à vrai dire.

Sa solitude avait été mise en relief, quelques semaines plus tôt, par le mariage de Kate avec Scott, un ami du lycée. Scott était un type bien, doté d'un physique et d'une personnalité agréables, mais, du point de vue de Liza, il ne faisait pas le poids face à l'intelligence de Kate. Se montrait-elle trop protectrice ? Ou était-elle simplement piquée au vif parce qu'elle était encore célibataire alors que sa meilleure amie se mariait et s'apprêtait à fonder une famille ?

La troisième heure était bien entamée quand Liza vit enfin celui qu'elle attendait : l'homme au blouson de cuir.

Elle avait eu le pressentiment qu'il reviendrait au cours de la soirée. Franco conviait souvent des amis chez lui le vendredi soir, et l'homme espérait sans doute que son petit caillou aurait enregistré des clichés des invités. Avec amusement, elle le regarda passer nonchalamment devant chez Franco, puis s'accroupir de nouveau pour refaire son lacet. Cette fois, il ne se releva pas aussi vite. Elle vit sa main se tendre vers le gazon, cherchant l'objet qui n'était plus là.

Il eut le bon sens de ne pas s'attarder. Liza le fila jusqu'à une avenue passante. Elle se rapprocha de lui. Le bruit des bars et des restaurants masquait celui de ses pas. Bientôt ils furent épaule contre épaule.

Il s'arrêta brusquement et se tourna vers elle.

— Puis-je vous aider ? demanda-t-il en portugais.

Il avait un fort accent étranger. Russe.

— Je crois que vous avez perdu quelque chose, répondit-elle en anglais.

Elle attendit un instant pour être sûre qu'il comprenait la langue. Le regard de l'homme le confirma.

— Je crois que vous faites erreur, répondit-il en anglais.

Une lueur d'anxiété brillait dans ses yeux verts. Liza lui montra rapidement le caillou, puis elle referma le poing et croisa les bras.

— Il vaudrait mieux que vous me suiviez.

Il hésita, lança un regard vers le bras de Liza. Il avait envie de récupérer son caillou.

— Vous répondez à quelques questions, et je vous rends ce que vous avez perdu.

Il regarda autour de lui. Liza balaya elle aussi la foule du regard. Avait-il des renforts ? Elle souleva un peu le pan de sa chemise pour lui montrer le Glock coincé dans la ceinture de son jean. C'était l'un des plus petits qui existent, un modèle qui ne convenait qu'aux tireurs d'exception. Dont Liza faisait partie.

Les épaules de l'homme s'affaissèrent et il plissa les lèvres. Il n'était pas armé.

— Je vous rendrai ce qui vous appartient, dit-elle.

— Bon, d'accord.

La vérité, c'était qu'Aleksei Ivanov était un espion déplorable. A proprement parler, ce n'était même pas un espion, mais un journaliste qui s'était laissé convaincre d'espionner.

Ce soir-là, elle lui demanda de marcher devant elle dans les rues de Gávea jusqu'à Rocinha, une favela voisine. Les rues tortueuses et escarpées, à peine assez larges pour laisser passer un homme, donnaient sur des habitations sommaires. La densité de la foule, la virulence des bruits et des odeurs étaient accablantes. D'évidence, son compagnon n'avait jamais mis les pieds ici : il tressaillait au moindre cri d'enfants, dont beaucoup arboraient de larges sourires en dépit de leurs difficultés.

Il se retourna vers elle : il évaluait visiblement ses chances de lui fausser compagnie.

— Continuez, ordonna-t-elle en lui montrant de nouveau son Glock.

L'homme regarda le pistolet, le visage de Liza, puis continua à s'enfoncer dans Rocinha. Les habitants du quartier les dévisageaient ouvertement. Les adultes les regardaient avec méfiance, les enfants réclamaient de l'argent ou un appareil photo.

A un moment, Liza vit l'homme porter la main vers sa poche.

— Ne faites pas ça ! aboya-t-elle.

L'homme se retourna, l'air vexé.

— Je n'ai pas d'arme. Je voulais juste leur donner un peu d'argent.

Liza se détendit, mais elle secoua la tête et lui fit signe de continuer à marcher.

— Si vous leur donnez quoi que ce soit, ils ne nous laisseront plus partir.

Arrivée en haut de la rue, Liza désigna un taudis d'un signe de tête. La façade était couverte de morceaux de carrelage effrités ou noirs de suie, apparemment disposés au hasard. Un jeune homme en sortit. Il portait un foulard rouge autour du crâne. Son regard sombre ressemblait à celui d'un mort. C'était le genre de type qui effrayait Liza par-dessus tout — ceux qui n'ont rien à perdre —, mais c'était aussi son contact dans le quartier. Il s'appelait Faustino et, en dépit de son niveau de vie misérable, il connaissait beaucoup de monde à Rio. Liza avait découvert qu'il était capable d'accomplir à peu près n'importe quelle mission, du moment qu'on y mettait le prix.

— Faustino, dit-elle.

Il hocha la tête.

Elle sortit discrètement quelques reais de sa poche et les lui donna.

— Pouvons-nous utiliser ta maison ? demanda-t-elle en portugais.

Nouveau hochement de tête.

Liza fit signe au Russe d'entrer. La « maison » ne comportait qu'une seule pièce. Trois matelas nus et miteux étaient posés contre le mur du fond. Un évier et des toilettes, choses rares dans ce quartier, étaient installés le long d'un autre mur, près de cartons moisis remplis de vêtements. Une chaise de bois cabossée se dressait au milieu de la pièce. Liza demanda à l'homme de s'y asseoir. Puis elle retourna un casier en plastique servant à ranger des bouteilles de lait et s'y installa, face à lui.

— Pour qui travaillez-vous ?

L'homme semblait moins effrayé, maintenant, et plus las.

— Je ne sais pas de quoi vous parlez.

— Pourquoi surveillez-vous la maison de João Pedro Franco ?

— Je ne sais pas de quoi vous parlez.

— Pourquoi essayez-vous de prendre ces photos ?

Il secoua la tête et répéta la même réponse.

Ils continuèrent ainsi pendant une heure. Liza aurait pu l'interroger toute la nuit et tout le jour suivant : elle était formée pour cela. Ce n'était pas le cas de son interlocuteur, qui fut rapidement épuisé. Cela se voyait à la manière dont il balayait la pièce du regard en cherchant une issue. Il y en avait plusieurs, mais, apparemment, on ne lui avait pas non plus appris à se faire la malle. Elle savait qu'il voulait par-dessus tout récupérer son caillou. Elle l'avait coincé dans la ceinture de son jean, et le regard de l'homme y revenait sans cesse. Son arme aussi était coincée sous sa ceinture. C'était peut-être pour cela qu'il regardait autant sa taille, mais Liza avait envie de croire que son apparence physique y était aussi pour quelque chose. Curieusement, elle espérait que ce malheureux la trouvait séduisante. Il y avait quelque chose en lui qui l'attirait, quelque chose d'incongru : il semblait à la fois blasé et tétanisé. Cette peur, décida Liza, était la marque d'un débutant. Il n'était pas encore rompu aux ficelles du métier comme elle l'était, elle.

Au milieu de la troisième heure, un peu avant minuit, il craqua.

— Je vous en supplie, dit-il, rendez-le-moi.

Elle s'approcha en faisant glisser le casier sur le sol.

— Si je ne vous le rends pas, qu'est-ce qui se passera ?

Il semblait au bord des larmes. Il cligna des yeux et se reprit — trop tard : Liza l'avait vu.

— Que vous arrivera-t-il ?

— Je suis journaliste, dit-il.

Il énonça le titre d'un grand quotidien moscovite.

— Vous êtes reporter international, c'est ça ?

— Oui.

Liza n'eut aucun mal à deviner la suite ; c'était une histoire qu'elle connaissait par cœur.

— Ils vous ont recruté pour collecter des renseignements pendant vos voyages professionnels.

— Oui.

— Vous aviez besoin d'argent, alors vous avez accepté.

— Non !

Les yeux verts de l'homme se plissèrent de colère.

— Alors pourquoi ?

Il détourna le regard.

— J'ai refusé. Je leur ai dit qu'il était hors de question

de compromettre ma carrière. Et je croyais qu'ils avaient compris.

— Qui ? Qui vous a contacté ?

— Je ne sais pas, soupira-t-il. Sur le moment, j'ai cru que c'était le FSB, mais je ne pouvais pas en être sûr. Puis, deux semaines plus tard, j'ai reçu la visite d'un homme que je connaissais. J'avais parlé de lui dans un de mes papiers sur la mafia.

Liza leva les sourcils. Le FSB, successeur du KGB, pouvait être redoutable. Mais la mafia, c'était bien pire. Elle lui fit signe de poursuivre.

— Je crois que le FSB lui a demandé de me convaincre. Je crois aussi qu'il a sauté sur l'occasion pour se venger de mon article.

Du bout du doigt, il frotta la cicatrice qu'il portait à la pommette, seule marque visible sur sa peau pâle.

— C'est lui qui vous a fait ça ?

— Non, dit Aleksei en riant. C'est mon frère, quand j'avais six ans.

Il cessa de rire. Une vive anxiété s'afficha sur son visage.

— Mon frère est prêtre. Mes deux sœurs sont mariées. La première a cinq enfants, la deuxième en a quatre. Ma mère est… comment dit-on ? Handicapée. Mon père doit s'occuper d'elle.

— Ah. Ils ont menacé votre famille.

— Oui.

— Ils ont dit qu'ils les tueraient tous si vous refusiez de coopérer.

— Oui.

Liza posa une main sur le genou de l'homme. Il faillit

sauter au plafond, elle le vit bien. Mais il parvint à se maîtriser — et leva simplement les yeux vers elle.

— Vous êtes complètement nul, comme espion, dit-elle.

Il partit d'un éclat de rire qui dura longtemps. Un rire de soulagement et de libération.

— Je sais ! Je les avais prévenus ! Je n'ai jamais su garder un secret.

— Que se passera-t-il si je ne vous rends pas le caillou ? Si vous revenez les mains vides ?

Son rire s'évanouit.

— Ne m'obligez pas à le découvrir, je vous en supplie.

— Comment vous appelez-vous ?

Il hésita, puis haussa les épaules.

— Aleksei Ivanov.

Liza sortit le caillou de la ceinture de son jean et le lui tendit.

— Je peux vous aider, vous savez.

— Comment ? Qui êtes-vous ?

Elle pensa à la phrase qu'elle avait si souvent entendue dans la bouche de celui qui l'avait entraînée dans cette drôle d'aventure. Son père.

— Je suis une Américaine qui aime son pays.

C'était ringard, mais c'était vrai. Or la vérité était assez rare dans la vie de Liza.

— Je ne peux pas me permettre d'être vu avec vous, dit-il. J'ai peut-être déjà compromis ma sécurité et celle de ma famille en venant ici.

— Ne vous inquiétez pas, répliqua Liza. Moi, je sais garder un secret.

12.

Manhattan, New York

Roger Leiland se dressait devant les immenses baies vitrées de son bureau, aménagé dans un loft de la 15e Rue. Il tenait son téléphone sécurisé dans la main droite, prêt à recevoir l'appel qu'il attendait depuis le début de l'après-midi. Les vitres étaient enduites d'un produit teinté qui empêchait quiconque de voir ce qui se passait à l'intérieur, de jour comme de nuit, que les lumières soient allumées ou non. Il se dressait donc au milieu de la pièce, solidement campé sur ses jambes, se sachant invisible et se rêvant invincible.

Ce n'était pas le seul espace que Roger possédât dans l'immeuble. Il habitait un appartement encore plus vaste à l'étage inférieur, doté de tout ce que convoitait le New-Yorkais moyen — grands volumes, parquets anciens, murs en briques apparentes. Quand l'appartement du dessus avait été mis en vente, Roger l'avait acheté pour en faire son bureau. Il était fier de pouvoir se l'offrir. Fier que, en raison de son influence croissante au sein du Trust, il ne soit plus obligé de se rendre tous les jours au QG new-yorkais.

Mais, une fois assouvis, les désirs ont tendance à renaître

sous une forme amplifiée. Roger en était arrivé à croire qu'il n'était pas destiné à être un simple rouage du Trust, mais une de ses forces motrices. Il avait commencé à ressentir un besoin maladif de richesse et de grandeur. De gloire personnelle.

A présent, en regardant les voitures passer sur la 15e Rue, il se demanda d'où lui venaient ces désirs. Né dans une banlieue résidentielle de Pittsburgh, d'une mère institutrice et d'un père vétérinaire, il avait grandi dans un environnement familial aisé mais peu ambitieux. Après une double licence de biologie et d'espagnol à l'université de Pennsylvanie, il s'était orienté vers la médecine. Lorsqu'il avait été contacté par le Trust, deux ans après son diplôme, il avait sauté sur l'occasion. Son internat en chirurgie l'avait fait douter de son désir de pratiquer la médecine. Les procès pour faute professionnelle ne cessaient de se multiplier, les postes de recherche étaient de plus en plus difficiles à décrocher. Il y avait trop de sang dans ce métier et pas assez de compensations.

Au cours de ses premières années au sein du Trust, il n'avait jamais songé qu'il souhaiterait un jour prendre la tête de l'organisation et lui donner une orientation complètement différente. Il vivait au Brésil alors, et il avait Marta. Mais Marta était morte. Sa disparition, puis le deuil l'avaient endurci. Par ailleurs, le Trust lui avait donné confiance en lui. A vrai dire, le Trust *exigeait* une confiance en soi démesurée de la part de ses agents. Pour compenser la perte de Marta, il s'était mis à travailler comme un fou. Au cours des années suivantes, qui l'avaient mené du Brésil à Chicago puis à New York, son assurance n'avait cessé de croître. Jusqu'au jour où il s'était senti capable d'affirmer sa propre vision des choses, plutôt que de se conformer à celle de ses supérieurs.

Aujourd'hui, ses deux lofts ne lui suffisaient plus. La vue qu'ils offraient sur la 15e Rue, si peu élégante, l'exaspérait. Il voulait un palace avec un jardin sur le toit, du personnel à demeure, un chauffeur garé en permanence devant l'entrée. Il voulait deux autres maisons, une à la montagne, à Aspen, l'autre au bord de l'océan, à Saint-Barth. Il voulait se déplacer d'une maison à l'autre en avion privé, et il voulait que cet avion lui appartienne.

Mais le Trust, du moins tel qu'il avait toujours été, ne pouvait lui offrir cette opulence. Aussi Roger avait-il patienté pendant que sa cote montait. Il avait aidé à lancer le projet Juliette à Chicago, il s'était rendu indispensable à ce processus, puis indispensable au Trust. Il cultivait un réseau de membres et de contacts dans tous les pays du monde, même quand il n'en avait pas besoin pour une mission particulière. Maintenant qu'il était entré au Conseil, maintenant que certains puristes comme Michael se retiraient et que d'autres étaient discrètement encouragés à faire de même, il allait pouvoir orienter le Trust en fonction de sa vision et de ses désirs. Le projet Juliette ne serait qu'un début.

Le téléphone sonna. Roger jeta un coup d'œil à l'écran : les numéros entrants étaient brouillés selon un code développé par le Trust, et personnalisé par chacun de ses membres. C'était l'appel qu'il attendait.

— Oui ? dit-il poliment.

— On a fouillé l'appartement, dit une voix d'homme.

Roger regarda sa montre.

— Il est 23 heures, là-bas. Pourquoi vous a-t-il fallu si longtemps ?

— Une réception dans l'immeuble. On n'a pas voulu prendre le risque de se faire repérer en entrant.

— Alors ?

— Rien.

— Vous en êtes certains ?

— Bien sûr.

— Videz quand même l'appartement, au cas où.

— Pas de problème. Ce sera fait dans deux heures.

— Merci.

Roger s'avança vers son bureau et raccrocha le téléphone. Ledit bureau était une table très simple, de bois d'érable, sur laquelle étaient posées deux ou trois piles de papiers qu'il rangerait dans le coffre-fort avant de quitter les lieux. Que ferait-il, ensuite, de sa soirée ? Il songea à appeler l'une des femmes avec lesquelles il sortait (et couchait) régulièrement, et qui en savaient très peu sur lui.

Il avait espéré que cet appel lui donnerait quelque chose à fêter. La découverte, par exemple, des preuves que l'on cherchait, ou encore de tout objet permettant d'éclairer quiconque sur l'existence du Trust et son rôle dans certains événements récents, objet qui aurait pu être détruit. Le Trust ne pouvait fonctionner que dans le plus grand secret. Ce secret, Roger était prêt à tout pour le protéger.

Pour l'instant, il n'y avait aucun motif de réjouissance. Ce n'était que partie remise. Il fit le tour de son bureau, s'assit et continua à travailler.

13.

Saint-Marabel, Canada

— Parle-moi du premier garçon que tu as embrassé, dit Michael.

C'était un mardi soir, et nous nous promenions sur la longue esplanade centrale de Saint-Marabel.

— Quoi ? m'exclamai-je en lui décochant un petit coup de poing au bras. Tu n'as pas vraiment envie d'entendre ce genre de trucs ?

— Mais si. Je veux tout savoir de toi.

Michael attrapa ma main, la cala au creux de son bras. Je me blottis contre son épaule, parfaitement heureuse.

On était au mois de juin. Les jours commençaient à rallonger et l'été à s'épanouir, tout comme ma nouvelle vie et mon nouveau couple. Pour l'instant, Saint-Marabel ne m'avait pas déçue. J'adorais sa rue principale avec ses maisons aux toits mansardés et aux volets de couleurs vives. J'adorais les petits restaurants protégés par des auvents de toile à rayures, les boutiques qui restaient ouvertes jusqu'à 11 heures du soir, les galeries d'art. J'aimais voir les touristes flâner dans les rues. J'aimais entendre parler français autour de moi.

— Michael, je ne peux pas te raconter mon premier baiser. C'est le genre de chose dont on parle quand on vient de se rencontrer, pas une fois qu'on est marié.

— Ridicule ! protesta-t-il. Et puis, on vient juste de se rencontrer, non ?

— On vient juste de se marier, aussi.

Je ne me lassais pas de le répéter.

— Mais on continue à se faire la cour.

Michael me conduisit vers une ruelle qui s'entortillait autour d'un vieux bâtiment en pierre. Des effluves de chocolat et de pâtisseries flottaient dans l'air.

— Allez, raconte !

— Et si mon premier baiser, c'était avec toi ?

— Tu as déjà été mariée, très chère.

Je guettai la douleur au ventre que je ressentais systématiquement à la pensée de ma relation avec Scott. Mais cette fois, elle ne vint pas. Même pas un petit pincement.

— Qui te dit que j'embrassais mon premier mari ?

C'était dit sur le ton de la plaisanterie, et j'éprouvai un intense soulagement à pouvoir rire, pour la première fois, de mon précédent mariage.

— Hum… mais c'est vrai ça ! Je suis vraiment le premier, alors !

— Oui.

— Ça me plaît.

A cet instant, il y eut un bruit sec et saccadé au bout de l'allée.

Michael me fit pivoter sur moi-même et me poussa brutalement contre le mur.

— Aïe ! Michael, qu'est-ce que...

— Baisse-toi, ordonna-t-il d'une voix basse mais insistante.

Je m'accroupis, le cœur battant la chamade. Michael fit volte-face vers le bout de la rue, un bras tendu derrière lui pour me protéger. Il porta l'autre à la ceinture de son pantalon.

Deux adolescentes passèrent ; leurs hauts talons claquaient sur les pavés. Michael eut un soupir exaspéré.

— Désolé, dit-il en se retournant. Je suis un peu nerveux, en ce moment.

— Mais enfin, Michael, qu'est-ce qui t'a pris ?

Il regarda les filles s'éloigner en clignant des yeux.

— Désolé.

— Est-ce que tout va bien ?

— Tout va bien.

— Qu'est-ce que tu as cru ?

— Je ne sais pas. Ce bruit m'a surpris, j'ai mal réagi.

Il baissa la tête pour m'embrasser dans le cou, puis murmura à mon oreille :

— Où en étions-nous ?

Je pris son visage dans mes mains et le relevai vers moi. Il avait recouvré son expression habituelle.

— Tu es sûr que tout va bien ?

— Tout va toujours bien quand je suis avec toi.

Il passa un bras autour de ma taille et déposa un baiser au creux de mon cou. Je l'entourai de mes bras.

— Tu es sûr ?

— Certain, répéta-t-il.

Mais, sous sa chemise, je sentais son cœur battre à tout rompre.

14.

Ile d'Anguilla, mer des Caraïbes

Liza était assise sur le balcon de son hôtel à Cap Juluca. Au pied du bâtiment, le sable blanc était fraîchement ratissé ; et le soleil du matin étincelait sur l'eau turquoise des Caraïbes. Elle porta son attention sur son petit déjeuner. Comme aux autres vacanciers, on lui avait apporté du café, des petits pains et la version miniature du *New York Times*. Mais Liza n'était pas en vacances. Elle écarta les petits pains, avala une gorgée de café et ouvrit la version intégrale du journal sur son Blackberry.

Elle peinait à se concentrer sur sa lecture. En général, elle n'avait aucun problème de concentration lorsqu'elle était en mission. Mais Aleksei était mort, et elle n'avait pu trouver aucune information sur les causes de l'accident. Le Trust, qui était au courant de leur relation et savait qu'elle risquait d'être perturbée, lui avait confié cette mission à Anguilla pour la requinquer. Elle leur en était reconnaissante, mais son trouble ne s'était pas dissipé au soleil.

En général, s'agissant de ce genre de mission, Liza se chargeait d'abord de la surveillance et de la collecte de renseignements. Si, et seulement si, une élimination s'avérait nécessaire, elle planifiait l'opération en fonction de ce qu'elle avait appris au sujet de la cible. Cette fois, elle n'avait pas fait le travail préparatoire, on lui avait seulement demandé de se charger du résultat final. Ce morcellement du travail, de plus en plus fréquent au sein du Trust, mettait Liza mal à l'aise. Elle aimait tout savoir de son projet et de sa cible. La mission d'aujourd'hui était simple, mais les missions les plus simples peuvent se transformer en cauchemar si l'agent n'est pas en pleine possession de ses moyens et de sa concentration.

Aussi tenta-t-elle de chasser Aleksei de son esprit et d'oublier les questions qu'elle se posait sur sa mort. *Plus tard*, se répéta-t-elle, *plus tard.* Mais les souvenirs ne cessaient de resurgir.

15.

Cinq ans plus tôt
Rio de Janeiro

Le Trust appelait ça un « lieu sûr », mais ce n'était qu'un appartement, acheté de la même manière que celui qui se trouvait en face de chez Franco, à Gávea — vite, et avec beaucoup d'argent. Ce lieu sûr avait lui aussi été vidé et refait dans ce que Liza surnommait le style « hôtel du XXe siècle ». Propre et confortable, avec une dominante beige. Ses séjours dans cet appartement lui rappelaient toujours l'austérité de sa vie. Mais aujourd'hui, Aleksei était avec elle. Et l'endroit semblait subitement inondé de lumière, plein d'une énergie neuve et excitante.

Il y avait trois jours qu'elle avait accosté le pauvre homme. Trois jours qu'elle l'avait forcé à se confier à elle. Après avoir quitté Rocinha, elle avait replacé le caillou d'Aleksei à un meilleur emplacement, d'où il pourrait photographier les visiteurs de Franco de face plutôt que de profil. Elle n'avait aucun intérêt à empêcher les Russes de glaner des informations sur Franco et Gustavo. Les photos, c'était le genre de renseignement que n'importe qui pouvait obtenir.

L'organisation de Liza n'intervenait pas dans les activités des autres pays et des autres groupes, sauf s'il apparaissait que ces pays ou groupes menaçaient les Etats-Unis et ses citoyens. Dans ces cas-là, le Trust pouvait se montrer assez agressif. Les résultats n'étaient pas jolis jolis, mais ils répondaient à une nécessité. C'était du moins ce que Liza avait toujours cru, et devait continuer à croire si elle voulait rester saine d'esprit.

Elle apprit beaucoup de choses à Aleksei — et notamment à évacuer ses émotions lorsqu'il travaillait. Elle se rendait compte que, au moment de leur rencontre, elle avait fait exactement l'inverse. Elle se montra néanmoins très pédagogue. Contrairement à elle, Aleksei ne croyait pas en ce qu'il faisait, mais, pour la sécurité de sa famille et de ses amis, il devait donner l'impression de s'y investir au maximum. Ses intermédiaires lui avaient vaguement montré quelques rudiments du métier : comment repérer une filature ou faire une livraison, mais Aleksei n'avait aucun talent pour l'espionnage. Liza se chargea de lui apprendre quelques principes essentiels, comme on les lui avait appris des années plus tôt.

Ils prirent soin de donner l'impression qu'Aleksei vivait dans la petite chambre d'hôtel qu'on lui avait réservée. Il allait aux rendez-vous fixés par son intermédiaire et lui remettait les images prises quotidiennement par son minable petit caillou. Du moment qu'il accomplissait cette mission, personne ne semblait s'intéresser à lui. A part Liza.

Tous les jours, elle lui donnait des leçons. Elle enfreignait les règles en le faisant entrer dans l'appartement de Gávea. Elle lui montrait les lunettes, les enregistreurs, les alarmes, les micros. Elle était imprudente au possible ; elle avait perdu les pédales. Au début, elle s'était demandé si la maladresse d'Aleksei n'était pas feinte. Il pouvait être un espion bien plus doué qu'elle, qui cherchait à se frayer un chemin dans son monde et dans son organisation.

Mais, pour une fois dans sa vie, elle avait confiance en quelqu'un. Un courant puissant la poussait vers lui, quelque chose qu'elle ne comprenait pas tout à fait et n'avait pas vu venir. Il l'attirait ; elle se sentait mystérieusement liée à lui. Et c'était enivrant de faire fi de toute prudence, de briser toutes les règles.

Il ne lui avait jamais demandé pour qui elle travaillait, et elle ne lui en avait jamais parlé. Si une personne extérieure au Trust apprenait l'existence de l'organisation, il y avait de fortes possibilités pour que cette personne soit éliminée. Aleksei ne connaissait donc pas l'identité de l'employeur de Liza, mais il savait tout le reste. Elle lui avait tout confié de sa vie, et elle avait l'impression qu'il la connaissait intimement.

— Tu as vraiment de la chance que je t'apprenne tout ça ! dit-elle un soir.

Ils étaient postés devant la fenêtre de l'appartement de Gávea. Ils observaient à la lunette infrarouge la porte d'entrée de Franco et l'unique fenêtre de sa maison donnant sur la rue. Ce soir, comme il donnait une réception, la fenêtre était ouverte mais les rideaux, tirés.

Aleksei prétendait qu'il essayait d'arrêter de fumer, mais son blouson sentait la cigarette. Elle détestait cette odeur, mais, sur lui, ça ne la dérangeait pas. Ça lui plaisait, même. Tout lui plaisait, chez cet homme. Son intelligence, ses cheveux indomptables, ses yeux verts qui se remplissaient de douleur quand il voyait des enfants quasi morts de faim sur les trottoirs de Rio.

— J'ai de la chance, oui, répéta-t-il.

Mais il n'ajouta rien de plus. Les silences entre eux étaient différents, à présent, plus comme à Rocinha. C'étaient des silences confortables.

— Tu te serais sans doute fait tuer si tu ne m'avais pas rencontrée, poursuivit Liza.

Qu'est-ce qui lui prenait de se vanter ainsi ?

— Moi aussi, reprit-elle, je pourrais me faire tuer, pour ce que je t'ai appris.

Aleksei ne répondit pas. Du coin de l'œil, elle le vit s'écarter du viseur de la lunette et se redresser. Il regarda ses mains. Puis il regarda Liza.

L'appartement n'était éclairé que par la lune. Dans cette semi-pénombre, la cicatrice sur la joue d'Aleksei était presque blanche.

L'instant d'après, il se jeta sur elle. C'était un geste brusque, maladroit, que Liza faillit parer. Elle n'aurait eu aucun mal à se défendre s'il avait voulu lui faire mal. Mais, en une fraction de seconde, elle croisa les yeux du jeune homme. Son expression n'avait rien à voir avec celle des hommes qui l'avaient agressée par le passé ; elle était pleine de douceur. *Est-ce qu'il va m'embrasser ?* pensa Liza. *Pas trop tôt !*

Aleksei la fit basculer de son tabouret et ils roulèrent tous deux sur le parquet. Puis il l'embrassa, et elle sentit ses mains sur ses épaules, ses seins, son dos, sa taille. Elle se détendit, enveloppée dans la chaleur de son corps — et plus heureuse qu'elle ne l'avait jamais été.

16.

Ile d'Anguilla, mer des Caraïbes

Assez, pensa Liza en chassant les images d'Aleksei de son esprit. Elle jeta un coup d'œil sur la villa qui se dressait à droite de l'hôtel, puis sur sa montre. Il était 10 h 45. Elle avait quinze minutes devant elle.

Elle se leva, ajusta son maillot de bain noir et ouvrit le sac en paille posé sur la chaise à côté d'elle. Le tube de crème solaire jaune était bien rangé dans la poche intérieure.

L'écran solaire Caprilano ne pouvait s'acheter que dans deux endroits au monde : chez Barneys, à New York, et dans une boutique de la Galleria Alberto Sordi, à Rome. Ce tube-ci n'avait pas, toutefois, été acheté dans l'un ou l'autre de ces magasins. C'était une imitation. La crème blanche et poisseuse qu'il contenait avait exactement la même texture que l'écran Caprilano, et il dégageait le même parfum citronné.

Liza ajusta son oreillette et mit son grand chapeau de plage à bord flottant. Un côté du bord descendait presque jusqu'à sa mâchoire, et un minuscule microphone était cousu dans son ourlet.

— Tucker, dit-elle dans le micro, tu es prêt ?

— Positif, répondit une voix dans l'oreillette.

Elle s'avança jusqu'au balcon et se pencha par-dessus la balustrade. A une trentaine de mètres du rivage, les voiles multicolores d'un catamaran Hobie Cat battaient au vent tandis que l'embarcation tirait un bord puis l'autre.

Liza appela la réception, donna le nom d'Elena Mistow et régla sa note par téléphone. Elle demanda qu'un porteur vienne chercher les valises qu'elle avait déposées devant la porte de sa chambre, et qu'on lui appelle un taxi. Puis elle quitta la chambre, descendit jusqu'au rez-de-chaussée et s'éloigna vers la plage.

Elle ne posa pas tout de suite les pieds sur le sable, mais regarda d'abord la villa sur sa droite. Puis elle consulta de nouveau sa montre. Plus que quelques minutes, à présent. Elle attendit patiemment, en maillot, son sac de paille à la main, son chapeau bien enfoncé sur sa tête pour cacher ses cheveux roux. Tandis qu'elle attendait, des clients de l'hôtel s'installaient sur la plage. Ils jetaient des serviettes de bain sur les chaises longues matelassées, puis sortaient un livre ou une pile de magazines de leur sac.

Liza les enviait. Elle n'avait pas pris de vraies vacances depuis un siècle. Quant à s'étendre sur une plage pour lire, elle ne se rappelait même pas l'avoir fait au cours de sa vie.

Elle se tourna de nouveau vers la villa. Cinq minutes plus tard, les portes-fenêtres s'ouvrirent et, comme tous les matins depuis cinq jours, les membres de la famille Naponi s'avancèrent vers la plage. Comme d'habitude, Angelo Naponi fut le dernier à quitter la maison.

Naponi était le président d'une florissante entreprise familiale qui possédait des sites d'élimination des déchets partout dans le monde. Liza et le Trust n'avaient rien à reprocher à l'entreprise de Naponi ni au travail qu'elle accomplissait. Ce qui les gênait, c'était la manière dont il dépensait son argent. Depuis peu, Naponi finançait une organisation militante islamiste qui projetait un important attentat à la bombe à Vilnius, capitale de la Lituanie. Naponi, qui était catholique, n'avait aucune sympathie pour les islamistes, mais il essayait depuis des années de s'implanter à Vilnius. Une fois réduite au chaos, la municipalité ferait appel à des contractants extérieurs, tel Naponi, pour nettoyer les débris.

Du point de vue du Trust, le problème était que Vilnius n'était pas la seule ville dans le collimateur des terroristes. L'autre, c'était Washington. Naponi le savait, mais il s'en fichait. Or, cette petite organisation terroriste était si dispersée, et ses membres si doués pour la dissimulation, qu'il aurait été difficile de les éliminer tous. On avait décidé que l'exécution de Naponi, leur principal donateur, serait le moyen le plus simple de les contenir.

Comme chaque matin, Naponi s'étira en tendant ses petits bras vers le ciel. Il bâilla et frotta son ventre proéminent. Puis, vêtu seulement de son slip de bain violet, il suivit sa famille vers la plage.

— Ça va être à toi, Tucker, dit Liza.

Le Hobie Cat mit le cap sur la villa des Naponi.

Arrivé sur la plage, Angelo Naponi salua un employé du complexe balnéaire qui installait un verre d'eau pétillante à côté de chaque chaise longue. Il s'étendit sur une chaise à côté de son épouse, Lana, qui mesurait quinze centimètres de plus que lui et avait vingt ans de moins. Lana sortit un tube d'écran solaire jaune et le posa sur le sable près de la chaise de son mari.

Le Trust savait qu'on avait récemment diagnostiqué chez la cible un épithélioma basocellulaire à l'épaule. Et que, par conséquent, sa femme insistait pour qu'il recouvre d'écran solaire Caprilano chaque centimètre de peau exposée, tandis que le reste de la famille continuait à s'enduire d'huile de bronzage.

Liza hésita un instant. Elle s'excusa en silence auprès de Lana Naponi. Elle n'aimait pas travailler ainsi, en présence de membres de la famille, mais c'était la solution la plus simple et la plus susceptible de produire les résultats souhaités par le Trust.

Elle chassa toute culpabilité de son esprit.

— A toi, énonça-t-elle dans le micro.

— C'est parti.

A cet instant, alors que le Hobie Cat passait en face de la famille Naponi, des flammes jaillirent de sa coque à tribord. Exactement comme prévu.

Les Naponi se mirent à crier. Ils se précipitèrent au bord de l'eau, gesticulèrent vers le catamaran en flammes et hurlèrent aux employés d'aller chercher du secours. Plus loin sur la plage, les autres vacanciers faisaient de même.

Liza se dirigea calmement vers les chaises longues des Naponi. Arrivée devant celle d'Angelo, elle vérifia que toute la famille lui tournait encore le dos. Puis elle ramassa le tube d'écran solaire sur le sable et le remplaça par celui qu'elle avait dans son sac. L'échange ne prit qu'une seconde. Liza s'éloigna en déambulant sur la plage.

— Fin du spectacle, Tucker.

Elle leva les yeux vers l'eau et vit Tucker sortir son extincteur et arroser les flammes. Elle savait exactement ce qui allait suivre. Tucker allumerait le moteur qu'il avait fait installer sur le catamaran et disparaîtrait avant que les gardes-côtes n'aient pu le rattraper. Les Naponi retourneraient à leurs chaises longues. Angelo Naponi s'installerait au bord de sa chaise et s'enduirait d'écran solaire.

Le seul problème, c'était que le tube déposé par Liza ne contenait plus de la crème solaire, mais de la crème à la nitroglycérine. Utilisée en très légère quantité par voie cutanée, elle permettait de baisser la tension artérielle en cas de crise cardiaque imminente.

Liza savait qu'Angelo Naponi ne sentirait rien d'inhabituel au moment d'appliquer la crème. Du moins, pas au début. Mais, très rapidement, à cause de l'importante quantité de crème qu'il aurait étalée sur sa peau, la tension artérielle de Naponi chuterait de manière dramatique. Il entrerait immédiatement en état de choc, et mourrait moins d'une minute plus tard. Le dossier médical de Naponi faisait état de deux crises cardiaques ; sa mort ressemblerait à une troisième de ces crises. Avec un peu de chance, il n'y aurait pas d'autopsie. Même s'il y en avait une, et que l'on découvrait la présence de nitroglycérine sur sa peau, Liza serait déjà loin, et il n'y aurait aucun moyen de remonter jusqu'à elle ni jusqu'au Trust.

Elle s'éloigna vers la réception de l'hôtel et entra dans les toilettes des femmes. A l'intérieur d'une cabine, elle enfila un pantalon en toile kaki et un débardeur rose. Elle mit une paire de lunettes noires et rentra ses cheveux dans une grande casquette blanche. Puis elle retira le micro du chapeau de paille et jeta le chapeau à la poubelle.

Quarante secondes plus tard, Elena Mistow était en route pour l'aéroport.

17.

Saint-Marabel, Canada

Liza avait disparu. Cela lui arrivait régulièrement : débordée par son travail, toujours en voyage, elle n'avait pas toujours le temps de me téléphoner. Il s'écoulait parfois plusieurs semaines entre ses appels. Je savais qu'il en allait ainsi de toutes les amitiés — les gens sont tellement occupés de nos jours — mais je m'inquiétais pour elle. Je voulais qu'elle profite de la vie au lieu de s'user jusqu'à la moelle.

Elle me manquait, aussi. J'étais mariée depuis trois semaines et, bizarrement, je m'étais imaginé que nous nous appellerions tous les jours. Que je lui parlerais de la pince à salade en argent martelé que mes cousins nous avaient offerte, de la lune de miel que nous allions enfin passer à Montréal le week-end suivant, de l'ouverture du Twilight Club prévue la semaine suivante.

Mais quand nous nous parlâmes enfin, je perçus une sorte de distance entre nous.

— Comment s'est passé ton voyage ? demandai-je. Tu étais où ?

— New York, Los Angeles. C'est l'horreur de voyager ces temps-ci.

Son ton me parut un peu abrupt. Ou bien était-ce un effet de mon imagination ? Cette tension et cette tristesse que je percevais sous ses paroles anodines, les avais-je fabriquées de toutes pièces ?

— L'horreur ? Pourquoi ?

J'espérais paraître compatissante, mais je ne parvins qu'à articuler ma question d'un ton presque outré, comme si je ne comprenais pas pourquoi elle se plaignait de voyager sans cesse dans des endroits fabuleux.

— C'est tellement répétitif... Toujours la même chose, tu vois ce que je veux dire ?

— Tu ne peux pas demander à Presario de réduire tes déplacements ?

Je me levai et marchai de long en large dans la cuisine de Michael... dans *notre* cuisine. Il y avait tellement de choses qui me plaisaient dans cet endroit : les grandes fenêtres blanches, par exemple, dont les larges rebords accueillaient des vases pleins de fleurs coupées dans le jardin qui s'étendait derrière la maison.

— C'est la règle du jeu, dit Liza.

— Il faut qu'ils te laissent plus de temps pour récupérer entre les voyages.

Nous avions eu cette discussion des centaines de fois ; j'affirmais à Liza qu'elle travaillait trop et elle m'expliquait que c'était la nature de son travail. Je regrettais de ne pouvoir l'aider comme elle m'avait aidée. Par son soutien, ses conseils, sa simple présence, elle m'avait sortie du gouffre où j'étais tombée pendant mon divorce. Et je voulais lui rendre la pareille, même si c'était de manière bien plus inconséquente.

— Tu sais ce que c'est, dit-elle. J'adore mon travail. C'est vrai. C'est juste que je supporte mal tous ces voyages.

Elle émit un gros soupir, et ajouta :

— Bon Dieu, écoute-moi parler. Il faut m'abattre. J'ai une vie fantastique.

— C'est vrai. Mais c'est vrai aussi que tu as besoin de ralentir. Tu le sais.

Silence.

— Tu vois quelqu'un, en ce moment ?

Depuis que j'avais rencontré Michael, qui m'avait apporté tant de vitalité et d'émerveillement, je voulais que Liza, elle aussi, trouve l'amour.

— Arrête ton char.

— Réponds !

— J'ai rencontré un type mignon dans l'ascenseur. Un avocat. Ça compte ?

— Tu lui as donné ton numéro ?

— Non, mais il m'a donné le sien.

— Tu l'as appelé ?

— Non.

— Alors non, ma chérie, ça ne compte pas.

Liza ne répondit pas. Je sentais presque l'immobilité de son corps à travers le téléphone.

— Qu'est-ce qui se passe, Liza ?

Elle inspira profondément, mais ne dit rien. C'était ainsi qu'elle se comportait quand quelque chose la tracassait et qu'elle n'était pas sûre de vouloir en parler. Je m'étais sauvée en France après la mort de son frère, Colby, et, même si nous étions restées les meilleures amies, je m'en voulais cruellement de l'avoir abandonnée. Je l'avais forcée à affronter seule sa douleur. Parfois elle continuait à le faire en refusant de s'ouvrir à moi.

Toujours pas un mot à l'autre bout du fil.

— Liza, est-ce que ça va ? demandai-je.

— Je ne sais pas.

— Dis-moi.

Elle s'éclaircit la gorge.

— Quelqu'un est mort.

Une vive anxiété me noua l'estomac.

— Qui ?

— Aleksei.

— Oh, Liza…

Je savais qui était Aleksei. Un Russe rencontré dans le cadre de son travail et avec lequel elle avait eu une aventure. Une des très rares aventures de sa vie, du moins l'une des rares dont elle m'ait parlé.

— Comment est-ce arrivé ?

— Son avion s'est écrasé.

Liza émit un bruit étranglé. Allait-elle se mettre à pleurer ? Ça ne lui arrivait presque jamais.

— Quoi ? Quand ça ?

— Il y a quelques semaines.

— Que s'est-il passé ?

— On ne sait pas. Peut-être une erreur de pilotage.

— Il y avait beaucoup de passagers à bord ?

— Sept.

— Et ?

— Ils sont tous morts.

— Oh, mon Dieu… C'est affreux. Comment te sens-tu ?

Nouveau silence. Je l'entendais presque lutter pour réprimer son émotion.

— Atrocement mal, dit-elle enfin.

— Veux-tu que je vienne à Chicago ?

— Non, je suis trop occupée. Et je vais sans doute devoir repartir d'ici quelques jours.

— Et si tu venais ici ?

— Non, ça ira, je t'assure. Ça m'a fait un choc, c'est tout.

— Evidemment que ça t'a fait un choc ! Ecoute, Liza, il ne faut surtout pas que tu refoules tout ça. C'est normal de souffrir, il faut que tu l'acceptes.

Elle eut un rire étranglé.

— Mais je souffre ! Atrocement.

— Oh, ma chérie, j'ai tellement de peine pour toi…

Un petit clappement de langue me dit que j'étais allée trop loin. Liza ne supportait la compassion qu'à petites doses.

— Ça ira, répéta-t-elle. Changeons de sujet. Comment va Michael ?

— Liza…

— Sérieusement, comment ça se passe avec lui ?

— Tu sais que tu peux m'appeler dès que tu as besoin de parler…

— Je sais, je sais. Mais là, j'ai envie de parler d'autre chose. De Michael, par exemple.

— Ecoute, il est extraordinaire. Je n'arrive pas à croire que nous sommes mariés.

— Moi non plus… Pourtant c'est moi qui vous ai présentés ! Où est-il en ce moment ?

— Au restaurant.

— Comment ça se présente ?

— Fantastiquement bien, à ce qu'il paraît. Il refuse de me le faire visiter avant que tout soit terminé. Il veut me faire la surprise. On l'inaugure le week-end prochain.

— J'aimerais être là.

— Ce n'est vraiment pas possible ? Ce serait le moment idéal pour se voir.

— Non, j'ai du travail. Et vous n'avez plus besoin de moi, tous les deux.

— Ne dis pas ça.

— C'est la vérité.

— C'est complètement faux.

— J'ai décidé de vous laisser tranquilles pour un moment. Soyez heureux et prospères, d'accord ?

Je me mis à rire.

— Je vais essayer.

— Je t'aime, petite sœur.

C'était ainsi que nous nous appelions quand nous étions au collège. Aucune de nous n'avait de sœur.

Michael entra à cet instant dans la cuisine. Le soleil qui baignait la pièce le nimba d'un halo doré.

— Moi aussi, je t'aime, dis-je avant de raccrocher.

18.

Montréal, Canada

Mes mains étaient ligotées et attachées à la colonne de lit. Mes yeux étaient bandés, et je ne distinguais qu'un mince filet de lumière qui perçait sous mon bandeau.

Je guettais un bruit qui me permettrait de deviner ce qui allait suivre. Je n'entendis rien du tout. Mon cœur se mit à battre plus rapidement, plus bruyamment.

Je me balançai un peu d'avant en arrière. Le coton raide des draps bruissait sous mon corps. Je m'étirai ; le tissu qui enserrait mes poignets me pinça douloureusement.

— C'est trop serré, dis-je.

— C'est normal.

Je sentis quelque chose de frais sur le bout de mon gros orteil. La sensation se déplaça rapidement : le froid s'étendit à mon pied, gagna ma cheville, remonta le long du mollet pour arriver au genou. Je me crispai involontairement.

— Détends-toi, Kate. Laisse-toi aller.

Je laissai ma tension se dissiper. Une douce chaleur se répandit sous ma peau.

— Comme ça, voilà. C'est très bien.

Le filet de liquide frais s'arrêta en haut de ma cuisse. Silence. J'attendis avec impatience.

Quelque chose de différent toucha mon orteil. Quelque chose de chaud. La chaleur remonta vers le dessus de mon pied.

Un gloussement nerveux m'échappa.

Un rire d'homme me répondit.

— C'est délicieux, sur toi, le Kahlúa.

Je sentis la langue de Michael parcourir le trajet décrit par le filet d'alcool sur mon corps, jusqu'à arriver à l'intérieur de mes cuisses. J'émis un petit cri quand il trouva enfin l'endroit qui l'attendait.

— Mon amour, c'est exactement comme ça que les lunes de miel sont censées se passer, dis-je une heure plus tard.

Nous avions pris une douche, appelé le service d'étage pour qu'ils changent les draps, et nous étions aussitôt remis au lit. Je n'avais rien vu de Montréal (en dehors de la chambre d'hôtel) et je ne m'en plaignais pas.

Je me rappelai ma lune de miel avec Scott au Costa Rica, gorgée d'activités — plongée, randonnée, parachutisme ascensionnel.

Michael se laissa retomber sur les draps à côté de moi.

— Je suis au service de ton plaisir, dit-il.

— Ah oui ? Si tu me donnais un verre de vin, alors ?

Il releva la tête et me sourit.

— Tu es insatiable !

— Je crois qu'on a dépassé l'heure de l'apéritif, dis-je en tendant le doigt vers la fenêtre.

Le soleil se couchait, teignant le ciel de lueurs mauves.

— On pourrait boire un verre, tu ne crois pas ?

— On peut faire tout ce que tu veux, dit Michael en m'embrassant.

— Merci.

Une profonde satisfaction m'envahit. Je me sentais aimée et choyée… et ce que nous venions de faire ensemble y était pour beaucoup. Je ne m'étais jamais montrée aussi audacieuse, aussi affranchie des conventions et des complexes physiques qui avaient souvent entravé ma vie sexuelle.

Michael repoussa les draps, enfila le peignoir blanc qui gisait sur le sol et alluma la lampe de chevet. Sur la console, un seau à glace de bois laqué portait l'emblème doré de l'hôtel. Michael en sortit une bouteille de vin blanc ; j'entendis les glaçons craquer en s'entrechoquant. Il l'enveloppa dans un torchon et chercha le tire-bouchon.

Le téléphone de Michael se trouvait aussi sur la console et, bien qu'il n'eût pas sonné, je m'attendais qu'il le ramasse pour le regarder. Un frisson d'impatience me parcourut, complètement différent de celui que j'avais éprouvé une heure plus tôt. J'étais prête à parier que Michael allait regarder son téléphone et s'éclipser. Une fois de plus.

Il y avait une seule chose qui clochait dans cette lune de miel parfaite. Nous étions à Montréal depuis deux jours, et Michael était obsédé par son téléphone. L'appareil ne sonnait jamais, ne vibrait même pas, mais Michael semblait pressentir l'instant précis où il recevrait un appel ou un message. A ces moments-là, il se glissait dans une autre pièce. Cela ne durait que quelques minutes, mais ses absences me faisaient un drôle d'effet. C'était pour le travail, m'avait-il expliqué. Des détails à régler au sujet du restaurant.

Je me demandais pourquoi il ne pouvait prendre ces appels en ma présence.

Je le regardai chercher le tire-bouchon. J'attendis qu'il regarde son téléphone. Mais, cette fois, il n'en fit rien.

— Où est-il passé, nom d'un chien ?

Enfin, il se tourna vers moi.

— Le tire-bouchon a décidé de se faire la malle ! Repose-toi pendant que je m'habille pour aller en chercher un autre.

— Je t'attends ici.

Je m'attendais qu'il prenne son téléphone avant de quitter la pièce. Mais non : il s'éloigna tranquillement vers la salle de bains, drapé dans son peignoir — m'offrant l'image d'un jeune marié partant prendre une douche.

Je ne pus m'empêcher de lancer un regard à l'appareil posé sur la console. *Ne le touche pas*, m'ordonnai-je. Au mépris du bon sens, je sautai du lit et pris son téléphone.

« 1 appel en absence », indiquait l'affichage.

J'ouvris l'appareil et affichai le numéro qui venait d'appeler. Il me semblait le connaître. Peut-être parce qu'il commençait par 312, l'indicatif de Chicago. Sans doute était-ce un associé de Michael. Son ami Tomaso, par exemple.

Je regardai plus attentivement le numéro. Je finis par le reconnaître.

C'était celui de Liza.

19.

Quand Michael sortit de la salle de bains, j'étais assise en tailleur sur le lit, son téléphone posé devant moi.

— Qu'est-ce que tu fais ? Je croyais que tu devais attendre sous les draps que je vienne satisfaire tes moindres désirs.

Je resserrai mon peignoir autour de moi.

— Pourquoi Liza te téléphone ?

— Liza m'a téléphoné ?

Il fronça les sourcils, comme il le faisait toujours quand il était perplexe ou distrait. Il s'avança vers moi. Je guettai des signes de culpabilité sur son visage, mais il ne révélait rien.

Il me prit le téléphone des mains.

— Voyons voir.

Il composa un numéro. Il porta le téléphone à son oreille, composa son code secret et écouta de nouveau.

— C'est toi qu'elle appelle.

— Quoi ?

— Attends, je vais te faire écouter son message sur le haut-parleur.

Il appuya sur une touche, et la voix vive et assurée de Liza emplit la pièce.

« Salut, Michael et Kate, comment ça va, les amoureux ? En fait, je voulais appeler Kate, mais elle n'a toujours pas de portable, apparemment, et personne n'a pris la peine de me dire où vous alliez, alors j'ai pensé que je pourrais essayer ce numéro. Bon, Kate, tu te rappelles ces sandales qu'on a vues dans la boutique à Saint-Marabel ? Je viens de voir les mêmes sur Armitage Avenue pour cinquante dollars de moins. Tu y crois ? »

Michael coupa le haut-parleur et me passa le téléphone. Il s'éloigna vers le minibar et trouva le tire-bouchon.

Je finis d'écouter le message de Liza : elle m'annonçait qu'elle allait m'acheter les sandales et me les envoyer, mais il fallait que je lui dise si je les préférais en noir ou en écarlate, et vite, parce qu'il ne restait que deux paires dans ma pointure. A sa voix enjouée, je compris qu'elle avait le bourdon. Liza essayait parfois de lutter contre sa tristesse en allant faire du shopping et en se forçant à paraître gaie.

Quand le message s'acheva, je l'effaçai. Je regardai Michael : j'avais le sentiment de m'être comportée comme une imbécile. A mon départ de Chicago, j'avais résilié mon abonnement de téléphone portable. Je comptais prendre un nouvel abonnement en arrivant au Canada, mais, entre le mariage et tout le reste, je n'en avais pas eu le temps. En général, Liza m'appelait à la maison.

— Je suis désolée, dis-je à Michael.

Il se retourna vers moi et me tendit un verre de vin.

— Désolée pour quoi ?

— Pour ce que j'ai pensé.

— Qu'as-tu pensé ? demanda-t-il en s'asseyant à côté de moi.

Je haussai les épaules en m'étonnant de la vitesse à laquelle j'étais passée du bonheur absolu aux soupçons puis à l'humiliation.

— Des idioties, dis-je.

Il frôla mon menton et fit pivoter mon visage vers lui.

— Tu sais que c'est *toi* que j'aime, non ?

— Oui.

— Pas Liza.

— D'accord.

— C'est toi, Kate. Je n'ai jamais rien ressenti de pareil. Et je veux que ça dure pour toujours.

Je restai un moment silencieuse. La vérité, c'était que je ne croyais plus aux histoires qui durent toujours. Ce n'était pas de l'amertume. Ni même de la rancœur liée à mon premier mariage et à la façon dont il s'était terminé. Depuis un an, j'avais beaucoup réfléchi, et il me semblait qu'il y avait quelque chose de faux dans le fait de promettre à quelqu'un de l'aimer pour toujours. Comment savoir à quoi ressemblerait l'avenir, et ce qu'il réservait aux deux personnes concernées ?

— Moi aussi, je t'aime. Mais parfois il me semble qu'il y a un lien particulier entre Liza et toi.

— Tu crois que j'ai une liaison avec elle ?

Je le regardai un instant.

— Non.

— Tant mieux, dit-il en riant, parce que ce n'est pas le cas. Mais je suis flatté que tu me croies capable de vous séduire toutes les deux.

— Pardonne-moi.

— Arrête de t'excuser.

— Non, je suis vraiment désolée. Je ne veux pas gâcher notre lune de miel.

Il repoussa le peignoir que je serrais autour de mes épaules.

— On va tout faire pour empêcher ça, dit-il.

Je le laissai ôter mon peignoir et me renverser sur les draps. Mais une question me taraudait : pourquoi n'avait-il pas nié avoir un lien particulier avec Liza ? Il n'avait pas une liaison amoureuse avec elle, d'accord, mais il n'avait pas relevé ma première remarque.

Agacée par mes pinaillages, je les chassai de mon esprit et m'abandonnai aux mains de Michael.

20.

Trente-six ans plus tôt
District de Khiêm Hanh, Vietnam

Michael se réveilla après trois petites heures de sommeil. Il avait participé à une embuscade nocturne la veille, mais il était censé se lever et se préparer à commander son unité ECR comme d'habitude. ECR — il avait fini par apprendre le nom du programme pour lequel il avait été conditionné — signifiait « Exploitation et coordination du renseignement ». Son équipe était chargée de repérer les cellules ennemies dans la région, de diffuser l'information aux autres unités ECR, et de former les troupes américaines au combat. Ses hommes ne restaient pas en coulisses pour autant — au contraire : ils finissaient généralement par se battre auprès de ceux qu'ils entraînaient.

Michael entra dans la cuisine de la villa où logeait son unité. Occupée par les Français de nombreuses années auparavant, elle était entourée de murs en béton et de sacs de sable. L'intérieur était spartiate, mais propre et confortable. Quand la citerne installée dans le jardin était pleine, il y avait même des douches chaudes.

Michael murmura un bonjour à la *mama-san*, la Vietnamienne qui faisait la cuisine, le ménage, la lessive et cirait les chaussures. C'était une toute petite femme voûtée par l'âge ou les déceptions — Michael penchait pour la deuxième possibilité. Bien que son visage fût sillonné de rides profondes, elle semblait, d'après leurs conversations rudimentaires, avoir une quarantaine d'années.

Michael accepta le thé qu'elle lui proposa, ainsi qu'un bol de riz sucré à l'écorce de cannelle. La *mama-san* évita son regard, comme chaque matin.

Tout en mangeant, Michael répéta mentalement le rapport qu'il ferait sur l'embuscade de la nuit passée. Son supérieur lui demanderait le nombre de morts, comme d'habitude. A l'entendre, le seul objectif des troupes américaines était de dégommer un maximum de combattants ennemis. Michael avait même entendu dire que les évaluations des commandants étaient en partie fondées sur le nombre de morts — une idée qui le mettait très mal à l'aise.

Quoi qu'il en soit, Michael pouvait se prévaloir d'avoir éliminé un grand nombre d'ennemis la nuit précédente. Il était toujours difficile d'effectuer un décompte exact — les Viêt-cong avaient tendance à dépouiller leurs morts de tout objet de valeur, vêtements y compris, et, si possible, à emporter leurs corps. Mais la nuit dernière, ils avaient été obligés de les abandonner, et Michael avait passé un moment à compter des cadavres nus dans la nuit chaude et poisseuse.

Dans un sens, il préférait qu'ils soient nus. S'ils n'étaient pas dépouillés par leurs semblables, il se trouvait toujours des Américains pour s'en charger. Michael ne supportait pas de voir les hommes arracher les uniformes noirs et les sandales Hô Chi Minh de leurs ennemis décédés. Il savait qu'ils garderaient ces articles en souvenir ou qu'ils les échangeraient contre de la nourriture. Comme beaucoup de ces hommes n'étaient pas officiellement sous le commandement de Michael, il ne pouvait leur faire aucune remarque. C'était une des raisons pour lesquelles il détestait cette guerre.

Que s'était-il imaginé, au juste, au sujet du combat ? Que ce serait excitant, qu'il rendrait service à son pays ? En réalité, ce conflit ressemblait surtout à un terrible échec. L'échec ultime de l'humanité. Mais c'était eux ou lui — alors il faisait son boulot.

Après le petit déjeuner, il remercia la *mama-san*, laquelle détourna de nouveau les yeux. Puis il entra dans son bureau et appela son supérieur par radio.

— On vous attend à Go Vap, annonça le commandant. Un transport viendra vous chercher à 13 heures.

Michael acquiesça sans poser de questions. Il commençait à savoir se taire.

A 1 heure de l'après-midi, un hélicoptère se posa dans un champ en jachère derrière la villa. Quarante minutes plus tard, l'appareil se posait dans un autre champ derrière une autre villa, beaucoup plus grande et belle que la première. Le district de Go Vap n'était pas loin de Saigon, c'était tout ce que Michael en savait.

On le conduisit jusqu'à une porte située à l'arrière de la maison, puis on le fit monter dans un bureau où s'alignaient des rangées de casiers métalliques gris. Devant la fenêtre, qui donnait sur le champ jaunissant, se dressaient deux fauteuils en cuir. Michael se demanda d'où ils sortaient.

C'était le genre de meubles qui encombraient la maison de ses parents, à Rhode Island. Là-bas, en ce moment, il devait neiger.

— Asseyez-vous, ordonna une voix derrière lui.

Michael se retourna. Un homme se tenait dans l'embrasure de la porte. Ses yeux bleus étaient souriants.

— Colonel Kingsley, déclara-t-il tandis que Michael se mettait au garde-à-vous. Asseyez-vous, je vous en prie.

Michael s'installa près de la fenêtre pendant que le colonel préparait deux verres de scotch et, sans rien demander, lui en tendait un. Michael attendit que son hôte boive le premier, puis il avala une gorgée d'alcool. La brûlure s'étendit de sa bouche à son ventre.

Il se tenait très droit ; il était impressionné, une fois de plus, par le regard intense et la présence physique de son interlocuteur. Les cheveux gris acier du colonel étaient coupés en brosse, sans que cela lui donne l'air ridicule, contrairement à tant d'autres. Avec sa mâchoire carrée et sa peau tannée, il semblait né pour cette coiffure.

— Vous faites du bon boulot, jeune homme.

— Merci, mon colonel.

— Vous avez fait preuve d'une grande maturité, et nous vous avons confié des responsabilités en conséquence.

Michael hocha la tête.

— Vous êtes doué en langues, et les hommes qui vous côtoient vous respectent.

— Merci, mon colonel.

— Vos rapports sont systématiquement classés D-3 ou C-3.

Michael hocha de nouveau la tête. Il s'agissait de codes

utilisés pour indiquer la fiabilité des informations collectées par les agents dans son genre. Les siens étaient considérés comme très fiables.

— Nous enregistrons aussi de lourdes pertes ennemies, ajouta-t-il.

Il avait espéré impressionner son hôte, mais sa remarque sembla avoir l'effet inverse.

— Ce n'est pas ainsi que je mesure le succès, déclara le colonel en fronçant les sourcils.

Michael se détendit un peu.

— Moi non plus, mon colonel.

— Ah, vraiment ?

— Eh bien…

Il s'interrompit, se demandant jusqu'à quel point il pouvait être sincère. Le colonel se caressa le menton. Il semblait attendre, comme s'il était intéressé par la réponse de Michael.

— C'est juste que j'ai le sentiment de frapper au hasard, expliqua-t-il. Je me demande parfois à quoi ça sert.

Autant dire que le travail qu'il faisait était totalement inutile. Il se prépara à entendre un sermon sur le thème de l'armée et des sentiments qui n'avaient aucun rôle à y jouer.

Mais le colonel se contenta de hocher la tête.

— L'ECR, cela vous plaît ?

— Oui, mon colonel.

— Sur quoi travaillez-vous en ce moment ?

Il raconta au colonel ses visites aux chefs du district. Officiellement destinées à faire leur connaissance et à leur offrir de petites sommes d'argent qu'ils distribuaient aux villageois, elles servaient surtout à intercepter les rumeurs qui circulaient sur le Viêt-cong, qu'il s'agisse de bruits entendus pendant la nuit ou de nouvelles transmises par un cousin dans un autre village. Il évoqua les agents qui servaient sous son commandement : déployés à travers le district, ils effectuaient un travail similaire au sien. Il parla enfin des hommes qu'il avait recrutés au sein d'une tribu dans les montagnes du Cambodge. Leurs familles ayant été tuées par le Viêt-cong, ils faisaient preuve d'une loyauté sans faille envers les Américains.

Le colonel l'écoutait en hochant la tête. Il devait déjà savoir tout cela, mais Michael éprouvait, une fois de plus, le désir de l'impressionner.

— Vous vous rendez compte, dit enfin le colonel, que votre mission dépasse largement le cadre des fonctions que vous venez d'évoquer ?

— Pardon ?

— Vous faites partie du programme Phoenix, jeune homme.

— C'est la première fois que j'en entends parler, mon colonel.

— Cessez de m'appeler ainsi. Et buvez votre scotch. Nous avons beaucoup de choses à nous dire, vous et moi.

21.

District de Go Vap, Vietnam

Le programme Phoenix, expliqua le colonel Kingsley, était une opération secrète conçue par la CIA pour collecter des renseignements utiles à l'armée américaine et éradiquer, le cas échéant, tout ce qui pouvait menacer son intégrité.

— Les activités que vous menez dans le cadre de l'ECR constituent une partie intégrante du programme Phoenix.

— Oui, mon colonel, dit Michael.

Il ne pouvait se résoudre à l'appeler autrement. Plus tard, peut-être… Mais pour l'heure, ce qu'il lui apprenait le fascinait : l'existence de ce mystérieux programme, le fait d'appartenir à une entité plus vaste qu'il ne le croyait, le laissaient sans voix.

Le colonel se leva avec un petit grognement de douleur.

— Mon genou, expliqua-t-il.

Il se dirigea vers l'un des casiers et l'ouvrit à l'aide d'une clé. La petite porte pivota en grinçant et le colonel s'empara d'une liasse de papiers, que Michael reconnut immédiatement : c'étaient ses rapports quotidiens.

Kingsley reprit place en face de lui, but une gorgée de scotch puis feuilleta les rapports d'un air pensif.

— Il me semble que vous avez omis certaines informations dans ces rapports.

Michael déglutit.

— Par exemple ?

— Les toilettes.

Michael faillit rougir. Il avait utilisé une partie de son salaire pour faire construire des toilettes sèches dans différents villages de son district.

— Ils ont la vie dure, mon colonel. Et plus les villageois sont heureux, plus ils nous donnent d'informations.

— Et vos photos ? Comment ça se passe ?

De nouveau, Michael sentit la peau de sa nuque s'embraser. Il avait avec lui un Minolta reflex que son père lui avait offert pour ses seize ans. Il lui arrivait de se lever à l'aube, avant tout le monde (sauf la *mama-san*), pour photographier le soleil levant sur les bois de Boi Loi. Comment le colonel pouvait-il être au courant ?

— Euh… bien, mon colonel.

Kingsley hocha la tête.

— Venons-en au fait. Si je vous parle du programme Phoenix, c'est parce que la simple collecte de renseignements ne suffit pas.

Michael hocha la tête d'un air entendu, même s'il ne savait pas vraiment ce que le colonel voulait dire.

— Les pertes ennemies ne suffisent pas. L'ECR, comme je vous l'ai dit, joue un rôle important au sein du programme, mais Phoenix est conçu pour des actions plus ciblées. En particulier pour traiter les diverses menaces auxquelles les Etats-Unis doivent faire face. Cela vous intéresse ?

— Beaucoup, mon colonel.

Kingsley sortit un des rapports de la liasse et le lui tendit.

— Prenons ce cas, par exemple.

Michael jeta un coup d'œil au document. Il l'avait rédigé une semaine auparavant, et y faisait état de ses soupçons au sujet d'un chef de village qui, tout en collaborant avec les Américains, rendait des services au Viêt-cong.

— Etes-vous sûr de ce que vous avancez dans ce rapport ?

— J'en suis presque certain.

— Alors il faut l'éliminer.

— Je crois que je pourrais le rallier à notre cause, protesta Michael en tendant le doigt vers la section de son rapport où il mentionnait précisément cette hypothèse.

Le colonel le fixa d'un regard intense.

— Combien de temps vous faudrait-il pour y parvenir ?

— Je n'en suis pas sûr. Encore une semaine, peut-être deux.

— Pendant ce temps, le Viêt-cong peut prendre trois ou quatre unités américaines en embuscade.

— Sauf votre respect, mon colonel, si nous tuons ce chef à titre d'exemple, les villageois vont devenir fous. Nous perdrons tout ce que nous avons essayé de mettre en place avec eux.

— C'est pour cette raison que vous n'allez pas ériger ce type en martyr. Le programme Phoenix ne sert pas à faire des coups d'éclat. Il sert à protéger les Etats-Unis. Souvent, cela signifie agir le plus discrètement possible.

— Oui, mon colonel, dit Michael.

Il ne comprenait pas tout, mais il avait l'impression que cela lui plaisait.

— Vous connaissez les habitudes du chef? Vous savez à quelle heure il va aux toilettes, à quelle heure il se couche, à quel moment il reçoit les villageois, à quel moment il est seul ?

— Oui.

— Vous savez à quel moment il est seul ?

— Oui, répéta Michael.

Il commençait à comprendre.

— C'est à ce moment-là que vous allez l'éliminer.

— De quelle manière ?

Kingsley posa la liasse de documents et se pencha vers Michael en s'appuyant sur ses genoux.

— Vous êtes un agent du renseignement, jeune homme. C'est à vous de trouver la manière. C'est du renseignement intelligent qu'on vous demande, à présent. Vous comprenez ?

— Oui, mon colonel, dit Michael d'une voix plus enthousiaste.

Il était ravi à l'idée de pouvoir penser par lui-même et, surtout, de servir enfin à quelque chose dans ce pays de cinglés où il faisait beaucoup trop chaud.

Le même soir, à 17 heures, Michael fit semblant de se retirer dans sa chambre pour la nuit. Dix minutes plus tard, il se glissa hors de la villa. Il parcourut une vingtaine de kilomètres en voiture, puis huit kilomètres à pied jusqu'au village. La nuit était tombée. Le village était plongé dans le silence ; on n'entendait plus que des rires ou des murmures isolés. Michael s'approcha de la maison du chef. C'était une habitation en dur constituée de trois pièces avec des planchers de bois — Michael le savait pour y être entré. Devant la maison s'étendait une petite terrasse où le chef aimait s'installer seul, le soir, et regarder son village. Il n'allait pas tarder à sortir.

Michael s'aplatit contre un mur de la maison, tout près de la terrasse. Il transpirait plus que d'habitude : ses joues étaient baignées de sueur. Une partie de son cerveau refusait d'accepter qu'il était ici sans que personne n'en sache rien. Et sans le moindre renfort.

Il repensa à ce que lui avait dit le colonel Kingsley. Il allait faire son devoir, le plus discrètement possible.

Quand le plancher de la terrasse grinça et que le chef s'avança dans la nuit, ses petites jambes écartées, ses bras croisés sur sa poitrine, Michael cessa de réfléchir. D'un geste, il bondit sur la terrasse. Debout derrière l'homme, il l'agrippa solidement par le bras. Le chef se débattit, se tourna vers lui, croisa son regard. Il ouvrit la bouche pour appeler à l'aide, mais à cet instant Michael l'empoigna mieux : il passa un bras autour de son cou, plaqua une main sur ses lèvres et attrapa son menton. Il réussit à passer l'autre bras au-dessus de sa tête. Il serra plus fort, puis appuya sur la tête de l'homme tout en la tirant avec l'autre bras. La nuque du chef se brisa dans un craquement sinistre. L'homme cessa de se débattre. Michael guetta un bruit de pas, craignant d'avoir été surpris, mais il n'entendit que le bruissement habituel du village : le crépitement d'un feu, le murmure lointain d'une conversation. Il fut pourtant — quoique brièvement — saisi de panique. Et si le chef survivait ? Il avait vu Michael. Et s'il avait eu le temps de l'identifier ?

Par mesure de précaution, il fit pivoter la tête du chef une deuxième fois en sens inverse. Puis, avec douceur, il étendit le corps sur la terrasse et commença sa longue marche en direction de la jeep.

22.

Chicago, Etat de l'Illinois

Samedi après-midi, Liza rangea sa chambre, puis elle erra dans les autres pièces de son appartement de Lake Shore Drive, déplaçant un objet ou remettant un livre en place.

Elle voyageait tant qu'elle négligeait son intérieur. Une femme de ménage, que Liza n'avait rencontrée qu'à de rares occasions, se glissait chez elle tous les mardis matin et récurait l'endroit de fond en comble, que ce fût nécessaire ou non. Le problème n'était donc pas la poussière : c'était l'absence de vie. Il manquait à ce lieu les détails qui l'auraient rendu accueillant, chaleureux, convivial… Habité, en somme. Il y avait bien quelques livres sur la table de chevet — un roman de Somerset Maugham, un livre historique sur la construction du canal de Panama, un mince roman à la couverture rose, acheté sur un coup de tête à l'aéroport — mais ils étaient posés là depuis des mois. Ils prenaient la poussière en attendant qu'elle s'intéresse à eux, qu'elle aille au-delà de la première page. Qu'elle s'y plonge, qu'elle les savoure.

Il en allait de même pour tout l'appartement. Liza avait

des plats en argent prévus pour servir des petits-fours, des draps en coton égyptien mille fils dans sa chambre comme dans celle des invités. Elle avait un télescope pointé sur le lac et la plage que les habitants de Chicago appelaient le « Playpen ». Aujourd'hui, la base de loisirs était bondée de bateaux de plaisance et de gens qui buvaient de la bière en prenant le soleil.

Liza ouvrit la porte vitrée et se tint un moment sur le balcon en regardant les embarcations qui dansaient sur l'eau. Elle entendit presque les rires ricocher vers elle et résonner dans son appartement immaculé.

Elle ressentit une douloureuse pointe de solitude. Pour la première fois depuis un moment, elle s'autorisa à penser à Aleksei. On n'avait rien appris de plus cette semaine : comme d'habitude, le gouvernement russe faisait de la rétention d'informations, craignant qu'on ne l'accuse de méfaits ou de négligence. Personne ne savait pourquoi l'avion s'était écrasé. Le capitaine avait appelé la tour de contrôle peu après le décollage en expliquant qu'il faisait demi-tour en raison de la météo, ainsi que d'un problème potentiel à l'un des moteurs. Il y avait des nuages bas, mais cela n'aurait pas dû effrayer le pilote, qui avait vingt ans de vol à son actif. Quoi qu'il en soit, il avait ensuite demandé à atterrir d'urgence ; trente-huit secondes plus tard, l'appareil s'était écrasé.

La solitude qu'elle éprouvait laissait place à la détresse quand elle pensait à Aleksei et à ce qu'il avait dû endurer dans les dernières minutes de sa vie.

Lors de leur première rencontre, ils avaient passé ensemble trois semaines merveilleuses à Rio. Au cours des deux années suivantes, ils avaient réussi à se retrouver une fois à Moscou, une fois à Miami, une fois à Denver et une fois au Venezuela. Chaque fois, ils se jetaient l'un sur l'autre avec avidité. Le mot « amour » n'avait jamais été prononcé, mais ils le ressentaient tous les deux. Elle en avait la certitude. Parce qu'elle n'avait jamais éprouvé une telle émotion avec un autre homme, ni avant ni après.

Leur liaison finit par être découverte par le Trust, évidemment. Liza s'était montrée imprudente ; elle y prenait un plaisir fou. Elle fut suspendue pendant trois mois, le temps de déterminer si elle avait parlé à Aleksei du Trust. Quand les responsables de l'enquête eurent décidé que ce n'était pas le cas, elle fut sanctionnée par une rétrogradation. Sa liaison avec Aleksei lui coûta littéralement cinq ans de carrière — et on lui expliqua, en termes très clairs, qu'elle devait mettre fin à leur relation. Elle s'exécuta, mais ne regretta jamais leur aventure. Pas un seul instant. Quant à la séparation, Liza comme Aleksei savaient, au fond, que leur histoire d'amour n'avait aucune chance à long terme. Aleksei devait veiller sur sa famille en Russie et Liza ne serait jamais autorisée à s'y installer. De toute façon, s'était-elle répété, elle n'aimait pas Moscou. De cette capitale froide et peu accueillante, elle n'appréciait que l'underground branché, et cela n'aurait pas suffi. Vivre dans cet endroit lui aurait sapé le peu de vitalité qu'il lui restait. Elle en aurait tenu Aleksei responsable ; leur relation aurait lentement périclité et mal fini. Voilà ce qu'elle s'était répété et, petit à petit, elle en était arrivée à le croire. Elle était douée pour ça.

Ils avaient donc cessé de se voir. C'était une fin abrupte et cruelle, mais les souvenirs qu'elle gardait de leur complicité étaient brûlants. Torrides, même. La vérité, c'était qu'elle avait toujours conservé l'espoir, certes minuscule, que leurs situations changeraient un jour et qu'ils pourraient se retrouver.

Des coups de Klaxon sur Lake Shore Drive interrompirent ses pensées. Aleksei n'était plus là. Les souvenirs qu'elle gardait de lui ne suffisaient plus à l'apaiser. Son espoir était mort avec lui.

Elle rentra dans l'appartement. Il fallait qu'elle fasse quelque chose. *N'importe quoi.* Son départ pour Bangkok n'aurait lieu que dans huit jours. Elle passerait la semaine au bureau, comme d'habitude, à se préparer et à rédiger des rapports au sujet de ses autres missions.

Mais aujourd'hui, c'était samedi. Un samedi magnifique à Chicago — et personne n'aime les beaux soirs d'été comme les habitants de Chicago. D'habitude indifférente à l'énergie qui vibrait dans l'air, Liza eut brusquement envie de se laisser porter par le courant. Ce soir marquait le début de quelque chose de nouveau. Elle le sentait dans son corps : une agitation dans son ventre se mêlait à sa douleur d'avoir perdu Aleksei et lui indiquait que, pour le meilleur ou le pire, elle était sur le point de se transformer, de devenir une nouvelle Liza.

Elle entra dans sa chambre, sobrement meublée de bois clair. Elle sortit son attaché-case du placard et y retrouva la carte de visite de Richard Macklin. Elle regarda son numéro de portable, se rappela leur rencontre dans l'ascenseur et son sourire arrogant et sensuel. Difficile de croire qu'elle envisageait de l'appeler ! Bien qu'ils ne fussent plus ensemble depuis des années, Aleksei venait à peine de mourir. Ne devait-elle pas faire son deuil, pleurer le bonheur qu'ils avaient presque connu ? Eh bien, elle faisait son deuil. Mais elle avait aussi envie de lénifier sa douleur en introduisant dans sa vie personnelle quelque chose d'un peu osé, quelque chose qui n'avait rien à voir avec sa routine habituelle.

Elle prit le téléphone sur sa table de nuit et appela Richard Macklin.

Un soir, quelques jours plus tard, Liza entra au Landmark, un bar sur Halsted Street.

Au bout de quelques minutes de bavardage à bâtons rompus, le samedi précédent, Richard lui avait parlé de cet endroit.

— Je serai à Chicago cette semaine, on pourrait s'y retrouver pour un verre ?

— Vous n'avez rien prévu d'autre ?

— Seulement des broutilles que je n'hésiterai pas à annuler pour vous voir. De toute façon, quand je suis à Chicago, j'ai tendance à me laisser envahir par le travail. Ça me ferait du bien d'avoir une amie avec qui décompresser.

— Euh… d'accord.

Elle s'entendit parler : on aurait dit une enfant de douze ans. Elle était capable de jouer au jeu de la séduction, se rappela-t-elle. Elle l'avait fait des dizaines de fois, à Berlin, à Buenos Aires ou à Phuket. Evidemment, jusqu'ici, cela avait toujours fait partie de son travail. C'était un simple moyen d'atteindre l'objectif que ses supérieurs lui avaient fixé. Mais voilà que ce Richard Macklin lui proposait sans détour d'être son « ami ». Or, elle avait besoin de ce genre d'ami.

— Je serai là à 19 heures, assura-t-elle.

A 19 heures pile, elle était devant l'entrée du Landmark, vêtue d'un jean, des talons les plus hauts qu'elle possédait et d'une chemise noire très ouverte qui s'entortillait autour de son ventre, s'attachait dans le dos et mettait ses seins en valeur. Elle avait l'impression d'être un peu vulgaire, et cela lui plaisait.

Dans l'entrée, des peaux de zèbres étaient tendues au mur ; à l'intérieur, les clients se répartissaient sur deux étages au plafond très haut et aux poutres apparentes. Le bar en cuir bordeaux était pris d'assaut — Liza vit des femmes de son âge avec leurs copines, autour desquelles s'attroupaient des hommes seuls. Elle s'immobilisa un moment, prise de panique. Elle ne sortait plus jamais dans ce genre d'endroits.

Au bout du bar, quelqu'un agita la main pour attirer son attention. C'était Richard. Ses cheveux bruns étaient un peu plus longs que dans son souvenir, mais il avait le même sourire : présomptueux sans être arrogant. Il se leva et lui fit signe de le rejoindre. Tandis qu'elle s'avançait vers lui, il la jaugea ouvertement des pieds à la tête.

— Tu es aussi superbe que dans mon souvenir, dit-il quand elle arriva devant lui.

Comme ça. Pas de « bonsoir » ni de « comment allez-vous ».

Liza se mit à rire. Ces jours-ci, elle appréciait de plus en plus la franchise.

— Merci, dit-elle.

Elle posa son sac à main sur le bar et, à son tour, regarda son compagnon des pieds à la tête.

— Tu n'es pas trop mal, toi non plus.

23.

Manhattan, New York

Roger était assis à son bureau de la 15e Rue. Il travaillait sans interruption depuis six heures ; il n'avait même pas fait de pause pour aller aux toilettes. Il aimait se tester ainsi de temps en temps. Il n'était peut-être plus sur le terrain, mais il avait encore l'endurance d'un agent de premier ordre.

Son téléphone sonna. C'était sa ligne privée, un numéro que très peu de gens connaissaient. Il décoda les chiffres cryptés sur l'affichage, sourit et décrocha.

— Roger Leiland.

— Ici Silvia Falconiere, répondit une voix sensuelle, enjolivée par une pointe d'accent italien.

— Ravi de vous entendre, Silvia.

Il attendait cet appel depuis qu'il avait envoyé Liza à Anguilla.

— Je voulais vous remercier personnellement. Votre organisation s'est montrée à la hauteur de vos promesses.

— Ravi de vous l'entendre dire.

— Il ne me reste plus qu'à régler la facture, à présent.

— C'est exact.

Il se leva et scruta la rue miteuse qui s'étendait en contrebas. Bientôt, son bureau serait dans un endroit complètement différent. Le Trust serait une organisation complètement différente. Tout cela grâce à des clientes comme Silvia Falconiere.

— Je pourrais vous envoyer le règlement tout de suite, dit Silvia, mais je préférerais m'en acquitter de la main à la main, si possible. Puis-je espérer vous voir en Italie cet été ? Je passerai la plupart de mes vacances en Toscane.

Roger réfléchit à son unique rencontre avec Silvia Falconiere. Comme beaucoup d'Italiennes, elle était dotée d'un corps svelte et superbe, et d'une allure dont les Américaines ne pouvaient que rêver. En outre, elle faisait preuve d'un sang-froid remarquable dans le monde des affaires — ce qui lui plaisait plus que tout le reste.

— Il est possible que je sois dans les parages, déclara-t-il.

24.

Saint-Marabel, Canada

C'est bien connu : même au milieu d'une fête extraordinaire, on peut se sentir extraordinairement seul. Ce sentiment vient parfois de l'absence de la personne que vous chérissez le plus. Il peut aussi être causé par une antipathie envers certains invités, surtout si eux non plus ne vous trouvent pas fascinant. Mais, de retour à Saint-Marabel après notre lune de miel, la solitude dont je fis l'expérience ne se rangeait dans aucune de ces deux catégories.

Je vivais avec Michael, la personne que j'aimais le plus au monde, et j'appréciais le peu que je savais des habitants de la ville. J'aimais les sourires que je récoltais lorsque j'arpentais la ville à la recherche de *USA Today*. Le problème, c'était que je ne maîtrisais pas assez le français pour tirer profit de ces sourires. Je n'étais capable d'avoir que des conversations très brèves au sujet du temps qu'il faisait ou de la fraîcheur des baguettes.

Je ne pouvais dire à personne : « Je vais bien, mais Chicago me manque. Le bar à vins de Webster Avenue me manque, mes amis me manquent. Evidemment, j'adore Michael, c'est juste qu'il me faut un peu de temps pour m'adapter. Ma vie est complètement différente de ce qu'elle était avant, complètement différente de ce que je croyais quand j'ai épousé mon premier mari. Oui, j'ai déjà été mariée, mais j'ai fait trois fausses couches. J'avais trop de protéines dans le sang, apparemment. Bref, je boirais bien un verre de vin, pas vous ? »

Je n'étais pas encore assez au point pour ce genre de conversations en profondeur. J'avais appris à faire de grands sourires, à tolérer la solitude qui vient de la barrière linguistique — laquelle fait l'effet d'une véritable barrière matérielle dressée autour de vous — et à n'avoir de vraies conversations qu'avec Michael.

— Tu t'ennuies, constata-t-il un matin.

Nous étions dans la cuisine. Un rayon de soleil entrait par la fenêtre et illuminait l'évier. Il y avait du café sur la table : normal pour Michael, décaféiné pour moi. Je m'y étais habituée au cours de mes traitements contre l'infertilité, période où la caféine, les vapeurs de vernis à ongles et celles de plusieurs dizaines d'autres substances chimiques m'étaient soudain apparues comme potentiellement nocives. Michael avait coupé une pomme verte en tranches et disposé les tranches sur une assiette, autour de quelques croissants. J'adorais ces croissants, livrés chaque matin avant notre réveil ; ils sentaient davantage le beurre que ceux que l'on trouve aux Etats-Unis.

Mais aujourd'hui, ils me parurent lourds et sans goût. Le café était déjà tiède.

— Mais non, je vais très bien.

Je réussis à lui faire un sourire. A vrai dire, ce n'était pas si difficile. Je souriais presque chaque fois que je le voyais. Et puis, c'était vrai, j'allais bien. Je n'avais à me plaindre de rien.

— Kate…

— Quoi ?

— Tu as le bourdon.

Est-ce de l'amour, quand quelqu'un sait lire dans vos pensées ? Sans doute mon humeur était-elle liée au départ imminent de Michael. Il se lèverait, passerait la porte et quitterait la maison. Puis il travaillerait toute la journée au restaurant, et je ne le reverrais que tard dans la soirée.

— Je tiens le coup, dis-je.

Il posa sa serviette.

— Viens, je vais te faire visiter le restaurant.

— Je croyais que tu voulais attendre que tout soit fini. Je peux patienter encore quelques jours.

— Non, c'est assez bien comme ça. Je veux que tu le voies.

— Tu es sûr ?

— Certain. Pour tout te dire, je meurs d'envie de te le montrer. Je n'y tiens plus. Habille-toi, on y va.

Vingt minutes plus tard, nous marchions main dans la main dans les rues de Saint-Marabel. Nous croisâmes quelques touristes ensommeillés, un café à la main et un journal coincé sous le bras. Les autochtones, eux, marchaient d'un pas plus rapide pour se rendre au travail. Michael en salua plusieurs d'un hochement de tête.

J'avais déjà vu l'extérieur du bâtiment qui abritait le Twilight Club. C'était un ancien moulin situé au creux d'une boucle de rivière. Michael m'avait expliqué qu'aux XVIIIe et XIXe siècles le moulin avait servi de scierie. Suite à des incendies successifs, il avait été reconstruit trois fois. Aujourd'hui, les murs en brique et en pierre s'élevaient jusqu'à une série de toits noirs et pointus. Devant, un grand portique couvert était soutenu par des colonnes en pierre. Michael me conduisit jusqu'à l'immense porte d'entrée de bois frappé de cuivre.

— Prête ?

— Prête.

Il ouvrit la porte.

Je laissai échapper un petit hoquet de surprise.

Devant nous s'étendait une vaste salle dont le plafond voûté surmontait une charpente de bois sombre. Des portes-fenêtres peintes en noir occupaient le mur de droite. Le mur de gauche était quadrillé par des rayonnages remplis de livres anciens et d'antiquités. Michael appuya sur un interrupteur : une lumière douce et chaleureuse surgit des petites appliques murales.

— C'est la salle de restaurant, dis-je.

— Exactement.

Il me guida à travers la salle en me montrant comment seraient disposés les tables et le comptoir de la chef de salle.

Au fond de la grande salle, une ouverture donnait sur un espace plus intime. Les murs légèrement arrondis étaient en pierre de taille ; une cheminée était aménagée dans un recoin. Le bar était de bois sculpté. Sur la droite s'étendait une piste de danse et, plus loin, une petite scène sur laquelle était déjà installé un piano demi-queue.

— Le jazz-bar, dis-je.

— Tu as tout compris, dit Michael avec une note de fierté.

Il me conduisit ensuite au sous-sol.

— Viens voir. C'est là que nous avons aménagé les salles de réception privées.

Le premier espace se présentait sous la forme d'une cave à vin aux murs couverts de bouteilles. Au milieu de la salle, une longue table pouvait accueillir douze personnes. La deuxième salle, meublée de cuir et de bois sombre, était prévue pour en accueillir quarante.

— Tu crois que tu auras beaucoup de clients pour ces salles privées ? Après tout, c'est surtout une destination touristique, ici…

— J'en suis sûr. Les séminaires d'entreprise sont une vraie manne pour les restaurateurs, tu sais ! Les gens, surtout les riches, sont prêts à dépenser beaucoup d'argent pour avoir de l'intimité et du luxe. On mettra du personnel de sécurité à l'entrée de l'étage, et seuls quelques serveurs seront autorisés à y travailler.

— Du personnel de sécurité ? Est-ce vraiment nécessaire ?

— Je le pense, dit Michael en haussant les épaules.

Il me conduisit au bout d'un couloir.

— Voici mon bureau.

C'était une petite pièce magnifiquement aménagée, avec des moulures et une bibliothèque qui allait du sol au plafond. Michael ouvrit les portes-fenêtres au bout de la pièce.

— Un jardin ! dis-je. C'est parfait.

— Je sais. Pour prendre l'air. Ou sortir faire une petite promenade sans passer par le restaurant.

Je regardai les objets disposés sur la bibliothèque — épais dossiers administratifs, catalogues de fournisseurs, livres de référence, une photo de notre mariage. J'étais sur le point de me détourner quand j'aperçus une deuxième photo sur le rayonnage le plus bas. On y voyait Roger et Michael, côte à côte, portant tous deux des shorts et des chemises à manches courtes. A l'arrière-plan apparaissaient de grandes tentes et un soleil orange sur le point de se coucher.

— Elle a été prise où, cette photo ?

— En Afrique.

— Je ne savais pas que vous aviez voyagé ensemble !

— C'était pour le travail.

— Presario vous a envoyés en Afrique ?

— Oui. C'était un gros marché pour eux. Ça l'est toujours, d'ailleurs.

Je regardai mieux la photo. Elle avait visiblement quelques années.

— Tu as quitté Presario il y a plus de dix ans, non ?

— Oui. Ce voyage doit remonter à dix ou onze ans. Je ne me souviens plus exactement.

Il s'avança vers moi, me prit le cadre des mains et le remit sur le rayonnage de la bibliothèque. Il me semblait que Roger ne travaillait pas à Presario à ce moment-là, et les vêtements portés par les deux hommes ne reflétaient pas le style de la décennie précédente. Ils paraissaient… plus récents. J'étais sur le point de le faire remarquer à Michael ; j'avais envie de lui poser d'autres questions, aussi, au sujet de Presario et de l'Afrique. J'étais fascinée par tout ce qu'il avait fait dans sa vie. Il me restait encore tant de choses à découvrir ! Mais il me reconduisait déjà vers le niveau supérieur.

Nous regagnâmes le bar. Je tentai de l'imaginer rempli de clients, un musicien se déchaînant au piano, des danseurs glissant sur la piste, des serveurs se faufilant à travers la foule.

Je passai derrière le comptoir et posai la main sur le métal doré des pompes à bière.

— Parfois, ça me manque de ne plus être derrière un bar.

J'avais raconté toutes sortes d'anecdotes à Michael sur le job de barmaid que j'avais occupé à mi-temps en sortant de l'université. Durant la journée, je travaillais pour Riser Consulting, la plus grande firme comptable des Etats-Unis, et deux soirs par semaine, je tenais le bar du Red Lion Pub, sur Lincoln Avenue, où se retrouvait toute ma bande. Ce petit boulot me plaisait : j'aimais avoir une excuse pour bavarder avec tous ceux qui entraient, et pas seulement avec mes amis. J'aimais les gestes simples que je répétais toute la soirée : servir des bières, ouvrir des bouteilles de vin, astiquer les verres. J'aimais la facilité et la rapidité du travail, si différent des calculs complexes et des analyses du code fiscal auxquels je m'astreignais pendant la journée.

— Tu sais faire un Dirty Martini ? s'enquit Michael.

— Bien sûr.

J'énumérai les ingrédients sur mes doigts.

— Gin, vermouth sec, olives pressées. Et des olives entières, bien sûr. Deux, de préférence.

— Et un Démon vert ?

— Vodka, rhum, liqueur de melon, limonade.

— O.K., on passe au niveau supérieur. Tu as déjà entendu parler d'un Adios Motherfucker ?

J'éclatai de rire.

— Ça existe, je t'assure !

— Où ça ? Dans les villes frontalières du Mexique ?

— Il y aura des clients de toutes origines, ici. Il faut que tu t'y prépares.

— Que veux-tu dire ?

— Accepterais-tu de tenir le bar pour moi ? Je ne te l'ai pas demandé avant parce que je voulais que tu puisses profiter de la ville et prendre tes marques, mais je crois que tu serais la personne idéale. Et on pourrait passer plus de…

Je lui sautai au cou sans lui laisser le temps de finir sa phrase. J'étais transportée de joie à l'idée de travailler avec Michael, d'apprendre à mieux le connaître, de faire tourner ce restaurant avec lui.

— Oui, oui et oui !

Quatre jours plus tard, pour son inauguration officielle, le Twilight Club était plein à craquer. Depuis le bar, je n'arrivais même pas à voir l'entrée de la salle du restaurant. Un pianiste, un guitariste et un chanteur de jazz entretenaient frénétiquement la bonne humeur de la foule. Des serveurs circulaient en proposant des plateaux d'amuse-gueules : toasts au caviar, Saint-Jacques au cresson, pizzas miniatures au fromage de chèvre et aux cèpes.

— Je ne me doutais pas qu'il y aurait autant de monde, dis-je à T.R.

T.R., c'était l'autre barman, un type costaud à la quarantaine finissante. Cet exilé texan vivait à Saint-Marabel depuis vingt ans : il était venu faire de la peinture et n'était jamais reparti. Michael avait réussi à le convaincre de quitter le pub où il travaillait depuis des années pour tenir le bar du Twilight Club.

— Je ne m'en doutais pas non plus, ma grande.

Nous passâmes la soirée à servir des verres de vin, à ouvrir des bouteilles de champagne et à concocter des cocktails en quatrième vitesse. C'était grisant. Ici, je ne faisais pas que sourire ; je parlais, je bougeais, je rencontrais des gens — bref, j'étais dans l'action.

La clientèle du bar m'émerveilla. Je m'étais attendue à recevoir surtout des gens du coin, et voilà que je servais deux couples italiens et une famille japonaise. Au bout du bar, deux Allemands bavardaient ; un peu plus tôt, j'avais vu passer tout un groupe d'Australiens.

— C'est la jet-set internationale, hein ? dis-je à T.R.

Nous préparions nos cocktails côte à côte. Il prit une bouteille de vodka par le goulot, la lança en l'air et la rattrapa d'une main agile.

— C'est comme ça, Saint-Marabel. Je n'ai jamais compris pourquoi, mais cet endroit attire toutes sortes d'étrangers. C'est une des raisons pour lesquelles j'ai décidé de rester. C'est une petite ville, mais on peut y rencontrer des gens très différents les uns des autres.

— Ça te manque, le Texas ?

T.R. posa le verre qu'il venait de préparer sur le bar. Il croisa les bras et réfléchit un instant.

— Ça me manque de ne pas voir des pick-up partout. Le *pico de gallo*, aussi, et la bière mexicaine… mais à part ça, je suis bien, ici. Et toi ?

— Chicago me manque.

Je servis un gin tonic à un client et ouvris une énième bouteille de sauvignon blanc.

— Ma copine Liza me manque, même si on ne se voyait pas si souvent que ça. Le base-ball à la télé, aussi, et puis ma famille. Mais Michael est ma famille, maintenant.

— Alors tu es au bon endroit.

— Je crois.

— Et si tu allais trouver ton homme pour le féliciter ? Je peux me débrouiller seul quelques minutes.

— Tu es sûr ?

Je regardai autour de nous. Nous avions servi des cocktails à presque tous les clients de la salle. Une brève accalmie se profilait.

— Allez, fonce !

J'ôtai le tablier blanc que je portais à la taille et lissai la chemise en coton noire qui faisait partie de notre uniforme. Puis je me frayai un chemin à travers la foule. Au passage, je n'entendis que des éloges sur Michael et le Twilight Club.

Arrivée à la porte qui séparait le bar de l'avant-salle, où Michael s'était trouvé tout à l'heure, je ne le vis pas. Je m'avançai et saluai la chef de salle, Anna, une femme d'environ cinquante-cinq ans aux cheveux gris coupés court.

— Je crois que Michael est avec un groupe dans les salles privées, dit-elle.

— Elles sont réservées ?

— Oui, les deux. Pour ce soir et pour demain.

— C'est fantastique !

Je m'avançai vers l'escalier menant vers le niveau inférieur, mais un homme en costume sombre m'arrêta subitement. Il avait un beau sourire et de graves problèmes de peau.

— Je suis désolé, dit-il en barrant l'accès à l'escalier de son bras. Ce niveau n'est pas accessible au public.

— Je travaille ici.

— Seul le personnel autorisé peut entrer au sous-sol.

— Je suis certainement autorisée : je suis l'épouse de Michael.

— Toutes mes excuses, madame, mais vous n'êtes pas sur la liste des personnes autorisées.

— Pouvez-vous appeler Michael, dans ce cas ? Je voudrais juste lui dire deux mots.

— Je le lui dirai quand je le verrai, madame Waller.

— Vous pouvez le lui dire maintenant ?

Il fit un signe négatif de la tête.

Les deux Allemands du bar s'avancèrent vers nous et dirent quelques mots en allemand. L'homme au costume sombre leur répondit dans la même langue, puis il s'écarta pour les laisser descendre vers le niveau privé.

Quand ils eurent disparu, il me fit :

— Madame, je dois vous demander de vous éloigner de l'escalier.

— Comment vous appelez-vous ?

— Jean.

— Merci, Jean. Je n'oublierai pas de parler de notre rencontre à mon mari.

Si cette menace à peine voilée l'inquiéta, il n'en laissa rien paraître. Il me fit un autre sourire amical et un hochement de tête qui me congédiait définitivement.

Je revins au bar, perplexe et un peu déconfite.

— Comment va ton chéri ? demanda T.R.

— Je n'en ai pas la moindre idée.

25.

Dans la petite salle de réception privée, Michael, les mains croisées dans le dos, accueillait les quatre Australiens.

— Comment se passe votre soirée ?

— C'est parfait, mon vieux, dit l'un d'entre eux. Toutes mes félicitations.

— Merci. Merci beaucoup.

Le groupe était constitué d'un père et de son fils, accompagnés de deux associés. Comme la plupart des clients du Twilight Club, ils allaient sans doute passer un bon moment à Saint-Marabel. Ils feraient un tour de voile sur le lac, ils boiraient au club et ils prendraient plaisir à être loin de leurs épouses. Mais ils n'étaient pas venus que pour le plaisir : ils voulaient aussi discuter affaires. Car ils avaient tous investi une partie de leurs capitaux dans le Trust.

Michael leur parla un moment de la cuisine et de la musique du restaurant. Puis le fils de l'investisseur demanda :

— Quelles nouvelles de Rio ?

Michael leva les mains en signe d'impuissance.

— Je ne participe plus à ce genre d'activités, messieurs. Désormais, je me cantonne à la direction du club.

— Dites-nous simplement où en est Gustavo.

Michael prit un air désolé.

— Je ne peux vraiment pas vous aider.

— Eh bien, à qui faut-il le demander ? rugit le père, un gros homme au teint rougeaud.

— Je vais vous envoyer quelqu'un qui puisse vous renseigner.

— Je l'espère bien, dit l'un des associés. C'est pour ça qu'on est venus jusqu'ici, non ?

Michael perçut l'irritation qui vibrait dans la voix de son invité. Il s'en inquiéta. Connus pour être chaleureux et amicaux, les Australiens avaient également la réputation de se montrer intransigeants dès lors que la politique ou leurs propres intérêts étaient en jeu.

Michael n'avait jamais été en mission au Brésil, mais il avait longtemps séjourné en Australie, et participé à faire entrer ces hommes— et leurs capitaux — au Trust. Ces membres ne se préoccupaient pas de la mission première du Trust, à savoir protéger les Etats-Unis ; ils voulaient simplement lutter contre des personnes qui, comme Gustavo, nuisaient à leurs intérêts professionnels. Ils s'intéressaient en particulier à l'industrie du minerai de fer au Brésil. Ce quatuor possédait des terres brésiliennes riches en minerai de fer, ainsi qu'une entreprise spécialisée dans son extraction. Gustavo, de son côté, parlait de nationaliser cette industrie. S'il arrivait au pouvoir et mettait sa promesse à exécution, l'Etat saisirait les terres et les machines des Australiens — et les milliards de dollars qu'ils avaient investis au Brésil s'envoleraient du jour au lendemain.

Si les Australiens étaient mécontents de l'aide que leur apportait le Trust, ils n'hésiteraient pas à lui couper les fonds. Ils donnaient trop d'argent à l'organisation pour se satisfaire de piètres retours. Or, le Trust avait besoin de capitaux.

Michael savait qu'il n'aurait pas dû s'en préoccuper. Combien de fois avait-il répété à Roger qu'il voulait décrocher ? Qu'il ne ferait plus que gérer le Twilight Club ? Mais le fait était que cela l'inquiétait. Il avait passé sa vie à travailler pour le Trust, à croire en cette organisation. Il ne voulait pas voir sa réputation ternie ni ses missions compromises.

— Et les Russes ? demanda l'associé. On sait s'ils s'intéressent à Gustavo, eux ?

Michael inspira profondément. Les renseignements qu'il avait rassemblés à Moscou tendaient à montrer que les Russes s'intéressaient de très près à Luiz Gustavo. Le Trust cherchait d'ailleurs à savoir s'ils avaient l'intention d'agir contre Gustavo. Mais tout cela ne concernait plus Michael.

— Il vaudrait mieux demander à quelqu'un d'autre de vous faire un compte rendu.

— Si vous savez quelque chose, dit le fils, allez-y. On n'a pas de temps à perdre.

C'était faux : les quatre hommes avaient prévu de passer quelques jours à Saint-Marabel. Ils pouvaient certainement patienter quelques minutes ! Pourtant, presque malgré lui, Michael hocha la tête. Il sentait resurgir en lui l'excitation qui lui avait permis de rester dans la course pendant toutes ces années. Il prit une chaise et, pendant cinq courtes minutes, dit aux Australiens ce qu'il savait de la position des Russes.

Puis il se leva.

— On va vous apporter les entrées, dit-il. Après cela, j'enverrai quelqu'un pour vous briefer sur Gustavo.

— Envoyez-le-nous avant, dit le fils. On aimerait régler les affaires avant d'attaquer le dîner.

— Bien sûr. Je peux vous apporter autre chose à boire ?

Il détestait la courtoisie qu'il avait adoptée. Pendant ces cinq minutes passées à parler des Russes, il était redevenu un membre du jeu à part entière. Pas seulement quelqu'un qui approuvait des menus et distribuait des ordres aux serveurs. Il voulait à tout prix quitter la partie… en même temps, il détestait se sentir exclu. Voir les autres continuer à faire le travail qu'il avait fait pendant des années lui donnait l'impression d'être entré dans la phase déclinante de sa vie.

Puis il pensa à Kate. La femme sublime qu'il avait épousée. Drôle et intelligente, en plus : il adorait la voir plaisanter avec les clients du bar. Il adorait son air fragile, le matin, démaquillée, avec ses cheveux blonds qui formaient un halo décoiffé autour de son visage. Il adorait la manière dont elle le regardait parler, dont elle l'écoutait comme si elle le comprenait parfaitement. Elle l'aimait. Elle le connaissait. Elle faisait partie des raisons pour lesquelles il serait capable de renoncer au Trust et de se contenter de la direction du Twilight Club. Grâce à elle, cela en valait la peine. Cette pensée le requinqua. Il nota les boissons commandées par les quatre hommes et quitta la pièce.

Dans le couloir menant à l'escalier, il vit s'approcher Angus Laslow, dont l'emploi à mi-temps au Twilight Club servait de couverture aux missions qu'il menait pour le compte du Trust. Michael savait qu'Angus était l'un des agents préférés de Roger, mais il n'avait jamais compris pourquoi. Le jeune homme avait un côté vicieux franchement inquiétant. D'ailleurs, à l'époque où Michael était au Conseil, on avait dû le réprimander pour un incident survenu au Mexique. Angus avait été chargé de surveiller un trafiquant d'armes et, pendant qu'il installait les micros, il avait été surpris par la mère du trafiquant, qui l'avait attaqué au couteau. Angus l'avait désarmée, comme le voulait le protocole, mais il avait ensuite retourné l'arme contre elle et l'avait poignardée à de nombreuses reprises avant de l'abandonner. La vieille femme n'avait survécu que par miracle. Or, les « dégâts collatéraux » étaient proscrits par le Trust ; cet incident allait directement à l'encontre des règles. Mis au courant, Michael avait voulu suspendre Angus et le reléguer dans les bureaux. Roger s'y était opposé et l'avait emporté. Maintenant, Angus était posté ici, au Twilight Club, et Michael sentait que le jeune homme avait encore une dent contre lui.

— Un appel de la maison, déclara Angus avec un sourire satisfait.

Michael réprima l'envie de lui décocher un coup de poing. Un « appel de la maison » ne signifiait pas que Kate était au bout du fil, mais qu'un membre de la direction du Trust demandait à lui parler.

Il s'éloigna dans le couloir et s'arrêta devant une porte de bois qui ne portait aucune indication. Il leva un rabat qui dissimulait un clavier et y saisit une série de numéros. Un bip résonna, suivi d'un petit déclic. Michael fit glisser le clavier vers la gauche, découvrant un écran vert fluorescent. Il y appuya la paume de sa main. Une seconde plus tard, il y eut un deuxième déclic.

La porte s'ouvrit sur une pièce exiguë : c'était une cabine téléphonique sécurisée, destinée uniquement aux communications avec le Conseil. Il s'assit devant la petite table et regarda le téléphone noir qui y était placé. Un voyant rouge clignotait, indiquant un appel en attente. Michael décrocha.

— Salut, mon vieux, entendit-il.

— Salut, Roger. Je croyais que tu étais en Corée.

— J'y suis. Comment se passe l'inauguration ?

— Très bien. Quand est-ce que tu viens visiter les lieux par toi-même ?

— Bientôt, bientôt. Entre-temps, il faut qu'on parle.

Michael se figea. Roger était l'un de ses meilleurs amis, mais il connaissait le ton froid de sa voix. Ce n'était pas un appel amical.

— Mike, dit Roger, tu n'as pas le droit de briefer les clients, d'accord ? Tu n'as plus toutes les cartes en main, de toute façon.

Les salons privés étaient truffés de caméras et de micros — Michael était bien placé pour le savoir. Quelqu'un avait espionné sa conversation avec les Australiens et en avait fait part à Roger.

— Je sais en quoi consiste mon rôle, dit Michael. C'est moi qui l'ai demandé.

— Oui, mais tu dois t'y tenir.

Michael grinça des dents, une vieille habitude qui se réveillait quand il était en colère.

— Je serais ravi de m'y tenir si le Trust était géré avec tout le soin nécessaire. Ces hommes auraient dû être briefés dès leur arrivée. Ils n'auraient pas dû avoir à me demander des infos.

— Bon sang, Mike, ils peuvent quand même attendre cinq minutes !

— Vu les sommes qu'ils donnent au Trust, non. Ils méritent d'être traités avec le plus grand respect. De recevoir les services qu'ils ont payés. Je n'aime pas la manière négligente dont le Trust fonctionne de nos jours.

— Négligente ? dit Roger sur un ton glacé.

— Oui, négligente. Pas assez d'attention portée aux détails. Toutes sortes de petits problèmes non résolus. Coleman n'aurait pas aimé ça.

— Coleman est mort depuis longtemps.

— Il mérite néanmoins notre vénération.

— Notre vénération ? répéta Roger avec mépris. Kingsley n'était pas un dieu, Mike.

— Non, mais l'homme le plus fort et le plus intelligent qu'on ait jamais connu.

— Fort ? A la mort de Colby, il s'est effondré. Anéanti.

— Et toi, tu ne serais pas anéanti si tu perdais ton seul fils ?

— Non, dit Roger sans hésitation. Mais je me doutais que Coleman serait incapable d'y faire face. Et il a craqué. Il n'était pas si fort que ça, finalement.

Michael ouvrit la bouche, prêt à rétorquer *Et toi, tu es un beau salopard*. Mais cette conversation, et le souvenir de Coleman, l'avaient épuisé.

— Ecoute, reprit-il plus calmement, tout ce que j'essaie de te dire, c'est que si ça continue, les bases mêmes de l'organisation s'en trouveront fragilisées. Je te le garantis.

— Peut-être. Mais tu es mal placé pour me donner des conseils ou pour rectifier quoi que ce soit. Tu ne peux pas avoir le beurre et l'argent du beurre, mon ami.

— Je le sais.

— Nous, on voulait que tu restes…

— Je sais, je sais.

— … mais tu as décidé de partir.

— J'ai compris.

— Ravi de te l'entendre dire. Si tu veux reprendre du service, tu n'as qu'un mot à dire.

— Ecoute, je dois retourner bosser. Tu voulais me dire autre chose ?

— Embrasse Kate pour moi. Tu lui diras que je pense bien à elle.

C'était tout ce qu'il y avait de plus gentil. Michael aurait dû être soulagé que son vieil ami apprécie sa femme, mais, bizarrement, les paroles de Roger lui firent l'effet d'une menace.

26.

L'intuition existe-t-elle vraiment ? Ou n'est-ce que de la paranoïa qui, très occasionnellement, révèle la vérité des choses ?

Le lendemain matin, j'attendis que Michael ouvre les yeux. Etendue à son côté, ma tête calée sur l'oreiller, je le regardai dormir en lui intimant silencieusement l'ordre de se réveiller.

La nuit précédente avait été un triomphe pour le Twilight Club. Le bar était resté bondé jusqu'à 2 heures du matin, et on avait dû convaincre le groupe de jouer une heure de plus que prévu. Toutes les dix minutes environ, Michael conduisait quelqu'un vers le bar et me présentait fièrement comme « sa femme, Kate ». Je savais qu'il avait des amis à Saint-Marabel, mais je ne me doutais pas qu'il en eût autant, ni qu'il connût autant de vacanciers étrangers. Il était rentré à la maison à 4 heures du matin, une heure après moi, et s'était effondré sur le lit tout habillé comme un petit garçon qui a trop joué.

Il grogna et se retourna sous les draps.

Je m'éclaircis la gorge. Il s'éveilla aussitôt. Michael était ainsi. Le plus petit bruit, le plus petit changement suffisait à le réveiller abruptement. Pendant une fraction de seconde, il eut l'air abasourdi, puis ses yeux se posèrent sur moi et il me fit un grand sourire.

— Félicitations, dis-je.

Son sourire s'élargit encore.

— Tout s'est bien passé, hier soir. Tu as été formidable.

— Merci, mon amour.

Sa voix était un peu brumeuse, mais son visage exprimait la satisfaction. Il sortit un bras de sous les draps et le posa sur ma hanche.

— Viens là.

— Non, non. Je veux qu'on parle d'hier soir. Pas de câlins avant que tu m'en aies parlé.

— Mais tu étais là !

— Je veux savoir ce que tu en as pensé, toi.

Il se redressa dans le lit, déboutonna sa chemise et la laissa tomber sur le sol.

— Vraiment ? dit-il en me jetant un regard lascif.

— Vraiment.

Il s'adossa à la tête de lit.

— Bon. Et toi, qu'est-ce que tu en as pensé ?

— Je trouve qu'on a fait un malheur. C'était un succès fracassant. Je suis aux anges pour toi.

— Merci. Je n'arrive pas à croire que ça se soit si bien passé. Evidemment, il reste encore quelques détails à régler.

— Comme me mettre sur la liste du personnel autorisé.

Il tourna son regard vers moi.

— Que veux-tu dire ?

— J'ai essayé de venir te voir hier soir, mais Jean m'a empêchée de descendre au sous-sol.

— C'est son travail.

— Je ne peux pas te rendre visite ?

Je sentis monter en moi un regain de méfiance envers ces salons privés. Et tous les aspects de la vie de Michael auxquels je n'avais pas accès.

— Eh bien…

Michael se recala sur les oreillers.

— Ces salons ne sont accessibles qu'aux clients qui les réservent.

— Je comprends qu'ils aient envie d'intimité, mais je n'ai pas l'intention de passer ma vie au sous-sol à les embêter !

— Ce n'est pas comme ça que ça marche.

— Ah bon ? C'est toi qui décides, non ? C'est bien toi le chef ?

— Oui, mais j'ai aussi des investisseurs, et un plan de développement, et ce plan précise que personne ne doit pouvoir entrer dans l'espace privé à part les clients qui les réservent et les serveurs qui y travaillent.

— Qui sont ces investisseurs ?

— Des gens que j'ai rencontrés au fil des années.

— Par exemple ?

J'avais déjà posé cette question à plusieurs reprises, mais je n'avais jamais obtenu de réponse claire. Ce n'était pas forcément important, mais j'avais été frappée par la manière dont Michael éludait le problème.

— Oh, tu sais, des gens que j'ai rencontrés par le travail.

— O.K., passons à une autre question. Pourquoi un type normal comme Jean, le portier, parle-t-il couramment allemand ?

— Qu'est-ce que tu veux dire ?

— Il y a deux Allemands qui sont venus lui parler, et il leur a répondu dans leur langue.

— On a embauché du personnel qualifié en langues. On espère avoir des clients d'un peu partout.

— Vous avez embauché un videur qui parle plusieurs langues ?

— Où veux-tu en venir, Kate ?

Je haussai les épaules.

— Peut-être que je devrais faire partie du personnel des salons privés.

Je me rendais compte que c'était ridicule. J'étais tentée de laisser tomber, de passer à autre chose, mais la réticence de Michael me poussait à insister.

Il se mit à rire.

— Ton français n'est pas vraiment au top, et j'ai besoin de toi au bar. Ça ne te plairait pas de travailler au sous-sol.

— J'ai envie de travailler avec toi. Pour apprendre à te connaître.

— Tu me connais, Kate.

Il me tendit les bras et m'enlaça.

Je me dégageai en me tortillant. J'étais tiraillée entre deux émotions — d'un côté, j'avais envie de céder aux avances de mon mari ; de l'autre, mon instinct m'incitait à en savoir plus sur lui.

— Je ne te connais pas assez.

Michael parut mal à l'aise.

— Qu'est-ce que ça veut dire ?

— Je veux qu'on soit plus proches. Regarde ce qui s'est passé hier soir ! Je n'ai pas eu le droit de venir embrasser mon mari pour le féliciter. Cet endroit t'appartient, et je n'ai pas eu le droit de venir te dire bonjour.

— C'est comme ça, Kate, c'est tout.

Troublée, je laissai ma tête retomber sur l'oreiller. Je voulais que Michael et moi soyons unis contre le monde entier — qu'on travaille main dans la main, qu'on se construise une vie à deux. Mais je sentais que Michael avait accès à des sphères que je ne connaissais pas. Même si je n'avais aucune preuve concrète pour appuyer cette impression. C'était plutôt un soupçon indistinct, venu du plus profond de ma conscience.

Michael avait un air démuni qui ne lui ressemblait pas.

— Sortons prendre un café, proposa-t-il, et on en discutera.

— Pourquoi est-ce qu'on doit toujours sortir pour parler ?

Dès que nous avions une discussion sérieuse, Michael m'entraînait dans les rues de Saint-Marabel. En général, ça marchait. Une bonne dose de réalité aide à mettre les choses en perspective. Mais à présent, il était 8 heures du matin : j'étais fatiguée et subitement de mauvaise humeur.

— J'aime bien parler en marchant, dit-il.

— Moi, j'aime bien parler au lit.

Il éclata de rire.

— D'accord, tu as gagné. Je t'écoute.

— Dis-moi ce qui s'est passé dans les salles de réception privées hier soir. Qui était là ?

— Kate, est-ce qu'on peut parler d'autre chose que de ces salons privés ?

— Pourquoi ? Pourquoi refuses-tu de m'en parler ? Je suis venue m'installer ici, dans un pays étranger, j'ai tout quitté pour toi. J'ai besoin de faire partie de ta vie.

— Mais tu fais partie de ma vie. Tu *es* ma vie.

De belles paroles, mais je sentais que, pour la première fois, je l'agaçais. Curieusement, son impatience attisa ma curiosité.

— Pourquoi tu ne veux pas en parler ?

— Parce qu'il n'y a rien à en dire ! s'exclama-t-il en élevant un peu la voix.

— Alors pourquoi y a-t-il une liste de gens autorisés à y entrer ? Pourquoi tous ces secrets ? Pourquoi refuses-tu de me parler de tes investisseurs ?

— Bon sang, Kate, arrête !

Il sortit du lit.

— On sort se promener et on en reparle plus tard, d'accord ?

Je remontai les draps autour de ma poitrine.

— On est déjà en train d'en parler, Michael. J'aimerais bien continuer.

— Eh bien, pas moi.

Un silence glacial s'installa. Michael s'avança vers la penderie, ôta son pantalon de costume, le remplaça par un jean et enfila un polo bleu. Puis il quitta la chambre.

J'entendis ses pas sourds sur le parquet du séjour. J'entendis le grattement du porte-clés qu'il attrapait dans le vide-poches en céramique posé sur le plan de travail de la cuisine. J'entendis la porte d'entrée s'ouvrir. Puis se refermer.

27.

Liza regardait le torse de Richard Macklin se soulever et retomber au rythme de sa respiration. Son regard dériva vers l'abdomen du jeune homme. Hélas, tout ce qui se trouvait en dessous était couvert par un drap, mais elle n'avait aucun mal à le visualiser. Son compagnon avait un corps incroyable, sculpté par plusieurs heures d'exercice hebdomadaire en salle de gym, complètement différent de celui d'Aleksei, qui était mince et dégingandé. Richard avait des muscles saillants et une petite cicatrice sous les côtes en forme de triangle. Et elle ne se lassait pas de lui.

Des années plus tôt, au moment de tourner la page sur sa relation avec Aleksei, elle avait traversé une longue période de morosité et de mélancolie. La rupture était nécessaire, Liza le savait, mais elle n'avait pas été plus facile pour autant. Aleksei lui avait manqué. Partager sa vie (ne serait-ce qu'un minimum) avec une autre personne lui avait manqué. Elle regrettait leurs discussions sur les services de renseignement, sur la mafia russe, au sujet de laquelle il enquêtait depuis des années, sur certains détails de sa vie quotidienne dont elle ne parlait à personne, hormis parfois à Kate. Même après leur rupture, la simple pensée d'Aleksei avait continué à la rendre heureuse. Elle le considérait d'une certaine manière comme son autre moitié, et elle aimait à penser qu'il était là, quelque part, dans le monde.

Sur le plan physique, ses rapports avec Aleksei avaient été merveilleux. C'était du sexe qui avait du sens — le meilleur qui soit, bien sûr — mais elle avait oublié qu'il y avait une autre façon de faire l'amour, plus brutale, plus intense, complètement obsédante. Le sexe pour le sexe. Richard lui offrait un cours de rattrapage dans ce domaine.

Elle n'arrivait pas à croire qu'elle ait renoncé si vite au célibat — et pourtant, si. Leur soirée au Landmark avait été euphorisante. Ils avaient bu du vin, les yeux dans les yeux, en échangeant des propos légers, des informations banales. Richard — qui se faisait appeler « Rich » — était conseiller juridique spécialisé dans les successions. A sa sortie de l'école de droit, il avait eu la chance de travailler pour un avocat connu, qui représentait quelques-unes des familles les plus riches des Etats-Unis, dont plusieurs à Chicago. Quand cet avocat avait pris sa retraite, ses clients étaient restés avec Rich, ce qui lui avait permis d'entrer comme associé au cabinet Toffer et Brodley. A présent, il partageait son temps entre Boston et Chicago.

— Et toi ? avait-il demandé.

Liza avait donné sa réponse habituelle : chargée des ventes internationales pour l'entreprise pharmaceutique Presario, spécialisée dans les vaccins. C'était vrai, d'ailleurs. Ce qu'elle ne lui dit pas, c'est que Presario appartenait au Trust, que lesdites ventes internationales n'occupaient que quinze pour cent de son temps et que sa véritable profession, c'était agent secret.

Après deux heures de cette conversation banale et pourtant brûlante, Rich s'était penché vers elle.

— Si je ne t'embrasse pas, je vais devenir fou.

Il s'écarta pour la regarder, en s'attardant sur ses lèvres. Pour la première fois depuis des années, Liza se sentit non seulement excitée, mais désirée à cent pour cent. Elle resta un moment silencieuse, savourant cette sensation.

— Je n'aimerais pas devoir te rendre visite dans un asile psychiatrique, dit-elle enfin.

Il sourit. La foule autour d'eux était dense et bruyante, et semblait les protéger des regards.

Il se pencha de nouveau, cette fois directement vers elle. Leurs bouches se rencontrèrent. Doucement, puis avec plus d'insistance. Elle attrapa les pans de sa chemise pour l'attirer contre elle. Tout disparut autour d'eux. Une minute plus tard, elle se rassit sur son tabouret et regarda son compagnon d'un air stupéfait.

— On s'en va? demanda-t-il.

— Oui.

— Chez toi?

— Chez toi. D'accord?

Elle n'avait jamais ramené un homme chez elle. Elle n'arrivait même pas à l'imaginer.

— Comme tu veux.

A l'arrière du taxi, ils s'embrassèrent de nouveau, de manière plus intense, et avec la conscience de ce qui allait suivre. Elle ne sut comment, sa jambe passa par-dessus celle de Rich, puis, un instant plus tard, il la soulevait et l'installait à califourchon sur lui! Tout habillée, d'accord, mais dans un taxi!

Liza avait raconté la soirée dans tous ses détails à Kate. Elle lui avait décrit le corps incroyable de Rich, la manière dont ils s'étaient pelotés dans le taxi. Kate était folle de joie. Elle avait conseillé à son amie d'essayer dans un train, la prochaine fois. C'était une des choses que Liza appréciait par-dessus tout chez Kate — son absence de jugement. Kate la sermonnait parce qu'elle travaillait trop ; elle lui conseillait constamment de prendre des vacances, de dormir davantage et même d'avoir plus d'amants, mais elle respectait les limites instaurées par Liza et, surtout, elle lui apportait un soutien inconditionnel. C'était très important pour Liza, même si Kate ne savait pas toujours ce qu'elle soutenait.

A présent, Liza souriait en regardant Rich dormir. Cette relation lui ressemblait si peu ! Après les préliminaires dans le taxi, ils s'étaient envoyés en l'air jusqu'aux petites heures du matin dans le loft que Richard louait dans le West Loop. Ils avaient pris un café ensemble le lendemain matin, et ils avaient refait l'amour le soir même. Il était parti quelques jours avec des amis pour le week-end du 4 Juillet, que Liza avait passé à travailler et à penser à lui. Il l'avait appelée dès son retour à Chicago. Maintenant, ils étaient de nouveau couchés dans le lit de Rich. Le seul endroit où Liza avait envie de se réveiller, ces jours-ci.

Elle regarda la pendule. 7 heures. Il lui fallait rentrer, se doucher et partir au travail. Elle supportait tellement mieux son travail depuis qu'elle avait une vie sociale. Une vie sexuelle, en tout cas.

Son téléphone émit un petit bip. C'était le signal qui indiquait un appel de la direction du Trust. Liza s'était entraînée à le guetter à tout moment, quoi qu'elle fasse par ailleurs.

Elle sortit du lit en une fraction de seconde.

— Oui, dit-elle en prenant l'appel.

Elle jeta un coup d'œil par-dessus son épaule. Rich avait le sommeil lourd ; sa poitrine continuait à se soulever selon un rythme régulier.

— Paul Costa à l'appareil.

Liza sentit son visage se figer. Paul Costa, autrement dit Roger, était son supérieur, mais elle ne le respectait plus depuis qu'il lui avait fait des avances au mariage de Kate.

— Oui, répéta-t-elle en quittant la chambre.

Elle ferma la porte derrière elle et s'éloigna dans le couloir, vers la penderie où Rich rangeait ses manteaux. Elle y entra en baissant la tête, marcha sur une paire de chaussures, se glissa sous un manteau et ferma la porte. Il était rare qu'il y ait des micros dans les penderies. Non qu'elle soupçonnât Richard d'avoir des micros chez lui, mais, mis à part son imprudente aventure avec Aleksei, Liza prenait toujours ses précautions.

— On a un problème avec ton ami, dit Roger.

— Quel ami ?

— Celui qui a épousé ton autre amie, Kate.

— Arrêtons de tourner autour du pot. Que veux-tu me dire au sujet de Michael ?

— Il est sur un terrain glissant.

— Comment ça ?

— Il n'arrive pas à statuer sur sa position au sein du Trust.

— Il me semble qu'il a clairement annoncé qu'il ne voulait plus s'occuper que du Twilight Club.

— C’est ce qu’il dit, oui. Mais il continue à faire des choses dans son coin.

— Quelles choses ? Le Club vient juste d’être inauguré.

— Tu sais que je ne peux pas te le dire… mais c’est inquiétant, Liza.

Il paraissait sincèrement inquiet. Une petite bulle de peur gonfla en elle.

— Qu’essaies-tu de me dire ?

— Juste que ton ami doit faire attention.

— Tu parles de Michael ?

— De tes deux amis, en fait. Je t’appelle parce que je me fais du souci.

— C’est ça.

— C’est vrai, dit-il simplement. Michael est aussi mon ami.

C’était vrai. Liza n’avait jamais eu de raisons de douter de l’amitié qui liait les deux hommes.

— C’est pour ça que c’est délicat, reprit Roger. C’est mon pote, tu comprends ? Je veux qu’il soit prudent. On lui a permis de se retirer du jeu autant que possible. Mais il y a un certain nombre de choses que Michael est seul à savoir. Il va quand même devoir continuer à travailler pour nous d’une manière ou d’une autre. Et j’ai peur qu’il ne suive pas les ordres parce qu’il croit tout savoir.

Liza ne répondit pas. Michael avait longtemps occupé la direction du Trust. Pour avoir travaillé avec ce genre d’hommes, elle se doutait qu’il aurait du mal à être mis sur la touche — même si c’était lui qui l’avait voulu.

— Je ne suis pas non plus certain de sa discrétion, dit Roger.

— Tu n'as pas à t'inquiéter pour ça.

— C'est ce que je pensais, moi aussi. Mais Kate a percé un trou dans son armure. Elle a des soupçons. Elle pressent déjà qu'il y a des zones d'ombre au sujet du Twilight Club. Et il est amoureux d'elle. Je ne veux pas qu'il fasse l'erreur de lui confier quoi que ce soit.

Liza comprit en un instant. Les membres du Trust s'engageaient à ne jamais parler de l'organisation avec des personnes extérieures, et le Trust s'engageait à éliminer toute personne extérieure qui découvrait son existence. Avec Aleksei, Liza avait été d'une imprudence folle, mais elle ne lui avait jamais dit pour qui ni sur quoi elle travaillait. Elle l'avait laissé supposer qu'elle travaillait pour son gouvernement. Et quand elle s'était fait attraper, elle avait répété au Conseil ce qu'elle avait dit à Aleksei. Elle avait eu de la chance que Michael soit au Conseil. De la chance, aussi, d'être la fille de Coleman Kingsley. Même si, à présent, le nom de son père ne semblait plus susciter autant de respect que par le passé.

— C'est toi qui as fait entrer Kate dans notre monde, poursuivit Roger.

— Donc, c'est à moi de la protéger.

Silence.

— Entendu, dit Liza.

Elle raccrocha et resta sans bouger dans le placard sombre. Sa peau était glacée, et elle avait peur.

28.

Plus tard dans l'après-midi, lorsqu'elle fut de retour à son bureau, Liza prit son téléphone portable et appela Michael.

— La ligne est sécurisée ? demanda-t-elle quand il décrocha.

— Oui, j'ai activé le système de sûreté. On en a besoin ?

— Sans doute. Comment va Kate ?

— Euh... bien.

— On m'a appelée.

— Qui ?

Elle ne répondit pas.

— Roger, comprit-il avec exaspération. Nom d'un chien... Tout va bien, Liza. Il n'y a aucun problème.

— C'est sûr ?

— Il n'aurait pas dû t'appeler.

— Il prétend que je suis responsable.

— T'en parler dans mon dos, c'est impardonnable. Il me traite comme une nouvelle recrue.

— Peut-être parce qu'il aimerait que tu reviennes.

— Ecoute, j'ai donné mon accord pour des missions ponctuelles que je suis soi-disant le seul à pouvoir accomplir. Et je m'occupe du Twilight Club. Que veut-il de plus ?

— Je ne sais pas.

Elle fit pivoter sa chaise et regarda la photo de sa famille.

— Tellement de choses ont changé, au Trust…

— Tu l'as dit.

Il expira bruyamment, avant d'ajouter :

— Liza, je voulais te dire que je suis désolé, pour Aleksei.

Les yeux de Liza s'emplirent de larmes. Elle les essuya du plat de la main, mais elle savait qu'elles reviendraient. Ses émotions l'attendaient constamment au tournant, ces jours-ci.

— Merci, dit-elle. Tu as des infos sur cette affaire ?

Elle avait l'intention de le lui demander depuis un moment. Il n'avait jamais rencontré Aleksei, mais ses contacts en Russie étaient peut-être au courant de l'accident.

Il y eut un silence à l'autre bout du fil.

— Quoi ? Dis-moi !

— Je n'ai rien entendu d'officiel pour le moment.

— Accouche.

— Le rapport officiel n'a pas été rendu public mais, apparemment, ce n'était pas une erreur de pilotage. Il y avait une charge explosive attachée au moteur.

Liza se leva d'un bond.

— Pourquoi ne l'ai-je pas su plus tôt ? Ce n'est quand même pas quelque chose qu'on peut cacher !

Les larmes affluèrent de nouveau à ses paupières. Cette fois, elle ne put les retenir. On avait voulu tuer Aleksei. Ou quelqu'un à bord de son avion. Une vague de douleur déferla sur elle.

— Je l'ai appris hier, expliqua Michael. Il semble que

les autorités n'aient pas voulu ébruiter la nouvelle avant de connaître le responsable de l'attentat.

— Et alors ?

— Ils n'ont aucune piste.

— Tu peux te renseigner ? Demander autour de toi ?

— Bien sûr. Si c'est ce que tu veux.

— Oui. S'il te plaît. J'ai besoin de savoir, Michael.

Elle pinça les lèvres, mais ne put s'empêcher d'ajouter :

— Je l'aimais.

— Je sais.

— Qui peut te renseigner ? Qui t'a donné l'info sur l'avion ?

Silence.

— Je ne devrais pas te le dire.

— Est-ce qu'il joue sur les deux tableaux ?

Liza faisait allusion à un haut fonctionnaire russe qui avait été recruté par la Mafiya.

— Pas exactement.

— Est-ce quelqu'un qui a déjà de l'argent et qui cherche à jouer sur les deux tableaux ?

Nouveau silence. Tous deux savaient de qui elle parlait : un magnat du pétrole russe qui parlait de se présenter aux élections et qui était également connu pour faire partie de la Mafiya.

Elle avait lancé cette hypothèse au hasard, mais le silence de Michael en disait long.

— Rappelle-le, ordonna-t-elle. Cuisine-le.

— Il ne veut plus parler au téléphone. Il m'en a déjà trop dit.

— Va le voir, alors. Je t'en supplie.

— Là, tu m'en demandes trop. C'est le genre de personnes que j'essaie de ne plus fréquenter, tu te rappelles ? C'est pour Kate que je fais ça.

— Je sais, mais s'il te plaît, Michael…

Les larmes ne cessaient de remplir ses yeux, et elle les laissait couler sur ses joues.

— Liza, il est mort. Il faut tourner la page.

Elle pensa à Rich Macklin, qui lui avait demandé de le retrouver pour le dîner. Il l'attirait de plus en plus. Or les relations à deux étaient toujours délicates pour les membres du Trust… Pourtant, en dépit des mises en garde de Roger, Michael et Kate semblaient avoir réussi à en forger une. Pourquoi n'y arriverait-elle pas, elle aussi ? Elle pouvait au moins essayer, non ? Mais il n'y avait aucune chance pour que ça marche si elle ne faisait pas correctement le deuil d'Aleksei.

— Il faut que tu m'aides, Michael.

Il émit un petit grognement exaspéré.

— Je veux t'aider, mais il faudrait que j'aille le voir en personne.

— Alors vas-y. Fais-le pour moi.

— Il est à Miami.

Liza se rappela un séjour qu'elle avait passé à Miami avec Aleksei.

— C'est moins loin que Moscou.

— Bon sang, Liza…

— Tu veux que je te supplie ?

— Que vais-je dire à Kate ?

— Dis-lui que tu as rendez-vous avec un investisseur. C'est vrai. Morgan Hadley habite là-bas.

Morgan était membre du Conseil de direction du Trust. C'était une femme réservée, que beaucoup de gens prenaient pour une abeille ouvrière sans aucune opinion personnelle, mais Michael et Liza savaient tous deux que ce n'était pas le cas. Coleman l'avait fait entrer au Trust parce qu'elle était exceptionnellement intelligente et perspicace. A présent, par sa position au Conseil, elle faisait partie des gens qui décidaient du sort de Michael.

— Tu vas aller à Miami, dit Liza, et tu vas parler à ton contact. Mais tu vas aussi donner rendez-vous à Morgan pour lui réexpliquer pourquoi tu veux te retirer de l'action. En plus, cette rencontre avec Morgan t'aidera à convaincre Roger que ta décision est prise. Tu ne parles à personne de ton rendez-vous avec le Russe, et tout ira bien.

Il y eut encore un silence.

— D'accord, dit enfin Michael.

— Merci, merci !

Puis elle ajouta :

— Je t'accompagne.

— Ça ne servirait à rien. Il refusera de te rencontrer.

— Pas forcément.

— Si.

— Je peux être très persuasive.

— Liza, crois-moi. Fais-moi confiance.

— Je veux y aller, c'est tout. Je n'en peux plus d'être ici.

Elle pensa de nouveau à Richard, assis dans son bureau douze étages plus bas. Elle ne voulait pas le voir, ne voulait même pas envisager une relation avec lui avant d'avoir réglé le problème Aleksei. Avant d'avoir appris ce qui s'était réellement passé. Et d'avoir fait payer les auteurs du crime.

Ensuite, elle pourrait tourner la page. Elle s'en laverait les mains et elle offrirait à Rich un cœur tout neuf.

— Fais ce que tu veux, dit Michael. Je serai au Delano.

— Quand ?

— Il me faudra quelques jours pour prendre mes dispositions au restaurant.

Liza réfléchit. Elle avait des contacts à Miami à qui elle pourrait donner rendez-vous. Il était toujours bon d'entretenir ce genre de relations, surtout quand on n'avait rien de spécial à leur demander dans l'immédiat.

Elle repoussa son bureau.

— On se voit en Floride.

29.

Si j'avais retenu une leçon de mon premier mariage, c'était l'importance de savoir s'adapter. Aussi, après notre dispute, ce matin-là, j'attendis que Michael revienne, puis j'acceptai de partir en promenade avec lui et de nous réconcilier. Michael était célibataire depuis longtemps, il fallait que je lui laisse le temps de m'admettre dans son monde.

La soirée qui suivit au club fut chargée. Michael était très occupé : les salles de réception privées étaient de nouveau réservées par une vingtaine de clients de toutes origines. Cinq Japonais et une Japonaise arrivèrent en avance et patientèrent au bar, en silence, devant des whiskys. Je repérai aussi quelques Anglais élégamment vêtus et une poignée d'autres qui, d'après ce que j'avais entendu en leur servant un cocktail avant le dîner, arrivaient de différents pays d'Amérique centrale.

C'était une réunion d'affaires, me dit Michael, une sorte de séminaire. Quand je lui demandai de quel genre d'affaires il s'agissait, il me parla vaguement de fonds d'investissement privés. Puis il s'engouffra avec le groupe au sous-sol.

Il ne réapparut qu'après minuit. Nous étions tous les deux tellement épuisés que nous rentrâmes à toute vitesse et nous écroulâmes au lit. Les jours suivants se déroulèrent de même.

A présent, nous partions au travail à pied. C'était une magnifique journée ensoleillée, et Michael venait de m'annoncer qu'il s'envolait pour Miami.

— Tu pars alors que le club vient d'ouvrir ?

— Je sais, ça tombe mal.

Il salua d'un hochement de tête un vieil homme assis devant son kiosque à journaux.

— J'ai des investisseurs à Miami qui n'ont pas pu venir pour l'inauguration. On a besoin de finaliser ensemble certains aspects financiers.

— Tu as combien d'investisseurs, en tout ?

— Trop ! dit-il en riant.

Je lui posai d'autres questions, mais il répondait à toutes par des formules telles que « C'est difficile à expliquer ».

— Je suis comptable, dis-je enfin. Je comprends la finance, tu sais.

— C'est assez compliqué, dit Michael en détournant les yeux.

— Pourquoi es-tu toujours si évasif ?

Il me lança un regard oblique.

— Excuse-moi, dis-je. Je veux juste qu'on soit proches, tous les deux. Je veux juste que tu saches que je suis capable de comprendre les détails. J'ai *besoin* de les comprendre.

Il s'arrêta et se tourna vers moi.

— Kate, les détails sont à mourir d'ennui. Je n'ai pas envie que tu me racontes chaque détail de ta journée. Je n'ai pas envie de connaître la composition de chaque cocktail que tu prépares… et je n'ai pas envie de t'expliquer chaque détail de ma journée à moi. C'est comme ça que je fonctionne. Et je ne pense pas que ce soit un mal. Tu es ma femme, j'ai envie de partager avec toi tout ce qu'il y a d'important dans ma vie. J'essaie de le faire, en tout cas.

Il me regarda d'un air inquiet.

— Alors, dis-je, tout à l'heure, une bonne femme me demande un Sweet Martini sans vermouth. Je lui dis : écoutez, s'il n'y a pas de vermouth, ce n'est pas un Sweet Martini, et elle me répond, super énervée…

Michael se mit à rire, soulagé, puis il m'embrassa et nous poursuivîmes notre chemin en direction du club.

Deux jours plus tard, à mon retour du restaurant, la maison baignait dans un clair de lune bleuté. C'était si beau que j'avais envie de le partager avec quelqu'un, mais Michael était à Miami.

Je l'appelai sur son portable. La messagerie s'enclencha presque aussitôt. Je regardai ma montre. Michael était peut-être déjà au lit, entre les draps soyeux du Delano, un hôtel où j'avais toujours rêvé de séjourner. Nous avions brièvement parlé de nous retrouver là-bas, mais le personnel du Twilight Club n'était pas encore au complet et il n'y avait personne pour me remplacer. En réalité, j'étais ravie de rendre service à Michael en participant à la bonne marche du club en son absence.

J'allumai les lampes. La maison s'emplit d'une douce lumière ambrée. J'ôtai mon pantalon noir et ma chemise de barmaid, défraîchis par la chaleur de mon corps. Je déposai le tout dans le panier à linge de la penderie et j'enfilai un short et un T-shirt gris à l'emblème du Evanston Township Highschool, le lycée où Liza et moi avions passé notre adolescence.

Je regardai de nouveau ma montre. Il n'était pas si tard, à Chicago. Je remplis un verre de vin, m'installai à la table de la cuisine et composai le numéro du portable de Liza. Messagerie. J'essayai son fixe. Répondeur.

Etait-elle avec son nouveau petit ami, Rich ? Ou bien chez elle, prostrée de chagrin à cause de la mort d'Aleksei, incapable de décrocher ? J'étais horrifiée par cette disparition, même si Liza ne l'avait pas vu depuis longtemps. Comme d'habitude, elle ne m'avait pas confié tous les détails de leur relation, mais je savais qu'elle l'aimait. Ce qui, chez Liza, était très, très rare. Cela n'avait pas marché, entre autres parce que Aleksei était russe et qu'ils ne voulaient ni l'un ni l'autre s'expatrier, mais, mon Dieu, perdre une personne si proche, c'était affreux ! Si seulement je pouvais faire quelque chose pour l'aider…

Je bus une gorgée de vin dans la cuisine vide et silencieuse. Liza m'avait dit qu'elle pensait rendre visite à sa mère, installée en Californie.

Je décidai d'appeler les renseignements pour obtenir son numéro. Même si Liza n'était pas là, j'aurais plaisir à parler un peu à sa mère. J'étais en manque de tout ce qui me rattachait, de près ou de loin, à Chicago.

Je notai le numéro de Delia Kingsley à Palm Springs. Quelques secondes plus tard, son téléphone sonnait. Une voix distinguée répondit.

— Allô ?

— Madame Kingsley ?

— Oui.

— Bonsoir, c'est Kate Greenwood.

— Mon Dieu, Kate ! Comment vas-tu ?

— Très bien, merci.

— Toutes mes félicitations pour ton mariage. Liza m'a tout raconté.

Nous bavardâmes une dizaine de minutes, évoquant Michael, puis la résidence où vivait Delia, aménagée autour d'un terrain de golf privé.

Comme la conversation s'épuisait, je lançai :

— Liza n'est pas là, par hasard ? Elle m'a dit qu'elle allait peut-être vous rendre visite.

— Oh, tu sais comment ça se passe, soupira Delia. Elle en parle toujours, mais elle n'a jamais le temps. En fait, elle est à Miami.

Ma main se figea autour de mon verre de vin.

— A Miami ?

— Oui, pour le travail.

Pourquoi Liza était-elle à Miami au même moment que Michael ?

— Vous savez où elle est descendue ?

— Au Shore Club, je crois.

Elle n'était pas au Delano, au moins ! Mais je me rappelai les raisons douteuses que Michael avait invoquées pour justifier son voyage.

Je posai mon verre de vin sur la table basse. Puis je dis poliment au revoir à Delia Kingsley, et je retentai d'appeler Michael.

30.

Miami, Etat de Floride

En entrant au Crobar, Michael réprima une grimace. Rien de pire que d'être cinquantenaire dans une boîte bondée de jeunes gens. Les basses étaient si fortes qu'elles faisaient vibrer ses dents.

Les Russes adoraient ce genre d'endroit — même ceux qui, comme Viktor Tchenko, étaient riches et cultivés. Michael ne s'était donc pas étonné que Viktor lui propose de le retrouver au Crobar. Il était arrivé en avance, comme d'habitude, en se conformant aux instructions — il était seul et son téléphone était éteint. Viktor ne voulait pas être interrompu.

La rencontre de Michael avec Morgan Hadley, plus tôt dans la journée, s'était bien passée : la responsable du Trust s'était montrée compréhensive. Elle avait convenu avec lui que le Trust devait continuer à respecter le code de l'honneur dont Coleman Kingsley l'avait doté. Puis elle lui avait répété ce qu'il savait déjà — qu'il était impossible de quitter le Trust. Elle l'avait remercié pour son travail au Twilight Club, et l'avait invité à le poursuivre. Michael avait apprécié sa franchise et l'avait quittée avec le sentiment d'être respecté pour son nouveau rôle au sein de l'organisation.

Et voilà qu'il se retrouvait dans cette boîte infernale, comme si rien n'avait changé.

En se frayant un passage parmi les habitués du club beaux et virils qui envahissaient l'entrée, Michael se félicita d'avoir grandi à une autre époque, avant que les hommes ne s'épilent les sourcils et ne fréquentent les centres de bronzage. Il contourna un groupe de femmes, toutes vêtues de jeans moulants et de hauts minuscules, les cheveux savamment ébouriffés, et il songea à la chance qu'il avait d'avoir rencontré Kate. Elle était belle et distinguée. Ce soir, il s'entretiendrait avec Viktor pour Liza. Il se sentait un certain devoir envers elle : lors de sa dernière conversation avec Coleman, Michael avait promis de garder un œil sur Liza — même si elle n'en avait pas vraiment besoin. Mais aujourd'hui, elle lui avait demandé de l'aider : il lui rendrait ce dernier service, puis il rentrerait auprès de sa femme.

Il descendit les quelques marches qui menaient au bar. Les clients se bousculaient pour se faire servir, et Michael savait qu'ils n'hésiteraient pas à lui passer sur le corps. Il se redressa de toute sa hauteur, joua des coudes pour parvenir au bar et y posa un billet de cent dollars.

Une seconde plus tard, un jeune Noir doté de biceps gros comme des citrouilles apparut devant lui.

— Qu'est-ce que je vous sers ?

— Glenlivet glace.

Michael donna le billet au barman, puis il se retourna vers la salle. Il parcourut d'un regard entraîné, systématique, les clients qui dansaient, ceux qui traînaient aux abords de la piste, ceux qui se tenaient sur la mezzanine. Son œil s'arrêta sur une femme seule appuyée d'une main à la rambarde. Ses cheveux noirs étaient coupés au carré et elle portait une robe vert pomme. Elle était plus élégante que les gens autour d'elle, mais ce n'était pas ce qui avait attiré l'œil de Michael. C'était son déhanchement, la parfaite nonchalance de son attitude. Il l'aurait reconnue n'importe où.

Réprimant un juron, il se fraya un chemin vers l'escalier en guettant l'apparition de Viktor ou d'un membre de son entourage. Il grimpa au niveau supérieur et se dirigea droit vers elle.

— Liza, qu'est-ce que tu fiches ici ?

— Je commande un cocktail.

— En me compromettant au passage.

— Je suis passée boire un verre, c'est tout.

— J'essaie de t'aider, Liza. Fais ce que je t'ai dit. On se retrouve tout à l'heure, comme prévu.

— Je veux simplement lui parler. Je pourrai lui poser des questions auxquelles tu n'auras pas pensé… Après tout, c'est moi qui connaissais Aleksei !

Michael recula d'un pas pour mettre de la distance entre eux.

— Ne dis pas n'importe quoi. Il déguerpira dès qu'il te verra, tu le sais très bien. Tu veux que j'essaie de savoir quelque chose, oui ou non ? A cause de toi, on risque de perdre un des seuls contacts susceptibles de nous renseigner ! Alors, s'il te plaît, va-t'en. Je t'appellerai quand j'aurai fini.

Elle ne répondit pas. Il leva les yeux vers elle et vit que son visage était déformé par l'émotion.

— Je ne sais plus où j'en suis, dit-elle. Désolée, Michael. Merci de tout ce que tu fais pour moi.

— Pas de problème. Maintenant, fiche le camp.

Liza le quitta sans ajouter un mot. Sa robe verte se fondit dans la foule et disparut.

Michael redescendit au rez-de-chaussée et s'avança jusqu'au coin de la piste de danse. Au bout d'un moment, il sentit une main se poser sur son épaule. Il se retourna : c'était un des gardes du corps de Viktor, un jeune homme au regard las et méchant.

— Par ici.

Michael le suivit. Son pouls s'accéléra un peu. C'était toujours le cas quand il rencontrait un contact, particulièrement un Russe. Ils étaient versatiles, et même les plus raffinés pouvaient avoir une âme de brute.

Ils parlèrent pendant près d'une heure, confortablement assis sur les canapés du carré VIP installé à l'étage. Quand Michael se leva pour prendre congé, à la fin de la conversation, Viktor Tchenko regardait déjà par-dessus son épaule vers un groupe de jeunes femmes.

Michael les regarda aussi — pour s'assurer que Liza n'était pas parmi elles —, puis il fit ses adieux à son compagnon. Plutôt élancé, les cheveux noirs et ondulés, Viktor était marié et père de cinq enfants. Il était plus ou moins fidèle à sa femme quand il était en Russie, mais ici… c'était différent.

Michael connaissait Viktor depuis plus de dix ans. Il l'avait rencontré quand il était encore réglo — aussi réglo que pouvait l'être un magnat du pétrole russe. Il avait des amis haut placés et constituait une bonne source d'informations. Au moment de se lancer dans la politique, il avait accepté le soutien de la Mafiya. Cette alliance ne l'avait pas empêché de continuer à fournir certains renseignements à Michael. C'était d'ailleurs en partie grâce à Viktor qu'il avait pu infiltrer l'organisation de Trotsky et, au final, lui briser le cou. Cette mission continuait à lui inspirer une certaine ambivalence. Et le fait qu'il ressente de la culpabilité au sujet d'un homme aussi dangereux, qui avait semé la terreur autour de lui pour arriver à ses fins, signifiait qu'il devait absolument prendre sa retraite.

— Merci pour les informations, dit-il à Viktor en lui serrant la main.

Ce dernier la tint entre ses doigts un peu plus longtemps que d'habitude.

— Je sais que tu les utiliseras avec prudence, dit-il.

— Bien sûr, affirma Michael. Toi aussi, sois prudent.

Les membres de la mafia russe vivaient rarement vieux. Or, Michael avait de l'affection pour Viktor. Il aimait sa jovialité et sa candeur, une qualité qu'il avait rarement rencontrée chez ses concitoyens russes.

Viktor secoua la tête.

— Tu n'as pas besoin de t'inquiéter pour moi, mon ami.

Si seulement c'était vrai ! pensa Michael.

Il revint vers le rez-de-chaussée de la boîte, plus bondé qu'avant, et sortit dans la nuit étoilée, soulagé d'avoir fait son devoir.

Il sortit son téléphone de sa poche. Quatre appels en absence, tous de Kate. Il la rappela immédiatement. Elle décrocha à la première sonnerie.

— Allô, mon amour. Que se passe-t-il ?

— A toi de me le dire.

— Comment ça ?

Un groupe le bouscula en se dirigeant vers l'entrée de la boîte : ils riaient fort et ne marchaient plus très droit.

— Où es-tu ? demanda Kate d'une voix plus douce que d'habitude.

Michael se mit à marcher. Par habitude, il lançait de petits coups d'œil devant et derrière lui, puis à sa gauche et à sa droite.

— Je sors d'une boîte de nuit où j'avais rendez-vous. Et toi, comment vas-tu ?

Kate resta un instant silencieuse.

— Michael, je veux te poser une question.

— Bien sûr.

— Est-ce que Liza était là ?

Michael s'arrêta net. Il regarda de part et d'autre de la rue. Rien. Il n'était pas suivi. Maintenant, le plus important, c'était Kate. Et la question qu'elle venait de lui poser.

Il n'avait jamais menti à Kate. Pas une seule fois. Oui, il avait éludé certaines questions, il avait répondu par des généralités, il avait commis des omissions, mais il ne lui avait jamais menti.

Et voilà qu'il se retrouvait en panne sèche sur un trottoir de South Beach, incapable de dire un mot, ce qui lui arrivait rarement.

— De quoi tu parles ? s'exclama-t-il d'une voix indignée pour gagner du temps.

— Réponds-moi. Est-ce que Liza était dans cette boîte de nuit ?

Comment savait-elle que Liza était à Miami ?

— Je n'ai aucune idée de l'endroit où elle se trouve, dit-il enfin.

C'était vrai, d'ailleurs. Et cette pensée lui fit l'effet d'un baume.

— Eh bien, je vais te le dire, Michael. Elle est à Miami. Comme toi.

— C'est dingue ! On pourrait prendre un café demain, si j'ai le temps. Tu sais dans quel hôtel elle est descendue ?

— Non, et toi ?

— Bien sûr que non !

— Michael…

Sa femme avait une voix triste et perplexe. Cela lui fit mal.

— Oui ?

— Est-ce que tu l'as vue ?

Que pouvait-il faire ? Dire à sa femme qu'il avait retrouvé sa meilleure amie dans une boîte de nuit, mais que ce n'était pas ce qu'elle pensait ? Il n'avait aucune peine à imaginer sa réaction. Elle ne croirait pas un mot de ses protestations. Et comme il ne pouvait pas lui confier la véritable raison de leur rencontre… il n'avait pas le choix. Il devait lui mentir. Même s'il s'était promis de ne pas le faire.

— Je n'ai pas vu Liza.

Il prit le ton d'un homme légèrement déçu par sa femme et par ses accusations sous-jacentes.

Il mentit. Il aimait sa femme, alors il mentit.

31.

Assise au bar d'un minuscule restaurant cubain, Liza fixait l'écran de son téléphone. Le numéro de Rich s'était affiché une fois, puis celui de Kate à plusieurs reprises. Liza adorait recevoir des messages de Kate, mais ce n'était pas à Kate qu'elle voulait parler ce soir. C'était à son mari. S'abstenant de rappeler sa messagerie, elle but sa Pacifico à la bouteille en guettant l'apparition du numéro de Michael.

De temps en temps, elle jetait un coup d'œil autour d'elle. Le restaurant était fréquenté par des habitués qui venaient ici pour manger des plats cubains et boire de la Hatuey. A son arrivée, une heure plus tôt, ils l'avaient tous dévisagée — la blanche à la robe verte — mais, à présent, leur curiosité s'était émoussée. Seule au bar, elle attendait.

Elle aurait pu attendre au bar de son hôtel, un endroit rempli de gens de son âge, de gens qui gagnaient beaucoup d'argent et s'apprêtaient à passer une soirée festive et luxueuse à Miami. Mais cela n'aurait fait que lui rappeler à quel point elle était seule.

Enfin, son téléphone émit deux bips, indiquant un appel du Trust. Liza décrocha aussitôt.

— Prêt ? demanda-t-elle.

— On se retrouve sous la véranda du Delano.

— Parfait.

Elle connaissait le Delano ; elle savait que la véranda était meublée de divans entourés de longs voilages qui, si on les disposait correctement, permettaient de s'abriter complètement des regards extérieurs. En outre, le flot continu de voitures passant devant l'entrée rendait difficile toute surveillance audio, même s'ils n'avaient aucune raison d'en craindre une. On ne savait jamais, voilà tout.

Michael débita quelques instructions, puis raccrocha abruptement.

Quinze minutes plus tard, Liza était installée dans un divan blanc moelleux sous la véranda de l'hôtel, dos au mur, comme le lui avait demandé Michael. En d'autres circonstances, elle aurait pu apprécier le cadre, mais à présent elle était rongée par la pensée de ce qu'elle allait bientôt apprendre sur Aleksei.

Michael surgit brusquement à sa droite, derrière un rideau blanc. Il était doué, cela ne faisait aucun doute. Liza était sur le point de plaisanter sur cette apparition subite quand elle remarqua son expression sinistre.

— Qu'est-ce qui ne va pas ?

Il prit place sur le divan, à une trentaine de centimètres d'elle, et détourna le regard.

— Que s'est-il passé ? insista-t-elle. Tu as appris quelque chose sur Aleksei ?

— Oui. Il est clair qu'il y avait un explosif à bord, mais personne ne sait qui était la cible de l'attentat, ni pourquoi. On sait seulement que l'appartement d'Aleksei a été cambriolé plusieurs fois avant sa mort et que, après, l'endroit a été mis à sac. Peut-être par un membre de la famille pressé de récupérer l'héritage.

Michael refusait toujours de croiser son regard.

— Il avait peut-être découvert quelque chose d'important, dit-elle. Et quelqu'un a voulu s'assurer qu'il n'en parlerait à personne.

— Peut-être.

Il tourna enfin les yeux vers elle ; il était en colère.

— Qu'est-ce qu'il y a, Michael ?

— A partir de maintenant, tu te débrouilles seule. Ce qui est arrivé à Aleksei ne me concerne plus.

— Qu'est-ce qui te prend ?

Il secoua la tête.

— Kate sait que tu es à Miami.

— Quoi ?

— Tu as entendu ce que j'ai dit, non ?

— Comment ?

— Aucune idée. Tu lui en as parlé ?

— Certainement pas !

— Eh bien, elle est au courant. Et elle s'imagine toutes sortes de choses.

Liza s'affaissa un peu.

— Oh, mon Dieu. La pauvre. Comment a-t-elle pu l'apprendre ? Je ne l'ai dit qu'à une seule personne.

Elle pensa à sa mère.

— Est-ce qu'elle tient le coup ?

— Je lui ai donné l'impression que c'était une pure coïncidence. Je lui ai dit que je ne savais pas du tout où tu étais. J'ai menti à ma femme, Liza. J'ai été obligé de le faire.

— Je sais. Et c'est ma faute. C'est moi qui t'ai obligé à venir ici.

Il ne dit rien.

— Je suis tellement désolée, Michael… J'appellerai Kate demain à la première heure. Je sais qu'elle s'est sentie un peu exclue ces derniers temps, mais je vais tout arranger. Je te le promets.

— Je crois que tu en as déjà assez fait.

Il détourna de nouveau les yeux. Tous deux restèrent un moment silencieux. Enfin, Michael lui lança un regard dur.

— Comme je te l'ai dit, tu devras te débrouiller seule à partir de maintenant.

Liza hocha la tête. Elle bascula en mode professionnel, cherchant une piste à suivre.

— Je pourrais parler à son frère, dit-elle en réfléchissant à voix haute.

Elle avait brièvement rencontré le frère d'Aleksei à Moscou, des années auparavant.

— Le prêtre ?

— Oui.

— Je ne pense pas que ça donnera grand-chose.

Tout à coup, Liza se souvint d'une tactique — une tactique qu'elle avait apprise à Aleksei. Elle sut alors qu'une conversation avec le prêtre pourrait lui être extrêmement utile. Un petit frisson d'impatience la traversa.

Elle était sur le point d'en parler à Michael quand quelque chose l'en dissuada. La manière dont il avait identifié son frère du tac au tac. *Le prêtre.* Evidemment, elle lui avait demandé de se renseigner sur la mort d'Aleksei, mais c'était surprenant qu'il en sache autant sur sa famille.

Une petite voix dans sa tête lui enjoignit de s'en tenir là. Or cette petite voix, Liza l'écoutait toujours.

— Merci, Michael, dit-elle. Du fond du cœur.

— Attends.

Il se leva et fit signe à un serveur, qui s'approcha en apportant deux cafés sur un plateau.

— Qu'est-ce que c'est ? demanda Liza.

— J'ai dit à Kate que je prendrais peut-être un café avec toi. Une fois rentré, je n'ai pas envie de lui mentir encore. Alors bois ce café.

— Merci, mais je viens de boire une bière et je dois y aller.

— Bois ce café, nom de Dieu !

Elle remercia le serveur, prit l'une des tasses blanches et avala une ou deux gorgées de café. Puis elle se leva et partit.

De retour à son hôtel, elle consulta son planning. Elle devait se rendre en Finlande deux jours plus tard. Une escale à Moscou ne poserait pas de problème. Elle alluma son ordinateur et réserva un billet d'avion.

32.

Saint-Marabel, Canada

Michael allait et venait en moi. Tandis que nos corps s'unissaient, nos regards restaient fixés l'un à l'autre. La chambre était éclairée par la lumière d'un lampadaire qui filtrait entre les rideaux tirés.

— Je suis fait pour être là, avec toi, dit-il à voix basse.

Je hochai la tête. Je n'osais rien dire. Je me contentai de le sentir en moi. Je laissai mon sentiment de plaisir se transformer en sentiment d'amour, en sentiment de bonheur, en sentiment de sécurité. Puis je fermai les yeux et j'eus subitement l'impression de me trouver entre les mains d'un manipulateur professionnel.

Plus tard, nous nous fîmes face. La lumière du lampadaire dessinait une bande blanche sur le mur de la chambre.

— Tu m'as manqué, dit-il.

— Toi aussi.

Je faillis m'excuser. Dire que je regrettais de l'avoir soupçonné en apprenant que Liza était à Miami. Mais je me retins. Parce que, à vrai dire, je ne le regrettais pas. C'était une réaction franche, spontanée, et la franchise était quelque chose dont j'avais envie, qui m'avait manqué dans ma relation avec Scott.

— A propos de cette histoire avec Liza..., commençai-je.

Michael crispa la mâchoire. C'était presque imperceptible, mais j'avais appris à le remarquer. C'était l'un des rares indices qui permettaient de savoir qu'il était mécontent ou mal à l'aise.

— Il n'y a pas d'histoire avec Liza, dit-il.

— Je sais.

Je changeai de position pour être plus près de lui et posai une main sur son bras.

— Je sais qu'il ne se passe rien entre vous.

— Tant mieux.

— C'était juste très curieux que vous soyez tous les deux à Miami au même moment.

— Des choses plus curieuses arrivent tous les jours.

— Sans doute.

J'ôtai ma main de son bras.

— Qu'y a-t-il, Kate ?

— Je ne sais pas. Ça va peut-être te paraître dingue, mais il me semble qu'il y a d'autres choses bizarres entre Liza et toi.

— Que veux-tu dire ?

— Je pensais à notre premier rendez-vous. Quand nous avons parlé de Liza, tu savais déjà tellement de choses sur elle et sur sa famille ! Tu savais même que son frère, Colby, était mort quand on était jeunes.

— Et alors ?

— Ça fait beaucoup d'informations personnelles pour des gens qui se sont brièvement côtoyés au travail.

Michael ouvrit les yeux, puis les referma. Impossible de savoir ce qui se passait dans sa tête.

— Tu as connu le père de Liza ?

Michael parut très légèrement décontenancé.

— Pourquoi tu me poses cette question ?

— Parce qu'il travaillait pour Presario. Il est mort depuis un moment, mais tu aurais pu le croiser.

— Je l'ai rencontré, oui.

— C'était un type formidable. Très dur, mais formidable.

Je guettai attentivement la réaction de Michael. Il ne dit rien.

— C'est par lui que tu as su, pour Colby ? demandai-je enfin.

Il haussa les épaules.

— Soit par Coleman, soit par Liza, je ne m'en souviens plus vraiment. Est-ce vraiment si bizarre ?

— Pour Liza, oui. Elle n'en parle jamais à personne.

— Que veux-tu ? J'ai souvent cet effet sur les femmes.

Je regardai attentivement ses magnifiques yeux bruns qui s'emplissaient parfois de tristesse, les lignes qui s'en éloignaient pour disparaître dans la peau lisse de ses joues. J'aimais cet homme. Je lui faisais confiance. Non ?

Je mis mon bras autour de sa taille et me blottis contre lui.

— Si tu essayais de me faire de l'effet, à moi aussi ?

33.

Trente-cinq ans plus tôt
District de Khiêm Hanh, Vietnam

Michael posa sa tête sur l'oreiller à 2 heures, mais il savait qu'il ne dormirait pas. Il était habitué à travailler tard et à dormir quatre ou cinq heures par nuit ; en général, le sommeil lui venait facilement. Mais il avait été nerveux et agité toute la journée.

La carte d'anniversaire qu'il avait reçue ce matin de ses parents y était sans doute pour quelque chose. L'illustration représentait un lapin portant un chapeau haut de forme. C'était une carte pour un enfant de huit ans, pas pour un jeune homme qui se sentait déjà très, très vieux. S'il avait été chez lui, à Providence, Michael aurait roulé les yeux et expliqué à ses parents qu'il n'était plus un bébé. Il aurait peut-être même été fâché de constater à quel point ils le connaissaient mal. Mais aujourd'hui, ici, la carte l'avait fait pleurer. Il l'avait remise précipitamment dans l'enveloppe jaune et il s'était enfermé aux toilettes pour la ressortir et la lire. « Nous t'aimons, Michael », écrivait sa mère. Il s'était autorisé à pleurer en silence pendant quinze secondes environ. Puis il s'était essuyé les yeux avant de rentrer dans la villa. Il n'avait pas touché à son petit déjeuner.

Une heure plus tard, la *mama-san* lui avait apporté un autre bol de riz à l'écorce de cannelle, et, pour une fois, elle avait soutenu son regard. Il avait alors perçu dans ses yeux une étincelle de sympathie et d'animation qui n'y était pas habituellement.

Dans la matinée, un agent qui travaillait sous les ordres de Michael était passé l'informer d'activités du Viêt-cong dans la forêt de Boi Loi, non loin de Khiêm Hanh.

L'agent, un homme de petite taille, âgé de quelques années de plus que Michael, avait un don exceptionnel pour le vietnamien, et pour se glisser au sein d'un groupe de personnes sans se faire remarquer.

— Ils mettent en place un relais ? lui demanda Michael.

L'agent hocha la tête.

Tous deux se turent un instant. La forêt de Boi Loi avait été utilisée comme base de repli lors de l'offensive du Têt sur Saigon. L'installation d'un nouveau relais par le Viêt-cong ne pouvait signifier qu'une chose : un événement de grande ampleur se préparait.

Après le départ de l'agent, Michael rédigea un rapport et le fit envoyer d'urgence à son commandant. Il se demandait quand le colonel Kingsley le lirait. Et pourquoi il n'avait pas répondu à ses précédents rapports sur le même sujet.

Depuis leur rencontre dans le district de Go Vap, après laquelle Michael avait éliminé le chef de village soupçonné de collaborer avec le Viêt-cong, le colonel lui faisait parvenir des messages codés. Le premier d'entre eux le félicitait pour l'accomplissement de sa mission. Les suivants, en réponse à ses rapports, autorisaient Michael à décider lui-même des mesures qui s'imposaient. Depuis le meurtre du chef, il avait tué onze autres hommes : des collaborateurs du Viêt-cong et des gradés nord-vietnamiens. Michael les tuait toujours à mains nues, et — sans vraiment savoir pourquoi — toujours de trois fractures à la nuque. La première fois, il avait agi ainsi pour être sûr que le chef était bien mort ; à présent, c'était devenu sa méthode de travail. Ce travail, Michael ne l'aimait pas. Bien au contraire. Dans les jours qui suivaient les éliminations, il était malade, incapable de manger. Mais il préférait ces missions aux massacres impersonnels et hasardeux du combat ordinaire. Chaque fois qu'il tuait quelqu'un, il éliminait un véritable obstacle à la victoire américaine, un véritable danger pour les Etats-Unis. Aussi Michael endurait-il ses jours à la villa en se répétant qu'il faisait œuvre utile — et qu'il en était fier.

Récemment, néanmoins, la situation avait changé. On entendait de plus en plus parler d'émeutes et de manifestations aux Etats-Unis. C'était peut-être pour ça que les budgets de Michael avaient subi des coupes claires, que de nombreux agents avaient été réaffectés. A présent, le district de Michael souffrait d'une pénurie de personnel. Ceux qui restaient étaient à cran, surmenés.

Mais ce soir, malgré sa fatigue, il arrivait à peine à fermer l'œil, taraudé par un sentiment d'angoisse et d'isolement. Il était troublé par le silence qui avait accueilli ses rapports sur l'avancée du Viêt-cong dans la forêt de Boi Loi et ses demandes, exprimées en termes à peine voilés, d'autorisation d'éliminer les individus susceptibles de collaborer avec l'ennemi.

Il ne cessait de se tourner et de se retourner. Il mit son oreiller sur sa tête. Une heure plus tard, il entendit des tirs de mortier et se redressa immédiatement. Cela arrivait de temps en temps, la nuit, mais, cette fois, les tirs semblaient plus nombreux que d'habitude. Et venir de plus près.

Michael s'élança de sa chambre en hurlant des ordres à ceux qui étaient déjà dans les couloirs. Il courut jusqu'à son bureau et réclama par radio l'autorisation de riposter. C'était l'un des pires moments du combat : on se faisait tirer dessus, on s'attendait à être réduit en bouillie d'une seconde à l'autre, et on devait rester là sans rien faire jusqu'à ce que quelqu'un vous donne enfin l'autorisation de vous défendre.

Il donna à tous l'ordre de se tenir prêt à combattre devant la clôture d'enceinte et de vérifier que les mines antipersonnel étaient bien amorcées. Les tirs de mortier ne cessaient pas un instant : les explosions résonnaient et faisaient trembler les fondations de la maison. Au bout d'une bonne quinzaine de minutes, Michael reçut enfin l'autorisation de riposter.

Il était sur le point de quitter son bureau quand la radio se remit à crépiter.

— Votre périmètre est encerclé par des forces terrestres.

Michael eut l'impression que son sang se figeait dans ses veines.

Il demanda des renforts aériens. Seuls des hélicoptères munis de mitrailleuses, ou peut-être un Cobra, pouvaient repousser l'ennemi.

— Assistance refusée.

Eberlué, Michael regarda la radio sans rien dire. Puis il rétablit le contact et répéta sa demande en hurlant.

Il s'entendit opposer le même refus, suivi d'une explication.

— Aucune unité aérienne à proximité.

Foutaises! voulut hurler Michael. Depuis un an et demi, il y avait toujours des hélicos à proximité.

Il quitta le bureau en courant. Il donna l'ordre de tirer à volonté au napalm, qu'ils stockaient dans des bidons de deux cents litres. Des hommes couraient dans tous les sens en tirant devant eux. La poudre roussit le nez de Michael, suivie par l'odeur, reconnaissable entre toutes, du sang. Il leva les yeux et vit des soldats ennemis s'élancer avec aisance par-dessus la clôture. Plongeant dans un bunker, il attrapa un M-16 et se mit à tirer.

Quelques minutes plus tard, une grenade explosa devant lui, projetant un corps dans l'air et l'aspergeant d'éclats et d'autres substances plus atroces.

Il lui semblait que le combat ne cesserait jamais. Les explosions de grenade, les hurlements, les balles, le supplice durèrent des heures. Les vibrations des tirs de mortier le faisaient trembler des pieds à la tête.

Enfin, on entendit un vrombissement dans le ciel. Deux hélicoptères Spooky — des C-47 américains — équipés de mitrailleuses 20 mm, apparurent au-dessus de la villa et ouvrirent le feu.

— Dieu soit loué, souffla Michael.

Les hélicos firent leur travail de manière efficace, presque trop efficace. Subitement, le combat qu'ils enduraient depuis des heures ressemblait à un jeu ridicule.

A 6 heures du matin, les tirs s'espacèrent, les hélicos reprirent de l'altitude, et les premiers rayons du soleil apparurent. Le sol de l'enceinte était jonché de corps. Michael rassembla les survivants; ils se regroupèrent autour de lui, blessés, barbouillés de noir, le regard vide. Il donna des ordres à chacun : il savait qu'il devait absolument les occuper. Puis il se chargea de compter les morts, un travail qui le rendit de plus en plus furieux à mesure qu'il avançait. Si les Spooky étaient arrivés plus tôt, ce massacre n'aurait pas eu lieu. Il ne comprenait pas pourquoi on lui avait refusé des renforts.

A force de vérifier le pouls de chacun des corps immobiles, il avait les doigts noirs de sang séché. Il enjamba toute une série de cadavres et s'arrêta devant une civile qui gisait face contre terre. Il s'agenouilla et glissa sa main sous son épaule, seule partie de son corps à ne pas être maculée de sang. Il la retourna. C'était la *mama-san*. Ses yeux sans vie ne pouvaient plus fuir son regard.

34.

Deux ans après la fin de la guerre du Vietnam
Washington

Michael Waller fixa son Minolta à sa bandoulière et vérifia que son sac contenait bien pellicules, posemètre et flashes.

— J'y vais, Chérie ! lança-t-il à la femme qu'il avait épousée un an plus tôt.

— Attends, je viens te faire un baiser.

Elle entra dans la cuisine, pieds nus, vêtue d'une chemise de nuit en Nylon jaune, ses cheveux châtains décoiffés et gonflés dans la nuque. C'était une fille comme il faut, très respectueuse de l'éducation qu'elle avait reçue : d'ici quarante-cinq minutes, elle serait douchée, habillée et maquillée, même si elle n'avait sans doute pas prévu de faire grand-chose de sa journée, à part les courses pour le dîner.

Avant d'entrer dans l'armée, Michael avait brièvement été le petit ami de Chérie. Originaire d'Atlanta, la famille de cette dernière s'était installée à Rhode Island pour des raisons professionnelles. Ils s'étaient fréquentés pendant la dernière année du lycée, puis Michael avait rompu parce qu'il la trouvait trop sage, trop discrète. Il avait envie d'une femme qui ait des opinions, qui n'ait pas peur de parler fort, d'être un peu différente. Mais, au retour du Vietnam, il ne désirait plus que le calme et la simplicité. Après avoir passé quelques mois chez ses parents, il avait décroché un boulot de photographe pour un bulletin d'informations à Washington. Deux mois après s'y être installé, il avait appelé Chérie et lui avait proposé de venir passer quelques jours. Ils s'étaient mariés sept mois plus tard.

— Qu'est-ce que tu aimerais manger, ce soir ? lui demanda-t-elle en l'embrassant sur la joue.

Elle était toujours en train de prévoir le menu du dîner, d'arranger une partie de cartes avec les voisins pour le week-end. Cette organisation lui tenait à cœur — sans cela, elle se sentait seule et avait tendance à s'ennuyer. Michael, en revanche, n'avait pas toujours envie de tout prévoir à l'avance. Il avait envie de vivre, tout simplement.

Pour cette fois, il lui demanda un bœuf braisé, sachant qu'elle aimait préparer ce plat. Puis il la serra dans ses bras, lui fit un baiser et quitta la maison. Dehors, il faisait chaud et moite. Parfois, l'humidité de cette ville lui rappelait celle du Vietnam. Dans ces moments-là, Michael se demandait comment il avait atterri ici. Sans doute un désir pervers de sa part. Il détestait l'armée et le gouvernement autant qu'il les aimait. Entre eux, c'était une histoire d'amour malheureuse et sans fin. Il avait quitté le service du gouvernement américain, mais il ne pouvait s'empêcher de rôder autour de lui, histoire de savoir ce qu'il devenait.

Arrivé au bureau du *Capitol Watchdog*, Michael salua le propriétaire et rédacteur en chef du bulletin, Larry Chentworth. Ce dernier était un ancien journaliste qui avait été rétrogradé puis finalement mis à la porte par un grand quotidien pour s'être montré trop sarcastique lors des conférences de presse à la Maison Blanche. Il se considérait aujourd'hui comme un franc-tireur capable de dissiper les brumes du baratin officiel et d'en offrir un décodage clair et honnête à ses lecteurs. Que ces derniers ne dépassent pas les quelques milliers ne semblait pas le déranger.

— Salut, Waller, dit-il. Les marches du Capitole. Quinze minutes. Conférence de presse. Deux sénateurs. Brenda y est.

Larry s'exprimait toujours en style télégraphique. Brenda était l'unique reporter employée par le bulletin.

Michael repartit vers le Capitole, où il prit les photos demandées et salua Brenda, qui prenait des notes sur les interventions des sénateurs. Puis il quitta les lieux.

Depuis son retour du Vietnam, il n'avait plus aucune raison d'écouter ce qui se disait. Il n'avait plus à analyser les actes et les paroles pour décider qui disait la vérité. Ça, c'était le travail de Brenda et de Larry. Il avait désiré cette répartition des tâches, mais force lui était de reconnaître, à présent, que les vacances mentales qu'il s'était imposées lui semblaient trop longues. Au début, il avait eu besoin de repos, mais il s'étirait, à présent. Il faisait jouer ses muscles, réclamait des activités et un objectif. Il lança un regard à Brenda, qui se mordait la lèvre et griffonnait à toute vitesse sur son calepin, et il éprouva un petit pincement d'envie.

Michael traversa le Mall en direction de la Maison Blanche, prenant le chemin le plus long pour rentrer au bureau. L'air moite lui collait à la peau, comme autrefois au Vietnam, mais l'humidité ne le dérangeait pas trop, pour une fois. Parvenu à la hauteur de la Maison Blanche, il tourna à droite.

Alors qu'il passait devant l'hôtel Hay Adams, un homme sortit d'entre les portes vitrées aux moulures dorées et lui barra le passage.

Michael s'écarta d'un pas pour le contourner, puis il leva les yeux et remarqua que l'homme n'avait pas bougé. Ensuite, il remarqua ses yeux. Ils étaient bleu turquoise.

— Colonel Kingsley ! s'exclama-t-il.

— Heureux de vous revoir, mon vieux.

Michael nota la tenue du colonel — costume gris et cravate rouge, des vêtements de civil — et lui lança un regard interrogateur.

— On est tous les deux des types ordinaires, maintenant, hein ? commenta le colonel.

Michael faillit rire — puis sa surprise se mua en rancœur.

— Au revoir, colonel.

— Je peux vous dire deux mots ?

— Seulement si c'est pour me présenter vos excuses. Vous m'avez abandonné. Vous avez abandonné toute mon unité.

Les narines de son interlocuteur frémirent comme s'il peinait à rester maître de lui-même.

— Vous aurez des excuses, Waller. Vous aurez aussi une explication.

Michael resta un instant silencieux. Il regarda par-dessus son épaule, puis fixa de nouveau le colonel. Comment avait-il pu prévoir que Michael se trouverait ici à cet instant précis ? L'avait-il fait suivre ? Si oui, dans quel but ? Trop de questions se bousculaient dans son esprit pour qu'il puisse passer son chemin.

Il suivit le colonel dans l'entrée somptueuse et apaisante du Hay Adams, avec ses panneaux sculptés et ses boiseries dorées. Ils descendirent au bar qui occupait l'entresol. Deux femmes assises au comptoir lisaient des journaux.

Ils s'installèrent à une table en coin, hors de portée de voix des deux clientes. Kingsley commanda un scotch à l'eau de Seltz, Michael, un jus d'orange.

Ils attendirent en silence. Un rayon de soleil filtrant par une fenêtre en hauteur éclairait le visage du colonel, et Michael constata à quel point il avait vieilli. C'était leur lot à tous. On n'est plus le même après une guerre.

Quand le barman eut apporté la commande, le colonel but une gorgée de scotch puis il posa son verre et regarda Michael sans rien dire. Michael soutint son regard en s'efforçant de ne pas montrer à quel point il était intimidé.

Enfin, Michael regarda ostensiblement sa montre.

— J'attends vos excuses.

— Mon vieux, on vous a laissés tomber. Au nom du programme Phoenix et de l'armée américaine, je vous fais de plates excuses. Sachez, toutefois, que je me suis battu pour vous.

— Vous n'avez pas répondu quand j'ai demandé l'autorisation de procéder à des éliminations à Boi Loi. On a subi une attaque brutale qui a presque anéanti mon unité ! On a perdu vingt-huit personnes cette nuit-là.

— Comme je viens de le dire, on vous a laissés tomber. Mais ce n'était pas de mon fait.

Michael lui lança un regard sceptique.

— Vous dirigiez le programme.

— Je le commandais, oui, mais n'oubliez pas que je devais répondre à un général de brigade. Et lui, à la CIA.

Michael fixa son verre de jus d'orange en silence.

— Je croyais que le programme était une bonne idée, dit le colonel. Du moins au début. *Identifier et neutraliser*, c'était un bon objectif. Mais certains de mes lieutenants-colonels sont allés trop loin. Ils ont éliminé trop de personnes, parfois sans en parler dans leurs rapports. Le temps pour moi de comprendre ce qui se passait vraiment, le gouvernement aussi en avait eu vent. Or, on s'apprêtait à évacuer. Au moment où vous avez demandé l'autorisation d'effectuer des éliminations dans la forêt de Boi Loi, ils étaient en train de mettre fin au programme.

— On aurait dû nous avertir.

— Je suis bien d'accord.

— Et quand on a été attaqués, l'aide aérienne aurait dû arriver plus tôt.

— Je sais.

— Les Spooky nous ont sauvés, mais ils sont arrivés trop tard.

Le colonel hocha la tête. Michael eut l'impression qu'il ne lui avait pas tout dit.

— C'est vous qui avez donné l'ordre aux Spooky de décoller ?

— Oui.

Kingsley avala une gorgée de scotch.

— Cette décision m'a valu la cour martiale.

— Je ne comprends pas, dit Michael.

— Nous avions ordre de nous préparer à l'évacuation. Le programme Phoenix avait basculé sous la responsabilité de la République du Vietnam. Nous devions rapatrier le personnel et réduire les frappes aériennes au minimum.

Le colonel fit tournoyer les glaçons dans son verre. Il semblait pris d'un furieux désir de le briser entre ses doigts.

— Quand on vous a refusé l'assistance aérienne, ç'a été la goutte d'eau. J'en avais assez d'abandonner nos hommes sans renforts. J'ai trouvé moi-même les pilotes et les artilleurs. Je leur ai promis que personne ne saurait qu'ils avaient participé à la mission. J'ai tenu ma promesse. Je n'ai jamais donné de noms. L'armée n'aime pas que l'on désobéisse aux ordres ni que l'on ait des secrets.

Le colonel baissa les yeux et fit un geste pour désigner sa tenue civile.

— Je suis désolé, dit Michael.

— Il n'y a pas de quoi. Je croyais pouvoir être fier du programme Phoenix. Mais il a déraillé.

Michael hocha la tête. Il jeta un coup d'œil vers le bar. Les deux femmes étaient parties.

— Pourquoi êtes-vous ici ?

— Eh bien…

Le colonel eut un sourire qui semblait un peu forcé.

— J'ai fondé une organisation. J'aimerais que vous nous rejoigniez. Ça s'appelle le Trust.

— Le Trust ?

— C'est ça. Vous savez en quoi consiste un trust, d'un point de vue juridique ?

— Pas vraiment.

— Les trusts s'occupent de gérer et de protéger des biens pour le compte d'autrui. Notre gouvernement n'arrive pas à protéger ce qui lui appartient. Il ne protège pas notre pays, mon vieux. C'est pour ça que j'ai fondé le Trust. C'est une organisation de contre-espionnage proaméricaine, avec un seul objectif : tenir les Etats-Unis à l'abri du danger.

— Je ne suis pas sûr de bien comprendre.

— Ecoutez, vu la manière dont fonctionne notre démocratie, soumise à un changement complet de gouvernement tous les quatre ou huit ans, il est impossible qu'elle garde un œil sur tous ceux qui lui sont hostiles. Dans les rares occasions où ils parviennent à les repérer, nos services ont les mains liées. Vous le savez aussi bien que moi. On les arrête, on applique les foutues procédures, puis il faut soit les traduire en justice, soit les relâcher. Et depuis que la CIA a mis le programme Phoenix au placard…

Il balaya l'air d'un geste de dérision.

— La seule solution, c'est éliminer ces gens avant qu'il ne soit trop tard. L'objectif du Trust est de protéger les Etats-Unis à tout prix. De neutraliser toute personne qui représente un danger important.

Michael sentit un frisson d'excitation remonter le long de son dos. Ce genre d'émotion ne lui était pas arrivé depuis le Vietnam, et il prit soin de ne pas le montrer au colonel.

— Sauf votre respect, cette organisation ne risque-t-elle pas de finir comme le programme Phoenix ? De… comment avez-vous dit… dérailler ?

— C'est exclu, dit le colonel. Tout est rigoureusement contrôlé. Nos opérations sont strictement réglementées. Et nous choisissons les bonnes personnes. Des personnes honnêtes et honorables. Voilà pourquoi je suis ici.

— Qu'est-ce qui vous différencie de vos cibles ?

— Des gens comme vous, Waller, qui savent évaluer une situation et en tirer des conclusions, qui sont capables d'éliminer quelqu'un, mais qui ne le font pas pour la gloire. Ce qui nous différencie, c'est que nous n'essayons pas de renverser un régime en place, mais de protéger le pays que nous aimons et dans lequel nous vivons. Et, contrairement à la plupart de nos ennemis, nous ne cherchons pas à attirer l'attention sur nous. Nous cherchons juste à empêcher les autres de faire des coups d'éclat — et de nuire à nos concitoyens au passage.

Le barman s'approcha pour demander s'ils voulaient autre chose. Les deux hommes firent non de la tête.

— Surtout, Waller, reprit Kingsley quand l'homme se fut éloigné, les mesures punitives ne suffisent pas. Notre principale mission est la collecte de renseignements. L'objectif est de prévenir les attentats en amont. Si nos renseignements nous mènent à lancer un ordre de neutralisation…

Le colonel s'interrompit un instant et fit tournoyer les glaçons dans son verre.

— … Nos cibles ne seront jamais des civils innocents. Ce seront des gens dont nous savons avec certitude qu'ils ont l'intention de mener un attentat contre les Etats-Unis ou de soutenir une action de ce genre.

Michael se recala au fond de son fauteuil et regarda le colonel en silence. La tête lui tournait. Il pensa à Chérie, qui devait être en train de faire ses courses, de discuter avec le boucher.

— Pourrai-je en parler à ma femme ?

Il connaissait déjà la réponse, mais il se sentit néanmoins obligé de poser la question.

Le colonel secoua la tête.

— Si vous entrez au Trust, seuls les autres membres seront

au courant de vos agissements. Nous nous chargerons de dissimuler vos activités sous un emploi anodin.

— J'aurai une couverture, donc. Quelle est la vôtre ?

— Je vous le dirai peut-être quand vous accepterez mon offre.

— En quoi consiste-t-elle exactement, cette offre ?

— Je vous propose de devenir agent secret. Vous utiliserez vos compétences pour protéger les Etats-Unis. Vous le ferez de manière toujours honorable, sans jamais faire de victimes inutiles. Et vous toucherez un salaire extrêmement intéressant.

Le colonel repoussa son verre vide.

— Combien gagnez-vous dans ce journal ?

Michael se mit à rire.

— Quelque chose me dit que vous le savez déjà, mon colonel.

— Vous ne le regretterez pas, Waller. Le Trust n'est pas qu'un travail. C'est une vocation, l'œuvre de toute une vie.

Michael réfléchit. Une vocation. L'œuvre de toute une vie. Que faisait-il de sa vie, à présent ? Il prenait des photos quand on le lui disait. Il notait les noms des gens visibles à l'image. Il rentrait à la maison, où l'attendait Chérie.

— Qu'en dites-vous ? demanda Kingsley en lui tendant la main. Vous nous rejoignez ?

Michael sentit son moral remonter, son esprit déployer ses ailes. Il accepta la main du colonel et la serra.

35.

Peredelkino, Russie

L'église Saint-Isaac était très ancienne. La messe du dimanche rassemblait surtout les quelques villageois qui n'avaient pas été évincés par la vague de Moscovites fortunés qui encerclaient Peredelkino de leurs villas somptueuses. Le père Stefan, un homme dynamique et séduisant, leur était resté fidèle même s'il aurait sans doute été plus à sa place dans une paroisse plus jeune. Mais ses ouailles l'adoraient, et il le savait.

Mardi soir, comme chaque semaine, il confessa Mme Rovsky. Elle lui exposa en détail la myriade de péchés qu'elle avait commis cette semaine-là. Elle avait, entre autres, envié la nouvelle gazinière de sa belle-sœur et eu de mauvaises pensées envers sa mère, une femme désagréable dont Mme Rovsky prenait soin depuis des années, alors que ses frères et sœurs refusaient de s'en occuper. Le père Stefan fit de son mieux pour convaincre Mme Rovsky qu'elle culpabilisait trop, et que l'énergie dépensée à déplorer ses fautes pourrait être mieux canalisée. Ce n'était pas l'approche traditionnelle du péché à laquelle s'attendait sans doute Mme Rovsky, mais Stefan n'avait jamais rien fait selon les règles.

Au bout de vingt minutes, il reconduisit son interlocutrice jusqu'à l'entrée de l'église et lui fit gentiment ses adieux. Le ciel s'était teinté d'un bleu profond et poudreux qui adoucissait la vue sur cette partie austère du village. Au moment de refermer la porte, il entendit quelqu'un l'appeler. En anglais.

Il rouvrit la porte : une femme rousse s'avançait vers lui, un sac de voyage à l'épaule. Elle avait une démarche particulière ; contrairement à la plupart des femmes, elle ne semblait nullement gênée par son corps. Ce corps, c'était elle qui le contrôlait, non le contraire. Cela se voyait même de loin.

Arrivée devant lui, elle eut un grand sourire.

— Stefan.

— Liza.

Il pensa à son frère, et à l'amour qu'il éprouvait pour cette femme. Puis il pensa au corps ensanglanté d'Aleksei, et il se mit à pleurer.

Son émotion ne la fit pas reculer. Elle se hissa sur la pointe des pieds et le serra dans ses bras. Bientôt il sentit qu'elle pleurait aussi.

— Qu'est-ce que tu fais là ?

Il se ressaisit et regarda autour de lui, au cas où des paroissiens avides de ragots seraient dans les parages. Son anglais lui sembla rouillé, mais Liza n'en laissa rien paraître.

— Je suis venue à cause d'Aleksei.

— Pour faire tes condoléances ? marmonna-t-il.

— Oui. Mais pas seulement.

Ils se dévisagèrent un instant. Stefan savait que Liza travaillait pour une grande entreprise pharmaceutique aux Etats-Unis, mais la manière dont elle se comportait à présent, son assurance extrême lui donnait l'impression qu'elle faisait plus que cela.

— Tu sais ce qui est arrivé à Aleksei ? demanda-t-il.

Elle posa une main sur la sienne.

— Non, mais j'ai l'intention de le découvrir.

36.

— Il était sur un gros coup, affirma Stefan.

Elle hocha la tête. Les questions se bousculaient dans son esprit, mais elle avait appris à garder le silence lorsqu'elle se trouvait face à un interlocuteur qui avait envie de parler.

Ils s'étaient installés dans le minuscule salon du presbytère, dans des fauteuils de bois aux coussins rouges et aux larges accoudoirs. La nuit était tombée. Stefan avait préparé du thé noir qu'ils buvaient dans des tasses blanches.

Liza se sentait bien ici. C'était peut-être grâce à Stefan, et au calme qu'il dégageait. Il lui donnait l'impression d'être si proche de Dieu que sa foi pouvait déteindre un peu sur elle.

— Sur quoi enquêtait-il ?

— Je ne sais pas, dit-il.

— Rien du tout ? Le sujet, le thème principal ?

— Tout le monde connaissait le sujet préféré d'Aleksei.

— La Mafiya.

Le visage de Stefan s'assombrit.

— Cela lui a toujours valu des ennuis.

— C'est sûr.

Stefan savait-il que les enquêtes d'Aleksei l'avaient amené à travailler pour les services de renseignement russes ? Et qu'il n'avait accepté de le faire que sous la menace de représailles contre sa famille ?

— Nous n'avons jamais compris pourquoi il voyageait sans cesse, pourquoi il allait d'un endroit à l'autre sans jamais se poser.

Elle avait sa réponse. La famille d'Aleksei n'avait été au courant de rien. Son amant avait porté seul le poids de ce fardeau.

— Nous voulions tous qu'il se marie, poursuivit Stefan en sirotant son thé. Qu'il soit heureux.

Il décocha un regard timide à Liza, avant d'ajouter :

— Avec toi, par exemple.

Liza faillit rire de l'expression à la fois sincère et espiègle de Stefan, mais son rire mourut dans sa gorge. Pour Aleksei et elle, il n'y aurait jamais de deuxième chance.

— Il nous manque tellement, confia Stefan.

Des larmes brillèrent dans ses yeux.

— C'était le centre de notre famille. Je ne crois pas qu'il l'ait su. Aucun d'entre nous ne l'a compris jusqu'à ce que…

— Jusqu'à sa mort, acheva Liza. Je comprends. Pour mon frère, Colby, c'était pareil. Quand il est mort, ma famille s'est… écroulée.

— Je ne serai plus jamais le même, avoua le prêtre.

Il se frotta le visage, l'air penaud.

— Pardonne-moi.

— Ne t'excuse pas. J'ai ressenti tout cela, moi aussi, quand j'ai perdu mon frère. Tu ne seras plus jamais le même, c'est vrai. Mais tu t'en remettras. Le deuil te changera en profondeur, mais tu y survivras.

Stefan lui sourit.

— C'est à peu près ce que je dis à mes paroissiens quand ils perdent un proche. Personne ne me croit jamais.

— C'est pourtant vrai.

— Je l'espère.

Ils partagèrent un moment de silence complice, puis Liza posa sa tasse sur l'accoudoir du fauteuil et se pencha vers Stefan.

— Tu ne sais vraiment rien sur les recherches d'Aleksei ?

— Très peu. C'était une grosse enquête internationale. Il m'avait raconté que si ses hypothèses se confirmaient, elles feraient beaucoup de bruit, et causeraient beaucoup de problèmes.

— Des problèmes pour qui ?

— Aucune idée. Je sais seulement que son enquête était sur le point d'aboutir.

Liza ferma les yeux un instant et se rappela le temps passé avec Aleksei à Rio, toutes ces nuits dans l'appartement sécurisé où elle avait eu l'imprudence non seulement de se confier à lui, mais aussi de lui apprendre les rudiments de son métier. Un des principes sur lesquels elle avait insisté, c'était la nécessité de sauvegarder son travail, qu'il s'agisse d'un reportage ou d'informations ultrasecrètes. Il fallait tout sauvegarder. Et ensuite cacher la copie de sauvegarde.

Elle ne savait pas si Aleksei avait continué à suivre ses conseils au fil des années ou si, à mesure qu'ils s'étaient éloignés l'un de l'autre, il avait repris ses mauvaises habitudes. Mais elle se rappelait très bien qu'Aleksei lui avait indiqué l'endroit où il cachait son travail. Elle s'était moquée de lui et lui avait patiemment expliqué qu'il ne devait confier ce secret à personne. Le journaliste l'avait embrassée et, en riant lui aussi, il avait affirmé qu'il lui dirait toujours tout. Elle n'était pas n'importe qui, avait-il précisé. Elle avait accès à son âme.

— Tout va bien, Liza ? s'enquit Stefan.

— Tout va bien, assura-t-elle en se redressant.

Et, après avoir pris une profonde respiration et bu une gorgée de thé noir, elle se sentit mieux. Parce qu'elle était près de la cachette d'Aleksei. Vraiment tout près.

37.

Pour les cambrioleurs et les espions, 3 heures du matin est l'heure magique. A ce moment-là, la plupart des fêtards ont enfin posé la tête sur l'oreiller, et la plupart des honnêtes gens ne sont pas encore levés.

A 3 heures précises, le réveil interne de Liza se déclencha. Elle s'était entraînée à pouvoir dormir n'importe où, dans les conditions les plus effroyables, et elle était également capable de se réveiller à l'heure qu'elle voulait. D'ailleurs, le petit lit de la chambre d'amis du presbytère n'avait rien d'effroyable. C'était spartiate, certes, mais Liza avait savouré ces cinq heures de sommeil entre des draps rêches, parce qu'elle savait qu'Aleksei y avait dormi, lui aussi.

Elle pensa à leur dernier séjour ensemble. Ils s'étaient retrouvés à Denver, où la mafia russe avait réussi à s'implanter de manière stupéfiante, et où Aleksei faisait des recherches pour un article. Etendue sur le lit, elle l'avait regardé fouiller la chambre à la recherche de micros, riant de le voir devenu aussi expert.

— Terminé, avait-il dit au bout de quelques minutes.

C'était le début de leur séjour, un week-end que Liza avait passé à flemmarder au lit pendant qu'Aleksei menait ses recherches et ses interviews. Le soir, il la rejoignait, et ils parlaient de son travail, de leurs familles, de leurs amis. Aleksei était la seule personne avec laquelle Liza pouvait discuter de presque toutes les composantes de sa vie.

Aleksei parlait souvent de ses neveux et nièces. Il parlait de ses parents et de leur santé fragile. Il parlait de Stefan et de la vénération qu'avaient pour lui les membres de sa paroisse, même s'ils étaient de moins en moins nombreux. Il lui avait décrit le village de Peredelkino. Connu pour avoir abrité des générations d'artistes russes, il était aujourd'hui envahi par les nouveaux seigneurs du Moscou postsoviétique. Aleksei s'en était plaint, ce soir-là. Puis il lui avait dit où il cachait ses fichiers de sauvegarde.

Liza s'habilla rapidement, passa un peu d'eau sur son visage et rangea dans son sac les quelques affaires qu'elle avait déballées. Elle laissa un mot à Stefan pour le remercier de son hospitalité et lui expliquer qu'elle avait dû repartir tôt pour Moscou. Elle ne lui avait pas dit ce qu'elle allait faire — pas pour l'instant. Ce que Stefan ne savait pas ne pouvait pas lui faire de mal.

Elle quitta le presbytère et planqua son petit sac de voyage derrière un buisson à l'arrière de l'église. Puis elle contourna la bâtisse, qu'éclairait le halo distant d'un lampadaire, en l'étudiant attentivement. La structure était ancienne mais solide. Elle scruta les hautes fenêtres, puis décida d'emprunter l'entrée la plus évidente — la porte de derrière. Elle était fermée à clé, bien sûr, mais Liza s'assura, d'une secousse contre le chambranle, qu'il n'y avait pas de cadenas à l'intérieur.

Elle prit une petite lampe dans la poche de son pantalon,

la fixa à une lanière et la mit autour de son front sans l'allumer. Puis elle sortit un jeu de crochets. Le premier resta bloqué dans la serrure. Le deuxième glissa dans le pêne mais refusa de s'enclencher. A l'instant où elle s'apprêtait à essayer le troisième, un hurlement déchira la nuit.

Liza se laissa tomber à plat ventre sur le sol et cessa de respirer. Le hurlement s'éleva de nouveau, et le cœur de Liza s'emballa. Un chien. Elle détestait les chiens. Elle préférait affronter un homme qui faisait deux fois sa taille plutôt qu'un chien. Il y eut un troisième hurlement. Puis un quatrième. En écoutant attentivement, elle comprit, à son aboiement un peu étranglé, que l'animal était attaché. Sa respiration redevint normale.

Liza se leva et se remit au travail. En insérant le quatrième crochet, elle sentit du jeu. Il lui suffit de faire jouer la serrure quelques instants supplémentaires pour la faire céder.

L'église était petite, dépouillée d'ornements, remplie de ce silence vénérable qui caractérise les lieux de culte. Du temps où le père de Liza était encore vivant, où son frère était encore vivant, ils allaient à l'église en famille — pas tous les dimanches, mais de temps en temps. Colby avait horreur de ça. Il était incapable de se tenir tranquille. Cette agitation l'aurait sans doute empêché de prendre la succession de son père au sein du Trust. Liza, en revanche, n'avait jamais eu de mal à rester sans bouger. Elle adorait s'asseoir avec les siens dans l'église de leur quartier, en banlieue de Chicago ; elle adorait la solidité des gros bancs, la tranquillité rassurante du lieu.

Après la mort de Colby et de son père, il lui était arrivé de retourner dans cette église, mais elle n'avait jamais réussi à retrouver la même sensation. Elle en avait essayé d'autres, un peu partout dans le monde — de l'opulence du Vatican aux temples dorés de Bangkok, en passant par les minuscules chapelles de Hambourg. L'émotion n'avait jamais resurgi.

Pourtant, Liza continuait d'espérer. Aussi attendit-elle un moment avant d'allumer sa lampe frontale, guettant le retour de la sensation qu'elle éprouvait autrefois avec sa famille — une impression de calme, la certitude d'être au bon endroit au bon moment, de n'avoir besoin de rien. Là encore, elle fut déçue. Elle ne cherchait pas Dieu, comprit-elle brusquement. Elle pensait à Aleksei.

Elle alluma sa lampe et s'autorisa à penser vraiment à lui. Elle entendit de nouveau les confidences qu'il lui avait faites dans leur chambre d'hôtel, à Denver. Il était nu, tourné vers elle, et il n'avait pas ses lunettes, ce qui lui donnait un regard flou et attendrissant.

— Je rends visite à mon frère une fois par semaine, dit-il avec un sourire malicieux. Je planque mon travail dans son église. Derrière l'autel.

Liza avait mis ses mains sur ses oreilles.

— Tu ne dois pas me le dire, imbécile !

Avec un grand sourire, il lui avait pris les mains et les avait enlevées de ses oreilles.

— Il y a un compartiment secret dans les boiseries. A l'époque soviétique, on y cachait les icônes. Maintenant, le bois s'est voilé, et il est difficile de l'ouvrir. Plus personne ne s'en sert.

— Sauf toi.

— Sauf moi. Qu'en dites-vous, madame le professeur ?

Il l'appelait parfois ainsi, avec un air coquin qui plaisait à Liza.

— Trop évident, dit-elle avec un sourire. Tu devrais trouver une autre cachette. Surtout depuis que tu m'en as parlé.

— Je ne peux rien cacher à mon professeur.

Il lui avait repris les mains et l'avait attirée vers lui.

Liza ajusta sa lampe frontale pour éclairer l'autel, surélevé sur une plate-forme de bois et recouvert d'un tissu doré bon marché. Elle le contourna et s'avança vers le panneau de bois sculpté au fond de l'église. *Derrière l'autel,* avait dit Aleksei, aussi commença-t-elle au centre du mur, passant les mains lentement de haut en bas du panneau à la recherche d'une trappe. Rien. Elle fit deux pas à droite et recommença. Toujours rien. Cela n'allait pas être aussi facile qu'elle l'avait cru. Elle consulta sa montre. Quatre minutes s'étaient écoulées. C'était trop long. Même à cette heure, il était possible qu'un passant repère le mouvement de sa lampe depuis l'extérieur.

Elle passa à gauche du centre et recommença à tâtonner. Enfin, elle sentit une découpe d'environ vingt centimètres sur trente dans le bois sculpté. Elle essaya de déloger la pièce du bout des doigts, mais, comme l'avait précisé Aleksei, elle était presque impossible à faire bouger. Liza sortit un canif de sa poche et s'en servit comme levier.

La pièce de bois sauta brusquement de son emplacement. Liza éclaira l'intérieur du compartiment secret. Une clé USB luisait dans l'ombre. Elle sourit. Il n'avait pas oublié les conseils qu'elle lui avait donnés.

Elle décrocha une petite sacoche de sa ceinture. Elle

renfermait un ordinateur miniature, spécialement conçu pour le Trust afin de pouvoir lire des fichiers dans ce genre de circonstances. Evidemment, elle aurait pu emporter la clé USB pour l'ouvrir dans un endroit plus sûr, mais elle n'avait pas la patience d'attendre.

L'ordinateur s'alluma. Elle glissa la clé dans un des ports USB encastrés sur le côté de l'appareil. Deux fichiers étaient enregistrés sur la clé : un document texte et un JPEG, sans doute une photo.

Elle ouvrit le texte et le parcourut rapidement. C'était une ébauche d'article sur le meurtre de Radimir Trotsky, survenu huit mois plus tôt.

Liza en avait entendu parler, bien sûr. Mais, comme pour la mort d'Aleksei, on n'avait rendu public qu'un minimum de détails. Personne n'avait réussi à découvrir l'identité des commanditaires de l'assassinat, ni celle de la personne qui l'avait commis.

Apparemment, Aleksei n'avait pu identifier le coupable, lui non plus. Mais il avait fait une découverte explosive.

— Mon Dieu, chuchota Liza dans le silence de l'église.

Selon l'article d'Aleksei, Radimir Trotsky ne faisait pas seulement partie des plus hauts membres de la mafia russe. C'était aussi un agent de la CIA.

38.

La découverte d'Aleksei tombait sous le sens. La mafia n'exigeant pas un CV de ses nouvelles recrues, personne n'avait jamais pu connaître les origines exactes de Trotsky.

Selon les recherches d'Aleksei, « Radimir Trotsky » s'appelait en réalité Charles Miller. Surnommé Charlie par ses proches, il était né dans le Connecticut trente-cinq ans plus tôt. A l'université, il avait étudié le russe et joué au hockey ; il s'était révélé assez doué à ce jeu pour être recruté par une équipe professionnelle. Une blessure au genou avait apparemment mis fin à sa carrière ; en fait, écrivait Aleksei, Charlie s'était très bien remis, mais il avait été courtisé de manière plus insistante encore par la CIA, où il était entré à sa sortie de l'université. Au bout de deux ans d'entraînement intensif, il avait été parachuté en Sibérie, où il s'était intégré à une équipe de hockey russe. Il avait également réussi à infiltrer la Mafiya et s'était élevé rapidement jusqu'à son sommet.

Liza leva les sourcils.

— Bien joué, Aleksei, marmonna-t-elle.

L'histoire de Charlie, cet agent secret de la CIA qui avait infiltré la mafiya et s'était fait assassiner sans que l'on ne découvre sa véritable identité, aurait été un scoop énorme, sans doute déterminant pour la carrière d'Aleksei. Liza secoua la tête, attristée puis furieuse de penser qu'il ne verrait pas son article publié.

Liza, elle, le verrait. Elle allait s'assurer que ce texte, ou du moins les informations qu'il contenait, soit porté à la connaissance de tous.

Elle consulta sa montre. Dix minutes avaient passé. C'était l'heure de partir, mais elle voulait d'abord voir le JPEG. Elle cliqua sur le fichier. C'était une image de l'homme qui s'appelait Charlie Miller, peu après sa mort. On lui avait brisé le cou ; il était affaissé sur un bureau, la tête tournée vers le côté, les yeux ouverts et vitreux. Liza fit une grimace. Il y avait longtemps qu'elle faisait ce travail, mais elle détestait toujours autant la vue des morts.

Alors qu'elle était sur le point de fermer le document, elle remarqua quelque chose. Une sorte de saillie au milieu du cou de la victime, comme si sa tête avait été tirée en arrière. Liza examina la photo attentivement, le cœur battant.

Elle zooma sur le cou, et son estomac se contracta. La tête était affaissée vers l'avant et légèrement tournée sur le côté. Et une protubérance osseuse apparaissait au niveau de la nuque, juste en dessous de la base du crâne. Le cou de la victime avait été brisé trois fois.

Ce mode d'exécution demandait une grande expertise. Seules quelques personnes en étaient capables — et notamment… Liza laissa échapper un soupir. Elle savait qui avait tué Charlie Miller.

39.

Saint-Marabel, Canada

Je n'avais pas pu dire au revoir à Michael avant de quitter le restaurant. Il s'occupait d'un grand groupe dans une des salles de réception privées. Du coup, je me préparais à dormir seule. Une fois de plus.

J'enfilai, comme chaque soir depuis quelque temps, mon T-shirt gris du lycée, usé jusqu'à devenir très doux, et mon vieux short de gym. Une tenue pas très sexy, je le savais, mais je n'avais personne à séduire. Je n'en voulais pas à Michael de travailler dur. Je savais qu'il allait ouvrir un restaurant au moment de le rencontrer, au moment de l'épouser, au moment d'accepter de travailler pour lui. Je n'avais pas d'excuses pour le cafard que je ressentais. Je me sentais seule, voilà tout.

Mes vieux vêtements confortables me rappelaient Chicago et mon ancienne vie. La simplicité du Middle West me manquait.

Je me servis un verre de vin, puis je parcourus la maison pour allumer toutes les lampes. Cela devenait une habitude : en rentrant du travail, je buvais un ou deux verres de vin pour décompresser. Je sentais que cela pourrait devenir problématique dans le futur — quand les deux verres se transformeraient-ils en trois ou quatre verres, en une bouteille et demie ? Pour l'instant, c'était mon petit vice, et cela me plaisait.

Je m'assis devant la table de travail de Michael, un vieux secrétaire à cylindre ébréché qu'il m'avait dit posséder depuis des années. Le meuble était placé devant une fenêtre donnant sur la rue. Michael avait son bureau au Twilight Club, mais il aimait travailler à la maison le soir et le week-end. Je passai mes doigts sur le dessus rainuré du secrétaire avec la certitude de toucher un objet qui faisait partie de la vie de Michael depuis longtemps. J'avais le sentiment de ne pas avoir complètement accès à mon mari, et cela me frustrait ; en même temps, je ne cessais de me demander si je n'étais pas trop exigeante, incapable de me satisfaire de la relation merveilleuse que nous avions déjà.

L'envie me dévorait d'en savoir plus sur son compte… Je soulevai le cylindre, découvrant un petit moniteur d'ordinateur et quelques affaires bien rangées. Des livres de référence sur la gestion hôtelière, des fiches bristol couvertes de notes manuscrites au sujet de la tenue des serveurs, des verres à pied, de la porcelaine. J'aimais son écriture droite et précise et les petites questions qu'il avait notées : « Couteaux à poisson Wusthof Trident ou marque moins chère, cf. Russell Harrington ? Flûtes à bière, comme en Europe ? »

Alors que je lisais, un mouvement dans la rue attira mon attention. Je levai les yeux vers la fenêtre : un homme se tenait sur le trottoir d'en face. Il était éclairé à contre-jour par un lampadaire, et je ne pus distinguer son visage, mais sa silhouette me parut vaguement familière. L'espace d'une seconde, je me demandai si c'était Michael ; non, il était plus svelte que cela. L'homme se tenait devant chez nous, absolument immobile. Un frisson d'anxiété remonta le long de mon dos. Saint-Marabel était une ville touristique, certes. Il y avait toujours des gens dans la rue, d'accord — mais cet homme-là m'observait.

Je me levai pour fermer les rideaux et jetai un dernier coup d'œil par la vitre. Il avait disparu.

Je tirai les rideaux et me rassis devant le secrétaire en retenant ma respiration. J'attendis. La porte ne s'ouvrit pas sur Michael et ses bras rassurants. Aucun appel téléphonique de ma mère ou de Liza ne vint me réconforter.

Je restai assise, aussi immobile que l'homme dans la rue. Au bout d'un moment, je m'ordonnai de ne plus y penser et je me remis à examiner les affaires de Michael. Je me rendais compte que je me comportais en voyeur, en espion, mais j'avais surtout besoin d'être réconfortée par la lecture des petites notes banales rédigées par Michael.

Petit à petit, je me calmai. Ayant fini mon verre de vin, je décidai d'aller au lit. Je remis les affaires de Michael à l'endroit où je les avais trouvées : les fiches en bristol dans leur boîte en cuir recouverte d'autocollants des années soixante, les livres sur l'hôtellerie en pile bien nette contre le fond du bureau.

Mais, en alignant les livres, je remarquai qu'ils ne reposaient pas à plat. Je les retirai et passai ma main sur le bois pour voir s'il était gondolé, ou si quelque chose gênait. Je sentis une petite aspérité.

Je posai les livres par terre et j'ajustai la lampe pour éclairer le fond du bureau. J'aperçus un minuscule clou argenté.

J'essayai de le ramasser, mais il resta coincé au fond du bureau, comme collé à la surface du bois. Je le tirai du bout des ongles et sentis un jeu presque imperceptible dans le bureau.

Une cachette secrète ! Je tirai de nouveau sur le clou : cette fois, il se souleva en emportant avec lui un morceau de bois d'une dizaine de centimètres carrés auquel était fixée une boîte métallique.

— Qu'est-ce que c'est que ce bazar ? murmurai-je.

Je posai la boîte devant moi et l'examinai. C'était un mince tiroir en métal rouillé fermé par un petit loquet sur le côté.

Cela ne voulait sans doute rien dire. Des tas de vieux bureaux devaient avoir des compartiments secrets. Michael avait-il des choses à dissimuler ? Devais-je l'ouvrir ? Ou le remettre à sa place par respect de la vie privée de mon mari ?

Je me levai et partis vers la cuisine. Je me servis un autre verre de vin. Je regardai la pendule. Le mieux était de remettre le tiroir à sa place et d'en parler à Michael plus tard. C'était ce que ferait une bonne épouse.

Apparemment, je n'étais pas une bonne épouse. Trois secondes plus tard, réinstallée devant le bureau, je faisais glisser le loquet du compartiment secret. Il s'ouvrit facilement.

A l'intérieur, je trouvai un sac en plastique noir épais scellé par du Scotch. Je le soupesai. Il y avait quelque chose dedans.

J'ouvris le sac.

Il contenait deux passeports. Le premier, à la couverture

« République française ». L'autre, à la couverture marron, venait du Honduras britannique.

Je ne les ouvris pas tout de suite. Quelque chose m'en empêcha. Les questions se bousculaient dans ma tête. Pourquoi Michael possédait-il ces documents ? Pourquoi les avait-il cachés dans son bureau ?

Je vérifiai que les rideaux étaient fermés — puis, cédant à une impulsion, j'en écartai un pour jeter un coup d'œil dans la rue. Personne.

Je regardai les passeports pendant un long moment. Enfin, j'ouvris le passeport français. Sur la page de gauche, il y avait le nom et la photo de Michael.

Je le regardai de plus près en fronçant les sourcils. Michael était américain. Il s'était battu au Vietnam. Je savais pour qui il avait voté aux quatre dernières élections américaines. Que faisait-il avec ce passeport français ?

Je ramassai le deuxième passeport en me demandant où, exactement, se trouvait le Honduras britannique. Je pris une profonde inspiration. Qu'allais-je découvrir ? Enfin, je l'ouvris. Je revis la photo de Michael.

Je sentis mon estomac se nouer. Parce que, en dessous du visage de mon mari, il y avait un nom que je ne connaissais pas. « Andrew Marson ».

40.

Francfort, Allemagne

Liza descendit de l'avion en provenance de Moscou et consulta sa montre. Il lui restait deux heures avant la correspondance pour Chicago. Elle regarda autour d'elle. L'aéroport de Francfort était devenu nettement plus sympathique, ces dernières années ; magasins et restaurants y étaient apparus un peu partout.

Elle parcourut le terminal pour trouver un cybercafé avec des cabines téléphoniques. Elle aurait pu utiliser son propre ordinateur portable dans le salon grands voyageurs, mais elle ne voulait pas laisser de traces sur son disque dur.

Elle changea de l'argent, acheta une carte téléphonique internationale, revint au cybercafé et demanda une heure de connexion internet. Elle demanda aussi à utiliser le poste situé tout au fond du magasin, où personne ne pourrait lire par-dessus son épaule.

Une fois connectée, elle trouva le site internet du plus grand quotidien de Moscou, celui pour lequel Aleksei avait travaillé. Elle chercha la page des ressources humaines, et y repéra le nom et le numéro de téléphone de la chef du service. Une certaine Katrina Katav.

Liza réduisit le site du quotidien sur la barre d'outils et lança quelques recherches sur Mme Katav. Cette dernière était célibataire et vivait dans une cité-dortoir de la banlieue de Moscou. Au bout de quelques minutes, elle trouva le nom de sa banque.

Elle s'entraîna à répéter mentalement les phrases russes dont elle allait avoir besoin. Elle utilisa un dictionnaire anglais-russe en ligne pour chercher le mot « frauduleux ».

Enfin, elle décrocha le téléphone et appela le standard du journal à l'aide de sa carte téléphonique internationale. Elle demanda à parler à Katrina Katav.

— Je vous appelle de la part de votre banque, dit-elle en russe.

— Oui ?

— Nous avons détecté une utilisation frauduleuse de votre carte de paiement, et nous aimerions vérifier avec vous quels paiements ont été autorisés.

— D'accord.

— Vous rappelez-vous la dernière fois que vous avez utilisé votre carte de paiement ?

— Je ne sais pas. Je ne m'en sers pas très souvent. Samedi, peut-être.

— Hier soir au Casino Salyut, vous n'avez pas fait un paiement par carte de vingt-six mille roubles ?

— Non.

— Vingt-six mille sept cent quatre-vingt-six, pour être précise.

— Certainement pas.

— Voulez-vous faire opposition à ce paiement ?

— Oui.

— Habitez-vous toujours…

Liza débita à toute vitesse l'adresse de la chef de service.

— Oui.

— Appartement 34 ?

— Oui.

— Pour vérification, pouvez-vous me dire le nom de jeune fille de votre mère ?

Katrina s'exécuta.

— Et le code secret de votre carte ?

— 08970.

— Pouvons-nous vous rappeler à ce numéro si nous avons d'autres questions à vous poser ?

— Oui.

— Merci, madame Katav. Nous allons annuler le paiement au Casino Salyut en attendant les résultats de l'enquête.

Liza raccrocha et afficha de nouveau la page internet du journal. Elle cliqua sur un lien réservé au personnel et y tapa le nom de Katrina Katav. Une fenêtre apparut pour demander un code secret ; elle saisit le 08970. La plupart des gens utilisent le même code secret pour tout. Quand l'espace réservé au personnel s'afficha à l'écran, Liza remercia le ciel que Katrina ne fît pas exception.

Elle ouvrit l'agenda interactif de la rédaction. Aleksei lui avait expliqué que les journalistes devaient remplir cet agenda avec soin, en indiquant leurs jours de congé mais aussi, et c'était ce qui intéressait surtout Liza, leurs rendez-vous. Ce système avait été mis en place en raison des violences de plus en plus fréquentes dont étaient victimes les journalistes russes. Si quelque chose leur arrivait, le journal ainsi que les autorités voulaient savoir à qui ils avaient eu affaire au cours des semaines précédentes. Seuls les journalistes eux-mêmes, la direction du journal et le service des ressources humaines avaient la possibilité d'accéder aux agendas individuels.

Voilà pourquoi Liza avait eu besoin de Katrina Katav. Son code lui permettait d'accéder non seulement au calendrier en cours, mais aussi aux archives. Elle aurait sans doute pu deviner le code d'Aleksei, mais le fait qu'un mort se connecte au système aurait pu faire lever quelques sourcils.

Une fois connectée, elle accéda au calendrier d'Aleksei. Pendant quelques instants, elle lut les informations qu'il y avait notées en s'imaginant qu'il était toujours là, toujours en vie, qu'il allait à des rendez-vous avec « H. Krainova » ou « B. Yetsinsky ». Cet exercice la remplit d'un regret écrasant. Pourquoi Aleksei et elle ne s'étaient-ils pas défendus ? Pourquoi ne s'étaient-ils pas battus pour leur relation ?

Elle regarda sa montre. Pas le temps de penser à ce genre de choses. Partant de la date de la mort d'Aleksei, elle remonta dans le temps en notant le nom de toutes les personnes qu'il avait rencontrées. Les autorités avaient sans doute déjà examiné ces informations, mais Liza voulait les voir par elle-même.

Elle savait, à présent, que Michael avait tué Radimir Trotsky. Ce qu'elle ne savait pas, c'était si ce meurtre avait été commandité par le Trust. Cela semblait impossible. Le Trust aurait dû être en mesure de découvrir la véritable identité de Trotsky, et n'aurait jamais descendu un agent de la CIA. Elle ne cessait de repenser à ce que Roger lui avait dit au téléphone, quelques semaines auparavant, au sujet de Michael. « Il continue à faire des choses dans son coin. Liza savait que, au cours de sa carrière, Michael avait fréquenté la mafia russe de très près. Il prétendait vouloir quitter le Trust ; était-il possible qu'il ait simplement changé de camp ? Avait-il commencé à travailler pour la mafia, et décidé d'assassiner Trotsky après avoir découvert qu'il était un agent de la CIA ? Dans ce cas, s'il avait appris qu'Aleksei enquêtait sur le meurtre de Trotsky, il avait pu poser les explosifs à bord de l'avion afin de se protéger et de protéger ceux pour qui il travaillait. *Arrête*, s'ordonna-t-elle. *Pas de conclusions hâtives.*

Elle fit le vide dans son esprit et continua à parcourir l'agenda d'Aleksei en notant les noms des personnes qu'il avait rencontrées au cours des dernières semaines de sa vie.

D'un coup, Liza sentit son cœur se serrer, et la terreur qu'elle essayait de refouler l'envahit de nouveau. Elle posa son stylo et repoussa sa feuille de papier. Le nom sur lequel elle venait de poser les yeux, elle n'avait pas besoin de le noter.

Trois jours avant sa mort, Aleksei avait eu rendez-vous avec un certain « A. Marson ».

41.

Saint-Marabel, Canada

Quand Michael arriva une heure plus tard, j'étais toujours assise à son bureau. Je n'avais cessé de feuilleter ses passeports, d'essayer de deviner ce qu'il en faisait. Qui il était vraiment.

— Kate ? dit-il.

J'entendis ses clés tomber dans le vide-poches en céramique.

Je me retournai, les passeports à la main.

Il s'avança jusqu'au seuil de la pièce. Il portait un costume bleu, une chemise ivoire et une cravate jaune à fines rayures blanches. Malgré l'heure tardive, il paraissait frais et dispos. Son élégance faisait partie des choses qui m'avaient attirée chez lui, mais, ce soir, elle me semblait manquer de naturel.

— Tu n'es pas au lit, dit-il d'un air agréablement surpris.

Puis, remarquant sans doute mon expression sévère, il ajouta :

— Que se passe-t-il ?

— A toi de me le dire… Andrew, c'est ça ?

Le regard de Michael se posa sur les passeports entre mes mains.

— Où les as-tu trouvés ?

— Dans le compartiment secret de ton bureau.

— Pourquoi as-tu démonté mon bureau ?

Il semblait presque amusé ; cela me fit enrager d'autant plus. Sautant sur mes pieds, je lançai les passeports vers lui. Ils le heurtèrent à la poitrine et allèrent s'écraser sur le sol dans un bruissement de papier.

— Kate…, dit Michael sur un ton d'avertissement.

— Je n'en peux plus de ces secrets !

— Quels secrets ?

— Les salles de réception où je n'ai pas le droit d'entrer. Les investisseurs dont tu refuses de me parler. Ton voyage à Miami au même moment que Liza…

Je m'arrêtai, un peu déconfite. Enoncée à voix haute, la liste ne semblait pas si impressionnante que cela.

— Je te sens tellement distant… et maintenant ça…

Nous les regardâmes fixement un instant sans rien dire. Puis Michael se pencha lentement pour ramasser les passeports.

— Ma mère est française, dit-il. Je suis né à Paris. J'ai la double nationalité.

J'ouvris la bouche et la refermai plusieurs fois avant de réussir à dire quelque chose.

— Je ne le savais pas. Enfin, je savais que tu étais d'origine française, mais je ne savais pas que tu étais né là-bas.

— On n'a jamais vraiment eu l'occasion d'en parler, déclara-t-il en haussant les épaules.

— Et l'autre ?

Il tendit vers moi le passeport du Honduras britannique.

— C'est un passeport de camouflage.

— Que veux-tu dire ?

— A l'époque où je travaillais pour Presario, ils m'ont fourni ce passeport pour mes déplacements internationaux.

— Ce n'est pas illégal ?

— Non, du moment qu'on ne les utilise pas pour passer les frontières, ce que je n'ai jamais fait. Je le gardais simplement sur moi pour des raisons de sécurité. C'est tout à fait légal.

— Mais à quoi ça sert ?

— Les déplacements dans certains pays, même pour affaires, peuvent être dangereux. Il y a des cellules terroristes dans toutes les villes du monde. Les prises d'otages existent. Les détournements d'avion aussi.

— Arrête ton char.

Mais je pensai à tous les Américains enlevés dont j'avais entendu parler.

— S'il t'arrive quelque chose de ce genre, dit Michael, et que tu es américain, tu es le premier à mourir.

— Et tu gardes ce passeport sur toi, au cas où ?

— Exactement.

Il desserra sa cravate.

— Tu veux aller faire un tour dehors ?

— J'aimerais en savoir plus sur ce passeport.

Il se passa la main dans les cheveux. Avait-il plus de cheveux gris qu'avant ? Le stress causé par l'ouverture du restaurant commençait-il à se voir ? Je me sentis coupable ; j'avais l'impression d'empirer les choses.

— Kate, le Honduras britannique n'existe même plus. Ça s'appelle le Belize, maintenant. Les passeports de ces pays qui ont changé de nom sont vendus justement pour être utilisés en cas d'urgence. Pour dissimuler sa nationalité américaine, par exemple. Du temps où je travaillais pour Presario, si j'étais en déplacement dans un pays potentiellement violent, je cachais mon passeport américain et je gardais l'autre sur moi.

— Donc, tu ne le montrerais pas à la frontière.

— Non, je te l'ai déjà dit, affirma-t-il avec une pointe d'impatience. Je le gardais simplement sur moi au cas où je me trouverais dans une mauvaise situation. La plupart des gens qui voyagent pour affaires en font autant.

— Je suis sûre que Liza n'a pas de faux passeport !

— Je te parie que si.

Il dénoua complètement sa cravate et l'enleva.

— Pourquoi fouillais-tu dans mon bureau ?

— Pourquoi caches-tu ces passeports ?

— Enfin, Kate, les passeports, ça vaut de l'or, de nos jours. Je ne vais pas les laisser traîner n'importe où !

Son ton exaspéré me donnait envie de battre en retraite, mais je savais que je n'arriverais pas à dormir avant d'avoir obtenu des réponses à mes questions. Je n'arriverais pas à dormir si je ne lui faisais pas confiance. Mais, au fait, pourquoi ne lui faisais-je pas confiance ? Peut-être nous étions-nous mariés trop vite, sans avoir eu le temps de faire vraiment connaissance. Ou alors ma rupture avec Scott avait laissé des cicatrices si profondes que je m'attendais à être trahie de nouveau.

— Pourquoi as-tu un compartiment secret dans ton bureau ? demandai-je.

— C'était le bureau de mon grand-père. Il n'y a pas de quoi en faire toute une histoire.

Il avait l'air épuisé et profondément attristé par cet interrogatoire. Ce nouvel interrogatoire.

— Il y a quelque chose qui ne va pas entre nous, dis-je.

— On est tous les deux épuisés. Le restaurant nous sape notre énergie.

— Il n'y a pas que ça.

— Mais si.

Il posa les passeports sur le secrétaire.

— On va prendre un jour de repos dès que possible. On ira à la campagne faire un pique-nique. On passera la nuit quelque part.

Je me sentis brusquement épuisée par l'heure tardive, la découverte des passeports et l'interrogatoire que j'avais fait subir à mon mari. Il me semblait que j'avais d'autres questions à lui poser, mais je n'arrivais plus à m'en souvenir. L'explication de Michael était plausible, après tout. J'étais décontenancée.

Je me levai. Je laissai Michael m'entourer de ses bras, et mon esprit s'imprégner du message que je voulais entendre. *Tout va bien. Tout va bien.* Même si je n'y croyais pas complètement.

42.

Le lendemain matin, Michael partit de bonne heure au restaurant. Je fus soulagée de me retrouver seule. Je ne cessais de douter, de me rassurer moi-même, de me poser des questions puis de m'intimer l'ordre de faire confiance à mon mari.

J'appelai plusieurs fois Liza.

— Je sais que tu n'es pas chez toi, dis-je finalement à sa messagerie, et que tu as du boulot jusqu'aux oreilles. Mais j'ai besoin de te parler. Rappelle-moi, d'accord ?

Dix minutes avant l'heure où je devais partir pour le bar, Liza rappela.

— Kate, est-ce que tout va bien ?

Je soupirai et m'assis à la table de la cuisine.

— Désolée pour les SOS. J'ai besoin d'un conseil.

— Pas de problème.

— Parle-moi d'abord de toi. Tu es où ? Tu fais quoi ?

— Je viens de rentrer de L.A. La routine, quoi.

Liza me donna quelques détails vagues. Elle semblait plus préoccupée que d'habitude — sa voix était presque dure.

— Comment ça se passe avec ce Rich ?

— Il est génial, soupira-t-elle. Il m'appelle sans arrêt. Mais il est souvent à Boston, et c'est sans doute mieux comme ça, parce que j'essaie de me remettre d'Aleksei, tu vois ?

— As-tu appris quelque chose au sujet de l'accident d'avion ?

Liza hésita un instant, avant de répondre :

— Il y avait des explosifs à bord.

— Quoi ?

Je me levai d'un bond, la main sur la poitrine.

— Oui.

— Pourquoi n'en a-t-on pas parlé aux informations ?

— Les Russes ne veulent pas que ça s'ébruite, apparemment.

— Ils savent qui a fait ça ?

— Ils enquêtent. Juste des terroristes, semble-t-il.

Juste des terroristes ? Je me rappelai ce que Michael m'avait lancé la veille — « Il y a des cellules terroristes dans toutes les villes du monde. »

— Mon Dieu, Liza, tu tiens le coup ?

— Pas trop, avoua-t-elle d'une voix presque brisée. Je ne vais pas super bien.

— Tu veux que je vienne chez toi ? On pourrait passer quelques jours ensemble à flemmarder et à boire du vin. Ça te ferait peut-être du bien.

— Ce serait génial. Mais là, je pars pour New York jusqu'à la fin de la semaine.

— Liza, je ferais *n'importe quoi* pour toi… tu le sais, non ?

— Je sais.

— Tu m'as tellement soutenue pendant cette histoire avec Scott… J'ai envie de te rendre la pareille. Tu veux en parler ?

— Je ne peux pas, je te jure. C'est trop douloureux.

— C'est pour ça qu'il faut que tu en parles, justement.

— Pas encore.

— Tu es sûre ?

— Tu me connais.

— D'accord, mais ne refoule pas trop longtemps, d'accord ? Tu peux m'appeler à n'importe quelle heure du jour ou de la nuit. Je peux être à Chicago en quelques heures.

— Merci, Kate.

— Je t'aime fort, petite sœur.

— Moi aussi, je t'aime.

Elle soupira.

— Ecoute, ne te vexe pas, mais je ne peux pas parler d'Aleksei pour l'instant. C'est trop difficile. Et toi, raconte-moi.

Je me rassis et m'appuyai sur un coude.

— J'ai une question à te poser. C'est au sujet de Michael.

Elle ne dit rien.

— J'ai trouvé quelque chose. Deux choses, en fait. Deux passeports. Un passeport français et un autre du Honduras britannique. Michael m'a expliqué qu'il avait la double nationalité parce qu'il était né en France. Je veux bien le croire. Je n'étais pas au courant, mais j'ai l'impression qu'il y a beaucoup de choses que je ne sais pas sur lui.

— Que veux-tu dire ?

— Eh bien… on s'est mariés si vite…

— Ça, c'est sûr.

— Il m'a raconté que l'autre passeport était un faux. Qu'il l'utilisait pour ses voyages d'affaires à l'étranger. Selon lui, il faut parfois dissimuler sa nationalité américaine. Ou du moins être prêt à le faire. Il appelle ça un « passeport de camouflage ». Il m'a dit que toi aussi, tu en avais sans doute un.

— Je vois, marmonna Liza.

— C'est vrai ?

— Oui, beaucoup de gens qui voyagent pour affaires ont une fausse pièce d'identité.

— Même toi ?

— Oui.

— Vraiment ?

— Oui. On dirait de vrais passeports, mais ils viennent de pays qui ont changé de nom, comme la Birmanie.

Je me sentis un peu bête.

— Alors il m'a dit la vérité.

— Ça y ressemble, en tout cas.

La culpabilité me submergea. Je ne cessais de questionner Michael alors qu'il n'avait, en fait, rien à cacher.

— Merci, Liza. Vraiment.

— Je t'en prie.

— N'hésite pas à m'appeler, d'accord ? Si tu as besoin que je vienne prendre une bonne cuite avec toi, c'est quand tu veux.

Liza se mit à rire pour la première fois de notre conversation.

— Merci, Kate.

Puis elle cessa de rire et ajouta :

— Fais bien attention à toi.

43.

Porto Ercole, Toscane

A l'arrière de la berline, Roger regardait la côte méditerranéenne se faire de plus en plus sauvage, et les collines qui s'y jetaient devenir de plus en plus abruptes. Il n'était qu'à quelques heures de Rome, mais il s'en sentait bien plus éloigné, grâce à la mer qui scintillait en contrebas et aux petits villages pittoresques qui émaillaient le paysage vallonné.

La voiture s'arrêta enfin devant l'hôtel Il Pellicano. Roger descendit.

— Je prends vos bagages, monsieur ? demanda un porteur.

— Non merci, répondit-il.

Il traversa l'entrée carrelée de tomettes et déboucha dans le hall. Devant lui, de grandes portes vitrées ouvraient sur des bungalows aux murs blancs couverts de vigne vierge, et une piscine réniforme autour de laquelle se prélassaient des gens beaux, bronzés et élégants. La piscine semblait juchée au bord de la falaise, laquelle dominait la mer.

Roger se dit que, s'il avait d'ores et déjà les moyens de se payer quelques nuits dans un hôtel de ce genre, il était sur la bonne voie. Il voulait avoir les moyens d'y passer des mois entiers — ou de pouvoir carrément l'acheter. Ses ambitions ne seraient assouvies que lorsqu'il arriverait tout en haut de la pyramide. Lorsqu'il aurait quelques centaines de millions de dollars à la banque et que le Trust fonctionnerait exactement comme il le désirait, sans que personne ne mette en doute son autorité. En attendant, il n'avait nullement l'intention de s'octroyer du bon temps — il risquerait de mollir.

Il regarda sa montre. Presque 16 heures. Il était pile à l'heure, comme d'habitude.

Il arrêta une employée de l'hôtel et lui demanda poliment, dans un italien parfait, où se trouvait le piano-bar. Elle tendit la main vers la gauche. Roger traversa le hall. Les mocassins italiens qu'il venait d'acheter, taillés dans le cuir le plus souple, ne faisaient aucun bruit sur les carreaux.

Le piano-bar donnait sur la piscine. A part le barman, la salle était déserte. Roger commanda un verre de vin blanc de la région et s'installa à une table devant la fenêtre. Trente secondes plus tard, il entendit quelqu'un entrer. Il patienta un instant avant de se retourner.

Silvia Falconiere se tenait sur le seuil. Ses cheveux bruns étaient tirés en arrière ; comme elle s'avançait vers le comptoir, Roger constata qu'ils étaient retenus au creux de sa nuque et s'enroulaient dans son dos. Elle portait une tunique de plage couleur turquoise et un Bikini blanc. Ses jambes sveltes et bronzées étaient nues ; ses pieds fins étaient chaussés de sandales en cuir. Silvia ressemblait à ce qu'elle était — une riche héritière qui profitait au maximum de la fortune amassée par l'entreprise de son père. Ce qui se voyait moins, au premier abord, c'est que Silvia dirigeait à présent cette entreprise, et qu'elle était bien plus redoutable que son père.

L'entreprise en question était spécialiste du traitement des déchets. Angelo Naponi, que Roger avait fait éliminer par Liza à Anguilla, avait été le principal concurrent des Falconiere.

Silvia accepta son verre des mains du barman et s'avança vers la table de Roger. Elle s'assit face à lui en croisant ses jambes dorées. Le physique de cette femme lui rappelait Marta, son seul amour, qu'il avait rencontrée et perdue à Rio, et Roger se sentit légèrement électrisé. Il savait que cette sensation s'intensifierait quand Silvia se mettrait à parler. Depuis un certain temps, la froideur de l'ambition l'excitait plus que tout.

— Que buvez-vous ? s'enquit-il.

Il savait que Silvia n'aimait pas perdre son temps en politesses, et cette brusquerie lui plaisait.

— Du *prosecco*. Je l'apprécie à n'importe quelle heure de la journée.

Elle leva sa flûte vers lui.

— *Salute.*

— *Salute*, répéta-t-il en trinquant avec elle.

— Merci encore d'avoir accepté la mission que je vous avais confiée. Et de l'avoir menée à terme.

Roger hocha la tête avec modestie.

— J'espère que nos services vous ont permis d'aboutir aux résultats que vous espériez.

— Oui. Depuis la mort de Naponi, son entreprise est... comment dire ? Sens dessus dessous. Nous avons déjà repris bon nombre de ses contrats. Et beaucoup d'autres suivront.

— Fantastique.

Roger s'exprimait d'une voix calme, en dissimulant habilement l'ivresse qui l'envahissait. Sa vision du Trust devenait chaque jour plus réelle. Il s'était aperçu qu'il y avait de l'argent à gagner — *beaucoup* d'argent à gagner — en louant les services des agents du Trust à des intérêts extérieurs. Ou, pour dire les choses crûment, en faisant de Liza, de Michael et de quelques autres de vulgaires tueurs à gages. Evidemment, cette démarche allait à l'encontre des principes du Trust : si les agents se chargeaient désormais de n'importe quel type de mission, rien ne garantissait plus que cette mission viserait à préserver la sécurité des Etats-Unis. Cette nouvelle stratégie brisait aussi la règle qui consistait à éviter les dégâts collatéraux. Roger s'en fichait. Ces règles étaient bien trop naïves à son goût, de toute façon.

Coleman Kingsley avait fondé le Trust après sa mise à pied, à la fin de la guerre du Vietnam, mais l'organisation ne s'était vraiment développée qu'après le Watergate et l'avènement de lois limitant les pouvoirs de la CIA et du FBI. La grande époque du Trust avait été grisante, et Roger était heureux de l'avoir connue. Mais toute organisation doit garder un œil sur l'avenir. Roger s'en était chargé.

Aussi avait-il commencé à monnayer les services de ses agents. Ne voulant risquer aucune dissension interne, il faisait comme si les missions étaient conformes à la politique du Trust. Une partie des profits très, très substantiels de ses efforts revenaient au Trust. Une autre partie allait alimenter son compte en banque personnel. L'assassinat de Naponi par Liza, par exemple, avait rapporté dix millions de dollars : cinq pour le Trust, cinq pour Roger. Il n'avait pas été difficile de fabriquer de faux renseignements indiquant que Naponi soutenait des terroristes musulmans sur le point d'organiser un attentat aux Etats-Unis. Personne ne s'était douté de rien, surtout pas Liza. Et Roger s'était rempli les poches.

— Je suis impressionné par la discrétion de vos agents, reprit Silvia.

— Merci. Ils savent exécuter leurs missions sans laisser de traces. Avec nous, vous n'aurez jamais à vous inquiéter.

— Tant mieux.

Elle lui lança un sourire froid et éblouissant — très différent de celui de Marta, mais très sexy.

— J'ai un autre travail à vous confier.

— Retrinquons, alors.

Roger leva son verre et lui rendit son sourire.

44.

Chicago, Illinois

Liza sortit de l'ascenseur et traversa l'entrée de son immeuble. Le sol en marbre était étincelant, et de délicats effluves émanaient des bouquets qui venaient d'être déposés dans les vases, mais elle s'en aperçut à peine. Elle était déjà au travail : elle passait mentalement des appels, faisait des liens, dressait des plans. Cette fois, elle enquêtait sur Michael. Michael, l'ami de son père, *son ami à elle*, et maintenant le mari de Kate. Michael, qui avait tué Radimir Trotsky, alias Charlie Miller, agent de la CIA, et qui avait tué Aleksei pour masquer son crime.

D'une manière ou d'une autre, Michael avait su qu'Aleksei était au courant, et il lui avait donné rendez-vous pour se le faire confirmer. Il devait craindre que la véritable identité de Trotsky ne soit rendue publique et que les autorités ne se mettent vraiment à la recherche du tueur. Il avait donc supprimé le danger à sa racine. Le fait qu'il ait assassiné non seulement un agent de la CIA, mais aussi six personnes innocentes aux côtés d'Aleksei, signifiait que Michael était soit très négligent, soit extrêmement dangereux. Or, Liza connaissait Michael : il n'était pas du genre négligent.

Elle s'arrêta devant sa boîte aux lettres, qu'elle n'avait pas ouverte du week-end. Elle en sortit quelques factures, un magazine d'aménagement intérieur et de jardinage (son péché mignon), et une enveloppe manuscrite. Cette dernière contenait une carte de sa mère ornée d'un bouquet de fleurs. « Tu me manques, ma chérie, avait écrit sa mère. Ta maman qui t'aime. Puis elle avait ajouté : J'espère que le travail va bien. Ton père serait fier de toi. »

Liza posa une main sur la surface froide de la boîte métallique. Puis elle appuya son front contre sa main. L'espace d'un court instant, elle ferma les yeux et s'abandonna à ses souvenirs.

45.

Seize ans plus tôt
Evanston, Illinois

La jeune diplômée entra dans la maison de ses parents par la porte principale et la laissa claquer derrière elle.

— Liza ! lança Delia, sa mère, depuis la cuisine. Ne fais pas ça !

— Désolée.

En réalité, ni l'une ni l'autre n'était désolée d'entendre la porte claquer. Colby l'avait fait pendant des années. Et cette habitude exaspérait sa mère à l'époque où il était encore vivant. Puis il était mort — et Liza avait perpétué la tradition. Toutes deux savaient que si Delia était une dame très convenable, très à cheval sur les bonnes manières, rien ne la rendait plus heureuse qu'une maison pleine de bruits et d'enfants. Mais, depuis la disparition de Colby, cinq ans auparavant, et l'attaque de Coleman, qui l'avait sévèrement diminué, Delia Kingsley n'entendait que rarement ce fameux raffut dont elle se plaignait tant autrefois. Alors, dès que Liza rentrait de la fac, elle s'efforçait de faire vivre la maison — elle invitait Kate, mettait la musique à fond, parlait fort au téléphone, bavardait sans cesse avec sa mère au sujet des garçons et de la fac. Cela faisait maintenant deux mois qu'elle avait quitté l'université, et elle était heureuse d'être sous le toit de ses parents, d'animer les lieux, d'insuffler un peu de gaieté dans leur univers, même si elle n'avait pas l'intention d'y rester très longtemps.

Depuis qu'elle avait décroché son diplôme de marketing, elle cherchait du travail, sans grand enthousiasme cependant. Elle devrait bientôt s'y mettre sérieusement ; le moment était venu de quitter le nid familial, de prendre la vie adulte par les cornes et d'en faire quelque chose. Mais quoi ?

Elle entra dans la cuisine et déposa un petit baiser sur la joue de sa mère. Delia épluchait des carottes.

— Tout s'est bien passé ? demanda sa mère. Tu n'as rien ?

Delia avait les cheveux roux de Liza, mais elle était plus petite qu'elle. Ces dernières années, elle s'était un peu voûtée, et cette posture lui donnait un air résigné.

— Tout va très bien, maman.

Sa mère avait insisté pour qu'elle se rende à toute une série de rendez-vous médicaux : gynécologue, généraliste, dentiste. Pourtant, Liza se portait comme un charme ; elle faisait partie de l'équipe d'athlétisme de l'UCLA depuis quatre ans, et elle n'avait jamais été aussi en forme. Mais sa mère lui avait demandé de faire un bilan de santé, et Liza, comprenant qu'elle craignait de perdre un autre membre de sa famille, s'était exécutée.

— Qu'est-ce que tu prépares ?

— Un ragoût.

— Alors papa doit être en forme aujourd'hui !

L'appétit autrefois solide de son père avait diminué depuis son attaque. Dans ses bons jours, il demandait du ragoût.

— Oui, dit simplement sa mère.

— Où est-il ?

— Dans son bureau.

Liza prit une carotte épluchée et la croqua bruyamment. Sa mère lui sourit.

Elle trouva son père assis dans son fauteuil de bureau, tourné vers la baie vitrée qui donnait à l'arrière. La maison des Kingsley n'était pas la plus grande du quartier, loin s'en fallait. Mais elle était dotée d'une pelouse magnifique, entourée d'une haie qui les abritait des regards. Le haut de la haie était taillé bien droit — « J'avais la même coupe, avant, disait toujours son père — et, bien qu'il ne s'occupât plus lui-même de tailler, de désherber et de ratisser le jardin, Coleman en était toujours aussi fier.

Liza le regarda sans rien dire. De l'endroit où elle se trouvait, la partie paralysée de son visage était invisible, mais elle voyait tout de même à quel point son regard était éteint.

— Salut, papa.

Elle entra et se laissa tomber dans un fauteuil en cuir noir, face au bureau.

A l'aide de son pied valide, son père pivota lentement vers elle, puis un grand sourire asymétrique s'épanouit sur le côté de son visage qui était encore capable d'expression.

— Lizzy, dit-il.

Elle ne l'embrassa pas comme elle avait embrassé sa mère ; elle ne le serra pas non plus dans ses bras. Ce n'était pas le genre de son père.

— Ta mère est rassurée par ton bilan de santé ?

— Oui. Je suis en pleine forme.

— Bien. Très bien.

Tous deux se turent un moment. Ça aussi, c'était typique de son père. Il ne parlait jamais pour remplir un silence.

— Alors, cette recherche d'emploi…

— Je sais, papa. Je sais.

Il ne lui en avait pas parlé ouvertement, mais Liza avait compris qu'il ne lui permettrait pas de poursuivre longtemps le mode de vie qui était le sien depuis qu'elle était sortie de la fac. Vivre chez ses parents, vider le frigo et faire la fête tous les soirs n'avait rien d'un plan de carrière, certes. Pour l'instant, elle avait réussi à justifier ses nombreuses sorties en expliquant qu'elle était invitée à des fêtes de fin d'études, mais elle savait que cette conversation était inévitable.

Son père posa son bras valide sur son bureau et se pencha vers elle en la regardant droit dans les yeux.

— Qu'est-ce que tu sais ?

— Je sais qu'il faut que je trouve du boulot. Qu'il faut que je travaille. Je vais le faire. J'avais envie de m'amuser un peu avant, voilà tout. Je ne suis pas un bras cassé, ne t'en fais pas.

Son père arbora un air désapprobateur.

— Bien sûr que tu ne l'es pas.

Les fainéants n'étaient pas tolérés dans l'entourage de Coleman Kingsley. Liza avait toujours supposé que cette sévérité s'expliquait par son expérience dans l'armée et sa condamnation par le tribunal militaire. Elle n'avait aucune idée de ce qui avait pu causer le renvoi de son père ; il n'en parlait jamais. Il n'avait abordé le sujet qu'une seule fois, quelques mois après la mort de Colby. Et seulement pour dire que ce renvoi lui avait « brisé le cœur ». Drôle d'expression, avait pensé Liza. Juste avant de prononcer ces mots, son père lui parlait de Colby. Il disait que justice avait été faite, puisque le conducteur ivre qui avait forcé Colby à quitter la route et à plonger dans le ravin avait été reconnu coupable d'homicide par imprudence, mais que, en dépit de cela, il avait le cœur brisé.

Elle n'avait pas trouvé curieux qu'un père ait le cœur brisé par la mort de son fils. Mais ensuite, il avait ajouté :

— J'ai ressenti la même chose quand j'ai dû quitter l'armée.

Liza avait tourné doucement la tête vers lui ; elle craignait qu'il ne cesse de parler.

Son père avait continué à regarder par la fenêtre au-dessus de l'évier.

— C'était différent, bien sûr. Mais ça aussi, ça m'a brisé le cœur.

Liza lui parlait à présent des emplois pour lesquels elle avait postulé, dans une boîte de communication et dans une agence de publicité. Elle allait remanier son CV, assura-t-elle. Tout en parlant, elle se sentit gagnée par une légère mélancolie. Aucun de ces postes ne l'intéressait vraiment, mais il fallait bien qu'elle fasse quelque chose… Qu'elle devienne adulte. En même temps, elle avait envie d'un travail qui la passionne. C'était un cliché, elle le savait : tous les jeunes diplômés disaient ça. Elle pensa à Kate, qui avait déjà décroché une place dans un grand cabinet de comptabilité. Le travail lui plaisait, mais le train-train quotidien lui faisait horreur : elle détestait se lever tous les jours à la même heure, prendre le train pour aller au travail. Liza, en revanche, n'avait pas peur de la routine ni de travailler dur. Elle avait surtout peur de devenir arrogante et satisfaite d'elle-même, comme tous les jeunes cadres qu'elle connaissait.

— Ça te dirait de travailler pour Presario ? demanda son père.

— Oh ! fit-elle, surprise. Euh... pour faire quoi ?

Elle ne savait quasiment rien du travail qu'effectuait son père au sein de l'entreprise pharmaceutique — si ce n'est qu'il faisait partie des cadres supérieurs et qu'il voyageait beaucoup.

— Eh bien, tu pourrais commencer au service commercial et marketing.

— Hmm. C'est une bonne idée.

— Il faudrait que tu passes un entretien, bien sûr.

— D'accord. A qui j'envoie mon CV ?

Le coin droit de la bouche de son père s'étira en un demi-sourire.

— A moi, si tu veux.

Elle se mit à rire. Elle s'imaginait déjà prendre le train vers le centre-ville avec son père, tous deux en tenue de bureau, lisant le journal ensemble. Elle s'imaginait dire aux gens : « C'est génial de travailler avec mon père ! »

Coleman s'était toujours montré évasif au sujet de ses responsabilités, mais extrêmement investi dans son travail. Peut-être pourrait-elle à son tour s'épanouir dans cette entreprise ?

Le regard de son père se perdit dans le vide, et son visage prit une expression nostalgique.

— J'avais toujours pensé que Colby viendrait travailler avec moi.

Liza se sentit un peu rabaissée.

— Il voulait être guitariste, souligna-t-elle.

Tous deux restèrent silencieux un long moment. Liza sentit alors combien son frère lui manquait, et regretta sa jalousie passagère. Ce manque et ce regret étaient si vifs qu'ils lui causèrent une douleur quasi physique.

— Liza, reprit enfin son père, il y a quelque chose que tu dois savoir avant de postuler chez Presario.

— Oui ?

C'est alors qu'il lui avait tout raconté. Il l'avait fait entrer dans son monde, et cette conversation avait changé le cours de sa vie.

46.

Appuyée contre la rangée de boîtes aux lettres, Liza sentit ses yeux s'embrumer. Bon sang, pourquoi était-elle constamment au bord des larmes ces jours-ci ? Il y avait Aleksei, bien sûr, et la carte de sa mère. Cette carte lui avait fait penser à son père, et le souvenir de son père lui avait fait penser au Trust… et soudain, elle n'avait plus pensé qu'à une chose : combien son père serait déçu s'il voyait l'état de l'organisation qu'il avait fondée. Le protocole bafoué, Michael passé à l'ennemi. Et Roger, le nouveau directeur, qui devenait pompeux et assoiffé de pouvoir… Tout cela était si éloigné des idées de son père !

Le Trust était censé être un chien de garde, un protecteur invisible des Etats-Unis. Il avait pour vocation d'éliminer les menaces contre leur pays de la manière la plus discrète possible, sans jamais faire de victimes innocentes. Quand l'organisation avait-elle commencé à aller à vau-l'eau ? A la mort de son père, quinze ans auparavant ? Plus récemment, quand Michael était encore au Conseil ? Ou quand Roger y avait fait son entrée ?

Elle secoua la tête et se redressa. Puis elle se rappela sa rencontre à Miami avec Michael. Il avait prétendu ne rien savoir des recherches qu'Aleksei menait avant sa mort. Pourtant, il ne pouvait ignorer que le journaliste travaillait sur Radimir Trotsky et sur ses liens avec la CIA ! Elle le soupçonnait de n'avoir accepté ce voyage à Miami que pour mieux contrôler la situation. Il avait fait semblant de demander des informations à son contact, puis il lui avait dit n'en avoir rien tiré.

A cet instant, elle haïssait Michael avec une férocité qu'elle n'avait jamais ressentie. L'idée qu'elle avait présenté Kate à cet homme, que Kate était allée jusqu'à l'épouser, la rendait malade. Qu'avait-elle fait à sa meilleure amie ?

Liza pivota sur ses talons et s'éloigna vers l'entrée d'un pas décidé. Elle n'avait rien pu faire pour Aleksei, mais elle allait sauver Kate.

Elle s'était sentie gênée quand Kate l'avait appelée au sujet des passeports. Elle lui avait dit la vérité — les passeports de camouflage issus de pays inexistants étaient autorisés. Mais elle n'avait pu s'empêcher de la mettre en garde à la fin de la conversation.

Elle sortit dans la rue et chercha son concierge du regard. Il se chargeait habituellement de héler les taxis. Il devait être occupé à aider un autre occupant de l'immeuble. Liza leva le bras en guettant l'apparition d'un taxi sur l'avenue. A cet instant, une voiture jaune s'arrêta au bord du trottoir et la porte arrière s'ouvrit sur un visage souriant. Celui de Rich Macklin.

— Tu refuses de me rappeler, dit-il, alors je suis forcé de te traquer.

— Tu aurais pu me traquer au bureau.

C'était dit sans trop de sévérité : la simple vue du jeune homme lui remontait le moral.

— Je pensais que j'aurais du mal à te convaincre d'enlever tes vêtements là-bas.

Liza se glissa sur le siège arrière et lui décocha un regard en coin.

— Je ne vais pas non plus les enlever dans un taxi, tu sais.

Rich regarda un moment par la vitre, comme s'il réfléchissait. Puis il se retourna vers elle. Ses yeux brun doré brillaient d'une étincelle de malice… et d'autre chose. Quelque chose de plus sérieux.

— Ecoute, j'ai annulé la déposition que je devais faire ce matin et j'ai déplacé mon vol pour Boston cet après-midi. Je ne sais pas ce que tu as prévu de faire de ta journée, mais je voulais te dire quelque chose.

— Vas-y, dit Liza sur le ton de la plaisanterie.

— Tu me manques.

Elle ne répondit pas. Elle n'avait pas l'habitude de ce genre de déclaration. Comment était-elle censée réagir ?

— Toi aussi, tu me manques, dit-elle enfin.

— Si on prenait un petit déjeuner ensemble ? Dans un endroit chic — au Four Seasons par exemple. Tu me raconteras ce que tu as fait ces derniers temps, et j'essaierai de te convaincre de me raccompagner chez moi.

— Je ne sais pas si…

— Inutile de te décider maintenant. Tout ce que je te demande, c'est de venir prendre des toasts et des œufs mimosa. Tu t'en remets à moi pendant… mettons, une heure et demie, d'accord ?

Liza éclata de rire. La perspective de s'en remettre à

quelqu'un d'autre, même pendant un court laps de temps, était presque enivrante. L'idée d'aller ensuite chez Richard ne lui déplaisait pas non plus. Mais il fallait qu'elle pense à Aleksei. Il avait été sauvagement assassiné pour dissimuler les crimes de Michael. Elle avait décidé de tirer tout cela au clair avant de revoir Rich. Mais pourquoi ? La vie n'était jamais nette et ordonnée… Elle était bien placée pour le savoir ! Et quand elle regardait Rich, elle voyait en lui une promesse d'avenir — encore vague, certes, mais sincère et agréable. Et bien plus attirante que la certitude de retrouver un appartement vide quand elle rentrerait chez elle.

Elle serra la main de son amant entre ses doigts et se pencha vers le chauffeur.

— Au Four Seasons, s'il vous plaît.

47.

Saint-Marabel, Canada

Au Twilight Club, le week-end se déroula comme il se devait — portes ouvertes sur la brise d'été, brouhaha de conversations, tintement de verres. Les salles de réception privées ne désemplirent pas et Michael passa une grande partie de son temps au sous-sol, mais il ne laissa pas s'écouler une heure sans venir me voir, même s'il ne faisait que lancer un petit « je t'aime » du bout des lèvres depuis l'entrée du bar.

Ses fréquentes visites, ses mots d'amour silencieux me remirent d'aplomb. J'avais de nouveau le cœur léger ; j'étais amoureuse. Je plaisantais avec T.R., je bavardais avec les clients. Samedi soir, le bar resta bondé jusqu'à une heure tardive, et je rentrai avec Michael, main dans la main, aux petites heures du matin, savourant l'obscurité et le silence qui régnaient sur la ville.

Mais, dimanche matin, au réveil, je fus prise d'une quinte de toux qui résonna jusque dans mes poumons. Je me redressai, encore hébétée. Une douleur lancinante me vrilla le crâne.

Michael roula vers moi et posa la main sur ma cuisse.

— Tu ferais mieux de ne pas me toucher, dis-je. Je crois que je suis malade.

— Quoi ?

Il repoussa les couvertures, l'air inquiet.

Je toussai de nouveau, et laissai échapper un petit gémissement. J'avais les joues brûlantes, les paupières lourdes.

— Je vais appeler un médecin, déclara-t-il.

— On est dimanche !

— Et alors ? Je connais quelques médecins qui font des visites à domicile.

— Non… J'ai juste besoin de dormir un peu, ça ira très bien.

Je laissai Michael poser des compresses d'eau froide sur mon visage, puis je l'envoyai chercher le journal. Je réglai l'air conditionné au maximum et sombrai dans un sommeil fiévreux. Quand je me réveillai, ma fièvre s'était intensifiée. J'avais l'impression que mon corps allait s'enflammer, et je ne cessais de tousser.

— Ça suffit, maintenant, décréta Michael. J'appelle le Dr Fenoir.

Quelques heures plus tard, un homme minuscule à la barbe blanche soigneusement taillée m'apprit que j'avais une bronchite. Si je ne me soignais pas, l'inflammation des bronches risquait de se transformer en pneumonie.

— Interdiction de travailler, déclara-t-il. Repos absolu et régime liquide.

Michael appela le restaurant pour dire que nous ne viendrions travailler ni l'un ni l'autre.

— Tu es sûr ? demandai-je quand il eut raccroché.

— Evidemment.

— Tu n'as jamais manqué un jour de travail, et tu n'arrêtes pas de me dire qu'ils ont besoin de toi, là-bas.

Il s'assit au bord du lit et posa une main sur mon front.

— Tu passes avant tout, Kate.

Mon émotion fut si vive qu'elle accentua encore la rougeur de mes joues.

— Merci, Michael.

Mon mari passa la journée à veiller sur mon sommeil et à me préparer à manger — soupe aux asperges, tourte à la viande et aux pommes de terre, cookies aux myrtilles.

Le lendemain matin, quand il m'apporta un scone beurré, je secouai la tête en souriant.

— Régime liquide, c'est le médecin qui l'a dit.

— Mais il faut que tu manges !

Je le regardai mieux. Une ride verticale apparaissait au-dessus de son nez ; elle y avait toujours été, mais elle semblait s'être creusée.

— Tu t'inquiètes pour moi ?

— Oui.

— Ne t'en fais pas, Michael. C'est une bronchite. J'en ai déjà eu.

— On ne sait jamais.

— Je le sais très bien, au contraire. Je me connais. J'ai beaucoup travaillé ces derniers temps et j'ai été trop stressée par…

Nos regards se croisèrent.

— Bref, trop stressée. Je veux que tu ailles au club aujourd'hui. Roger ne doit-il pas te rendre visite, justement ?

— Il arrive demain. Rien ne m'empêche de rester près de toi encore une journée !

— C'est inutile, mon chéri. J'ai des tas de choses à manger et je suis épuisée. Je vais prendre mes médicaments et me reposer. Je dormirai mieux en sachant que l'un de nous deux est à son poste.

— Vraiment ?

Je me forçai à me redresser en position assise. La douleur s'amplifia dans mes tempes, mais je n'en laissai rien paraître.

— Oui, j'en suis sûre.

Je dormis toute la journée et me réveillai à peine quand Michael rentra du restaurant. Mardi matin, je me sentis un peu mieux. Je toussais encore et j'avais de la température, mais j'étais en voie de guérison. A midi, je réussis à me lever pour déjeuner avec Michael, puis je le renvoyai au restaurant.

Je dormis une bonne partie de l'après-midi et m'éveillai en bonne forme vers 16 heures. Je profitai de cette bouffée d'énergie pour me doucher et changer les draps du lit. Puis j'entrepris de nettoyer et de ranger la maison comme j'avais l'intention de le faire depuis un moment. La demeure avait servi de résidence secondaire à Michael pendant des années, et peu de choses avaient changé depuis mon arrivée. Pour jouir pleinement de ma nouvelle vie, je devais me sentir chez moi à Saint-Marabel.

Je déplaçai les meubles et secouai les tapis. J'époussetai les livres et les reclassai sur les rayonnages, en y ajoutant ceux que j'avais apportés dans mon déménagement. Je nettoyai les tiroirs de la cuisine et réorganisai la vaisselle.

Quand Michael m'appela pour prendre des nouvelles, je lui annonçai qu'il aurait une surprise en rentrant. Je n'étais pas fatiguée du tout. Au contraire, cela me faisait du bien de bouger. Je continuai sur ma lancée : je rangeai les placards, triai des factures et du courrier qui s'empilaient depuis des mois, nettoyai toutes les surfaces possibles. J'enlevai même les moustiquaires du salon, ouvris les fenêtres en grand pour faire entrer l'air moite et parfumé de l'été, et me mis à récurer la peinture blanche des rebords jusqu'à ce qu'elle étincelle. C'était comme de la méditation : mes pensées dérivèrent jusqu'à s'estomper complètement. Seuls résonnaient dans ma tête les petits bruits du soir à Saint-Marabel — quelques notes de musique, le ronronnement d'un scooter au loin.

Au troisième rebord de fenêtre, je tombai sur une vieille tache de peinture. Je la frottai au chiffon, mais elle était bien incrustée. A y regarder de plus près, je constatai que c'était en réalité une petite pastille fixée sur le rebord, et je réussis à la décoller du bout de l'ongle.

C'était un disque fin comme du papier ; un carré transparent sur le dessus laissait apparaître un circuit électronique rouge et gris. L'objet n'était guère plus grand que l'ongle de mon pouce. Je le retournai : sur l'envers il y avait un revêtement adhésif, et deux barres obliques noires.

Je n'avais aucune idée de ce que cela pouvait être.

Je posai l'objet sur le bureau et le regardai un moment. J'hésitais à appeler Michael au restaurant. Finalement, je fis le tour des autres fenêtres du séjour, sans rien y trouver d'anormal. Puis j'entrai dans la petite pièce qui donnait sur la cuisine et j'enlevai les moustiquaires des fenêtres. Sur le rebord au-dessus du bureau de Michael, je trouvai une deuxième pastille. J'en trouvai une autre dans la cuisine, puis encore une autre dans notre chambre.

A minuit, seule dans la maison aux lumières éteintes, j'avais quatre petits disques dans ma main. La plupart des fenêtres étaient restées ouvertes et l'odeur acidulée des produits de nettoyage flottait dans l'air — mais l'atmosphère me semblait confinée, polluée par mes sinistres pressentiments.

48.

Je voulus attendre le retour de Michael mais, à 1 heure du matin, la maladie eut raison de moi. Faible, brûlante et perturbée, j'empilai les quatre disques blancs sur le plan de travail, où Michael ne pourrait manquer de les voir, et m'écroulai sur le lit, où je sombrai aussitôt dans un sommeil profond.

Quand je m'éveillai le lendemain matin, Michael était déjà levé. Je le trouvai assis à la table de la cuisine, devant un journal qu'il n'avait pas l'air de lire.

— Comment te sens-tu ? demanda-t-il en levant les yeux vers moi.

Je me touchai le front. Je n'avais plus de fièvre, et j'avais l'impression de respirer normalement.

— Mieux. Plutôt bien, même.

Je lançai un coup d'œil vers le plan de travail. Je vis le regard de Michael suivre le mien. Les disques n'étaient plus là.

— C'est magnifique, ce que tu as fait ! déclara-t-il en reprenant son journal. Je n'arrive pas à croire que tu aies trouvé l'énergie de faire un tel nettoyage.

— Je me sentais mieux. J'avais la bougeotte.

— Tu devrais quand même attendre demain pour retourner au travail.

— Michael, où sont passés ces trucs ?

Sans poser son journal, il leva les yeux vers moi et soutint mon regard. Son expression était indéchiffrable, comme si souvent.

— De quoi parles-tu ?

Je m'avançai jusqu'au plan de travail et tendis le doigt vers l'endroit où j'avais laissé les disques.

— Hier soir, en rangeant, j'ai trouvé des petits disques blancs...

— Où ça ? demanda-t-il tranquillement, comme si nous parlions de ce que nous allions manger pour le dîner.

— Quoi ?

— Où les as-tu trouvés ?

— Sur les rebords de fenêtre, mais je ne les aurais jamais vus si je n'avais pas enlevé les moustiquaires.

Il posa le journal sur le plan de travail.

— C'est quoi, ces trucs, Michael ?

Pas de réponse.

— Et surtout, où sont-ils passés ? Qu'est-ce que tu en as fait ?

Il me regarda un moment, puis il les sortit de sa poche et les posa sur la table.

— Alors ? C'est quoi ?

— Je ne sais pas. Des puces électroniques. On dirait des barrettes de mémoire.

— Tu plaisantes ? Qu'est-ce qu'ils faisaient sur le rebord de la fenêtre ?

Il haussa les épaules.

— C'est quoi, cette réaction ?

Malgré moi, je haussai la voix. Je ne pus m'en empêcher. Son comportement était si bizarre !

— Qu'est-ce qu'elle a, ma réaction ? demanda-t-il.

— Tu es tellement calme !

— Je suis quelqu'un de calme, Kate. Tu le savais en m'épousant. Tu m'as même dit que ça te plaisait.

C'était vrai. J'avais supporté le tourbillon d'émotions de Scott pendant si longtemps que, au moment de rencontrer Michael, j'avais craqué pour son caractère calme et équilibré. Mais il y avait des limites !

— Ne retourne pas mes paroles contre moi, dis-je. Je viens de trouver des dispositifs électroniques planqués partout dans ta maison — dans *notre* maison — et ça n'éveille même pas ta curiosité.

— Je loue cette maison depuis des années. Je n'ai aucune idée de ce que fait la propriétaire et, tant que cela ne nous affecte pas, ça m'est complètement égal.

Je pensai à notre propriétaire, une femme divorcée d'une cinquantaine d'années, qui s'appelait Claire et semblait très gentille. Et très inoffensive.

— Eh bien, à moi, ça ne m'est pas égal. Je trouve ça vraiment bizarre et j'aimerais savoir comment ils sont arrivés là.

Michael regarda le petit disque dans ma main et je vis sa bouche se crisper légèrement.

— Je vais demander des explications à Claire, dis-je en espérant provoquer une réaction supplémentaire.

— Laisse-moi prendre ta température.

— Je vais très bien.

— Pas d'excuses. Le Dr Fenoir a dit que tu ne devais retourner au travail que si ta température avait baissé.

Il me prit par le bras et me conduisit vers la salle de bains. Il ouvrit l'armoire à pharmacie et prit le thermomètre. Il le sortit de son étui et le rinça à l'eau. Puis, très doucement, il fit glisser le bâton de verre froid dans ma bouche et le laissa reposer sous ma langue.

Je me laissai faire en m'étonnant de la vitesse à laquelle tout cela était arrivé. J'avais épousé quelqu'un que je ne connaissais pas du tout. Mais Michael me faisait revivre. Au lit, c'était incroyable. Et je le trouvais fascinant. Voilà pourquoi je l'avais épousé. Mais que savais-je vraiment de lui ? Après le pragmatisme de ma relation avec Scott, entièrement axée sur la procréation, étais-je tombée amoureuse d'un idéal romantique sans me préoccuper de ce qu'il dissimulait ?

Une minute plus tard, Michael sortit le thermomètre de ma bouche.

— Tu as encore de la fièvre. Tu restes à la maison.

Je savais que ce n'était pas la peine de discuter. Je n'en avais pas envie. Je me remis au lit et lui tournai le dos.

Dix minutes plus tard, il se pencha vers moi pour poser un baiser sur mon front.

— Guéris vite, Kate. Je t'aime.

Je feignis de dormir. Quand il fut parti, je me rendis dans la cuisine. Les puces électroniques avaient de nouveau disparu.

49.

En début de soirée, Michael s'avança vers Roger, qui se tenait au bar du Twilight Club.

— Te voilà enfin ! s'exclama-t-il.

— Il était temps, admit Roger. Bravo, mon vieux. Cet endroit dépasse toutes mes espérances.

Ils se serrèrent la main et s'étreignirent, comme tant de fois auparavant. Pourtant, Michael perçut une légère réticence de part et d'autre. Lui se faisait surtout du souci pour Kate. Pas simplement parce qu'elle était malade, mais parce qu'elle lui posait des questions, et qu'il éprouvait une angoisse croissante à les esquiver. Il avait passé tant d'années à se cacher ! Ce mode de vie ne l'avait jamais dérangé auparavant — mais il n'y avait jamais eu quelqu'un comme Kate dans sa vie d'avant.

Quant à Roger, Michael supposait qu'il était préoccupé par ses responsabilités. Après tout, il faisait maintenant partie des cinq membres du Conseil. Michael avait presque envie de rire quand il pensait au Roger d'autrefois — celui qui avait été recruté par le Trust alors que Michael travaillait déjà pour l'organisation depuis quelques années. Ce Roger-là était cérébral, sincère, animé par un vif désir de plaire et d'apprendre. Mais depuis qu'il était entré au Conseil, il devenait plus sûr de lui chaque fois que Michael le voyait. Ce dernier aurait pu se réjouir de voir son vieil ami gagner ainsi en assurance. Pourtant, il s'en inquiétait, au contraire. Roger, qui était médecin de formation, travaillait à la fois comme agent et comme chercheur pour le Trust, et cela depuis de longues années. Mais il n'avait pas autant d'aptitude pour les missions de terrain que Michael ou Liza. Seule sa détermination farouche lui avait permis de s'élever dans les rangs de l'organisation.

Un groupe se fraya un passage dans la salle et fit grimper le niveau sonore. Michael prit Roger par le bras et l'entraîna vers le comptoir.

— On prend un verre et je te fais visiter ?

Roger fit non de la tête.

— Je dois faire l'évaluation des lieux. Je boirai un verre ensuite.

Michael se hérissa. Depuis quelque temps, Roger ne cessait de lui lancer de petites remarques destinées à établir sa supériorité hiérarchique. Au début, Michael ne s'en était pas formalisé. A vrai dire, il était tellement soulagé de pouvoir réduire ses activités au sein du Trust qu'il avait presque savouré ce genre de piques. Elles semblaient transférer le fardeau de l'organisation sur les épaules de Roger. Là encore, il aurait dû s'en réjouir. Mais trop de raccourcis étaient pris, trop de protocoles étaient bafoués. Les membres clés du Trust — Michael en avait déjà vu défiler un bon nombre dans les salles de réception privées — n'étaient plus traités avec autant de respect qu'autrefois ; en revanche, ils semblaient en savoir plus que nécessaire sur les activités du réseau.

Il songea aux deux patrons d'industrie qui avaient dîné au club la semaine précédente. Des gars riches et puissants, tous deux philippins. On leur avait proposé d'entrer au Trust après l'arrestation de deux de leurs concitoyens, accusés de comploter un attentat contre la Bourse de Philadelphie. Suite à ce coup de filet, le gouvernement américain ainsi que le Trust s'étaient intéressés de plus près à la population philippine et aux cellules terroristes qui pouvaient s'y trouver. La tactique du Trust consistait à aborder de richissimes autochtones qui dépendaient du commerce avec les Etats-Unis (c'était le cas de ces deux-là) pour les utiliser non seulement comme sources d'information, mais aussi comme sources de capitaux. Le Trust enquêtait sur de possibles menaces contre les Etats-Unis et les éliminait si nécessaire ; de leur côté, les magnats s'assuraient un avenir doré grâce à leurs nouveaux associés américains et à leur vaste réseau de contacts.

Comme les Australiens le jour de l'inauguration, les Philippins avaient demandé à être briefés dès leur arrivée au Twilight Club. Au bout d'un moment, Angus était venu s'entretenir avec eux. C'était le protégé de Roger, et il aurait dû être rompu aux usages de l'organisation, mais, en apportant du vin quelques minutes plus tard, Michael l'avait entendu révéler aux Philippins des informations qui ne les regardaient en rien. Etait-ce le style personnel d'Angus, ou le nouveau style du Trust ? Michael n'en savait rien, et cette incertitude le mettait très mal à l'aise.

Tout l'intérêt du Trust résidait dans sa discrétion et sa

capacité à agir secrètement. L'organisation ne communiquait à ses membres investisseurs que les informations dont ils avaient directement besoin. En aucun cas les investisseurs ne devaient pouvoir glaner d'autres renseignements. Or, Michael avait entendu Angus donner aux Philippins des détails sur d'autres enquêtes en cours dans leur pays. Il avait même cité le nom d'emprunt d'un agent qui y était posté. C'était tout bonnement incroyable. Michael avait aussitôt appelé Roger pour l'en avertir.

Roger lui avait alors rappelé qu'il ne faisait plus partie du cercle privilégié du Trust, et lui avait plus ou moins conseillé de se mêler de ses affaires.

Aujourd'hui, avec son pantalon bleu et son blazer en lin blanc, Roger ressemblait à un homme d'affaires en vacances. Sauf qu'il examinait et fouillait du regard chaque centimètre carré des lieux que Michael lui faisait visiter.

Au restaurant, il présenta son ami à la chef de salle et lui montra l'escalier menant aux salles de réception privées.

— Je boirais bien un verre avant de descendre, concéda enfin Roger.

Ils retournèrent au bar. Michael présenta Roger à T.R. Celui-ci, qui ne faisait pas partie du Trust et croyait simplement travailler pour la nouvelle boîte branchée du coin, lui serra la main avec cordialité.

— Je suis perdu sans ta femme, Michael. C'est tellement moins marrant quand elle n'est pas là !

— Je le sais bien, approuva-t-il.

Il sentit peser sur lui le regard de Roger.

— Que fait Kate, ce soir ? demanda-t-il quand T.R. se fut éloigné. Elle est toujours malade ?

Michael, qui se targuait de son calme et de son sang-froid, ne put réprimer une violente bouffée de colère. Il dévisagea Roger, les mâchoires crispées. Il ne lui avait pas dit que Kate était malade. Roger n'était arrivé à Saint-Marabel que depuis une heure ; la seule façon dont il pouvait être au courant, c'était par le biais des micros installés chez eux. Comme ceux que Kate avait trouvés, et dont Michael avait rapidement identifié les marquages.

En tant que membre du Trust, Michael acceptait de faire l'objet d'une surveillance intermittente de la part de l'organisation. Il savait qu'il pouvait être mis sur écoute à son domicile. Cette idée lui faisait horreur, comme à tous les autres membres, mais les écoutes avaient toujours été réalisées avec discrétion. Aucun membre du Conseil (les seuls, à part les techniciens, à avoir accès aux enregistrements) ne s'était jamais permis d'évoquer ce qu'il avait entendu par ce biais. La surveillance n'existait que pour suivre les agents de loin, pour s'assurer qu'ils ne déraillaient pas.

A présent, il semblait à Michael que c'était Roger qui déraillait. Son allusion à la maladie de Kate semblait faite pour rappeler à Michael qu'il savait tout, qu'il entendait tout. Ce n'était pas seulement exaspérant : c'était humiliant.

Michael avait fait l'amour avec Kate dans toutes les pièces de cette maison. Leur intimité sexuelle était censée être respectée par les agents de surveillance ; les techniciens devaient couper les micros ou effacer les bandes par la suite. Du temps où Coleman Kingsley était à la barre du Trust, Michael ne s'était jamais tracassé à ce sujet. A l'époque, c'était une organisation de tout premier ordre, qui ne faisait jamais de compromis en matière d'honneur.

Mais à présent il y avait Roger. Roger et ses petites phrases assassines.

Michael décida de réprimer sa colère et de faire comme s'il n'avait rien remarqué.

— On le prend, ce verre ?

Parce qu'il y avait un autre problème. Les capteurs intégrés aux micros avaient envoyé un signal au Trust lorsque Kate les avait délogés. Michael avait contacté les techniciens pour leur dire que les dispositifs avaient été inopinément découverts et déplacés par une femme de ménage. Il ne savait pas si l'information était remontée jusqu'à Roger, ni ce qu'il en pensait, mais son comportement semblait indiquer qu'il était au courant.

Ils se juchèrent sur les tabourets du bar. Roger était venu pour visiter le club, et pour y rencontrer un groupe de Russes. Ceux-ci appartenaient à une petite organisation récemment intégrée au Trust, laquelle ne faisait pas partie de l'ancien réseau de Michael. N'empêche qu'il n'y avait pas si longtemps, ç'aurait été lui, non Roger, qui aurait eu rendez-vous avec eux. Il se demanda s'il enviait son ami. Cette émotion lui était habituellement étrangère. Mais peut-être que, inconsciemment, la rétrogradation qu'il avait demandée lui restait en travers de la gorge. Et si sa nostalgie du Trust d'autrefois était une façon de canaliser ses propres frustrations ?

Il commanda deux verres d'un nouveau merlot qu'il venait de recevoir.

Il décida d'être celui qu'il avait toujours été : un homme fort, qui ne cédait ni aux mesquineries ni à la jalousie. Ce faisant, il donnerait peut-être l'exemple à Roger. Il essaya de se convaincre que son ami faisait la différence entre le bien et le mal, qu'il était capable de conduire le Trust vers une époque nouvelle et meilleure. Il n'oublierait pas la remarque de Roger, mais, pour l'instant, il passait au-dessus.

— Bonne chance pour ta réunion, tout à l'heure, dit-il.

Roger le remercia d'un hochement de tête.

T.R. s'était éloigné vers l'autre bout du bar. Michael lança un regard par-dessus son épaule, puis murmura :

— S'il y a quelque chose que je peux faire pour t'aider, quelque chose qui ne… compromette pas ma retraite, n'hésite pas à m'en parler.

Roger le jaugea un moment du regard, puis il hocha de nouveau la tête.

— Tu en as déjà beaucoup fait, il me semble. Ecoute… Je sais que j'ai été un peu dur avec toi au sujet de ta retraite, mais sache que je respecte ce que tu as fait. Tu peux être fier de ce que tu as accompli avec les Russes. Et tu as participé au projet Juliette. Il est sur le point d'aboutir en ce moment-même.

— Tant mieux.

Michael éprouva une légère nostalgie pour l'époque où le Trust, ses missions et ses projets de recherche, comme le projet Juliette, emplissaient son existence. Il n'avait plus envie de vivre ainsi, à présent, mais le sort de son entreprise continuait de l'intéresser — comme tout retraité, en somme.

Roger le tapota sur l'épaule à la manière d'un entraîneur de base-ball.

— Tu as bien travaillé, Mike ! s'exclama-t-il avec condescendance.

— J'ai fait mon boulot, c'est tout.

— Et maintenant, tu as un autre boulot à faire.

Roger indiqua son verre et ajouta :

— Je ne suis pas fanatique de ce vin. Peux-tu demander à ton barman de m'en apporter un autre ?

A cet instant, la nostalgie de Michael s'évapora, remplacée par une furieuse envie de coller un coup de poing au visage de son ancien ami.

50.

Roger laissa Michael lui faire visiter les salles de réception privées. Il écouta ses explications au sujet de l'équipement de pointe dont elles étaient dotées en matière de surveillance et de sécurité.

— Bravo, Michael. Très beau travail.

Il lui tapota de nouveau le bras avec une condescendance calculée. Depuis qu'il avait constaté que Michael détestait être son subalterne, il ne cessait de le lui rappeler. Il fallait que son ancien ami comprenne que c'était lui, le patron. C'était lui qui commandait, lui qui conduisait le Trust dans une nouvelle direction plus lucrative et moins idéaliste. Parce que l'idéalisme, en fin de compte, ne servait à rien.

Roger n'avait pas le même sentiment patriotique et sentimental pour l'Amérique que Michael ou, autrefois, Coleman Kingsley. Quand Michael avait demandé à se retirer du Conseil, Roger avait sauté sur l'occasion. Depuis un certain temps, il éliminait lentement mais sûrement les membres de l'ancienne garde, en préservant ceux qui accepteraient d'être dominés par lui. La démission de Michael du Conseil, puis sa rencontre avec Kate, s'étaient produites au moment le plus opportun. Roger avait protesté pour la forme, et pour embêter Michael, mais son départ était exactement ce dont il avait besoin.

Néanmoins, Michael persistait à lui donner des conseils, à réprimander les agents postés à Saint-Marabel, à appeler Roger pour se plaindre et pour lui donner son avis. Il fallait que cela cesse.

— Voici la cave à vins, annonça Michael.

Les deux hommes pénétrèrent dans une pièce aux murs couverts de bouteilles. Un bar était encastré dans un coin ; une toile impressionniste montrant un grand champ doré était accrochée au-dessus du comptoir.

— Il n'est pas à toi, ce tableau ? s'enquit Roger.

Il le reconnaissait pour l'avoir vu dans l'ancienne maison de Michael, dans le Vermont.

Son ami hocha la tête en souriant.

— Je l'ai acheté à Théoule-sur-Mer. Je l'ai toujours adoré.

— Que fait-il ici ? reprit Roger en fronçant les sourcils.

— Je le prête au club.

— Le club ne t'appartient pas, mon cher.

— Je n'ai jamais dit qu'il m'appartenait.

— Ce tableau ne peut pas rester ici.

— Détends-toi, Roger.

— Tu connais les règles.

— Il n'y a aucune règle concernant le prêt d'œuvres d'art.

— Il y en a une qui stipule que les intérêts personnels doivent être soigneusement séparés du travail.

— Je ne vois pas le rapport avec mon tableau.

— Mes contacts arrivent à quelle heure, déjà ? demanda Roger en changeant brusquement de sujet.

Michael se pencha vers lui.

— Je ne suis pas ton laquais, Roger.

— Je le sais.

— Tu sembles sur le point de l'oublier, et je ne le tolérerai pas.

Les deux hommes se dévisagèrent. Roger baissa les yeux le premier, mais seulement parce qu'il savait qu'ils étaient capables de continuer ainsi pendant des jours, et que, tactiquement, il semblait plus sage de laisser croire à Michael qu'il l'avait emporté.

Il regarda sa montre, et dit :

— Tu pourras faire descendre mes contacts dès qu'ils arrivent ?

Il tourna le dos à Michael et s'avança vers le bar, sur lequel étaient posées deux bouteilles débouchées.

Il entendit son ami s'éloigner, et la porte se refermer.

Il se servit un verre de vin, puis il s'avança vers le panneau mural derrière lequel se trouvait le tableau de commande pour la surveillance audio et vidéo. Il saisit un code, appuya la paume de la main sur la tablette pour s'identifier, puis il tapa une nouvelle série de chiffres et de lettres pour désactiver l'enregistrement audio et vidéo. Il attendit une seconde, puis il énonça à haute voix :

— Code 82.

C'était le signal qui indiquait une urgence grave.

Il attendit encore trente secondes. Personne ne vint à son secours. Le système était correctement désactivé.

Un instant plus tard, Michael fit entrer deux Russes. Roger le remercia, commanda quelques amuse-bouches et demanda qu'aucun membre du personnel ne pénètre dans la pièce pendant cinq minutes. Michael ouvrit la bouche, puis la referma. Roger, qui commençait à en avoir par-dessus la tête de ses caprices, lui ferma la porte au nez.

— Messieurs, dit-il en se retournant vers les Russes.

L'un d'eux avait des yeux d'un vert très clair, presque incolore, et un nez qui avait visiblement été cassé plus d'une fois. Son collègue était plus élégant : ses traits fins, son corps mince et élancé le distinguaient des mafieux habituels. Tous deux étaient très puissants dans leur pays natal et disposaient d'une fortune incroyable. Ils faisaient partie de la nouvelle vague de la mafia russe, celle qui préférait travailler discrètement. Roger les avait découverts grâce aux renseignements collectés par Michael. Il remerciait le Seigneur que son ami ait préféré obéir à son désir enfantin d'épouser une femme simple plutôt que de continuer ses recherches. Aujourd'hui, Roger était l'une des seules personnes à savoir exactement ce que faisaient ces hommes avec qui ils collaboraient, et à quel point le Trust tirerait bénéfice d'une association avec eux. En vue de cette association, il avait dû faire ses preuves auprès d'eux. Il les avait faites avec l'aide de Michael, à l'insu de ce dernier.

Quand les Russes furent installés devant un verre de vin, Roger s'assit en face d'eux.

— Messieurs, il y a quelque temps, je vous ai fait un cadeau. Je vous ai révélé que Radimir Trotsky était un agent secret américain.

L'appartenance de Trotsky à la CIA faisait partie des informations que Roger avait pu obtenir après que Michael avait demandé à quitter le service actif. Et, nom d'un chien, elle valait son poids en or.

L'homme aux yeux verts hocha la tête.

— Nous pensions que c'était impossible. Merci de nous l'avoir appris.

— Aucun problème, dit Roger d'un air magnanime. Vous n'avez pas cru, non plus, que nous serions capables de le faire éliminer par quelqu'un d'extérieur, pour vous éviter d'admettre que vous aviez été infiltrés.

Le plus mince des deux plissa les yeux.

— Nous sommes très reconnaissants de vos efforts.

Roger sortit un portefeuille en cuir de sa poche-poitrine.

— Nous allons maintenant avoir besoin du paiement. Les instructions pour le virement sont ici. Dix-huit millions de dollars, payables avant la fin de la semaine.

Les deux hommes hochèrent la tête. Le plus mince prit le portefeuille de la main de Roger et le rangea à son tour dans sa poche-poitrine.

— Et l'agent qui s'est chargé de l'exécution ?

Roger pensa à Michael, qui attendait dans le couloir.

— Il sera éliminé.

En prononçant ces mots, il s'attendit à ressentir une pointe de tristesse, mais il n'en fut rien. Pourquoi s'attrister, d'ailleurs ? Il exultait à l'idée que le nouveau visage du Trust commençait à se dessiner. Dans l'élimination de Trotsky, Michael avait joué son rôle à merveille. Il s'était appuyé sur ce qu'il savait du chef mafieux, ainsi que sur de « nouveaux renseignements » fabriqués de toutes pièces par Roger. Michael ne s'était pas douté un instant que Trotsky appartenait à la CIA. Et quand Aleksei Ivanov avait eu vent de l'histoire, Roger s'était chargé de le faire taire. Par prudence, au cas où quelqu'un irait fouiner, il avait arrangé une rencontre fictive entre Aleksei et Michael, sous le pseudonyme d'Andrew Marson. Le fait que le trublion à éliminer ne fût autre que l'ancien amant de Liza Kingsley lui avait rendu la tâche plus agréable encore. Il pressentait depuis un certain temps que Liza lui poserait problème un jour ou l'autre : elle avait hérité de son père son idéalisme naïf et sentimental. Mais depuis qu'elle l'avait rembarré au mariage de Michael, il en était venu à la haïr.

Ni Liza ni Michael ne semblaient comprendre que c'était lui qui commandait maintenant. Et que, s'ils posaient trop de questions gênantes, ils pouvaient être éliminés à leur tour. Personne n'était indispensable, à présent. Sauf lui-même, bien entendu.

Les Russes réagirent avec indifférence à l'annonce de la mort imminente d'un agent. Evidemment, ils ne savaient pas que le condamné était celui qui venait de les escorter jusqu'à la salle de réception. Lui seul le savait. Il fut gagné par une vive euphorie à la pensée qu'il tirait toutes ces ficelles invisibles. Même le sexe ne lui procurait pas autant de plaisir.

Il se leva, se dirigea vers la console murale, activa de nouveau les dispositifs de surveillance, puis il appuya sur la touche de l'Interphone.

— Michael, tu peux apporter les amuse-bouches.

51.

Par bonheur, Roger ne resta qu'une nuit. Le lendemain matin, Michael s'installa devant son ordinateur au Twilight Club et rédigea une note d'information à l'intention des membres du Conseil du Trust. Il les connaissait tous, bien sûr. Encore récemment, il était l'un des leurs.

Le brouillon de la note s'étendait à présent sur quatre pages, dans lesquelles Michael faisait état de ses inquiétudes au sujet de Roger. Il ne l'annonçait pas ouvertement. Le message portait l'en-tête suivant : « Violations constatées du protocole. » Dans le corps du texte, il ne mentionnait le nom de Roger que lorsque cela s'imposait, mais toutes les entorses qu'il répertoriait relevaient, d'une manière ou d'une autre, de la juridiction de son ancien ami. Roger ne serait pas content.

Michael se sentait obligé d'agir ainsi. Il n'avait cessé de se demander si son inquiétude n'était pas une manière de s'accrocher au Trust, de rejeter son statut de retraité. Mais, en fin de compte, il ne pouvait plus fermer les yeux sur la dérive de l'organisation. On ne lui permettrait jamais de la quitter tout à fait, et tant qu'il en serait encore membre — et qu'il serait encore vivant — il se battrait pour que le Trust reste fidèle aux principes posés par Coleman Kingsley.

Il relut la note qu'il venait de rédiger. Pris séparément, chacun de ses griefs ne constituait pas un problème majeur pour l'organisation, mais Michael était convaincu qu'en voyant l'ensemble de la liste les membres du Conseil comprendraient que le vent avait tourné et qu'un orage potentiellement violent se préparait.

Il enregistra le document et le ferma. Il l'enverrait plus tard, après plusieurs relectures supplémentaires. Il se connecta à un compte e-mail obscur à Bombay, en Inde, et envoya la note en pièce jointe à une adresse tout aussi obscure à Adélaïde, en Australie. Puis il supprima toute trace de ces messages du disque dur et du serveur de l'ordinateur. Il en fit de même pour le fichier contenant la note. A présent, le seul exemplaire du document se trouvait en pièce jointe d'un e-mail dans la boîte d'un certain « kirkpatrim36770@ adelaide.net ».

L'Interphone émit un bourdonnement. Michael enclencha une touche.

— Patron ? énonça la voix de T.R.

Il débita à toute vitesse une liste d'articles qui manquaient au bar : eau gazeuse, vodka, jus d'airelles.

Michael promit de s'en occuper et coupa l'appareil en souriant. Il aimait bien que T.R. l'appelle « patron ». Cela lui faisait penser qu'il pourrait être heureux dans une autre sorte de vie, plus modeste, où il ne serait que le gérant d'une petite entreprise.

Une image lui vint subitement à l'esprit : la silhouette de T.R. au bout du bar pendant que Michael buvait un verre avec Roger. Michael avait dit à son ami qu'il ferait tout son possible pour continuer à aider le Trust. Et que lui avait répondu Roger ? Michael se repassa leur discussion dans sa tête jusqu'à retrouver les paroles exactes qu'il avait prononcées. « Tu peux être fier de ce que tu as accompli avec les Russes… Et tu as participé au projet Juliette. Il est sur le point d'aboutir, d'ailleurs. »

Que voulait-il dire par là ? Juliette était le nom de code du projet de recherche mené à Chicago depuis des décennies. Les recherches étaient-elles terminées ? Le projet était-il viable ? Si c'était le cas, et qu'il était placé sous le contrôle de Roger… eh bien… Un nœud glacé se forma dans le ventre de Michael. Peut-être Roger n'avait-il fait cette remarque que pour l'agacer, lui rappeler qu'il n'était plus impliqué dans le projet. Il croyait faire preuve de subtilité dans les piques qu'il lui lançait, mais Michael avait l'habitude d'interpréter les comportements d'autrui, et il connaissait Roger depuis longtemps.

Son allusion au projet Juliette était peut-être sans importance. Pourtant, Michael sentait qu'il y avait quelque chose là-dessous. Entre de mauvaises mains, ce projet pouvait se révéler extrêmement dangereux.

Il se connecta à un autre compte de messagerie électronique et rédigea un mot pour Roger, annonçant qu'il viendrait bientôt à Chicago et qu'il souhaitait passer au labo de recherches. Il ajouta qu'il s'inquiétait de l'évolution du projet, et que cela le rassurerait de voir où en étaient les agents chargés de sa réalisation.

Ensuite il appela Kate. Encore un peu fiévreuse, elle était restée à la maison ce matin. Elle répondit d'une voix ensommeillée, puis elle lui assura qu'elle allait bien et qu'elle le rappellerait plus tard. Michael reposa le combiné avec un sentiment d'appréhension. Il devait à tout prix apaiser les soupçons de sa femme et se tenir à l'écart des activités du Trust. Mais il n'y parviendrait que s'il était rassuré quant à la bonne marche de l'organisation.

52.

Manhattan, New York

Roger relut le message de Michael, et son visage s'assombrit. Waller devenait décidément impossible. Il réclamait à cor et à cri d'être dispensé du service actif… puis il demandait à visiter le labo de recherches !

Le message avait d'abord alarmé Roger. Ses vieux réflexes l'incitaient à répondre tout de suite sur un ton conciliant. Mais il les réprima.

Il tapa deux mots en réponse :

Demande refusée.

Il était sur le point d'envoyer le message quand soudain il se ravisa. Les recherches suivaient exactement le même cours qu'à l'époque où Michael y participait. En fait, elles étaient sur le point d'aboutir au résultat que le Trust espérait depuis le début. La seule chose qui avait changé était l'utilisation pratique que Roger comptait en faire.

Il effaça son message et en tapa un nouveau.

Juliette attend ta visite. Je comptais justement aller la voir moi aussi. Préviens-moi de ton arrivée.

Roger cliqua sur le bouton Envoyer. En cédant à cette requête ridicule, il espérait faire cesser pour un moment les jérémiades de Michael. De toute façon, sa visite ne changerait rien. Le grand moralisateur n'en avait plus pour très longtemps.

53.

Chicago, Illinois

Liza coinça son tapis de yoga sous un bras et consulta sa montre. Bientôt 20 h 30. Elle avait un peu d'avance, et la salle de yoga n'était plus qu'à un pâté de maisons. Un bâillement lui échappa. Qui avait eu cette idée de génie ? Quel genre de personnes allaient faire du yoga à cette heure indue ?

Comme tous les jeudis, la soirée s'annonçait animée. De petits groupes de fêtards la dépassaient, en route pour un bar ou un restaurant du centre-ville.

Quelques instants plus tard, elle entra dans la salle de yoga de Clarke Street. Elle balaya du regard le plancher de bois clair et les murs en brique… sans savoir ce qu'elle cherchait. Elle était dans l'attente d'une livraison mais sans connaître l'identité du livreur.

Elle déroula son tapis au fond de la salle, à un emplacement central d'où elle pouvait voir tous les participants. Une autre personne était déjà installée au premier rang — une grande femme aux hanches fortes et aux cheveux gris frisés. Liza doutait que ce fût elle, mais on ne savait jamais. Elle avait eu d'innombrables surprises par le passé. En outre, la livraison n'aurait lieu qu'à la fin du cours. Avant cela, il lui faudrait passer une heure à « faire le vide dans son esprit », à « relâcher son mental », à « écouter sa respiration » et ainsi de suite.

Au cours des cinq minutes qui suivirent, la salle se remplit : une blonde minuscule en pantalon de danse violet, un trentenaire portant un pull au nom d'une équipe de basket-ball, une femme qui semblait avoir de la bouillie pour enfants sur son T-shirt et un Noir sévère qui avait apporté sa bouteille d'eau. Liza tenta vainement de croiser le regard de chacun des arrivants alors qu'ils se laissaient tomber sur leur tapis, jambes écartées, yeux fermés.

Liza finit par les imiter. Pendant l'heure et demie qui suivit, elle se contorsionna en se retenant de soupirer. Le problème n'était pas la difficulté des postures. Elle était sans doute l'une des plus avancées de la salle. Elle faisait régulièrement des arts martiaux et du yoga chez elle. Ce qu'elle détestait, c'était faire le vide dans sa tête. Trop de pensées pénibles remontaient en elle, trop de souvenirs.

Le cours s'acheva enfin. Liza roula son tapis et attendit.

La minuscule blonde au pantalon violet apparut subitement à côté d'elle.

— Super, ce cours, hein ?

— Pas mal, répondit Liza.

— Je n'arrive jamais à faire la planche.

Liza ne répondit pas. « Je n'arrive jamais à faire la planche. » C'était la phrase qu'elle attendait. La fille avait des yeux couleur de bleuets, un peu de mascara et du blush rose sur les joues. Elle était si jeune… Comment pouvaient-ils les recruter à cet âge-là ? se demanda Liza. Elle se sentit vieille, tout à coup. Et triste pour cette jeune femme qui ne savait pas dans quoi elle s'engageait, ni l'effet que cette décision aurait sur le reste de sa vie.

— Eh bien, bonne soirée ! lança la fille d'un ton enjoué.

— Vous aussi.

La blonde se pencha pour ajuster sa sandale, puis elle s'éloigna. Liza baissa les yeux : un minuscule carré de papier blanc gisait sur le sol à côté de son tapis roulé. Elle le ramassa et le mit dans sa poche.

Quatre pâtés de maisons plus loin, elle bifurqua dans une allée et déplia le papier. Il contenait un message codé d'une seule ligne.

— Nom de Dieu, murmura Liza.

54.

Saint-Marabel, Canada

Michael et moi nous préparions en silence à partir au travail. Après plusieurs jours passés à la maison, j'étais enfin officiellement guérie. Ma fièvre était tombée, je respirais sans gêne et ma toux avait disparu. Mais un sentiment de malaise continuait à flotter dans l'air.

Cela faisait deux soirs que je feignais le sommeil à l'arrivée de Michael ; j'étais trop perturbée et épuisée pour réussir à échanger des banalités. Mais à présent j'avais envie que les choses s'arrangent entre nous. J'avais envie que tout reprenne comme aux premiers jours de notre mariage. Trois mois s'étaient écoulés depuis lors — en théorie, un laps de temps assez court — mais les jours heureux avaient rapidement été balayés par le stress consécutif à mon déménagement à Saint-Marabel et à l'ouverture du restaurant.

— Comment ça s'est passé avec Roger, l'autre soir ? demandai-je en me maquillant devant le miroir de la coiffeuse plutôt que dans la salle de bains, où se trouvait Michael.

— Bien.

— Dommage que je l'aie raté.

Michael s'éclaircit la gorge.

— Il te fait ses amitiés.

— Le club a fait un bon chiffre cette semaine ?

Michael entra dans la chambre et ouvrit la porte de la penderie. Elle émit un long grincement.

— Pas mal. Mieux que je ne l'aurais prédit avant l'ouverture.

Je continuai à lui poser des questions au sujet de T.R., du groupe de jazz qui jouait au bar, des plats que le chef avait inscrits au menu. Il me fit des réponses lapidaires. Je lui dis que j'avais parlé à notre propriétaire des puces électroniques et qu'elle ne savait rien à leur sujet ; il hocha la tête d'un air peu intéressé. J'avais prévu de l'interroger davantage, de lui demander ce qu'il avait fait de ces fameuses puces, mais j'étais fatiguée de poser des questions.

— Je suis contente de reprendre le travail, dis-je enfin.

— Tu nous as manqué. Hier soir encore, T.R. me disait que ce n'était pas pareil, sans toi. Il a raison.

— Merci.

Ces paroles me firent plaisir, mais, après les avoir prononcées, mon époux se détourna. Je le vis attacher ses boutons de manchettes et nouer une cravate pêche.

Au bout de quelques secondes, il se retourna vers moi.

— Ça te dirait, un petit voyage à Chicago ?

— Sérieusement ?

— On pourrait rendre visite à ta mère.

— Et à Liza !

— Oui, on pourrait y passer quelques jours. Revoir de vieux amis.

Je m'avançai vers lui et l'étreignis.

— Chéri, ce serait merveilleux ! Je me disais justement que j'avais besoin de prendre l'air.

Michael se mit à rire.

— Je suis ravi de te voir si enthousiaste.

— Mais… et le restaurant ?

— Je m'en occupe.

— Tu es sûr que ça ne posera pas de problème ?

— Certain. J'ai des fournisseurs à voir dans le South Side. Ce sera un voyage d'affaires, mais on se débrouillera pour s'amuser aussi.

— Quels fournisseurs ?

— Ceux qui nous ont vendu les verres à pied, je crois.

— Ah bon ? On a pourtant tout ce qu'il nous faut, non ?

Il hésita une fraction de seconde.

— Je ne suis pas content de ce que j'ai commandé. Les tiges des verres à vin blanc sont trop courtes.

Je pensai aux verres à vin blanc. Les tiges me semblaient parfaites. J'étais sur le point de le lui dire, puis je me ravisai. Pourquoi protester contre ce voyage qui semblait être l'antidote idéal aux tensions qui régnaient entre nous ?

— Merci ! dis-je en l'étreignant de nouveau. C'est une idée géniale.

Nos yeux se croisèrent dans la glace. Michael me sourit, mais je ne lus pas de gaieté dans ses yeux. Je le serrai plus fort. Nous avions besoin de vacances. Voilà tout.

55.

Chicago, Illinois

Liza et Rich montèrent dans l'ascenseur. Ils étaient en retard tous les deux — il était presque 10 heures — parce qu'ils avaient été incapables de sortir du lit.

La veille, après le cours de yoga et la directive qu'elle avait reçue, Liza l'avait appelé en rentrant chez elle. Elle savait qu'il était en ville, et elle souhaitait échapper à ses soucis en sa compagnie. S'imprégner de la simplicité de Richard, de son absence totale d'artifices.

— Viens, avait-il dit. Tout de suite. Tu me manques, tu sais. A tous les niveaux.

— Je prends des vêtements de rechange et j'arrive.

— D'accord. Moi, j'enlève les miens.

Aussi avait-elle passé la nuit à boire du vin rouge et à faire l'amour avec Rich afin d'oublier l'ordre que lui avait transmis la fille du cours de yoga.

A présent, dans l'ascenseur, Richard l'attira vers lui.

— Si on refaisait une pause tous les deux, cet après-midi ?

Elle lui décocha un petit coup de poing.

— Je ne peux m'envoyer en l'air pendant les heures de bureau !

— Pourquoi pas ?

— J'ai des choses à faire.

— Quel genre de choses ? Tu ne parles jamais de ton boulot.

Voyons, qu'avait-elle à faire aujourd'hui ? Téléphoner à Roger et lui parler de l'ordre qu'il lui avait fait transmettre. Celui d'assassiner le mari de sa meilleure amie.

Elle pouvait difficilement en parler à Rich. Liza se tortilla pour échapper à l'étreinte du jeune homme ; elle fut soulagée quand l'ascenseur s'arrêta pour le laisser sortir.

— Appelle-moi, dit-il en sortant.

Il lui fit un signe de la main tandis que les portes se refermaient, et Liza sentit toute sa joie de vivre s'en aller, comme s'il l'avait emportée avec lui.

Quelques minutes plus tard, installée à son bureau, elle appela Roger.

— J'ai eu ton message.

— Bien.

— Je veux juste que tu me le confirmes clairement. Tu me demandes d'éliminer un membre du Trust.

— Oui. Michael.

Liza tressaillit.

— Roger, si tu dois prononcer son nom comme ça, pourquoi m'as-tu fait assister à ce putain de cours de yoga ?

— Pour être sûr que tu n'avais pas perdu la main.

Liza serra les dents et ne répondit pas.

— Cette mission te pose un problème ?

— Non.

Il y eut un silence à l'autre bout de la ligne.

— Je suis étonné, dit enfin Roger.

— Michael n'est pas celui que je croyais.

— Comment ça ?

Liza crut détecter une note de satisfaction dans la voix de Roger.

— Et toi, pourquoi me demandes-tu de faire ça ?

— Je ne peux pas trop t'en dire. Tu connais les règles.

Au sein du Trust, on prenait soin d'ériger des murs autour de chaque mission. Il valait mieux que chaque branche ignore les activités des autres. Evidemment, cela supposait que l'organe central — le Conseil — ait un œil sur tout, et ne perde pas de vue les intentions et le code déontologique de l'organisation.

Mais Liza n'avait jamais eu pour mission d'éliminer le mari de sa meilleure amie. Certains murs allaient devoir tomber.

— Roger, que sais-tu sur Radimir Trotsky ?

— De quoi tu parles ?

— Ne fais pas l'imbécile. Je sais qui était Trotsky. Ce que je veux savoir, c'est si vous le saviez aussi.

Silence.

— Tout ce que je peux te dire, reprit Roger au bout d'un instant, c'est que Michael était au courant depuis le début. Moi, je l'ai appris trop tard. J'ai essayé d'annuler la mission, mais c'était déjà fait.

— Puis Michael a appris qu'Aleksei enquêtait sur Trotsky, c'est ça ?

— Je suis désolé, Liza.

Une vague de colère la submergea. Puis cette colère laissa

place à un profond abattement : dire que c'était elle qui avait présenté son amie à Michael !

— Il part en vrille, indiqua Roger. Il prend ses propres initiatives. Il pensait que Charlie Miller était passé aux mains de la mafia. Il estimait qu'il fallait le descendre, qu'il soit de la CIA ou pas.

— A moins qu'il n'ait voulu protéger son nouveau patron… Et s'il était lui-même passé du côté russe ?

Nouveau silence, puis :

— Je suppose que tout est possible.

Liza serra les poings et chercha autour d'elle quelque chose à boxer.

Roger expira bruyamment.

— Michael est en train de détruire tout ce que ton père avait mis en place au sein du Trust.

Elle faillit éclater de rire. Roger ne valait certainement pas mieux ! Elle faillit le lui dire, mais elle se retint.

— Tout ce que je veux, c'est protéger ma copine, assura-t-elle.

— Heureux de l'entendre.

— Je vais programmer un voyage à Saint-Marabel dans les semaines à venir. De toute façon, je leur ai promis de venir voir le restaurant. Mais il me faudra un moment pour décider comment faire.

Les poisons étaient faciles à utiliser et, s'ils étaient bien manipulés, rarement détectés. Elle pourrait sans doute glisser quelque chose dans l'assiette de Michael à un moment où il baisserait sa garde. Elle pensa à la tête que ferait Kate en découvrant que son mari était mort. Prise de nausée, elle appuya son front contre sa main libre.

— Ce ne sera pas nécessaire, répliqua Roger. On vient d'apprendre que Kate et Michael ont l'intention de se rendre à Chicago.

La nausée de Liza s'intensifia à la pensée que le Trust avait dû apprendre cette information par l'intermédiaire des micros posés chez Kate et Michael.

— D'accord, dit-elle. Je m'en occuperai ici.

Il lui serait certainement plus facile d'éliminer Michael ici que chez lui.

— Non, pas à Chicago non plus.

— Tu ne serais pas en train de te dégonfler, Paul ?

Elle s'était exprimée d'un ton sarcastique, mais le sarcasme était surtout dirigé contre elle-même. Il fallait qu'elle balaie ses angoisses, ses hésitations. Qu'elle élimine Michael pour venger Aleksei et pour l'empêcher de faire du mal à Kate. Même si Kate allait terriblement souffrir sur le coup.

— Il faut que tu le fasses à Rio.

— A Rio ?

— Oui. On va charger Michael de la mission Gustavo.

— Michael va supprimer Gustavo pendant un meeting ?

— Exact.

— Et peut-être aussi sa femme et ses enfants ?

— C'est ça.

— Pourquoi lui ? Il n'a aucun lien particulier avec le Brésil.

— Oui, mais c'est notre meilleur tireur.

C'était vrai, et Liza le savait. En général, le détail des missions accomplies par les agents du Trust restait strictement confidentiel. Cela ne les empêchait pas, toutefois, de se faire une réputation, et Michael était connu pour deux choses : sa manière de briser le cou de ses victimes et le fait qu'il était un tireur hors pair.

— N'empêche, objecta Liza, d'autres agents auraient pu s'en charger.

— Oui, mais il faut penser à plus long terme, ma chérie.

— Ne m'appelle pas comme ça.

— On va utiliser cette mission comme levier, reprit Roger. On va lui dire que c'est sa dernière mission. Qu'après, il pourra quitter complètement le Trust, et même le Twilight Club.

Liza commençait à comprendre.

— Tu vas lui promettre qu'il pourra quitter le Trust. Du coup, il acceptera de s'occuper de Gustavo… et moi, je m'occuperai de lui.

— Exact.

— Ensuite, tu feras tout pour qu'on sache que c'est Michael qui l'a tué.

— Bien vu.

— Moi, pendant ce temps, je me tire au plus vite, mais personne ne se donne trop de peine pour me retrouver, vu que je suis juste celle qui a tué l'assassin.

— Très bien.

— Tu crois que Michael va marcher ? Personne n'a jamais eu le droit de quitter le Trust. C'est interdit par le règlement depuis le début.

— Les choses changent. Le Trust a changé. Michael le sait. Je lui dirai que je le fais par amitié.

Liza se crispa. Elle voulait tuer Michael plus que n'importe qui. Pour le punir de ce qu'il avait fait à Aleksei et tirer sa meilleure amie du mauvais pas où elle l'avait mise. Mais Roger était une vraie ordure.

Elle se leva.

— Quel effet ça fait de commanditer la mort de ton meilleur ami ?

— Quel effet ça fait de tuer le mari de ta meilleure amie ?

Elle ne répondit pas.

— Nous faisons ce que nous devons faire, affirma Roger. Ne l'oublie pas.

Liza se mit à marcher de long en large.

— Et entre-temps, je suis censée faire quoi ?

— Ton boulot.

— Je veux dire, par rapport à Kate.

— Rien du tout. Comme d'habitude.

56.

Nous décollâmes de Saint-Marabel à la première heure et fîmes une escale à Montréal. A la seconde où notre avion se posa à l'aéroport O'Hare de Chicago, je commençai à me sentir mieux. Je regardai par le hublot la rangée de terminaux, les pistes qui s'étendaient à perte de vue. Cela ne ressemblait en rien au minuscule aéroport de Saint-Marabel, et cela m'allait très bien.

Je me tournai vers Michael et serrai sa main dans la mienne. Pendant quelques jours, nous allions profiter de Chicago et l'un de l'autre. Avec un peu de chance, nos tensions et mes doutes s'évaporeraient. Sinon, nous aurions le temps d'en discuter tranquillement, loin des obligations du club et du train-train quotidien. A notre retour, nous aurions fait la coupure dont nous avions besoin. Nous nous serions retrouvés.

Un taxi nous emmena jusqu'au Park Hyatt, à deux pas de Michigan Avenue. La chambre donnait sur l'ancien château d'eau, un des monuments que je préférais à Chicago.

— Je vais appeler ma mère et Liza pour leur dire qu'on est arrivés.

Je sortis quelques robes et jupes légères de ma valise et

les rangeai dans la penderie. Il pouvait régner une chaleur torride à Chicago au mois d'août, et j'avais fait mes bagages en conséquence.

— Bonne idée, lança Michael depuis la chambre à coucher.

Il était très méticuleux dans sa manière de faire ses bagages — ses vêtements et autres possessions étaient toujours disposés en petites rangées ordonnées — mais il les défaisait à peine. Moi, j'aimais faire de ma chambre d'hôtel un chez-moi temporaire, ne serait-ce que pour quelques jours ; Michael sortait ses affaires de sa valise à mesure qu'il en avait besoin, et les remettait ensuite. A part quelques rares vêtements qu'il pendait à des cintres, il était toujours prêt à repartir.

Je le vis prendre son portefeuille sur le bureau et le glisser dans la poche de son pantalon en lin.

— Je reviens dans une heure ou deux, dit-il. J'ai un petit truc à régler en vitesse.

Je me figeai sur place. Je tenais à la main une paire de sandales à hauts talons que je m'étais imaginé porter pour aller déjeuner au restaurant.

— Quel petit truc ?

— Juste une vérification à faire au sujet d'un investissement.

— Quel investissement ?

Michael balaya l'air de sa main.

— Ça ne vaut pas la peine d'en parler. Je reviens tout de suite.

— Mais tu dois aussi aller dans le South Side cet après-midi, non ? Pour cette histoire de verres ?

Michael regarda sa montre.

— Oui, mais je repasserai ici avant. J'arriverai à tout faire, ne t'inquiète pas.

— Tu ne devais pas m'accompagner chez ma mère ? Je croyais qu'on allait passer du temps ensemble.

Je détestai la pointe de ressentiment qui s'était glissée sous ma voix.

— On a encore quelques jours devant nous, Kate.

Je me retournai et lançai mes sandales dans ma valise. J'étais fatiguée de ne pas comprendre ce que faisait Michael. Etais-je trop soupçonneuse ? La blessure infligée par Scott m'avait-elle rendue méfiante envers les hommes en général ? Je détestais le malaise qui s'était installé entre nous ces derniers temps. Je voulais en assumer la responsabilité, et le laisser se dissiper dans l'air de Chicago. Mais Michael ne me facilitait pas la tâche.

Il me fit pivoter sur moi-même et m'embrassa sur la bouche. Je l'enlaçai et me lovai contre lui. Notre baiser se prolongea ; nous commençâmes à tirailler sur nos vêtements.

— Les choses importantes d'abord, murmurai-je en l'entraînant vers le lit.

— Je ne peux pas, dit Michael avec un soupir de regret.

Il s'écarta et rentra sa chemise dans son pantalon.

— Laisse-moi régler cette histoire, et je serai tout à toi.

Je ne dis rien.

Michael s'éloigna. Je le vis ouvrir la porte de la chambre d'hôtel, qui se referma sèchement derrière lui. « Je serai tout à toi », m'avait-il promis, mais je n'avais décidément pas cette impression.

57.

En sortant du Park Hyatt, Michael se rendit à la bibliothèque Newberry. Il régnait une chaleur étouffante, mais cette petite marche lui fit du bien. Parvenu à destination, il s'arrêta sous l'une des arches en pierre du bâtiment et prit un moment pour contempler Bughouse Square, la petite place qui s'étendait de l'autre côté de la rue. Ornée d'une fontaine, elle était plantée de grands arbres, sillonnée de sentiers sablonneux et agrémentée de bancs où les passants s'arrêtaient volontiers.

Michael connaissait bien l'histoire de Bughouse Square. Il connaissait le nom des poètes et des orateurs qui l'avaient fréquentée à l'orée du XXe siècle ; il savait que des révolutionnaires y haranguaient la foule des années vingt et trente. Aujourd'hui, les habitants du quartier venaient y promener leur chien et les étudiants des universités voisines y déjeunaient en bavardant. Il savait tout cela parce que Coleman Kingsley le lui avait raconté. Coleman adorait Bughouse Square. Pour lui, cette place était emblématique des meilleurs aspects de l'Amérique — un pays où chacun avait son mot à dire, son grain de sel à ajouter au débat.

Voilà pourquoi il avait choisi la bibliothèque Newberry pour entreposer une partie des documents du Trust.

Avant l'avènement des ordinateurs, le Trust s'était octroyé des espaces de stockage dans des bibliothèques bien réelles, comme celle de Newberry. Les membres du Conseil y conservaient des archives codées au sujet des missions, des évaluations et de la situation courante des agents. A Newberry, le programme d'archivage avait été interrompu peu après la mort de Coleman, et Michael n'était pas sûr de ce qu'il espérait y trouver. Des informations sur Roger, en tout cas. L'attitude de son ami et sa manière de diriger le Trust le tracassaient. Or l'expérience lui avait appris que, pour résoudre ce genre de tracas, il fallait s'armer de patience et d'intuition.

Il gravit les quelques marches qui menaient à l'entrée de la bibliothèque et pénétra dans le hall en marbre. Il regretta que Kate ne soit pas avec lui, qu'ils ne puissent pas vagabonder ensemble entre les rayonnages, profiter l'un de l'autre. Ces derniers jours, il s'était montré distant, perturbé par des inquiétudes croissantes au sujet de Roger et du Trust. Il regrettait son attitude, mais il n'y pouvait rien. Après des années passées à faire semblant d'être quelqu'un d'autre, il aurait dû être capable de jouer avec conviction le rôle du mari comblé, mais le problème, c'était qu'avec Kate il n'arrivait pas à jouer la comédie du tout.

Il s'avança vers l'employée qui se tenait à l'accueil.

— J'aimerais me renseigner sur la possibilité d'organiser une réception privée à la bibliothèque. Est-ce que vous faites ce genre de choses ici ?

— Absolument, répondit la jeune femme en souriant. Vous avez rendez-vous ?

— Non, je passais à tout hasard.

— Je vais appeler Melinda, du service événementiel.

Elle se tourna et décrocha son téléphone.

Michael s'écarta pour balayer les lieux du regard. Devant lui, un grand escalier blanc permettant d'accéder aux salles de la bibliothèque et aux bureaux du personnel. A gauche, un couloir menait aux toilettes. En face, il y avait une petite salle d'exposition longée par un autre couloir qui aboutissait à la grande salle de bal. Michael avait besoin d'accéder à cette dernière salle et d'y passer quelques minutes seul. En tapotant du pied, il se remémora ses précédentes visites, généralement pour déposer des informations. Il était souvent entré par effraction après la fermeture du bâtiment. Il aurait pu le faire cette fois aussi, mais les systèmes de sécurité étaient plus difficiles à contourner qu'autrefois. Il se demanda qui, du Trust, se souvenait encore de la planque de Newberry. Depuis la disparition de Coleman et d'autres membres fondateurs, Michael était sans doute l'un des seuls.

Il prit son téléphone dans la poche de sa veste et composa le numéro de Sebastian Bagley, son agent de coordination préféré et le seul membre du Trust, à part Roger, qu'il considérait comme un ami. Il espérait ne pas s'être trompé à ce sujet, car à présent il avait besoin de son aide.

Sebastian décrocha en grognant.

— C'est Andrew, énonça Michael à mi-voix. J'ai un service à te demander.

— Je t'écoute.

— N'enregistre pas cet appel.

— O.K.

— Merci. Dans cinq minutes, je veux que tu appelles la bibliothèque Newberry à Chicago. Dis-leur que tu as besoin de parler d'urgence à une responsable du service événementiel. Invente n'importe quoi. Garde-la au téléphone pendant au moins six minutes.

Sebastian acquiesça d'un nouveau grognement.

— Comment vas-tu ? ajouta-t-il.

— Bien.

Michael s'entendit répondre d'une voix calme et assurée, et cela lui plut.

— Je vais bien, répéta-t-il. Merci, Sebastian.

Alors qu'il rangeait son téléphone, une jeune femme en tailleur, les cheveux tirés en arrière, dévala l'escalier central. Elle boutonna sa veste d'une main tout en continuant à avancer, à bout de souffle, sa main libre tendue vers lui.

— Melinda Waterman, du service événementiel.

— Andrew Marson. Désolé d'être passé à l'improviste.

— Aucun problème. On est un peu débordés à cause d'une soirée hier au premier étage, voilà tout.

Elle passa derrière le bureau et attrapa un trousseau de clés. Enfin, elle s'arrêta et prit une profonde inspiration.

— Bien. Quel genre d'événement avez-vous en tête ?

— Une réception pour fêter la pose de la première pierre d'un bâtiment. Deux à trois cents personnes.

Elle hocha la tête, lui fit signe de la suivre et s'éloigna à toute vitesse vers le bout du couloir.

— Notre grande salle de bal est le seul endroit qui puisse accueillir autant de personnes. C'est un espace extraordinaire. Vous le connaissez ?

— J'y suis entré deux ou trois fois. Mais ça remonte à longtemps.

Ils arrivèrent devant l'entrée. Melinda déverrouilla les portes qui s'ouvrirent sur une vaste salle dallée de marbre, aux murs ornés de panneaux de bois sculpté, le tout surmonté d'un plafond aux moulures somptueuses. Juchée sur ses talons, Melinda lui fit faire le tour de la pièce en lui décrivant efficacement ses points forts.

Cinq minutes plus tard, son téléphone émit un petit bourdonnement. Elle consulta l'écran et fronça les sourcils.

— Je suis désolée. Je dois retourner prendre un appel dans mon bureau. Il semble que ce soit une urgence.

— Aucun problème, dit Michael. Je vais en profiter pour m'imprégner de l'ambiance.

— Parfait, dit Melinda en cliquant à toute vitesse sur le clavier de l'appareil.

Après son départ, Michael s'avança vers l'angle sud-est de la salle, où était accroché un grand tableau. Deux enfants, un garçon et une fille, engoncés dans des vêtements de l'époque victorienne, pataugeaient dans une flaque d'eau sous la pluie. Le sujet était traité à grands renforts de gris et de bruns sur lesquels se détachaient la peau lumineuse des enfants et leurs sourires éclatants. Coleman avait choisi ce tableau pour la joie qui s'en dégageait ; il avait expliqué à Michael que cette image lui rappelait ses propres enfants et tout ce qu'ils avaient apporté à sa vie.

Sous le tableau, une plaque de bronze portait le titre : *Les Enfants Bismarck*. Suivaient trois lignes d'indications techniques :

« Huile sur toile, 1877
» Charles Talbot Alderson
« Don de Presario Pharmaceutique »

Michael se pencha tout près de la plaque. Il appuya sur le *c* du mot Bismarck, sur le *C* de Charles, et enfin sur le *c* de Pharmaceutique. Il pria pour que le mécanisme fonctionne encore.

Rien ne se produisit. Il leva l'index et appuya de nouveau sur les trois lettres, avec plus d'insistance. Toujours rien.

— Saloperie, murmura-t-il.

Il refit l'opération plus lentement, et en appuyant beaucoup plus fort.

Cette fois, le troisième *c* s'enfonça dans la plaque avec un cliquetis audible. Michael sourit. Toutes les lettres de la plaque se surélevèrent et apparurent en relief.

En utilisant les lettres de la plaque, il composa le mot de passe. « Honneur. »

Il y eut une nouvelle série de cliquetis. Cette fois, la plaque s'ouvrit en basculant sur des gonds invisibles. Michael l'ouvrit en grand et passa la main dans le petit espace vide qu'elle dissimulait. Il en sortit une liasse de papiers couverts de minuscules notes codées.

Il fut tenté d'emporter tout simplement les documents. Après tout, qui, à part lui, savait encore qu'ils étaient là ? C'était ce qu'aurait fait un membre plus jeune du Trust — Roger, par exemple — mais Michael se rappelait les leçons de Coleman et la manière dont le Trust était censé fonctionner.

Un coup d'œil à sa montre lui apprit qu'il lui restait moins de deux minutes.

Calant une loupe électronique devant un œil, il parcourut rapidement les documents. Il n'avait pas lu du code encrypté depuis longtemps et, au début, son cerveau refusa de l'interpréter. Il se força à se concentrer ; plus rapidement qu'il ne l'aurait cru, il retrouva ses marques. Les documents comportaient trop d'informations pour qu'il pût tout photographier. Il chercha donc le nom de Roger, qu'il trouva dans les évaluations d'agents ainsi que dans le registre de leurs déplacements. Il sortit un minuscule appareil photo monoculaire de sa poche-poitrine et photographia les pages en question.

Tandis qu'il glissait la liasse dans l'espace derrière la plaque, il entendit Melinda Waterman revenir. Il referma la plaque, mais elle refusa de s'enclencher.

— Monsieur Marson ? dit Melinda dans son dos.

Il lutta contre l'envie de se redresser, sachant à quel point son attitude devait paraître étrange. Il poussa de nouveau la plaque du bout du doigt, en essayant de laisser la mémoire de son corps retrouver le geste qui convenait. Rien à faire. Le mécanisme ne semblait plus fonctionner.

— Monsieur Marson ?

Il appuya de nouveau sur la plaque. Avec un minuscule bourdonnement, la pièce de métal s'encastra dans son emplacement d'origine.

Michael se redressa.

— Cette peinture est extraordinaire, dit-il.

— Extraordinaire, oui, acquiesça-t-elle d'un air perplexe. Que pensez-vous de la salle ?

— Elle me plaît, dit Michael.

Il glissa sa main dans la poche de sa veste et tapota son appareil monoculaire.

— Elle me plaît vraiment beaucoup.

58.

Je sortis me promener sur Michigan Avenue. Je fis vaguement du lèche-vitrines ; rien de ce que je vis ne s'imprima vraiment dans ma conscience.

Je ne faisais qu'attendre. J'attendais Michael pour aller boire un verre de vin dans un café. J'attendais Liza pour faire les boutiques et essayer des chaussures beaucoup trop chères. J'attendais ma mère pour chercher les soutiens-gorge, pyjamas et autres articles de base qu'elle aimait toujours m'acheter.

Mais Michael était à son rendez-vous. Liza travaillait et ne serait pas disponible avant quelques heures. Ma mère avait un déjeuner et une réunion de son cercle de lecture ; nous avions prévu de nous voir le lendemain.

Il faisait chaud, presque torride ; le soleil brillait d'un éclat aveuglant. Je rentrai à l'hôtel et me plongeai dans un livre de poche au sujet d'une Indienne née aux Etats-Unis, dont les parents avaient arrangé le mariage dès la naissance, et qui avait été forcée de retourner en Inde pour épouser un inconnu. L'auteur parlait de la solitude qu'elle éprouvait malgré son amour de l'Inde. Elle parlait de son mari qu'elle commençait à aimer même si elle ne le comprenait pas.

Le livre me transporta pendant une heure. Je comprenais tellement bien ce dont l'auteur parlait ! Mon mariage avec Michael n'avait certainement pas été arrangé, mais je me sentais souvent seule à Saint-Marabel et j'avais souvent du mal à comprendre mon mari.

Quand Michael rentra, je me levai et me jetai à son cou.

— Comment s'est passé ton rendez-vous ?

— Bien.

Il me serra fort dans ses bras et enfouit son visage au creux de mon cou.

— Il te reste combien de temps avant de partir pour le South Side ?

Il s'écarta et contempla un instant mon visage : j'eus presque l'impression qu'il puisait des forces en moi. Puis il regarda sa montre.

— Assez pour m'occuper d'une affaire urgente.

Il glissa sa main sous la ceinture de ma jupe en coton et la posa sur ma hanche.

— Tu es si douce.

Je murmurai un « oui » et j'entourai son visage de mes mains. Puis je fermai les yeux et m'avançai pour l'embrasser, mais je le sentis se figer.

Ouvrant les yeux, je vis mon mari m'observer d'un regard plein d'émerveillement et de tristesse.

— Je t'aime plus que je n'ai jamais aimé personne, dit-il.

— Moi aussi, je t'aime.

Nous nous embrassâmes, d'abord doucement, puis avec de plus en plus d'intensité. Finalement, n'y tenant plus, je le poussai sur le lit.

Quelques instants plus tard, alors que Michael se glissait

en moi, je sentis comme une bulle éclater. Les soucis et les soupçons qui nous avaient séparés se dissipèrent. Ensuite, nous nous répétâmes en chuchotant à quel point nous nous aimions, à quel point nous avions de la chance de nous être rencontrés.

Au bout d'un moment, nous nous levâmes et il se rhabilla. Je prévoyais de prendre une douche rapide et de partir chez Liza pour boire un verre sur son balcon.

— Laisse-moi un quart d'heure pour me préparer, et on prendra un taxi ensemble, dis-je. Tu me déposes et tu rejoins le South Side en longeant le lac.

Michael eut une infime hésitation.

— Je ne sais pas, dit-il. Je crois que je vais plutôt prendre la rocade. J'ai rendez-vous au sud-ouest de la ville, en fait.

Il regarda de nouveau sa montre.

— Et tu m'as mis en retard.

Il se tourna pour m'embrasser. Je lui rendis son baiser du bout des lèvres.

Ce n'était pas son refus qui m'avait effrayée, mais son hésitation. Cette hésitation qui semblait correspondre au laps de temps nécessaire pour inventer une excuse plausible. Je n'avais aucune idée de ce qui se passait dans sa tête, mais j'avais l'impression qu'il ne voulait surtout pas que je me mêle de ses projets pour l'après-midi. Je l'avais de nouveau perdu, je le sentais.

Michael finit de s'habiller. Il m'embrassa encore, sur la joue cette fois.

— Je file. Appelle-moi pour me dire où on dîne ce soir.

— Pas de problème. Bonne chance pour ton rendez-vous.

Je le regardai s'éloigner. J'entendis la porte se refermer de nouveau derrière lui. J'avais terriblement envie d'une douche, mais j'enfilai ma jupe, attrapai mon sac à main et le suivis.

59.

Roger était assis à son bureau du centre de recherches du Trust, à Chicago. Le bâtiment était discrètement situé dans un quartier résidentiel. A première vue, il aurait pu s'agir d'une des vastes résidences de standing qui s'élevaient un peu partout dans le North Side de Chicago. Mais le bâtiment était plus grand que les autres, et il ne comportait aucune fenêtre — seulement des blocs de verre stratégiquement placés. Il se distinguait encore par d'autres particularités, notamment les lions de pierre perchés aux quatre coins du toit. Roger les avait rapportés de Katmandou. S'il avait réprimandé Michael au sujet de sa peinture accrochée au Twilight Club, c'était uniquement pour lui signifier qu'il était redevenu un membre ordinaire, tout en bas de l'échelle. Ce bâtiment-ci était rempli, à l'intérieur comme à l'extérieur, de trouvailles de Roger, d'objets rapportés de ses nombreux voyages : petit à petit, il avait fait sien le centre de recherches. Tout comme il était en train de s'approprier le Trust.

Le bureau de Roger était la réplique d'un bureau qu'il avait vu autrefois à Santiago du Chili. Le bureau d'un homme qu'il était chargé d'éliminer. Il avait accompli sa mission. Plus tard, il avait entendu dire que la pièce avait été entièrement vidée et remise à neuf par le fils de la victime. Roger n'avait jamais oublié les boiseries sombres et les tapis richement ornés : il avait réussi à retrouver et à racheter bon nombre d'éléments de ce décor.

Il attrapa son portable et composa un numéro.

— Où es-tu ? demanda-t-il.

— Dans un taxi, répondit Michael d'une voix sèche. J'arrive.

— Tout va bien ?

— Très bien.

Roger sourit. Il n'ignorait rien des tensions qui existaient entre Michael et sa dulcinée. Cela tombait bien, car Michael semblait prêt à tout pour quitter le Trust et sauver sa relation avec Kate. Il accepterait donc une dernière mission à Rio. Et après cette mission, les pères fondateurs du Trust perdraient un membre de plus.

Le nouveau Trust commençait déjà à briller. Avec l'élimination par Liza d'Angelo Naponi à Anguilla et celle, plus spectaculaire encore, de Charlie Miller par Michael, Roger avait réussi à se faire connaître auprès de quelques personnes choisies. A présent, il avait plus de demandes que jamais. Assez pour que se réalisent ses rêves les plus fous.

Et il n'allait pas s'arrêter en si bon chemin.

Il se retourna pour regarder la photo de Michael et lui prise dans un pub à Dublin, vingt ans plus tôt. Ils étaient des personnes différentes à l'époque. Roger avait fait encadrer la photo et l'avait posée sur la bibliothèque pour se sentir davantage chez lui dans son environnement de travail. Il n'avait jamais changé la photo de place, même si, aujourd'hui, il n'avait plus besoin d'elle pour se sentir chez lui. A vrai dire, il trouvait même ce genre de geste parfaitement ridicule.

Mais la photo mettrait Michael à l'aise. Après son départ, Roger briserait le verre et mettrait l'image en lambeaux.

— A tout de suite, mon vieux, dit-il.

60.

A l'arrière du taxi, sa loupe électronique maintenue par une lanière autour de sa tête et le câble relié à son appareil photo, Michael étudiait les documents codés qu'il avait photographiés à la bibliothèque Newberry.

La première page était un résumé, rédigé par Coleman Kingsley, d'une évaluation de l'agent Roger Leiland effectuée en avril 1985. La mention « Top Secret » figurait en haut de la feuille, ce qui distinguait cette évaluation de la plupart, généralement classées « Confidentiel ».

Le résumé indiquait :

« Vives inquiétudes au sujet de l'agent Leiland. Tendance à se surestimer et à surestimer son rôle dans l'organisation. Critiques permanentes de nos méthodes et principes. Un désir d'agir seul ou en opposition directe à la mission de l'organisation est pressenti. Bilan psychologique demandé. »

Michael s'affaissa contre la banquette. Il n'avait jamais entendu parler de cette évaluation négative reçue par Roger. A vrai dire, elle n'était pas seulement négative, mais carrément alarmante. Il parcourut les documents jusqu'à trouver le registre des déplacements individuels des agents, et chercha une trace du bilan psychologique. Il n'en trouva aucune.

Il y eut un grognement : Michael leva les yeux. Le taxi était arrêté à un feu et son chauffeur, un homme d'une soixantaine d'années, fixait Michael dans le rétroviseur.

— J'ai une mauvaise vue, expliqua-t-il. Sans ce truc, impossible de lire mon foutu Blackberry.

— Moi c'est pareil, renchérit le chauffeur. Faudrait que je m'en achète un.

Le feu passa au vert et il démarra en reportant son attention sur la chaussée.

Michael regarda rapidement par la vitre. Ils étaient au coin de North Avenue et de Halsted, à cinq minutes à peine du centre de recherches. Il n'avait pas le temps de passer en revue le reste des documents. Il n'aurait même pas dû les lire dans cette voiture. Mais, tout à l'heure, il devrait se consacrer à Kate. Il en avait envie.

Il lui avait fait tant de promesses non tenues ! Si seulement il arrivait à tirer au clair les soupçons qu'il nourrissait à l'égard de Roger afin d'envoyer sa lettre aux autres membres du Conseil, il pourrait se rattraper auprès de sa femme.

Il se concentra de nouveau sur le document qui indiquait les déplacements de Roger. Il s'arrêta sur une date en mai 1985, deux semaines environ après l'évaluation négative. Ce jour-là, Roger se trouvait à Evanston, dans l'Illinois, au domicile de Coleman Kingsley.

Un souvenir encore ténu remonta à l'esprit de Michael.

Il se força à repenser à cette époque. Il vivait alors à New York et travaillait comme photographe pour une agence de presse internationale, emploi qui nécessitait des déplacements constants et constituait une couverture parfaite pour ses activités au Trust. Il passait souvent à Chicago afin de se tenir au courant des avancées du centre de recherches.

Il leva les yeux : le taxi s'engageait sur Ashland Avenue, puis sur Montana Street, où était situé le centre de recherches. Subitement, il se rappela un autre trajet en taxi dans Chicago. Un soir de mai, au milieu des années quatre-vingt, où il avait demandé au chauffeur de continuer jusqu'à Evanston. Ce soir-là, Coleman Kingsley organisait une grande fête en l'honneur de son fils, Colby, qui venait de finir ses études. Coleman, habituellement très réservé, n'avait pu s'empêcher de fêter dignement l'événement. Il avait même invité quelques membres haut placés du Trust qui travaillaient à Chicago. Michael se rappela les lampions qui illuminaient le jardin de Coleman, ce jardin qui était sa fierté. Il se rappela que Roger était là, lui aussi.

Puis il se rappela comment la soirée avait fini.

61.

Je suivis Michael jusqu'au hall d'entrée de l'hôtel et le vis franchir les portes de verre. Il se glissa dans un taxi qui attendait dehors. J'attendis qu'il démarre, puis je sortis à mon tour et montai dans le taxi suivant. Je tendis le doigt vers le taxi de Michael et demandai au chauffeur de le suivre. On était au milieu de la journée. La circulation était fluide. La voiture qui nous précédait se dirigea vers l'ouest puis bifurqua vers le nord — à l'exact opposé du South Side.

Nous remontâmes North Avenue, puis Ashland Avenue et enfin Montana Street, une rue résidentielle. Le taxi que nous suivions s'arrêta à l'angle d'une allée et Michael en descendit. Je fis signe à mon chauffeur de continuer. En passant devant lui, je me recroquevillai sur la banquette et lançai un regard furtif par la vitre arrière. Michael se tenait devant un bâtiment qui ne ressemblait pas aux maisons alentour. C'était une grande construction en granit rouge surmontée de lions en pierre sculptée. Leurs gueules ouvertes évoquaient un rugissement féroce.

Je descendis du taxi au croisement suivant et revins sur mes pas. Michael avait disparu. Etait-il entré dans cet étrange bâtiment ? En m'approchant, je constatai qu'il n'y avait des ouvertures que sur un côté. Ce n'étaient pas des fenêtres, mais des sortes de meurtrières bouchées par des blocs de verre fumé, au travers desquels on distinguait le vacillement bleu de plusieurs écrans de télévision ou d'ordinateur.

Je fis le tour de la construction en notant l'absence de toute signalisation. Ça ne ressemblait ni à un lieu public ni à un immeuble d'habitations. Il n'y avait pas vraiment d'entrée — juste une porte en acier dépourvue de poignée extérieure. Je levai les yeux vers les étages en me demandant ce que Michael fichait ici.

A cet instant, la porte en acier coulissa sur elle-même. Une bouffée de fraîcheur climatisée se mêla à la moiteur du dehors. Un homme apparut sur le seuil ; il portait une veste de sport bleu marine et un pantalon kaki. Grand, baraqué, les cheveux blonds coupés ras, il avait tout l'air d'un videur.

— Puis-je vous aider ? demanda-t-il d'une voix monocorde.

— Je cherche mon mari.

Aucune réaction.

— Michael Waller ?

— Il n'y a pas de Michael Waller ici.

— Il me semble qu'il vient d'entrer. Je crois qu'il a rendez-vous ici.

— Je n'ai fait entrer personne de ce nom. Vous feriez mieux de passer votre chemin.

C'était un ordre, pas une suggestion. Mais je n'étais pas d'humeur à recevoir des ordres.

Je calai une main sur ma hanche et pensai au passeport du Honduras britannique que j'avais découvert dans le bureau de Michael.

— En fait, je cherche Andrew Marson.

Enfin une réaction. Ses yeux parcoururent mon visage. Il s'écarta de la porte ouverte.

— Entrez.

62.

Après avoir échangé quelques banalités avec Roger dans son bureau, Michael lui rappela qu'il était venu au centre pour s'informer de l'évolution du projet Juliette. Un instant plus tard, il suivait Roger vers le bloc opératoire. Ce n'était pas un véritable bloc opératoire, puisque personne n'y avait jamais été opéré, mais il contenait tout l'équipement nécessaire — table d'opération stérile, éclairages à bras, machine anesthésique, respirateurs et ainsi de suite.

Parmi ces éléments, le matériel destiné à l'anesthésie était ce qu'il y avait de plus important pour les recherches en question. L'évolution de ces recherches intéressait Michael presque autant que l'attitude de son vieil ami. Pendant des années, Michael avait été chargé de superviser le développement de ce projet et, comme un parent qui voit son enfant devenir adulte, il en était fier. Il y était encore attaché.

— On est quasiment opérationnels, affirma Roger en entrant le premier dans la salle.

En raison de sa formation médicale, Roger avait été chargé de diriger le centre de recherches au jour le jour ; Michael était son superviseur. C'était ainsi que le Trust fonctionnait — il était régulé par un système de freins et de contrepoids. Du moins autrefois. Et Michael avait l'intention de continuer à appliquer cette méthode, même s'il n'avait plus de place officielle au sein du système.

— Pour la réversibilité, où en est-on ? demanda Michael.

— Impeccable. On a enfin trouvé un composant qui imite le desflurane en termes de solubilité dans les graisses, mais qui a les mêmes effets que le propofol ou la kétamine, multipliés par cent.

— Et maintenant ? demanda Michael.

— On refait des tests. Tu sais comment ça se passe. A mon avis, on devrait être opérationnels d'ici à quelques mois.

Michael hocha la tête. Il aurait aimé se montrer plus enthousiaste, mais il ne parvenait pas à faire taire ses craintes. Car si le résultat de ces recherches tombait entre de mauvaises mains, les conséquences seraient désastreuses. Pouvait-on faire confiance à Roger pour veiller sur les découvertes du centre… et sur le Trust ?

— On a un essai en cours en ce moment, indiqua Roger. Ça te dirait d'y jeter un coup d'œil ?

— Absolument.

Roger fit rouler la table d'opération vers le mur. Puis il s'avança vers un Interphone et appuya sur un bouton.

— Amenez-la.

Une minute plus tard, les portes battantes encastrées dans le mur de gauche s'ouvraient et l'on poussait un lit à roulettes au milieu de la pièce, sous les spots.

Une femme d'une vingtaine d'années y était étendue. Sa peau était presque aussi pâle que le drap blanc qui couvrait son corps. Un bonnet à élastique masquait ses cheveux, que

Michael savait être bruns. En tant que membre sortant du Conseil, il connaissait la plupart des recrues.

Elle s'appelait Yonat et elle était née en Israël. Elle était arrivée aux Etats-Unis avec ses parents, morts quelques années après avoir émigré. Elle avait été élevée par une série de familles d'accueil. Elle s'était battue pour obtenir la nationalité américaine, puis pour entrer à Harvard, où elle avait étudié la microbiologie. Ces études étaient l'une des raisons pour lesquelles le Trust avait envisagé son recrutement, mais c'était son militantisme pacifiste et proaméricain à l'université qui avait achevé de convaincre le Conseil. Yonat était à présent agente du Trust, et elle s'était portée volontaire pour servir de cobaye au projet Juliette.

Ce projet, dont le nom renvoyait à la tragédie shakespearienne éponyme, avait été lancé dès la fondation du Trust. Les recherches portaient sur une substance médicamenteuse à retardement, capable de donner à la personne qui l'absorbait toutes les apparences d'une mort clinique. Le produit réduisait l'activité de l'organisme à zéro, puis la redémarrait, et maintenait le sujet dans un profond coma.

Il s'agissait d'un cocktail de substances différentes — chlorure de potassium, scopolamine, atropine et un barbiturique puissant, entre autres. Les médicaments étaient administrés l'un après l'autre, dans un ordre précis. Le sujet perdait d'abord conscience, puis son cœur s'arrêtait pendant un très court laps de temps. Ensuite, tout en maintenant l'inconscience, on contrôlait son système d'activation rétinienne pour déclencher un effet de protection cérébrale.

Pendant la période initiale qui suivait l'administration des produits, le sujet présentait un encéphalogramme plat, des pupilles fixes et dilatées et une absence de pouls, mais ses fonctions cérébrales n'étaient absolument pas mises en danger. A la fin de cette période, les substances à action retardée réveillaient l'organisme du sujet, tout en le maintenant dans un coma profond, lequel se prolongeait en fonction de la dose administrée. C'est-à-dire jusqu'au moment où le Trust voulait que le sujet ressuscite.

Ce projet avait été lancé parce qu'il correspondait au vœu des fondateurs de l'organisation : limiter au minimum les dégâts collatéraux. Le Trust devait parfois assurer la protection de personnes menacées de mort. Le projet Juliette permettrait de simuler la mort de ces personnes, puis de les ramener à la vie et de leur donner une nouvelle identité sans que personne ne se doute de quoi que ce soit.

— Combien de demi-vies du produit sont nécessaires avant que le sujet ne s'éveille ? demanda Michael à Roger.

— On en est à trois pour le moment.

— Et quelle partie de la séquence diffuse l'anticorps monoclonal qui provoque le coma ?

Il observa attentivement Roger pendant qu'il répondait à ses questions. Michael se rappelait tous les détails du projet, et, aujourd'hui, il voulait en savoir davantage. Il voulait voir si Roger allait commettre un faux pas, révéler qu'il avait orienté les recherches dans une nouvelle direction ou utilisé le projet à son avantage.

Il ne fallait surtout pas que le système tombe entre de mauvaises mains. Il pourrait être utilisé pour faire disparaître un terroriste dangereux, par exemple. Il suffirait de lui administrer le médicament pour qu'on le croie mort. Chacun pousserait un soupir de soulagement et raierait un nom de la liste des ennemis publics. Les acolytes du terroriste feraient incinérer le corps d'un autre, ou l'enterreraient dans un cercueil pressurisé. Puis ils le déterreraient et annuleraient l'effet des médicaments. Il prendrait une nouvelle identité et se remettrait au travail, ni vu ni connu.

Face aux questions de Michael, Roger apportait des réponses réfléchies et détaillées, sans nulle trace de cette condescendance dont il avait fait preuve ces derniers temps. C'était louche, pensa Michael.

Il ne cessait de repenser aux documents qu'il avait photographiés à la bibliothèque Newberry, et à la soirée organisée chez Coleman Kingsley en 1985.

Cette nuit-là, Colby, le fils de Coleman, était mort.

Ce n'était pas la présence de Roger à la fête qui tracassait Michael. Après tout, il y avait assisté lui aussi. Ce qui lui donnait à réfléchir, c'était l'évaluation négative de Roger par Coleman, conjuguée à un souvenir qui venait de resurgir à sa mémoire.

L'incident s'était produit le soir de l'ouverture du Twilight Club, quand Roger l'avait appelé de Corée pour le remettre à sa place. Michael avait évoqué le souvenir de Coleman Kingsley, et Roger avait rétorqué que Coleman n'était pas tout-puissant. Il avait ajouté que Coleman s'était « effondré » à la mort de Colby. C'était vrai, d'ailleurs. Coleman avait perdu son étincelle vitale, son dynamisme. Petit à petit, il avait laissé d'autres reprendre la direction de l'organisation et, quelques années plus tard, il était mort d'une attaque, due selon les médecins autant au stress qu'à l'obstruction de l'artère carotide.

Au cours de cette conversation, Michael avait demandé à

Roger s'il n'aurait pas réagi de la même façon que Coleman dans des circonstances similaires.

Sans hésiter, Roger avait répondu par la négative.

Puis il avait prononcé les mots que Michael ne cessait à présent d'entendre résonner dans sa tête. « Je me doutais que Coleman serait incapable d'y faire face. Et il a craqué. Il n'était pas si fort que ça, finalement. »

63.

Je franchis la lourde porte en acier derrière le grand videur blond. Nous pénétrâmes dans une vaste entrée aux murs peints en noir. Le sol, constitué d'une sorte de treillis métallique, me parut étrange, mais je ne fis aucun commentaire.

— Eh bien, dis-je en regardant autour de moi, où est… Andrew ?

— Attendez ici.

Le type pivota sur ses talons, ouvrit une deuxième porte coulissante, identique à celle qui communiquait avec l'extérieur, et disparut.

Je regardai la porte se refermer avec l'impression d'être un animal pris au piège. Juste avant qu'elle ne se referme totalement, je bondis et coinçai le bout de ma sandale entre la porte et l'ouverture. Mon cœur battait à tout rompre. Je glissai un œil par l'embrasure. Personne. Le videur blond semblait s'être évaporé. Le pied toujours coincé dans la porte, je balayai le hall du regard. Il n'y avait rien pour s'asseoir et rien à regarder, hormis une grande peinture à l'huile — le portrait cubiste d'une femme aux yeux globuleux entassés à la verticale, tandis que son nez et ses lèvres étaient représentés de profil.

D'un instant à l'autre, pensai-je, Michael va surgir et tenter de me convaincre que cet endroit vend des verres à vin blanc. Je contemplai le visage déconstruit de la femme peinte ; je me sentais complètement déconstruite, moi aussi. J'avais l'impression d'être coupée de la personne que j'avais été dans ma jeunesse, de celle que j'avais été pendant mon mariage avec Scott, de celle que j'avais été pendant mon divorce, et même de celle que j'avais été lors de ma rencontre avec Michael. Qui étais-je, à présent ? Pourquoi mon identité était-elle si fortement liée aux hommes dans ma vie ? Comment avais-je pu me laisser définir par eux ?

Au lieu d'attendre le retour du videur, je me retournai vers la porte et la poussai pour la faire coulisser en sens inverse.

Elle s'ouvrit sur un couloir sombre. L'épaisse moquette disparaissait sous des peaux de zèbres. Un profond silence régnait sur les lieux. Je n'avais aucune idée de l'endroit où j'allais, ni même de ce que j'espérais. Je voulais des réponses à mes questions, tout simplement.

Je pris à gauche, vers le fond du bâtiment, et tentai d'ouvrir la première porte que je trouvai. Elle était fermée à clé. De même pour la suivante. La troisième poignée s'ouvrit sans résistance, révélant un bureau décoré avec goût : boiseries sombres, grand bureau, fauteuils de bois, lampe sculptée dans une défense d'éléphant, épais tapis, peintures de style tribal. Je jetai un coup d'œil derrière moi. Toujours personne dans le couloir. Pas un bruit.

Je pénétrai dans la pièce et fermai la porte. Sur la pointe des pieds, je m'avançai jusqu'au bureau. Je n'y vis aucun document, aucun indice de ce qui se tramait dans cet étrange bâtiment.

Un cadre photo, posé sur la plus haute étagère de la bibliothèque, attira mon regard. Je poussai un soupir de soulagement. C'était une photo de Roger et de Michael, tous deux beaucoup plus jeunes, bras dessus bras dessous, des chopes de bière à la main. Etais-je dans le bureau de Roger ? L'idée me rassura. J'ignorais de quelle manière il gagnait sa vie — Michael m'avait dit qu'il gérait une filiale de compléments alimentaires pour Presario — mais c'était sans doute ici qu'il travaillait, et mon mari était passé lui dire bonjour.

Pourtant, Michael m'avait aussi précisé que Roger vivait à New York… Et puis, pourquoi le videur posté à l'entrée n'avait-il pas retenu le nom de Michael, mais seulement celui d'Andrew Marson ?

J'examinai les lieux avec attention sans y trouver d'autres indices. Je ressortis et je continuai ma progression dans le couloir. Au bout, je tombai sur deux portes métalliques. Contrairement aux portes d'acier dans l'entrée, celles-ci étaient battantes, et entourées d'un joint en caoutchouc blanc.

— Où es-tu, Andrew Marson ? soufflai-je.

J'inspirai pour me donner du courage et poussai les portes.

Elles donnaient sur un deuxième couloir au sol carrelé de gris et aux murs blancs. L'ambiance élégante et raffinée avait cédé place à un environnement médical.

Je poussai d'autres portes battantes qui s'ouvrirent sur une sorte de bloc opératoire rempli de matériel chirurgical. Sauf que, contrairement aux blocs opératoires, la salle n'était que faiblement éclairée, ce qui lui conférait une atmosphère sinistre.

Au centre de la pièce, une femme était étendue sur un lit roulant, visiblement inconsciente. Un drap blanc recouvrait son corps. Roger et le videur blond se tenaient d'un côté du lit.

De l'autre, il y avait Michael.

Tous trois me fixaient du regard. Le visage de Michael refléta d'abord la stupeur la plus complète, puis une expression que je ne lui avais jamais vue : l'horreur.

— Fais-la sortir d'ici, ordonna sèchement Roger.

Je ne me fis pas prier. Le regard épouvanté de Michael me terrifiait autant que sa présence près de ce corps de femme inanimé. Je m'élançai vers le bout du couloir. Je franchis les premières portes battantes et retraversai à toute vitesse le couloir aux peaux de zèbres, la porte métallique coulissante et débouchai dans l'entrée aux murs noirs. La porte qui donnait sur l'extérieur était verrouillée.

Je la poussai de toutes mes forces pour essayer de la forcer.

— Ouvre-toi, bon sang! m'écriai-je.

Le désespoir qui vibrait dans ma voix m'emplit d'effroi.

Une alarme se mit à hurler et une vive secousse électrique me traversa. Je continuais pourtant de cogner contre la porte blindée. Que se passait-il ici? Dans quoi Michael était-il impliqué? Des pas rapides résonnèrent dans le couloir. Enfin, je levai la tête et vis un verrou automatique tout en haut de la porte, à une vingtaine de centimètres au-dessus de ma portée. Je sautai, le bras tendu — et ratai ma cible.

Je recommençai et, par la grâce de Dieu, je réussis à faire coulisser le verrou vers la droite.

J'ouvris la porte et me précipitai dehors, sous la brûlure du soleil d'août.

64.

— Kate !

La voix de Michael me déchira les oreilles. Il s'était lancé à ma poursuite. Je me mis à courir, moi aussi. Je n'avais aucune idée de ce qu'il trafiquait, ni même de qui il était, mais j'avais la certitude que je devais lui échapper à tout prix.

Au coin de Fullerton Avenue, j'obliquai vers le lac. Mes sandales m'entaillaient la peau et mes jambes flageolaient, mais je ne ralentis pas. D'un geste désespéré, je hélai un taxi, puis un deuxième. Ils me dépassèrent sans ralentir.

Mon Dieu, aidez-moi…

— Kate, attends !

Je me retournai et vis Michael approcher en courant à petites foulées. Il ralentit en m'apercevant. Son visage était déformé — par la confusion ou par la peur ?

Je me figeai un instant. *Qui es-tu ?* pensai-je, effarée. Un taxi arriva à ma hauteur. Je levai le bras et le chauffeur s'arrêta dans un crissement de freins.

Je me jetai sur le siège arrière.

— Démarrez, je vous en supplie !

— Kate ! lança Michael par la vitre ouverte.

Mais le chauffeur accéléra, et je ne me retournai pas.

J'essayai de contrôler les battements de mon cœur — en vain. Mes pensées m'entraînaient dans un tourbillon de plus en plus angoissant. Que pouvaient bien faire Michael et Roger dans cet endroit bizarre ? Pourquoi ne leur avais-je pas demandé des explications, tout simplement ? Sans doute parce qu'il y avait quelque chose de terrifiant dans la manière dont Roger avait ordonné de me « faire sortir ». Et que dire du comportement de Michael ? Il était clairement impliqué dans une entreprise qui n'avait rien à voir avec l'hôtellerie, mais je ne lui faisais plus assez confiance pour l'interroger à ce sujet.

— Où allez-vous ? demanda le chauffeur.

— Vous pouvez prendre vers l'est ? Il me faut une minute pour réfléchir.

Je sortis mon portable de mon sac à main et j'appelai celle que j'appelais toujours quand le monde s'effondrait autour de moi.

— Liza ? Tu peux quitter ton travail ?

— J'en sors. J'allais justement t'appeler.

— On peut se retrouver chez toi ?

— Bien sûr. Mais on pourrait aussi prendre un verre en terrasse sur Rush Street, ou…

— Liza, je ne suis pas en état d'aller dans un bar. Je peux venir chez toi ?

Michael ne connaissait peut-être pas son adresse — et même s'il la connaissait, son portier se chargerait de l'empêcher de monter.

— Pas de problème. Qu'est-ce qui se passe ?

— C'est Michael.

Il y eut un long silence à l'autre bout du fil.

— Liza ? dis-je.

— Madame, où allez-vous ? répéta le chauffeur avec agacement.

— Liza !

— Oui, oui. On se retrouve chez moi.

Je refermai mon téléphone et donnai au chauffeur l'adresse de Liza sur Lake Shore Drive.

65.

Liza marchait de long en large dans son appartement en regrettant de n'avoir rien à faire. La femme de ménage était passée dans la matinée : les parquets luisaient, les vitres étincelaient. Pas le moindre verre sale en vue.

Elle sortit un *nashi* du frigo. D'une main experte, elle trancha sa peau et sa chair ivoire mais, une fois le fruit découpé, elle n'eut plus envie de le manger. Elle ne pouvait rien avaler.

Kate et Michael s'étaient sans doute disputés pour une banale histoire domestique. Elle n'avait pas lieu de s'inquiéter. Mais quand elle pensait à ce que Michael avait fait à Aleksei, et au mauvais service qu'elle avait rendu à Kate en le lui présentant, elle n'avait plus prise sur son angoisse.

Le téléphone sonna. C'était le portier, qui annonçait l'arrivée de Kate. Une minute plus tard, Kate se tenait sur le seuil de l'appartement. Elle portait une jupe blanche et des sandales qui remontaient autour de ses chevilles — des vêtements légers et estivaux — mais ses cheveux blonds étaient moites et désordonnés, son visage, tendu.

— Kate, est-ce que ça va ?

Son amie passa la porte et la serra dans ses bras.

Liza se rappela toutes les fois où elles s'étaient embrassées ainsi — après des ruptures, des tragédies familiales, ou simplement une longue séparation. Avant de rencontrer Kate, Liza n'avait jamais eu d'amie comme elle, et elle n'en aurait sans doute jamais d'autre.

— Kate, ça va ?

Liza l'entraîna dans l'appartement.

— Je vais te donner quelque chose à boire.

Kate se percha sur un tabouret en granit noir.

— C'est bon, je vais bien. Je veux juste que tu me dises ce que tu sais sur Michael.

Liza venait d'ouvrir le réfrigérateur. Elle se figea et regarda fixement les deux autres *nashis* posés sur une assiette blanche au milieu du frigo vide.

— Que veux-tu dire ?

— Qui est-il, exactement ? Qu'est-ce qu'il trafique ? Il n'est pas seulement propriétaire de restaurant, n'est-ce pas ?

Liza referma le frigo et balaya la cuisine du regard, à la recherche de micros. Evidemment, elle n'aurait pas pu les voir — le Trust était tout de même capable de les dissimuler correctement. Comme tous les membres de l'organisation, elle avait accepté le principe d'une surveillance par intermittence de son domicile. Elle ne s'était jamais inquiétée de savoir où étaient cachés les micros, puisqu'elle ne recevait jamais de visiteurs et parlait rarement au téléphone dans son appartement.

Si elle était écoutée en ce moment, et que Kate laissait entendre qu'elle soupçonnait l'existence d'une organisation secrète, elle courait un danger plus grave encore que Liza ne l'avait d'abord cru. Elle risquait sa vie.

— Kate, on devrait vraiment profiter du beau temps. Viens, on se met dehors.

Il était peu probable que le Trust ait installé des micros sur le balcon. Mais si c'était le cas, le bruit de la circulation sur Lake Shore Drive rendrait leur conversation quasiment inaudible aux agents chargés de l'écouter.

Kate fit non de la tête.

— Je me fiche de profiter du beau temps. Il fait une chaleur infernale.

D'une pression légère sur le bras de son amie, Liza la conduisit tout de même sur le balcon. Elle n'y avait ni table ni chaises. Elle ferma les portes coulissantes en jetant un regard sur leurs cadres métalliques. Elle se retourna et passa discrètement la main sous la main courante. Rien.

Enfin, elle s'adossa à la balustrade.

— Qu'est-ce qui vous arrive, avec Michael ?

Kate soupira et ses yeux s'emplirent de larmes.

— Je ne sais pas, mais… quelque chose ne va pas. Il est impliqué dans un truc louche. C'est tellement vague, tellement bizarre que je ne sais même pas comment le décrire !

— Raconte.

Liza écouta Kate lui parler de nouveau des passeports qu'elle avait trouvés. De la sévérité avec laquelle Michael lui interdisait d'entrer dans les salles de réception privées du Twilight Club. Des pastilles blanches qu'elle avait trouvées sur les rebords des fenêtres à Saint-Marabel. De la manière dont elle avait suivi son mari jusqu'à un bâtiment de Montana Street, où elle avait trouvé Michael et Roger penchés sur le corps inanimé d'une femme, allongée sur un lit d'hôpital.

Quand elle eut fini son histoire, Kate prit une profonde inspiration, puis elle fixa Liza d'un regard presque implacable.

— Qu'est-ce que tu sais sur Michael ? lança-t-elle.

— Je te l'ai déjà dit. On a travaillé ensemble et…

— Et ton père, qu'est-ce qu'il pensait de lui ?

— Pardon ? fit Liza, très surprise.

— Michael connaissait ton père.

— C'est vrai.

Liza se retint d'en dire plus. Dans l'intérêt de Kate, elle ne devait surtout pas l'aider à combler ses lacunes.

— Ils travaillaient ensemble à Presario, avança Kate.

— Effectivement.

— Eh bien, qu'est-ce que tu sais sur lui ? Et sur Roger ? Qu'est-ce qu'ils fichent dans cet endroit sinistre, avec cette pauvre femme inconsciente ?

— Je ne sais pas.

Liza fut soulagée de pouvoir dire cela franchement. Elle savait que le Trust avait un centre de recherches à Chicago, mais elle n'avait aucune idée de ce qui s'y passait.

— Bon Dieu ! s'exclama Kate d'une voix éraillée. Je veux des réponses, à la fin ! Je suis mariée à un homme que je ne connais pas ! Je ne suis pas une idiote !

Liza se força à réfléchir. Elle avait l'habitude d'inventer des bobards convaincants au pied levé mais, face à sa meilleure amie, elle n'y arrivait pas.

La porte coulissante s'ouvrit. Kate sursauta. D'instinct, Liza porta une main à sa hanche, mais elle n'était pas armée.

— Bonsoir, mesdames, dit Michael en faisant irruption sur le balcon.

66.

Liza fixa Michael sans dissimuler la haine qu'elle éprouvait à son égard. Elle lui lança un regard d'avertissement, puis elle posa une main protectrice sur le bras de Kate. A son grand étonnement, celle-ci se tourna vers Michael et redressa les épaules, comme si, s'étant confiée à Liza, elle n'avait plus peur d'affronter son mari.

— Nom de Dieu, Michael, à quoi tu joues ? Qui es-tu vraiment ?

Michael lança un regard oblique à Liza. *Débrouille-toi tout seul*, lui répondit-elle en silence.

— Ma chérie, j'ai quelque chose à te dire.

Il fit un pas vers Kate, laquelle cala ses mains sur ses hanches, l'air exaspéré.

— Je fais partie d'une organisation…

Liza plissa les yeux, éberluée.

— … qui s'appelle le Trust.

— Michael, arrête ! hurla Liza.

Kate secoua lentement la tête en les regardant tour à tour. Liza devina que son amie gardait le silence à dessein : elle ne voulait pas prendre la parole de peur de les couper. Ce silence, Liza le connaissait bien. Elle l'avait souvent utilisé sur le terrain.

— Je ne sais pas comment t'expliquer..., reprit Michael.

— C'est un groupe pharmaceutique, dit Liza.

— Non.

Le regard de Michael était rivé sur le visage de sa femme.

— C'est une organisation privée destinée à protéger les intérêts des Etats-Unis. Je suis un agent de cette organisation.

— Je ne comprends pas, marmonna Kate.

— Je t'expliquerai, assura Michael. Je t'expliquerai tout.

— Merde, Michael! dit Liza. C'est hors de question!

Elle fit un pas vers lui, mais, à cet instant, le téléphone portable à sa ceinture émit la tonalité qui indiquait un appel d'un membre du Conseil.

Michael l'entendit aussi.

Tous deux regardèrent autour d'eux, affolés. S'était-elle trompée? Y avait-il des micros sur le balcon? Si leur conversation avait été entendue par le Trust, ils étaient tous morts.

Elle attrapa son téléphone.

— J'écoute.

— Bonsoir, Liza.

C'était Roger Leiland.

67.

Liza lança de nouveau un regard à Michael, cette fois pour le supplier de se taire. Elle ouvrit la porte coulissante, rentra dans le salon et referma la porte derrière elle.

— Je t'écoute, Roger.

— On a des ennuis.

De l'autre côté de la vitre, cet imbécile de Michael s'était remis à parler. Liza agita frénétiquement la main pour l'arrêter, mais il concentrait toute son attention sur Kate.

— Quel genre d'ennuis ?

— Michael est passé au centre de recherches aujourd'hui.

— Ah oui ?

— Et puis Kate a déboulé.

Liza garda le silence.

— Je ne sais pas comment, elle a réussi à convaincre un membre de la sécurité de la laisser entrer. On a dû se séparer de lui, évidemment. Elle s'est baladée dans tout le bâtiment. Elle nous a surpris, Michael et moi.

Liza comprit que Roger ne se doutait absolument pas que Kate et Michael étaient avec elle.

— J'espère que vous avez eu le réflexe de remonter vos braguettes, dit-elle.

C'était grossier, mais Roger aimait ce genre d'humour. Et à cet instant précis elle avait très envie de plaire à Roger.

Sur le balcon, Michael avait posé une main sur le bras de son épouse et continuait à lui parler. La jeune femme semblait médusée — une vraie statue. Il fallait à tout prix que Liza coupe court à leur conversation. Mais, avant cela, elle devait se débarrasser de Roger.

Celui-ci ne semblait pas apprécier sa plaisanterie, hélas.

— Tu sais où est Kate en ce moment ? demanda-t-il d'un ton impérieux.

Liza leva les yeux au ciel et adressa une prière silencieuse à tous les dieux susceptibles de s'y trouver.

— Non.

— Elle nous a filé entre les doigts. Michael l'a suivie. On n'a pas réussi à les suivre, ni l'un ni l'autre.

— Que puis-je faire pour toi, Roger ?

— Rien du tout. Nous sommes tout à fait capables de régler le problème.

Liza sentit un frisson la parcourir.

— Je tenais simplement à te prévenir, dit Roger. Pour que tu saches que Kate nous pose un problème. Et qu'on va peut-être devoir le régler.

— Non…

— Elle est entrée dans le laboratoire, Liza.

— Et alors ? A-t-elle vraiment vu quelque chose ?

— Elle a vu des choses. Sa cervelle d'oiseau sera incapable de les interpréter, mais elle les a quand même vues.

Liza sentait la situation lui échapper. Dehors, Michael parlait toujours à Kate, qui se frottait le front en secouant la tête.

— Ecoute, on va bientôt s'occuper de Michael, non ?

— Oui. Le meeting de Gustavo à Rio est imminent.

— Et dès que Michael aura disparu, la vie de Kate va s'écrouler autour d'elle.

Liza ferma les yeux. Malgré le ton détaché qu'elle avait adopté, elle sentit son cœur se serrer de douleur. Elle prendrait plaisir à se débarrasser de Michael, à venger Aleksei. Ce serait même un soulagement de le faire sortir de la vie de Kate. Son amie serait anéantie… mais elle s'en remettrait. Elle était plus résistante que ses proches ne le soupçonnaient, plus résistante qu'elle ne le croyait elle-même.

— Où veux-tu en venir ? s'enquit Roger.

— Après la mort de Michael, Kate reprendra son ancienne vie. Ce soir, Michael va lui donner une explication plausible à propos du centre de recherches et, quand il aura disparu, elle n'y pensera plus.

Roger ne fit aucun commentaire.

— Kate n'est pas un problème pour le Trust, insista Liza.

— Du moment que Michael ne lui dit rien…

— Il ne ferait jamais ça.

Liza leva les yeux vers les portes vitrées. Sur le balcon, Michael parlait à Kate. Ses lèvres bougeaient de plus en plus vite.

68.

Une semaine plus tard
Saint-Marabel, Canada

— Bonjour, Kate, dit Michael en me voyant entrer dans la cuisine.

Il était 8 heures. Mon mari avait toujours été plus matinal que moi. Même avant. Du temps où je ne connaissais pas encore l'existence du Trust. Où je ne savais pas que mon époux et ma meilleure amie tuaient régulièrement des gens pour gagner leur vie. A présent, j'avais l'impression que Michael se levait encore plus tôt. Et que les propos qu'il m'adressait étaient destinés aux micros cachés dans l'appartement, pour donner l'impression à ceux qui nous écoutaient que tout allait bien dans notre couple.

— Bonjour.

Je m'arrêtai pour le regarder, mais son visage m'emplit d'une tristesse infinie. Je l'avais tant aimé… Ces fines rides au coin des yeux. Cette peau bronzée qui sentait toujours le soleil. Cette petite tache brune au coin gauche de sa bouche, cette bouche que j'avais prévu d'embrasser pendant les décennies qu'il me restait à vivre. Et maintenant ? Qu'allions-nous devenir ? Qu'allait-il m'arriver ?

La personne que vous épousez vous définit. Je le savais déjà, mais je n'avais pas vraiment compris à quel point c'était vrai. Pour le meilleur et pour le pire, vous devenez une partie intégrante de la vie de votre époux. Et, que cela vous plaise ou non, son univers devient le vôtre. Après la fac, je m'étais fait une vie à moi : j'habitais un loft dans le West Loop, je travaillais dans un cabinet de consulting financier, et, le soir, je tenais le bar du Red Lion Pub sur Lincoln Avenue.

Puis j'avais croisé Scott à la réunion des anciens du lycée et j'en étais tombée amoureuse. Nous nous étions mariés ; quelques mois plus tard, je vivais en banlieue, j'allais à des barbecues chez des amis de Scott que je n'appréciais pas particulièrement et je travaillais dans une entreprise de fournitures médicales située dans une zone industrielle. Ma vie était devenue celle de Scott.

De même, en épousant Michael, j'avais adopté son univers. Je m'en étais entourée comme d'une cape.

La vie de Scott avait-elle autant changé quand il m'avait épousée ? Et celle de Michael ? Je n'en avais pas l'impression. Etait-ce simplement parce que j'étais une femme ? Ou cela venait-il de moi ? Etais-je trop faible, trop facilement influençable, toujours prête à rejeter mon ancienne vie pour en essayer une nouvelle ? Je dois admettre que ce processus me plaisait. J'aimais penser qu'une vie toute neuve m'attendait peut-être au coin de la rue.

Sauf qu'à présent je craignais d'avoir épuisé toutes mes vies. Si j'avais su que mon irruption dans ce bloc opératoire nous mettrait en danger, Michael, Liza et moi, j'aurais volontiers renoncé à en savoir plus, quitte à passer le reste de ma vie à me poser des questions au sujet de mon mari.

Cet après-midi-là, chez Liza, j'avais à peine compris les explications de Michael au sujet du Trust et du rôle qu'il y jouait. Puis Liza était revenue sur le balcon en lançant un regard effroyable à Michael. Mon mari lui avait froidement résumé ce qu'il venait de me dire. Tandis qu'il parlait, je la scrutais avec attention pour tenter de déceler ses émotions. Connaissait-elle l'existence du Trust ? Plus je la regardais, plus j'en étais certaine. D'ailleurs, elle était censée avoir rencontré Michael chez Presario, non ?

— *Alors toi aussi*, avais-je marmonné.

Elle m'avait fixée d'un regard effaré.

— Toi aussi, tu fais partie de tout ça ?

Son silence m'avait servi de réponse. Je fus si choquée que j'en perdis l'usage de la parole — et même de la pensée. L'espace de quelques instants, abasourdie, je ne ressentis plus rien.

Ensuite, ils m'avaient tout expliqué. Comment le père de Liza avait fondé le Trust, comment il y avait fait entrer sa fille à la fin de ses études. Comment Michael, de son côté, avait été recruté. Ils m'avaient raconté l'histoire par petits bouts : certains sur le balcon de Liza, d'autres sur le chemin de l'hôtel, où nous étions rentrés à pied. Puis nous avions commencé à faire semblant. Moi, surtout. Je dus jouer la comédie à l'hôtel, dans l'avion, puis en arrivant chez nous et au Twilight Club.

A présent, j'étais en proie à une foule d'émotions contradictoires. J'étais furieuse, j'avais le cœur brisé, et j'avais peur. Très, très peur.

Je m'avançai vers le placard et j'en sortis un mug à café. J'étais consciente du moindre bruit : le cliquetis de la porte de placard qui s'ouvrait, le grincement de la faïence contre l'étagère, le nouveau cliquetis, plus discret, qui accompagnait la fermeture de la porte. Je m'imaginai l'effet que ces bruits devaient faire au Trust. Michael m'avait expliqué que les enregistrements étaient intermittents ; de plus, les bandes audio n'étaient contrôlées que de manière aléatoire par les agents de coordination. C'était surtout un moyen de régenter les agents de terrain, de leur rappeler que le Trust était toujours présent. Et ça marchait. J'étais incapable de l'oublier.

— Un croissant ?

Michael indiqua l'assiette de croissants qu'il avait posée sur la table. A mon arrivée à Saint-Marabel, je les adorais.

— Non, merci.

J'essayai de parler sur un ton neutre, presque léger.

— Une tranche de pomme ?

J'étais furieuse de devoir jouer la comédie. Mais je n'avais pas le choix. J'étais obligée de faire comme si je ne savais pas que je risquais de me faire tuer. Liza, Michael et moi étions tous trois en danger de mort. Ils me l'avaient expliqué sur le balcon de Liza, m'avaient convaincue que nous devions rentrer à Saint-Marabel et reprendre notre vie comme si de rien n'était.

Je m'avançai vers la table et pris un morceau de pomme que je croquai bruyamment en regardant Michael au fond des yeux. Il avait fouillé l'appartement de fond en comble à la recherche de caméras, que le Trust n'était théoriquement pas censé utiliser. Il n'en avait pas trouvé. Aussi me sentais-je libre de le défier du regard.

Michael n'était pas du genre à ciller, mais, au bout d'un moment, il baissa brièvement les paupières puis les releva. Je me demandai s'il perdait patience. J'avais bien interprété mon rôle, cette semaine, du moins à l'oral. J'avais accepté de converser avec Michael, de jouer l'épouse heureuse et idiote, satisfaite des explications de son mari. Pourtant, Michael n'avait pu s'y tromper : mes regards méprisants et mon dos tourné dans notre lit en disaient long sur ce que je ressentais.

Notre lit. Cette simple pensée me faisait frémir d'horreur. Dire que tout ce qui s'y était passé, tous les moments délicieux, sensuels, intimes que nous y avions vécus — sans parler de ceux qui avaient eu lieu dans d'autres endroits, comme le canapé du salon, l'embrasure de la porte, et même la table de la cuisine —, avait été enregistré et peut-être écouté !

Que Michael ait pu garder ce secret, c'était incroyable, lui avais-je asséné la veille. Voire impardonnable.

— Tu m'aurais quand même épousé, si je t'en avais parlé ? m'avait-il demandé.

— Bien sûr que non.

C'était pendant l'une de nos innombrables promenades dans les rues de Saint-Marabel. Je comprenais mieux, à présent, pourquoi Michael voulait toujours sortir quand nous avions des discussions personnelles. Pour que personne ne puisse les entendre. Il aurait été plus difficile, en revanche, de déplacer nos rapports sexuels à l'extérieur.

Michael m'avait fait signe de m'arrêter. Nous étions

au sommet d'un promontoire balayé par le vent. La ville s'étendait à nos pieds, lointaine et pittoresque. Il n'y avait personne aux alentours. Mon mari avait posé sur moi ce regard particulier, dont l'intensité m'avait toujours bouleversée. Un regard qui lisait en moi comme dans un livre ouvert. Il m'avait confié qu'il m'avait aimée dès notre première rencontre. Qu'il avait ressenti le besoin impérieux d'être avec moi, qu'il n'avait pas eu le choix. Que pour la première fois depuis des décennies, il avait aimé quelqu'un plus que son travail, plus que lui-même.

J'avais secoué la tête ; je ne savais comment réagir. Parce que j'avais éprouvé exactement la même chose quand j'étais tombée amoureuse de lui. Sa confession m'avait émue, malgré tout. Je me raccrochais à ses mots tendres, à ses promesses d'amour. J'en avais désespérément besoin — même après ce qui s'était passé à Chicago.

— Je vais bientôt partir au club, annonça Michael. Tu m'accompagnes ?

— Je vais prendre une douche. On se retrouve là-bas ? Ça ne t'ennuie pas ?

Nos regards se croisèrent.

— Bien sûr que non, dit-il.

Il se leva et m'embrassa sur la joue.

— On se voit là-bas.

— Oui. A tout à l'heure.

Au travail aussi, je réussissais à donner le change. Bien obligée ! Je savais, à présent, que le club était un lieu de rendez-vous du Trust, et je ne pouvais m'empêcher de me demander qui, de mes clients, était membre de l'organisation. De me demander lesquels d'entre eux me surveillaient.

A l'instant où Michael mettait la main sur la poignée de la porte, le téléphone sonna. Nous regardâmes tous deux l'appareil. Puis je décrochai.

— Kate, c'est Liza.

— Salut, Liza.

Elle avait appelé plusieurs fois depuis notre retour à Saint-Marabel. Elle ne pouvait pas parler du Trust au téléphone, évidemment, mais elle s'efforçait de bavarder de tout et de rien, comme autrefois. De mon côté, j'étais incapable de jouer la comédie. C'était déjà assez épuisant — et terrifiant — de donner la réplique à Michael, de me demander sans cesse si je n'avais pas laissé échapper quelque chose de compromettant. En faire de même avec Liza était au-dessus de mes forces. Le plus curieux, c'est que je n'étais pas fâchée contre elle. Pas autant que je l'étais contre Michael. J'étais surtout vexée d'avoir été exclue d'une partie aussi importante de sa vie.

Une question demeurait en suspens, pourtant. Pourquoi m'avait-elle présentée à Michael ? Je n'avais pu le lui demander, de peur que notre conversation ne soit interceptée, mais Michael m'avait raconté qu'elle pensait que nous nous verrions deux ou trois fois, puis que nous en resterions là. Elle n'avait pas tort, d'ailleurs. Michael et moi pensions la même chose, au début de notre relation.

En fait, je n'étais plus très sûre de bien connaître Liza. J'avais du mal à me sentir proche de ma meilleure amie et de mon mari en sachant que tous deux avaient tué de nombreuses personnes — même s'ils étaient convaincus que ces actions étaient nécessaires et méritées.

— Comment vas-tu ? demanda Liza.

— Bien. Très bien. Comme d'habitude. Je te rappelle un peu plus tard, d'accord ?

— O.K. A tout à l'heure.

Quand j'eus raccroché, Michael noua ses bras autour de ma taille et me serra contre lui. Je l'enlaçai, moi aussi. Il me manquait. Liza aussi me manquait. Et je craignais de ne pas vivre assez longtemps pour savoir comment tout cela finirait.

69.

Assis dans son fauteuil de bureau, Michael pivotait d'un côté, puis de l'autre sans parvenir à se calmer. Il n'était pourtant pas d'un tempérament nerveux. En général, il était calme, concentré sur ce qu'il avait à faire. Le problème, c'était qu'à présent il ne savait absolument pas ce qu'il devait faire.

Il se força à s'immobiliser et se frotta les yeux. Il était fatigué. Plus fatigué qu'il ne l'avait jamais été. Les angoisses qu'il nourrissait à l'égard de Kate l'empêchaient de dormir ; il passait des nuits entières à se demander s'il avait eu raison de s'ouvrir à elle. Sa confession était née du désir de tout partager — *tout* — avec sa femme. Avait-il eu tort de vouloir instaurer une telle franchise dans son couple ? Il n'en avait pas l'impression. D'autant que sans cette fameuse franchise, il risquait de perdre Kate, c'était évident. Aussi s'était-il jeté à l'eau : il lui avait tout dit ce soir-là, sur le balcon de Liza. Et ces aveux lui avaient fait tant de bien !

Mais la déception qui s'était peinte sur le visage de Kate lui avait porté un coup très douloureux. Si bien que, à présent, il était torturé par l'égoïsme de son acte : il avait mis la vie de Kate en danger pour accéder à une forme d'intimité qu'il désirait depuis longtemps. Devait-il le regretter ?

Son téléphone sonna. L'appel venait du niveau supérieur. T.R. devait faire le tour des frigos et des placards ; sans doute avait-il besoin de serviettes en papier ou de vin rouge.

— Oui ? fit-il en décrochant.

— Vous avez de la visite, patron, annonça T.R.

Michael sentit son estomac se contracter.

— Qui est-ce ?

— Un certain Sebastian Bagley.

Michael sourit.

— Fais-le descendre.

Quelques instants plus tard, un homme aux cheveux clairsemés, portant des lunettes, passait la tête dans le bureau de Michael.

— Tu t'embourgeoises, mon vieux, commenta-t-il en promenant un regard autour de lui.

Michael se leva pour serrer la main de son ami, puis il lui indiqua un fauteuil et se rassit derrière son bureau.

— Pourquoi ne m'as-tu pas averti de ta visite ?

— Parce que je ne l'ai apprise qu'hier.

Sebastian s'assit. Sous son blazer vert, sa chemise blanche était parfaitement repassée. Michael savait que son collègue préférait rester « chez lui », dans les bureaux du Trust à Seattle, d'où il fournissait des renseignements et de l'assistance technique aux agents disséminés dans le monde entier. Ce n'était pas toujours possible, cependant, étant donné ses connaissances et son rang élevé au sein du Trust.

— Ils veulent que je fasse une présentation à une bande de Kiwis.

Michael hocha la tête. Il savait que des membres néo-zélandais du Trust étaient en ville ; ils avaient réservé la cave à vins pour le soir même.

— A quel sujet ?

Sebastian se tortilla sur sa chaise, mal à l'aise.

— Je ne suis pas censé t'en parler.

Michael déglutit.

— Après tout, tu es plus ou moins hors jeu, non ?

Michael sentit les muscles de sa gorge se crisper et les força à se détendre. Il savait que Sebastian se rappelait l'époque, pas si lointaine, où il jouait encore un rôle essentiel. L'époque où il était encore membre du Conseil. En tout cas il espérait que Sebastian se la rappelait, ainsi que l'amitié qui les avait liés, parce qu'il venait de se rendre compte que son collègue était en position de l'aider.

— Je te fais visiter ? dit-il en se levant.

Après l'habituel tour des lieux, Michael entraîna Sebastian dans le jardin à l'arrière, où la rivière s'entortillait en gargouillant autour de l'ancien moulin, et où il était sûr qu'aucun dispositif d'écoute ne pourrait retransmettre leur conversation.

Il s'arrêta et regarda son vieil ami.

— Tu as des micros sur toi ?

Sebastian fit non de la tête.

Michael sortit un minuscule détecteur de la poche de sa veste.

— Tu permets ?

— Aucun problème.

Comme Michael, Sebastian avait passé la plus grande partie de sa vie au sein du Trust.

Michael passa la petite baguette sur le corps de son collègue, puis, par mesure de précaution, il se contrôla lui-même, au cas où on l'aurait équipé d'un micro à son insu. Enfin, il rangea le détecteur dans sa poche.

— Tu te souviens de Colby, le fils de Coleman ? dit-il sans préambule.

Depuis son retour de Chicago, il avait épluché les documents qu'il avait photographiés à la bibliothèque Newberry, en particulier la fiche d'évaluation de Roger par Coleman. Il s'était remémoré tout ce qu'il savait sur Roger et sur l'histoire du Trust. Tout cela n'avait cessé de le ramener à Coleman Kingsley et aux petites phrases que Roger avait prononcées à son sujet. « Je me doutais que Coleman serait incapable d'y faire face. Et il s'est effondré. Il n'était pas si fort que ça, finalement. »

— Je n'ai pas connu Colby, répondit Sebastian. Je suis arrivé au Trust après sa mort. Et son père, je ne l'ai rencontré qu'une seule fois.

— Eh bien, celui qui a causé l'accident, celui qui a fait plonger Colby dans le vide, s'appelait Howard Neville. Il était complètement bourré. On l'a condamné pour homicide par imprudence, il a pris vingt ans. Il en a fait treize, puis il a été libéré.

Sebastian hocha la tête. S'il trouvait cette conversation curieuse, il n'en laissait rien paraître.

— J'ai fait des recherches, reprit Michael. A sa sortie de prison, il a disparu sans laisser de traces. J'aimerais creuser davantage, mais j'ai des… problèmes personnels qui m'en empêchent.

De nouveau, Sebastian ne montra ni surprise ni émotion. Il se contenta d'ajuster ses lunettes à monture métallique.

— Tu veux que je le retrouve ?

Michael hocha la tête.

— Tu me rendrais un grand service.

— C'est comme si c'était fait, assura Sebastian.

70.

Sebastian était à peine parti que le téléphone de Michael se mit à sonner.

— C'est moi, entendit-il en décrochant.

C'était Roger.

Michael s'éclaircit la gorge.

— Comment vas-tu ?

— C'est plutôt à moi de te poser la question. As-tu réussi à donner une explication plausible à ta femme à propos de ce qu'elle a vu ?

— Evidemment. Je lui ai dit que c'était un projet de recherche pour Presario.

— Elle a marché ?

— Oui. Comme tu le sais sûrement.

Michael ne jugea pas utile d'évoquer de manière plus explicite la surveillance audio exercée par le Trust.

— J'ai l'impression que tout va bien, en effet, acquiesça Roger. J'espère que ça va continuer. Je n'aimerais pas avoir à intervenir.

Michael inspira puis expira en silence. Si Roger s'était trouvé en face de lui, il l'aurait tué de ses propres mains. Les menaces de ce salopard l'excédaient.

— Ecoute, mon vieux…, reprit Roger au bout d'un moment. Je sais que ce n'est pas facile.

— Certes, approuva Michael d'une voix égale.

— J'aimerais t'aider. Sérieusement. J'ai une mission à te proposer.

Une mission, dans le jargon du Trust, c'était une élimination.

— Ce n'est plus mon rayon, répliqua Michael. Comme tu me l'as rappelé à de nombreuses reprises.

— Tu es notre meilleur tireur, Michael. On a besoin de toi. Tu te charges de cette mission, et on ne te demande plus rien. Plus rien du tout.

— Ne te fiche pas de moi.

— Je suis sérieux, Michael. J'en ai parlé au Conseil, tout le monde est d'accord. Tu pourras quitter le Trust.

— Ce n'est pas comme ça que le Trust fonctionne.

— Maintenant, si.

Michael resta silencieux. Y avait-il une possibilité pour que ce soit vrai ? Il détestait la manière dont le Trust était géré aujourd'hui, mais si elle pouvait être à son avantage…

— C'est où, cette mission ?

— A Rio.

— Gustavo de Jardim ?

— Oui. Il va donner un meeting politique. Il envisage de se présenter aux élections.

— Et alors ?

— Eh bien, s'il est élu, il aura la main sur le pétrole et l'aéronautique brésiliens. Nos informateurs affirment qu'il est en négociation avec deux cellules terroristes qui aimeraient lui acheter des avions. Tu sais aussi bien que moi ce qu'ils en feront.

— Ils les bourreront d'explosifs et les lanceront contre les Etats-Unis.

— Exactement.

— De quels groupes s'agit-il ?

Roger lui donna les détails. L'esprit de Michael se mit en marche ; il posa question sur question. Et, malgré lui, il sentit l'excitation le gagner. C'était une mission importante, à l'instar de celles qu'on lui confiait autrefois. Gustavo était une vraie ordure, c'était bien connu. Au cours de ses précédents mandats politiques, il s'était octroyé l'argent destiné aux pauvres et aux malades de son pays. Et maintenant il s'apprêtait à vendre des avions à des groupes terroristes. Dans l'intérêt des Etats-Unis, Gustavo devait être éliminé. C'était justement pour mener à bien ce type de mission que le Trust avait été créé.

Puis il se rappela quelque chose.

— Gustavo ne s'entoure pas de sa famille quand il se montre en public ?

— Si.

Silence. Michael réfléchit à ce que cela signifiait. Le sacrifice potentiel de la famille de Gustavo n'était certainement pas dans l'esprit du Trust d'origine.

— Ça ne me plaît pas, lâcha-t-il enfin.

— Je ne te demande pas si ça te plaît. Je te demande si tu veux t'en charger. Et je te dis que si tu acceptes, tu pourras quitter le Trust. Ce n'est pas ce que tu veux ?

C'était ce qu'il voulait, bien sûr. Mais il y avait Kate. Il lui avait promis qu'il n'acceptait plus de missions du Trust.

Evidemment, si cela pouvait lui permettre de quitter la partie pour de bon, de disparaître…

— Comment veux-tu procéder ? reprit-il.

— Tu te rappelles ta mission à San Francisco ?

— L'appareil photo ?

Michael s'adossa à son fauteuil et réfléchit.

Huit ans plus tôt, le Trust avait pris la décision d'éliminer un représentant de la mafia russe à San Francisco. Il était impossible d'approcher le sujet, mais on savait qu'il avait été invité à un match des Forty Niners, et qu'il avait une place dans la tribune VIP. Michael était équipé d'un « télé-sniper », c'est-à-dire un appareil photo dont le téléobjectif dissimulait la lunette télescopique d'un fusil de précision. Ironie de l'histoire, l'arme s'inspirait du FotoSnaiper russe, un appareil photo monté sur une crosse qui ressemblait à celle d'un revolver. Le FotoSnaiper avait été utilisé par l'Armée rouge pendant la Seconde Guerre mondiale pour repérer les positions des Allemands. C'était Michael qui avait eu l'idée d'inverser le principe et de fabriquer un fusil qui ressemblait à un appareil photo.

Il était allé au match de foot et il avait utilisé le téléobjectif pour repérer sa cible : Mikhaïl Kurtchenko, un homme minuscule flanqué de deux gardes du corps. Tout au long de la deuxième mi-temps, Michael avait donné l'impression de prendre des clichés du match en appuyant sur un bouton qui émettait un bruit de déclencheur. Quand un défenseur de l'équipe de San Francisco avait rattrapé une passe dans la zone de but, la foule s'était mise debout. Michael s'était levé à son tour ; il avait pointé de nouveau l'appareil vers Kurtchenko et vissé la crosse du fusil sur le boîtier de l'appareil. L'homme qu'il visait était connu pour ne jamais montrer d'émotion, et, cette fois, il ne fit pas exception à la règle. Il regardait l'essai d'un air calme et ennuyé. Michael visa le front du Russe et appuya sur la détente. Entre le silencieux et le rugissement de la foule, personne n'entendit ni ne remarqua quoi que ce soit. A l'autre bout du stade, Kurtchenko s'affaissa. Michael détacha la crosse et la rangea dans le boîtier, laissa l'appareil photo pendre à la sangle autour de son cou et quitta le stade.

— Ça pourrait marcher, dit-il à Roger.

— Si c'est toi qui t'en charges, ça marchera.

— Qu'est-ce qui me garantit que ce sera ma dernière mission ? Que j'en aurai vraiment fini ?

— Moi, je te le garantis. Tu partiras de Rio. Tu décideras de ta destination et de ta nouvelle identité. On ne te suivra pas et on ne te fera pas rechercher. Jamais.

Michael ne faisait plus confiance à Roger. Encore moins depuis qu'il le soupçonnait d'avoir causé la mort de Colby Kingsley. Il avait l'intention de tirer cette affaire au clair, qu'il quitte ou non le Trust. Mais il songeait à disparaître depuis des années. Ses plans n'étaient peut-être pas infaillibles, mais c'était l'occasion de les mettre à l'épreuve.

— Elle est prévue pour quand, cette mission ?

— Le meeting a lieu dans une semaine.

— Kate viendra avec moi.

— Evidemment. Vous partirez tous les deux de là-bas. Comme je te l'ai dit, on ne vous fera pas suivre.

Silence.

— Qu'en penses-tu ? demanda enfin Roger.

— J'accepte.

71.

Dix minutes après l'heure où Kate prenait son service, Michael quitta son bureau et se dirigea vers le bar. Il se raidit imperceptiblement, comme chaque fois qu'il s'approchait de sa femme ces derniers temps. Kate lui donnait l'impression d'être une bombe près d'exploser.

Debout derrière le comptoir, elle attachait son tablier autour de ses hanches. Elle lui décocha un petit sourire triste en le voyant arriver, puis elle baissa la tête et termina son double nœud.

Michael contourna le bar. Par chance, T.R. n'était pas là. Nouant les bras autour de sa femme, il plaqua son torse contre son dos. Elle se figea, comme si elle craignait qu'il ne lui fasse mal, et cette réaction lui donna l'impression que la bombe venait d'exploser.

— Ne t'en fais pas, lui chuchota-t-il à l'oreille.

Il sourit, profondément ému. Elle sentait si bon !

— Tout va bien se passer, Kate.

Elle porta une main à ses yeux, et Michael devina qu'elle était au bord des larmes. Il ne voulait pas qu'elle craque, mais il avait besoin de la toucher, de la rassurer. Maintenant.

Il lui avait parlé des quatre caméras dissimulées dans le bar. Il la fit pivoter sur elle-même pour leur tourner le dos.

— Je t'aime, dit-il. Je t'aime tant !

Elle émit un bruit à peine audible.

— Je ne baisserai pas les bras, affirma-t-il. Ne t'en fais pas. Je vais me battre. Pour toi, pour nous. Et je veux que tu te battes, toi aussi.

Elle leva enfin les yeux vers lui. Son beau visage affichait un mélange de peur, d'amour... et de détermination.

Elle le serra dans ses bras. Il en fut d'abord infiniment soulagé. Puis il comprit qu'elle le serrait contre elle avec une détermination égale à celle qui animait son regard.

Elle se mit à chuchoter à son oreille.

— Moi aussi, je t'aime. Et je suis déjà en train de me battre. Je me bats de toutes mes forces. Ne l'oublie pas. Mais ne m'oblige pas à me battre trop longtemps.

Il recula d'un pas pour la contempler, surpris et ébloui par sa force d'âme.

Quelqu'un s'éclaircit la gorge de l'autre côté du bar.

— Excusez-moi, marmonna Sebastian. Mais je...

— Ne t'excuse pas, voyons ! fit Michael en se tournant vers lui. Tu ne connais pas encore ma femme... Kate, je te présente Sebastian Bagley, un vieil ami. Il est à Saint-Marabel pour quelques jours.

Elle hésita, comme si elle évaluait la véracité de ses propos, puis elle tendit la main à Sebastian.

— Enchantée.

— Ravi de faire votre connaissance, moi aussi. Michael, je peux te dire quelques mots ?

Michael effleura tendrement la hanche de sa femme, puis il fit le tour du bar.

— Dans un endroit tranquille ? ajouta Sebastian.

Ils s'engagèrent de nouveau sur le sentier qui menait au bord de la rivière. L'après-midi touchait à sa fin. L'air était moite. Michael se sentit gagné par une étrange impatience.

— Que se passe-t-il ?

— J'ai fait des recherches sur Howard Neville.

— Déjà ?

— Oui. J'avais quelques heures de liberté.

— Tu as trouvé quelque chose ?

— Ça dépend de ce que tu veux savoir. Ce type mène une vie passionnante depuis qu'il est sorti de taule.

— Comment ça ?

— Il vit comme un nabab. Il passe son temps dans le Maine.

— Dans le Maine ?

— A Bar Harbor. Un petit coin de paradis très apprécié des millionnaires.

— Mais lui, il a de l'argent ? Tu es sûr qu'il ne travaille pas comme homme à tout faire ?

Michael se rappelait vaguement qu'Howard Neville était charpentier au moment de l'accident. D'après Coleman, il n'avait même pas de quoi se payer un avocat. Un magistrat commis d'office s'était chargé de négocier avec le juge une réduction de peine si Neville plaidait coupable.

— Il ne travaille pas du tout, assura Sebastian en ajustant ses lunettes à monture cuivrée. Il est propriétaire d'une énorme baraque qui donne sur l'Océan et il passe son temps à jouer au golf.

Michael sentit quelque chose se briser en lui.

— Où a-t-il trouvé le fric ?

— Ça, je n'ai pas réussi à le savoir.

— Merde. On l'a payé pour ça.

Sebastian fronça les sourcils.

— Pour quoi ?

Michael ne répondit pas. Il pensait connaître la réponse, mais il lui fallait poursuivre l'enquête pour en avoir la certitude.

72.

Je m'avançai vers les deux femmes qui venaient de s'installer au bar. Agées d'une petite soixantaine d'années, elles étaient vêtues avec élégance : pantalon blanc et chemise blanche à rayures bleues pour l'une, robe d'été à imprimés géométriques Pucci pour l'autre. Je posai des serviettes à cocktail devant elles et pris leur commande. En débouchant la bouteille de sauvignon blanc qu'elles avaient demandé, je tendis l'oreille. Toutes deux se disaient ravies d'être descendues du bateau et de passer la soirée à terre.

En temps normal, je n'aurais pas espionné leur conversation : je veillais à respecter l'intimité de mes clients tout en restant amicale et disponible. Mais, à présent, je me demandais si ces femmes faisaient partie du Trust. En fait, je me posais cette question à propos de tous ceux et celles qui entraient au Twilight Club.

— Oups, désolé, Kate! s'exclama T.R. en m'aspergeant de quelques gouttes d'eau.

Je m'écartai et lui souris poliment. Michael m'avait affirmé qu'il n'était pas du Trust, qu'il n'en soupçonnait même pas l'existence, mais je restais sur mes gardes. Depuis que je savais ce qui se passait vraiment au club, je ne prononçais plus un mot sans réfléchir à ses conséquences éventuelles.

Michael apparut sur le seuil et me fit signe de le rejoindre.

Je lui lançai un regard interrogateur. Il refit le même geste. Je sentis mon estomac se nouer. Que se passait-il encore ?

Je posai deux verres à pied devant mes clientes et les remplis. Puis je rejoignis Michael.

— Tu peux venir dehors un instant ?

Je le suivis jusqu'au jardin qui s'étendait à l'arrière du club. Il régnait une chaleur étouffante. J'entendis les rires des vacanciers qui marchaient dans la rue, de l'autre côté du club. Arrivé au bord de la rivière, Michael s'arrêta et posa une main sur mon épaule.

— Je commence à me lasser de devoir sortir pour discuter avec toi, dis-je en forçant un sourire. Qu'est-ce qui se passe ?

— Je dois partir un jour ou deux.

— Pourquoi ?

Je le vis déglutir.

— Je ne peux pas t'en parler.

Je réussis à retenir le cri de colère qui enflait dans ma gorge. On nous observait peut-être… Prise de paranoïa, je lançai un coup d'œil alentour. Rien. Nous étions seuls, apparemment.

— Plus de secrets entre nous, Michael. C'est fini, tout ça.

— Ce n'est pas un secret. J'ai besoin de confirmer une intuition, voilà tout.

— Ce voyage a un rapport avec le Trust ?

Il hésita un instant.

— En un sens, oui.

— Où pars-tu ?

— Dans le Maine. Ensuite, on partira tous les deux à Rio.

— A Rio ? Attends… Tu veux bien tout m'expliquer dans l'ordre ?

Il secoua la tête, manifestement incapable d'en dire plus.

— Qu'est-ce qui se passe ? Parle-moi, bon sang !

— Je n'en ai pas envie, Kate. A quoi bon t'inquiéter, te perturber davantage ? Je suis bien conscient de t'avoir entraînée dans ce bourbier, crois-moi… et je ne veux pas te compromettre en t'en racontant plus que nécessaire.

— Je suis *déjà* perturbée et là, je suis sur le point de perdre patience. Il y a dix minutes, tu m'as demandé de me battre pour notre couple, tu t'en souviens ?

Il hocha la tête.

— Eh bien, maintenant, je te demande la même chose. Et la seule manière de le faire, c'est de te montrer honnête avec moi. Je te signale que je suis déjà en danger.

Il acquiesça de nouveau.

— Tu as raison, admit-il. Je pars dans le Maine pour aller surveiller quelqu'un. Comme je te l'ai dit, j'essaie de confirmer une intuition. Je t'en dirai plus si ça donne quelque chose.

Il croisa mon regard.

— Je te le promets, Kate. Quant à Rio… Rio, c'est une mission que le Trust me confie.

— Une mission, répétai-je.

Je savais ce que cela signifiait, mais je n'arrivais pas à y croire.

Michael ferma les yeux. Puis il se mit à parler. Il me raconta tout ce qu'il savait sur Luiz Gustavo de Jardim. J'eus d'abord l'impression que cette « mission » se justifiait, puis il m'expliqua que Gustavo s'entourait souvent des membres de sa famille, dont il se servait comme boucliers humains.

Je fus tellement choquée que je mis un moment à réagir.

— Tu vas m'accompagner, reprit Michael. Ce sera ma dernière mission. Après, on disparaîtra de la circulation. Si tu es d'accord, évidemment.

— Attends. Tu veux que je t'accompagne à Rio et que je te regarde tuer un homme, et peut-être sa femme et ses enfants ?

— Bien sûr que non. Tu ne seras pas là.

— Je serai où, alors ? A l'hôtel, à attendre bien sagement que tu les aies assassinés ?

— Tu seras en lieu sûr.

— C'est complètement dingue. Est-ce que je pourrai revoir ma mère et mes amis après cette « mission » ?

— Pas tout de suite. Il faudra sans doute attendre un moment. Je n'ai pas encore tout réglé dans les détails.

— C'est du délire !

— Peut-être, mais c'est ma seule chance de quitter le Trust, Kate. Et je ne peux pas vivre sans toi.

Je le regardai avec attention. Et je sentis de nouveau à quel point cet homme comptait pour moi. Avec lui, je me sentais aimée, adorée même. J'avais l'impression d'avoir de la valeur, d'être capable de tout. Michael était prêt à tirer un trait sur son passé pour sauver notre couple. Curieusement, je m'en sentais la force, moi aussi. Ce que je ne supportais pas, c'était la mission qu'il devait accomplir à Rio. Je le lui dis.

— Je dois le faire, objecta-t-il. C'est la seule solution.

— Michael, je n'ai pas envie de passer le reste de mes jours en cavale. On n'est pas obligés de quitter le Trust.

On peut rester ici, au Twilight Club. Je peux m'y habituer. Mais je ne supporterais pas de savoir que tu as tué ces gens.

— Ecoute, j'ai une chance de descendre Gustavo sans toucher sa femme et ses enfants. Et si je n'accepte pas la mission, quelqu'un d'autre le fera. C'est sûr et certain, Kate. Gustavo est déjà mort. La seule différence, c'est que si c'est moi qui m'en occupe, on pourra partir. Ensemble. On sera libres.

J'observai l'expression déterminée de mon mari. Il se démenait pour notre avenir.

Il était temps que j'en fasse de même.

— D'accord, dis-je. Je t'accompagne.

73.

Northeast Harbor, Etat du Maine

Michael entra au Docksider. De l'extérieur, avec son revêtement en planches de bois, le restaurant ressemblait à un bateau. Il se glissa dans un box et commanda un petit pain au homard en attendant de recevoir son coup de fil.

Sa commande arriva rapidement. La première bouchée du sandwich lui rappela ses parents, morts depuis quelques années, et les étés qu'ils passaient autrefois à Bar Harbor. Son père l'avait mis un jour au défi de goûter la crème glacée au homard de l'épicerie du village. Michael l'avait fait malgré ses réticences, parce qu'il relevait toujours les défis que lui lançait son père. Il gardait aussi des souvenirs plus agréables de leurs séjours dans le Maine : les promenades qu'il faisait en ville avec sa mère l'enchantaient ; et les après-midi passés dans un hamac à regarder l'Océan le comblaient de joie.

Son téléphone sonna. Il chassa ses souvenirs de son esprit.

— Je l'ai repéré, annonça Sebastian. Il est au golf. Il vient juste de commencer le parcours. Il devrait en avoir pour un moment.

Michael le remercia, régla l'addition et remonta dans son 4x4 de location. Il s'engagea sur Sargeant Drive en regrettant de ne pouvoir emmener Kate sur cette belle route sinueuse donnant sur un bras de mer bleu cobalt.

Conformément aux instructions de Sebastian, il prit un petit chemin sur la droite et le suivit sur quelques kilomètres, avant de se garer devant une maisonnette en pierre et en rondins, louée à la semaine. Les précédents occupants étaient partis la veille ; les suivants arriveraient le lendemain. Ce soir, la maison serait vide.

Par mesure de prudence, Michael frappa à la porte, attendit quelques instants, puis frappa de nouveau. Personne ne répondit. Il retourna à sa voiture et ouvrit le coffre. Il enfila un short, un T-shirt et des chaussons en Néoprène. Il fixa sa ceinture d'outils autour de sa taille et vérifia que tout était à sa place. Puis il sortit de la voiture le kayak et la pagaie qu'il avait loués, fit le tour de la maison et mit le kayak à l'eau dans le bras de mer.

L'eau était froide, bleue, d'un calme trompeur. Michael regarda sa montre. Il restait quelques heures avant la marée haute.

Bientôt, un vent rapide se leva en sifflant, et Michael se raidit. Ce genre de vent pouvait précipiter le kayak contre les berges en granit du chenal. Et il était si fort qu'il ne s'entendait plus respirer.

Il pagaya cinq bonnes minutes au milieu du chenal en scrutant le rivage envahi de fougères. Il compta les maisons ombragées de grands pins jusqu'à ce qu'il parvienne devant celle qui appartenait à Howard Neville.

S'il avait laissé paraître ses émotions (ce qu'il ne faisait plus depuis des décennies), ses yeux se seraient écarquillés de surprise. La maison était encore plus grande que Sebastian ne l'avait laissé entendre. Elle dominait le bras de mer de toute sa hauteur. Le toit, couvert de bardeaux de bois gris, était joliment délavé par le temps. Une grande terrasse à colonnades s'étendait le long de la façade.

Michael continua à pagayer. Arrivé à la hauteur d'une petite plage hors de vue de la maison, il accosta et cacha son kayak derrière un monticule rocheux. Puis il se fraya un chemin à travers le petit bois de pins qui le séparait de la maison. Il se dissimula derrière des buissons hauts de deux mètres, à un endroit qui offrait une bonne vue sur la terrasse. Puis il attendit.

Cinq heures plus tard, alors que l'après-midi touchait à sa fin, Michael avait à peine changé de position. Il avait mal aux hanches et aux genoux, mais il savourait son immobilité et sa parfaite concentration mentale.

Enfin, une porte de la maison s'ouvrit. Michael se savait invisible. Il s'abstint pourtant du moindre mouvement. Un homme de petite taille, portant un pantalon jaune et un polo blanc, sortit sur la terrasse. Il s'avança vers la balustrade, un verre à cocktail à la main. Il posa le verre sur la rambarde et laissa son regard se perdre dans l'eau du chenal.

Il arrive tout droit du golf, pensa Michael. L'attitude détendue de l'homme lui inspirait de l'envie. Mais tout cela était sur le point de changer.

En prenant soin de ne pas faire de bruit, Michael sortit un télescope miniature d'une poche de sa ceinture. Il le plaqua contre son œil et le dirigea vers l'homme qu'il supposait être Howard Neville. Il voulait voir son visage avant de l'approcher.

L'homme avait une dizaine d'années de plus que lui. Ses cheveux gris sombre étaient peignés sur le côté, avec une raie bien nette. Il était propre, rasé de près, bronzé. Avec son allure bon chic bon genre, il devait ressembler à la plupart des hommes que l'on rencontrait sur les terrains de golf. Mais combien d'entre eux avaient passé treize ans à la prison de Stateville, dans l'Illinois ?

Michael pensait qu'il pourrait se faire passer pour un voisin en promenade. Mais, en arrivant sur les lieux, il avait compris que l'espacement entre les maisons et la végétation dense qui les séparait avaient été soigneusement calculés. Neville ne risquait pas de voir débouler un voisin au hasard d'une promenade.

Tant pis, avait-il pensé. Il allait se montrer, tout simplement. Il parlerait à ce type et l'interrogerait sur l'accident de Colby.

Il regarda Neville porter son verre à ses lèvres et siroter une gorgée de liquide. Il ne semblait pas armé, constata-t-il en scrutant attentivement son petit corps replet. Puis il ramena la lunette vers son visage. Sans cesser de regarder l'eau, Neville se tourna alors vers Michael. Un léger frisson le parcourut. Il avait déjà vu ce type… mais où ?

Il régla la lunette pour l'observer d'encore plus près. Le menton de Neville était asymétrique, comme décentré par un coup de poing. Michael fixa son attention sur cette particularité, et son impression de déjà-vu s'accentua. Il en était persuadé, à présent : il avait déjà rencontré cet homme.

Il sonda sa mémoire avec un certain agacement. Pourquoi les informations ne refaisaient-elles pas surface ? Etait-ce dû à son âge ? Ou au fait qu'il avait croisé trop de gens au cours de sa vie ?

Il laissa dériver son esprit dans le passé, traversant des décennies, les dizaines de missions, de villes, de pays, de pseudonymes. Il y avait quelque chose chez Neville qui lui rappelait les débuts du Trust, l'époque où Michael commençait à endosser certaines responsabilités… Enfin, une certitude se fit jour en lui. Il avait travaillé avec cet homme. Mais dans quelles circonstances ?

Le souvenir d'une opération à Chicago lui revint à la mémoire. Une opération longue et complexe liée à une personnalité politique locale. *Roger avait collaboré avec lui sur cette mission.* Une sonnette d'alarme retentit dans son esprit. Ils avaient dû sous-traiter la surveillance à quelqu'un d'extérieur. Howard Neville ! Michael et Roger avaient été les seuls membres du Trust à le rencontrer. Et encore, ils avaient réduit au minimum leurs rendez-vous avec lui ; c'était la règle, s'agissant des sous-traitants. Ce qui voulait dire que Coleman Kingsley n'avait jamais rencontré Neville avant l'accident.

Michael envisagea de rappeler Sebastian et de lui demander de se renseigner davantage. Mais sa patience, pourtant légendaire, s'était émoussée au cours des semaines précédentes. Il voulait des réponses. Et il les voulait tout de suite.

Il se redressa. Neville tourna son regard vers lui. Il posa son verre, plissa les yeux — et se raidit.

Michael traversa la pelouse pour le rejoindre. Ni l'un ni

l'autre ne prononça un mot. Michael se tenait prêt à bondir sur la terrasse au cas où Neville dégainerait une arme.

Mais celui-ci n'en fit rien. Il se contenta de regarder Michael approcher.

— Ça fait des années que je m'attends à une visite de ce genre, dit-il quand il fut à portée de voix.

74.

— Vous avez provoqué un accident mortel, lança Michael. Vous avez tué un gamin de vingt et un ans. Et vous avez passé treize ans en prison. Tout ça pour encaisser un chèque ?

Il se tenait sur la terrasse, à présent, à un mètre de son interlocuteur.

— C'était un gros chèque, précisa Neville en désignant sa maison d'un geste nonchalant.

Michael se rappelait de plus en plus de choses à son sujet, maintenant. A l'époque, Neville se faisait appeler Bradley Pello. Il était cruel et insensible, mais aussi compétent et efficace. Et il savait garder un secret. Trois qualités que le Trust appréciait chez ses sous-traitants. Michael et Roger avaient utilisé de fausses identités pour l'opération ; Bradley Pello ignorait qui l'avait engagé pour surveiller l'élu de Chicago. Et il s'en fichait. Il faisait ça pour le fric — rien d'autre.

— Après l'opération de Chicago, Paul Costa s'est assuré vos services pour éliminer Colby Kingsley, avança Michael.

Neville ne répondit pas. Tous deux savaient ce que cela signifiait.

C'était la réponse que Michael redoutait.

Roger, qu'il considérait autrefois comme son meilleur ami, avait embauché cet homme pour percuter la voiture de Colby Kingsley et le précipiter dans un ravin. Survivre à un accident de ce genre était presque impossible ; c'était le pari que Roger avait fait. Mais pour provoquer cet accident, et pour forcer la voiture à plonger dans le vide à l'endroit souhaité, il fallait du savoir-faire. Roger en avait chargé Neville en espérant que la mort de Colby affaiblirait Coleman et réduirait son emprise sur le Trust. Tout cela pour que Roger puisse prendre sa place. Le plan avait fonctionné à merveille.

Michael faillit traiter Neville d'ordure. Il avait tué le fils de quelqu'un, non ? Mais… n'en avait-il pas fait autant ? Il avait peut-être de meilleures raisons d'éliminer ses cibles, et il ne l'avait pas fait pour de l'argent, mais ils avaient des points communs, Neville et lui. C'était indéniable. Et Michael peinait à lui jeter la pierre.

— Je n'ai jamais obtenu d'aveux aussi facilement, confia-t-il avec amertume.

— On a parfois envie de se confesser, lâcha Neville en haussant les épaules. Je nierai tout plus tard.

— Et si j'avais un micro sur moi ?

— J'ai déjà été condamné pour ce gamin. Vous ne pouvez rien contre moi.

C'était vrai, Michael le savait. Il sentit un poids s'abattre sur ses épaules. Et son âme s'emplit d'une infinie tristesse.

Il pensa à la manière dont Roger avait perdu Marta à Rio, des années plus tôt. Roger connaissait l'effet dévastateur de ce genre de deuil. C'était précisément pour cette raison qu'il avait décidé de faire tuer Colby. Or, s'il avait pu commanditer un tel meurtre tant d'années auparavant, de quoi était-il capable aujourd'hui ?

Michael se retourna et descendit sans un mot les marches qui menaient à la pelouse. Il regagna son kayak, le mit à l'eau et repartit en pagayant à grands coups tranchants.

75.

Lyons, Etat de l'Illinois

Liza fixa du regard la tête arrondie de la cible et plaqua sa joue contre la crosse de son fusil.

Elle affubla mentalement la silhouette rudimentaire des cheveux bruns et de la mâchoire carrée de Michael. Elle écarta un peu plus les jambes et visa cette forme qui, dans son esprit, était devenue Michael Waller. Elle appuya sur la détente. Un anneau noir apparut au niveau de l'épaule. Raté. Elle devait s'entraîner davantage.

Elle appuya sur le bouton pour réinitialiser la cible et attendit. Elle n'utilisait pas l'arme qu'elle aurait à Rio, mais la journée ne faisait que commencer. Elle avait loué le plateau de tir pour toute la journée. Plus tard, elle s'entraînerait avec des .22 long rifle, des .300 Win Mag, des pistolets 9 mm et de simples revolvers. Mais elle commençait toujours par son Caesar Guerini Magnus Jaspe. Elle adorait son canon chromé et ses platines de bois marqueté. Son père avait un Caesar Guerini, lui aussi ; après l'avoir fait entrer au Trust, il lui avait offert celui-ci.

Une nouvelle cible s'afficha. Liza cala la crosse du fusil

au creux de son épaule, appuya sa joue contre le corps de l'arme et tira. Dans quelques jours, elle serait à Rio. Michael se ferait passer pour un photographe chargé de couvrir le meeting de Gustavo. On lui avait déjà procuré une fausse carte de presse au nom d'un reporter d'images spécialisé dans les figures politiques. Il utiliserait son télésniper pour abattre Gustavo et peut-être quelques membres de sa famille. Un plan avait été conçu pour lui permettre de s'échapper. Mais Michael n'aurait pas l'occasion de le mettre à l'épreuve.

Le fusil de précision de Liza serait braqué sur lui. A l'instant où il aurait accompli sa mission, elle le tuerait. Après avoir passé deux jours en lieu sûr à Rio, elle rentrerait aux Etats-Unis, où l'attendrait sa mission suivante : consoler sa meilleure amie de la mort de son mari.

A l'idée de ce qu'allait endurer Kate, Liza sentit une vague de désespoir monter en elle. *Stop.* Elle ne devait surtout pas penser à la souffrance de Kate. Elle allait tuer Michael pour venger Aleksei, mais surtout pour protéger son amie.

Elle inséra deux nouvelles cartouches dans le Caesar et appuya le bois frais contre sa joue. Elle tira une première fois, puis une deuxième. Les deux coups s'encastrèrent dans la cible à l'endroit précis qu'elle visait. Le cœur.

Son cœur à elle battait de plus en plus fort. Elle porta une main à sa poitrine et se força à respirer. Comment en était-elle arrivée là ? A tuer des gens pour gagner sa vie ?

Elle sortit les cartouches du fusil, le posa près d'elle. Puis elle attrapa son téléphone et appela Richard. Il décrocha à la première sonnerie.

— J'espérais justement que tu m'appellerais.

Elle sourit.

— Quand reviens-tu ? demanda-t-elle.

— J'ai une déposition prévue pour demain après-midi.

— On peut se voir demain soir ?

Elle espérait ne pas donner l'impression d'être trop accro, mais elle l'était, et elle n'avait plus envie de le dissimuler. Avec Richard, elle pouvait enfin baisser sa garde. Elle pouvait se montrer vulnérable.

— Excellente idée, acquiesça-t-il sans hésiter.

— On se retrouve chez toi à 20 heures ?

— Ça marche. Tu sais quoi, Liza ?

— Quoi ?

— Je suis ravi que tu m'aies appelé.

Liza raccrocha sans cesser de sourire. Elle se comportait comme une gamine, et ça lui plaisait.

Puis son sourire se mua en grimace. Elle se tourna vers sa cible. Une fois de plus, elle affubla mentalement le mannequin des traits de Michael. Elle rechargea le fusil, le referma et le visa en plein cœur.

76.

Manhattan, New York

Roger Leiland attendait, seul, dans une salle de réunion au sein des locaux du Trust à Manhattan. A 10 h 30 exactement, on frappa, et la porte s'ouvrit.

— Bonjour, Angus. Tu es pile à l'heure.

— Evidemment, commenta son interlocuteur avec un sourire satisfait.

Roger lui fit signe de s'asseoir. Angus s'installa à sa droite, en croisant les jambes. Il ne dit pas un mot ; il semblait attendre que Roger prenne la parole. Sans doute était-il impressionné. Les agents de son âge se trouvaient rarement en tête à tête avec un membre du Conseil. Mais tous deux avaient eu quelques rendez-vous de ce genre, depuis que Roger avait chargé Angus d'une affaire personnelle.

— J'ai une nouvelle mission pour toi.

Angus hocha la tête, mais son sourire satisfait avait disparu. Roger entendit presque le pouls du jeune homme s'accélérer. Angus avait bénéficié d'un excellent entraînement et il avait déjà effectué bon nombre d'éliminations. Ces derniers mois, à la demande de Roger, il avait passé beaucoup de temps au Twilight Club. Leiland voulait faire surveiller Michael par un agent de confiance — mais Angus, lui, commençait à s'ennuyer.

— Je t'envoie à Rio.

Angus hocha de nouveau la tête. Il rongeait visiblement son frein. Contrairement à Michael, à Liza et aux autres, Angus aimait tuer. Il n'avait pas besoin d'une quelconque justification patriotique ou noble motivation pour ça. C'était exactement le genre de personne dont Roger avait besoin pour l'avenir du Trust.

— La cible ? demanda Angus.

Roger croisa les mains sur la table.

— Liza Kingsley.

— Compris.

Si descendre un des membres les plus réputés du Trust lui posait un problème de conscience, Angus n'en laissa rien paraître. Il était du genre à trouver ça excitant, en fait. Ce type était une vraie machine à tuer. Roger l'avait compris quand Angus avait criblé de coups de couteau la mère d'un Mexicain qu'il était censé surveiller. Michael avait voulu le reléguer dans les bureaux, mais Roger avait perçu le potentiel du jeune homme. Il avait dû le garder à l'œil, évidemment. Lorsque Angus était chargé d'une mission, il y avait de fortes chances pour que la femme ou la petite amie de la cible en fasse les frais. Il semblait aimer faire du mal aux femmes. Mais, du point de vue de Roger, le jeu en valait la chandelle. Il tenait à s'entourer soit de tueurs professionnels, soit de pervers qui pratiquaient le meurtre comme un sport, pour le plaisir. Sûrement pas d'espions torturés par des dilemmes moraux.

Le clou de l'histoire, c'était que la fille de Coleman Kingsley allait mourir en accomplissant sa dernière mission — éliminer Michael. Elle l'avait acceptée par conviction, parce qu'elle était persuadée que Michael avait tué un agent de la CIA et éliminé Aleksei pour se protéger.

Depuis un moment, Roger la faisait surveiller de près. Pour l'instant, rien n'indiquait qu'elle s'écartait des ordres qui lui étaient donnés. Néanmoins, il savait qu'elle était comme Michael, troublée par la direction que prenait l'organisation. Et comme c'était son père qui l'avait fondée, elle n'accepterait jamais les changements qui se profilaient à l'horizon. Le seul regret de Roger, c'était qu'il n'aurait plus aucune chance de s'offrir ce corps magnifique. Mais, après tout, les call-girls à dix mille dollars la passe étaient là pour ça.

— Comment on procède ? demanda Angus.

— Luis Gustavo de Jardim organise un meeting politique à Rio. Michael va l'éliminer. Puis Liza éliminera Michael.

— Et moi, j'élimine Liza, conclut Angus. Et je fiche le camp.

— Exactement.

— Ma couverture ?

— Un uniforme de la police municipale de Rio. Il y en aura des centaines au meeting. Tu feras semblant de poursuivre l'assassin de Gustavo. Tu n'auras aucun problème à quitter les lieux. Il faut juste que tu révises ton portugais.

— Compris. Autre chose ?

Roger songea au dernier élément en suspens. Kate. Elle tenait tellement à être une petite épouse parfaite qu'elle faisait tout ce que Michael lui disait de faire ; elle avalait toutes les idioties qu'il inventait. Après la mort de son mari, elle fondrait comme un glaçon au soleil. Elle rentrerait en rampant chez sa maman dans la banlieue de Chicago.

Néanmoins, il briefa Angus à son sujet.

— Si elle pose le moindre problème, dit-il, tu t'en débarrasses.

Il accompagna ces propos d'un claquement des doigts.

Puis il se leva.

— Je crois qu'on a fait le tour de la question.

77.

Saint-Marabel, Canada

Michael et moi nous tenions sous l'auvent d'un café bondé. Autour de nous, une foule de gens déjeunaient en parlant fort et en entrechoquant leurs couverts. Le week-end venait de commencer. Une douce euphorie régnait dans l'air.

Michael était rentré du Maine la veille au matin. Il était arrivé à la maison les traits tirés, le regard vide. Je savais que je ne pourrais pas l'interroger tant que nous serions chez nous, et je n'avais pas eu le temps de lui parler au restaurant. Vingt-quatre heures s'étaient écoulées depuis son retour, et je commençais à m'impatienter. L'avait-il deviné ? Sans doute, puisqu'il m'avait emmenée dans ce café avant d'aller travailler au club. Même ici, environnée de gens heureux et insouciants, j'éprouvais le sentiment d'un désastre imminent. Mais que pouvait-il nous arriver de plus ? Ne vivions-nous pas déjà une véritable catastrophe ?

— Que s'est-il passé dans le Maine ? demandai-je.

Il cligna des yeux.

— Tu te rappelles l'époque où Colby, le frère de Liza, est mort ?

— *Colby?*

J'étais éberluée.

— Qu'est-ce qu'il a à voir là-dedans ?

Michael se mit à parler. Le bruit ambiant s'estompa, et je n'entendis plus que les mots qu'il prononçait. Des mots terribles, qui se gravèrent en moi. Quelqu'un me bouscula en sortant du café ; je sursautai et pivotai sur moi-même, furieuse.

Un vieil homme me décocha un sourire inoffensif et s'excusa en français.

Michael s'était arrêté de parler. Nous regardâmes tous deux le vieil homme s'éloigner en s'appuyant sur sa canne.

— Viens, dit Michael.

Il m'entraîna vers une petite allée voisine et sortit un porte-clés détecteur de sa poche. Il le passa sur mon corps, puis sur le sien. Nos yeux étaient rivés sur le voyant lumineux du petit objet ; nous attendions qu'il passe du vert au rouge.

Michael le rangea dans sa poche.

— Tout va bien, dit-il.

Puis il se remit à parler. Mais rien n'allait bien.

J'expliquai à mon mari que j'avais besoin d'être seule, et j'errai un moment dans les rues de Saint-Marabel. J'avais encore quelques heures devant moi avant de commencer mon service au bar, mais il me faudrait bien plus longtemps pour admettre ce que Michael venait de m'annoncer.

Colby avait été assassiné. Roger avait payé quelqu'un pour percuter sa voiture et le pousser dans le vide. Tout ça dans l'espoir que M. Kingsley, affaibli par son chagrin, se détournerait du Trust. J'étais abasourdie. Quel genre d'hommes étaient ce Roger et ses acolytes, qui disposaient aussi négligemment de la vie d'autrui ? Et moi, que venais-je faire dans leurs histoires ? Etais-je toujours la même personne ?

Je voulus parler à Liza de Colby. Elle avait le droit de savoir. Mais Michael me fit promettre d'attendre que nous ayons quitté Rio. Nous trouverions un moyen d'entrer en contact avec Liza et de lui dire que nous étions partis ; nous lui dirions la vérité au sujet de Colby et nous la laisserions décider de la suite à donner aux événements.

Je promis à Michael de suivre son plan, mais je mentais. En fait, j'avais déjà d'autres plans en tête.

J'étais entrée dans le monde de Michael, à présent. Ainsi que dans celui de Liza. Je connaissais l'existence du Trust. Je savais en quoi consistait la mission de Michael à Rio ; je savais aussi qu'il serait peut-être obligé de tuer un ou plusieurs membres de la famille de Gustavo. Cela, je ne pouvais le supporter.

Je m'engageai sur une avenue bordée de charmants immeubles anciens ombragés de saules pleureurs. Je tournai et retournai le problème dans ma tête. Moi qui n'avais aucune connaissance des techniques d'espionnage, comment étais-je censée prévenir une tentative d'assassinat par l'un des meilleurs agents secrets qui soient — mon mari ? C'était presque absurde de vouloir m'y essayer, mais il fallait que je trouve une idée. Parce que j'avais lu la détermination qui brillait dans les yeux de Michael. Je l'avais entendue vibrer dans sa voix. Il était décidé à aller au bout de cette mission pour nous permettre de disparaître. S'il ne le faisait pas, avait-il dit, un autre s'en chargerait. Mais s'il le faisait, je me sentais incapable de continuer à vivre avec lui.

Tout en marchant, je laissai mon esprit divaguer entre le choc que m'avait causé la situation, les solutions et les problèmes possibles. Arrivée au coin de l'avenue, j'aperçus une silhouette connue. C'était Angus, qui travaillait à mi-temps au Twilight Club. Je n'avais jamais bien compris ce qu'il y faisait. Maintenant, je me doutais qu'il faisait partie du Trust, et l'appréhension m'envahit à l'idée de me retrouver seule avec lui dans cette rue déserte.

Pour l'instant, il ne m'avait pas encore repérée. De toute évidence, il venait de terminer une séance de jogging ; il soulevait le pan de son T-shirt pour s'éponger le front. Difficile de ne pas remarquer, malgré mon angoisse, son corps superbe — pectoraux parfaitement galbés, abdominaux qui semblaient sculptés dans du marbre, et une cicatrice en forme de triangle au niveau de ses dernières côtes droites.

Mon regard s'attarda sur la cicatrice. Des liens s'établirent dans mon esprit. Un frisson glacé me parcourut la nuque.

Angus abaissa son T-shirt et m'aperçut.

— Salut, Kate !

Je levai la main et l'agitai.

Il continua à marcher droit vers moi.

Il était grand, beaucoup plus grand que je ne l'avais remarqué jusque-là. A mesure qu'il approchait, j'eus l'impression de rétrécir, d'être réduite à l'impuissance.

Je m'écartai pour l'éviter, mais il fit un pas du même côté. Je voulus partir dans l'autre sens, et, dans ma hâte, je trébuchai. Angus m'attrapa par le bras.

— Non ! m'exclamai-je, le cœur battant.

— Attention, Kate, dit-il en ôtant sa main. J'ai cru que tu allais tomber.

— Non, non, ça va.

Je tremblais de la tête aux pieds.

Fais comme si de rien n'était.

— Comment ça va, Angus ? Tu travailles aujourd'hui ?

— En fait, je suis en congé.

— Profites-en bien, alors.

Je me remis en marche. Il fallait que je m'échappe.

— Merci, fit Angus. A bientôt, Kate. Salue Michael pour moi, d'accord ?

Je me forçai à marcher lentement jusqu'au pâté de maisons où se trouvait notre appartement. Devant ma porte, je me retournai. Angus ne me suivait pas.

Je trouvai Michael assis à la table de la cuisine, le regard perdu dans le vide.

Nos yeux se croisèrent.

— Quoi ? fit Michael du bout des lèvres.

Je secouai la tête. Je pris le téléphone et appelai Liza à son bureau.

— Salut, Liza, comment tu vas ?

— Non ! articula Michael en silence. Non !

Il devait penser que j'allais lui parler de Colby.

— Ça va, dit-elle.

— Ecoute, je viens de me rendre compte que j'ai un truc à faire. Je peux te rappeler dans dix minutes ?

C'était le code dont nous étions convenues lorsque nous voulions nous appeler depuis une cabine publique. Michael m'avait acheté une carte de téléphone internationale pour cela. Malheureusement, je n'avais pas la carte sur moi, et j'avais dû rentrer à la maison pour la récupérer. Je voulais être sûre que Liza serait toujours disponible quand je la rappellerais.

— Aucun problème, assura-t-elle.

Je raccrochai. Michael se leva et posa les mains sur mes épaules.

— Non, Kate, chuchota-t-il. Ne lui parle pas de Colby. Attends.

Je m'écartai doucement pour le regarder, puis je me dressai sur la pointe des pieds pour lui parler à l'oreille.

— Fais-moi confiance.

Je pris la carte de téléphone dans notre chambre, puis je quittai la maison et me dirigeai vers le marché derrière lequel se trouvait l'unique cabine téléphonique de Saint-Marabel. Je saluai poliment les vendeurs en tablier, m'enfermai dans la cabine et composai le numéro de Liza.

— On peut parler, maintenant ? demandai-je quand elle décrocha.

— Une seconde.

Il y eut un silence, puis elle reprit :

— C'est bon.

— As-tu une photo de Richard, par hasard ? Est-ce que tu pourrais m'en envoyer une ?

— Pardon ?

Elle ne s'attendait visiblement pas à une telle question de ma part.

— Une photo de lui, même prise avec ton téléphone, tu n'en as pas ?

— Si, j'en ai une. Je l'ai prise pendant qu'il dormait.

C'est débile, je sais, mais j'aime bien la regarder quand il n'est pas là, tu comprends ?

— Bien sûr. Tu peux me l'envoyer ?

Il y eut un petit silence.

— Pourquoi ?

— Envoie-la-moi par e-mail, d'accord ? Tout de suite.

Michael m'avait prévenue que le Trust risquait de surveiller mon courrier électronique, du moins l'adresse que j'avais toujours utilisée. Il m'avait conseillé d'utiliser l'un des ordinateurs publics de la bibliothèque pour me créer une nouvelle adresse e-mail destinée aux messages confidentiels. Quand il disait « confidentiel », il pensait simplement à mes échanges avec ma famille. Il savait combien la surveillance me gênait, même si le message intercepté ne concernait que les plates-bandes du jardin de ma mère. Ce jour-là, j'étais aussitôt partie à la bibliothèque et j'avais ouvert un nouveau compte, dont je donnais à présent l'adresse à Liza.

Je raccrochai et marchai jusqu'à la bibliothèque, où je dus présenter ma carte d'identité pour prouver que je résidais à Saint-Marabel. Je ne m'étais jamais sentie aussi étrangère.

Les ordinateurs étaient situés au fond de la salle de lecture. Il n'y avait qu'un utilisateur ce jour-là : un adolescent de douze ou treize ans absorbé par ce qu'il lisait à l'écran. Je m'installai au bout de la rangée de moniteurs, le plus loin possible du gamin.

Puis je lançai internet et me connectai à mon nouveau compte.

78.

Quatre jours plus tard
Rio de Janeiro, Brésil

Je traversai le Parque da Cidade en me forçant à respirer calmement pour déloger la boule d'angoisse qui enflait dans ma gorge. En vain. A la confusion de notre arrivée à Rio s'ajoutaient le désagrément de ne pas connaître un mot de portugais et, surtout, la terreur que m'inspirait ce qui allait se produire le soir du meeting. Ce parc gigantesque, niché au cœur de la ville, offrait pourtant aux promeneurs un répit bienvenu, avec ses hectares de pelouse verte sillonnés de sentiers, plantés d'arbres exotiques et émaillés de petits étangs. Mais rien ne pouvait m'apaiser. Je n'avais nulle part où me cacher.

De fait, le Parque da Cidade ne présentait guère de cachettes possibles, et c'était justement pour cette raison que Luiz Gustavo de Jardim l'avait choisi. Les meetings politiques avaient généralement lieu sur de grandes places publiques, mais celles-ci étaient cernées d'immeubles qui auraient permis à un tireur embusqué d'ouvrir le feu sur Gustavo et de s'échapper rapidement.

Le seul bâtiment qui donnait sur ce parc était une maison bourgeoise à deux étages occupée par le Museu Histórico da Cidade, et située au fond du jardin. Je l'aperçus en traversant la pelouse. Avec ses murs en crépi jaune et son haut balcon en fer forgé, elle me rappela les vieilles demeures de La Nouvelle-Orléans. De grands étendards mauve et doré portant le nom de Gustavo flottaient sur le toit et le balcon. D'autres étaient agités par les partisans de Jardim qui commençaient à envahir la pelouse. A droite du musée, un petit orchestre se mettait en place. Près des musiciens, quelques gradins étaient réservés aux VIP. De l'autre côté du bâtiment, la presse se rassemblait — journalistes, présentateurs télé, photographes. Michael était parmi eux.

Levant les yeux vers le ciel, je me surpris à marmonner une prière silencieuse. Je n'avais pas prié depuis l'âge de dix ans.

Le meeting allait bientôt commencer.

Quarante-cinq minutes plus tard, le parc était bondé. Les huit membres de l'orchestre, tout de blanc vêtus, jouaient des mélodies entraînantes, habilement soulignées par les percussionnistes. Les gradins s'étaient remplis d'hommes et de femmes élégamment vêtus. Massés devant le musée, les partisans de Gustavo levaient régulièrement les yeux vers le balcon, guettant son apparition. Derrière eux, à mon niveau, d'autres arrivaient, seuls ou en groupes. Certains croisaient les bras, prêts à l'écouter ; d'autres bavardaient avec leurs amis, manifestement heureux de profiter du spectacle. Alignés sous le balcon, les journalistes brandissaient carnets, micros, caméras et appareils photo.

Je me frayai un passage parmi les curieux et me glissai dans un groupe de militants, au premier rang. Mon cœur battait plus fort que les tambours de l'orchestre. Il faisait un temps radieux. La température avoisinait les vingt-cinq degrés, mais je transpirais comme s'il en faisait trente-cinq. Je portais une robe que j'avais achetée la veille, d'un rose fuchsia impossible à rater, même parmi la foule.

Je balayai du regard les représentants de la presse et repérai aussitôt Michael, qui se tenait à la lisière du groupe. Il portait un T-shirt blanc et une veste de photographe kaki. Les poches de sa veste étaient bourrées d'objectifs et de pellicules. Il se fondait parfaitement dans la masse ; la seule chose qui le distinguait des autres était son immobilité. Son regard était rivé sur le balcon de la maison, et il tenait dans sa main droite un appareil photo muni d'un long téléobjectif.

Je me retournai vers le parc. Des policiers de la ville de Rio, en uniformes noirs à manches courtes, patrouillaient le périmètre de la manifestation ou se glissaient parmi la foule. Une rangée d'officiers se tenait devant le musée pour en barrer l'accès au public. Le personnel de sécurité de Gustavo était posté aux coins du balcon.

L'orchestre acheva la mélodie en cours et se mit à tambouriner avec insistance. Devinant l'arrivée imminente de leur candidat favori, les partisans de Gustavo se mirent à pousser des cris, à applaudir et à agiter leurs banderoles.

Un homme souriant, en costume bleu, s'avança vers le micro installé sur le balcon et commença à parler. Je supposai qu'il était chargé d'annoncer l'arrivée de Gustavo. Derrière moi, il y eut quelques sifflets, mais la plupart des gens applaudissaient et poussaient des acclamations.

L'homme parla une minute, puis, tendant le bras derrière lui, il annonça :

— Luiz Gustavo de Jardim !

Les applaudissements redoublèrent. Gustavo et sa famille firent irruption sur le balcon. Luiz Gustavo était un homme de petite taille, comme me l'avait dit Michael. Mais, même de loin, il dégageait un charisme impressionnant. Il leva le poing en l'air, et la foule rugit, galvanisée par son apparition.

Les proches de Gustavo prirent position autour de lui tandis qu'il se plaçait devant le micro. Son épouse, une femme au port de reine et aux cheveux bruns noués en chignon, se tenait à droite. Son beau visage était lisse et serein. Sa fille, version plus jeune et plus sexy de l'épouse, était à gauche. Devant Gustavo se tenait un garçon de dix ou douze ans et, derrière lui, un frère plus âgé. La femme, la fille et le fils aîné dépassaient tous Gustavo en taille, et l'abritaient sur les côtés et par-derrière. Le petit groupe se tenait assez près de lui pour assurer que tout projectile lancé vers Gustavo atteindrait d'abord un membre de sa famille ou en tuerait un par ricochet, après l'avoir atteint.

Ils demeurèrent ainsi pendant que Gustavo entamait son discours. Je ne compris pas un mot de ce qu'il disait, mais je sentis une vive excitation gagner la foule. Les journalistes n'étaient pas en reste : ils prenaient des notes à toute vitesse, filmaient, photographiaient. Tous, sauf

Michael. Parfaitement immobile, le visage crispé par la concentration, il se préparait à abattre Jardim.

Je le fixai en espérant qu'il sentirait mon regard et se tournerait vers moi. Fallait-il vraiment que cela finisse ainsi ?

Je m'avançai pour dépasser le groupe de sympathisants de Gustavo et me positionnai à une dizaine de mètres de mon mari. Ma poitrine se nouait d'angoisse ; mes côtes semblaient attachées par de la paille de fer ; mes muscles se raidissaient au point de me faire mal.

Gustavo se remit à parler — il criait presque, à présent. Une fois de plus, il leva le poing, et des hurlements fusèrent parmi les spectateurs. Certains sautaient sur place. Le bruit était si intense que mes tympans se mirent à bourdonner.

Gustavo promena un regard satisfait sur la foule. Il attendait manifestement que les acclamations s'estompent pour reprendre la parole. Au bout d'un moment, il sourit et fit un petit pas en avant, les mains posées sur les épaules de son plus jeune fils.

Je lançai un regard à Michael. Il changea l'appareil photo de main et, de sa main droite, sortit la crosse de fusil de la base de l'appareil et la fixa à sa place. La foule s'était tue en attendant que Gustavo reprenne son discours, mais je percevais à peine le silence tant mon cœur battait fort.

Lentement, Michael porta l'appareil photo à son visage. Si l'on n'y regardait pas de près, il ressemblait à un photographe lambda, sur le point de prendre un cliché ordinaire. Mais en plissant les yeux, on apercevait son doigt pressé sur la détente.

Maintenant, c'était à moi.

J'ouvris la bouche et hurlai le seul mot de portugais que j'avais appris.

— *Fuzil! Fuzil!*

79.

Dès que j'ouvris la bouche, le regard de Gustavo et ceux de la foule se braquèrent sur moi. Au même instant, le claquement d'une détonation fendit l'air chaud. La foule se remit à hurler — de terreur, cette fois.

Les gardes se jetèrent sur Gustavo et sa famille et les plaquèrent au sol. Je regardai Michael. Son appareil photo était revenu dans sa main droite. Cette fois, il se tourna vers moi et croisa mon regard.

Une deuxième détonation se fit entendre. Michael lâcha son appareil et porta les mains à la poitrine, l'air hébété. Une tache rouge apparut sur sa veste. Il leva de nouveau les yeux vers moi. Puis il s'effondra.

Je regardai autour de moi, paniquée. Des gens couraient en tous sens ; d'autres s'étaient recroquevillés sur le sol. A genou dans la pelouse, une silhouette frêle braquait un fusil de précision dans ma direction. Elle l'abaissa un instant et me regarda.

— Liza ! hurlai-je.

Elle ramena la lunette devant son œil et pointa l'arme vers moi. Un nouveau coup de feu déchira l'air, et un choc puissant explosa dans ma poitrine. Je sentis ma peau se déchirer, mes côtes s'écarter, quelque chose se loger en moi. Comme Michael, je portai les mains au point d'impact et m'effondrai à genoux.

— Liza, répétai-je en articulant avec peine.

Elle abaissa de nouveau son fusil. Je vis défiler sous mes paupières tous les visages que je lui avais connus : l'adolescente aux taches de rousseur, la jeune diplômée prête à tout, la demoiselle d'honneur qui avait assisté à mes deux mariages, l'amie fidèle qui m'avait soutenue après le départ de Scott.

Ces images se dissipèrent, et je vis Liza telle qu'elle était aujourd'hui, son fusil à la main. Un policier arriva en courant, et braqua son arme sur elle.

Je clignai des yeux en m'efforçant de rester consciente.

Elle lança un coup d'œil derrière son épaule, puis elle se redressa d'un bond, prête à fuir. Le policier tira.

Liza tomba à genoux à son tour.

Elle me regarda une dernière fois, puis elle s'effondra, face contre terre. Et le monde s'estompa autour de moi.

80.

Saint-Marabel, Canada

Roger s'avança sur l'estrade aménagée derrière l'autel. Le sol de la nef était jonché de couronnes mortuaires. Il adressa un petit hochement de tête au prêtre, puis il balaya du regard la cinquantaine de personnes réunies sur les bancs. Il en reconnaissait plus d'un : les employés du Twilight Club et les membres du Trust étaient nombreux.

Il expira bruyamment dans le microphone, comme s'il peinait à trouver ses mots. Il ne jouait pas la comédie, d'ailleurs : l'exercice s'avérait réellement plus difficile qu'il ne l'aurait cru. Lorsqu'il avait rencontré Michael, au tout début de sa carrière au Trust, il n'aurait jamais imaginé que leur relation finirait ainsi. Il y avait quelque chose de bizarre dans toute cette histoire… même si, dans ce cas précis, la bizarrerie n'avait rien de négatif.

— La dernière fois que je suis entré dans cette église, c'était pour le mariage de Michael et de Kate.

Il secoua tristement la tête.

— Je n'arrive pas à croire qu'aujourd'hui je suis de nouveau ici. Pour faire mes adieux à Michael Waller, cette fois.

Il développa son propos en affirmant que Michael était un ami hors pair et un homme d'exception, qui manquerait à tous. Mais, en son for intérieur, il passait en revue son emploi du temps des jours à venir. Le lendemain, il réglerait quelques affaires au club ; et le surlendemain il prendrait l'avion pour Chicago afin d'assister à deux autres enterrements : celui de Kate et celui de Liza.

Trois enterrements en deux jours... Ce n'était pas si mal, après tout.

81.

Quand j'avais aperçu la petite cicatrice qui zébrait le ventre d'Angus Laslow, ce fameux après-midi à Saint-Marabel, j'avais ressenti un malaise similaire à celui que j'éprouvais régulièrement depuis que je vivais avec Michael. Or je savais à présent que j'avais eu raison de soupçonner mon mari : il menait une double vie. Il me cachait son véritable « métier » et il connaissait Liza bien mieux qu'il ne le prétendait. Je savais donc que je pouvais faire confiance à mon intuition.

C'est pour cela que j'avais demandé à Liza de m'envoyer une photo de « Richard ». Le cliché confirma qu'Angus Laslow, qui travaillait pour le Twilight Club et pour le Trust, était bien son nouveau petit ami.

Cet après-midi-là, plantée devant l'ordinateur de la bibliothèque, je regardai fixement la photo en me demandant ce que je devais faire. L'angoisse me brouillait l'esprit, mais je m'exhortai au calme. J'avais besoin de réfléchir. Etait-il possible que Liza soit au courant des activités d'Angus et qu'elle ne m'en ait rien dit ? Ou qu'elle n'en ait pas eu l'occasion, puisque nous n'avions pas vraiment parlé depuis notre terrible conversation sur son balcon ? Etais-je en train de tout dramatiser ?

Liza en déciderait. Je retournai au marché et la rappelai de la cabine.

— On peut parler ? demandai-je.

— Sans problème, dit-elle. Je suis tellement soulagée d'avoir de tes nouvelles, Kate. Je me fais un sang d'encre depuis ton départ. Tu tiens le coup ?

— Je vais bien. Mais, Liza, ce Rich…

— Quoi ? interrompit-elle avec méfiance.

Puis elle eut un petit gloussement.

— Il est mignon, hein ?

Je lançai un coup d'œil derrière mon épaule. L'un des bouchers servait une vieille dame. Son collègue me regardait en croisant les bras. Il me sourit. Un pincement d'appréhension me noua l'estomac. *Impossible qu'il fasse partie du Trust*, me dis-je.

Néanmoins, je lui tournai résolument le dos.

— Il est mignon, oui, mais… Liza… Ecoute. Tu sais qu'il est membre du…

— Qu'est-ce qui te fait dire ça ? me coupa-t-elle.

— Il travaille au Twilight Club.

Silence complet.

— Oh, mon Dieu, souffla Liza au bout d'un moment.

— Ici, il se fait appeler « Angus Laslow ».

— Oh, mon Dieu.

— Tu n'étais pas au courant ?

— Il m'avait dit qu'il était avocat. Et qu'il travaillait à Boston.

Elle laissa échapper un petit rire ironique.

— Dire que j'ai avalé ses putains de bobards !

Nous restâmes un instant sans parler.

— Qu'est-ce que ça signifie ? demandai-je. Pourquoi es-tu surveillée comme ça ?

— Je ne sais pas, mais je vais vite le savoir. Il faut que je te laisse.

— Non, attends !

— Sans blague, Kate, je dois comprendre ce qui se passe.

— Eh bien, on n'a qu'à chercher ensemble !

J'avais élevé la voix. Je me retournai pour voir si quelqu'un l'avait remarqué. Les deux bouchers étaient maintenant occupés à servir des clients. Je me retournai de nouveau.

— Ecoute, Liza, je sais tout, maintenant. C'est moi qui ai démasqué Angus ! Laisse-moi faire quelque chose. On peut en discuter ensemble. Laisse-moi t'aider.

— Je n'ai pas l'habitude d'être aidée.

— Il y a beaucoup de choses dont tu n'as pas l'habitude, mais il est peut-être temps de changer ta manière de faire !

Elle demeura silencieuse.

— A quoi penses-tu ? demandai-je au bout d'un moment.

— Je pense que je suis une idiote. Je l'aimais bien, ce salaud…

Elle émit un petit soupir.

— Je commençais même à me demander si je n'étais pas amoureuse de lui.

— Je sais. Je suis désolée, Liza.

Il y eut un nouveau silence. Nous savions toutes deux à quel point son aveu était exceptionnel.

— Tu crois qu'il jouait la comédie depuis le début ? demandai-je.

— Oui, acquiesça-t-elle avec amertume.

— Mais pourquoi ?

— C'est ce que je me demande. C'est le Trust qui le lui a demandé, bien sûr. De toute évidence, ils tenaient à me surveiller de près. Mais je ne comprends pas pourquoi.

— Tu leur caches quelque chose ?

— Pas du tout. Je suis tout ce qu'il y a de plus réglo.

— Quelqu'un croit le contraire, apparemment. Ou espère le contraire, peut-être… Qui a pu demander à Angus de te surveiller ?

— *Angus*, répéta-t-elle avec mépris. Ça lui va bien, tiens ! Mieux que Richard.

— Concentre-toi, Liza.

— Désolée, soupira-t-elle. Bon… Celui qui me l'a mis dans les pattes est forcément très haut placé.

— Pourquoi ?

— Parce que la couverture de Richard est super-élaborée. Il a un appartement à Chicago. Des cartes de visite à l'en-tête du cabinet d'avocats qui est dans le bâtiment de mon… Nom d'un chien, je ne l'ai jamais vu entrer dans ce cabinet ! Il descendait de l'ascenseur à l'étage en question, et moi, je supposais qu'il travaillait là…

— Qui est assez haut placé pour organiser tout ça ?

Nous nous tûmes.

— Roger, lâcha-t-elle enfin.

— D'accord, mais pourquoi ?

— Merde, fit Liza.

— Quoi ?

— Roger m'a chargée d'une mission à Rio.

J'hésitai un instant. J'avais demandé à Liza d'être franche avec moi. Peut-être devais-je lui faire confiance à mon tour ?

— Michael doit partir à Rio, lui aussi, dis-je.

— Je sais.
— Et lui, il sait que tu y seras ?
Silence.
— Non. Oh, mon Dieu. C'est un sacré merdier, Kate.
— Comment ça ?
Elle expira bruyamment.
— Bon. Tu es assise ?

82.

Liza prit des risques considérables en m'avouant que Roger avait programmé la mort de Michael. Et qu'il l'avait chargée de le descendre.

Je l'avais d'abord écoutée sans rien dire. J'étais sous le choc. Puis une haine violente, dévorante, m'avait consumée. J'avais dû me retenir de hurler. Mais elle m'avait suppliée d'écouter ses explications jusqu'au bout. Ensuite, je m'étais rendue au club et j'avais demandé à Michael de sortir faire une promenade avec moi.

— Que se passe-t-il, Kate ?

L'angoisse et l'épuisement se lisaient sur son beau visage.

Je l'attirai dans un café bruyant et bondé. Là, sans lâcher sa main, je le conduisis vers le fond du bar.

— On peut parler, ici ?

Il jeta un regard autour de nous et fit oui de la tête.

— Radimir Trotsky…, commençai-je.

L'air épuisé de mon mari laissa place à une attention aiguë.

— C'était un agent de la CIA.

— De quoi tu parles ?

Il plissa les yeux, puis cligna les paupières. Je compris qu'il était réellement stupéfait. Il n'était pas au courant.

Je lui racontai comment j'avais découvert qu'Angus avait pris une identité d'emprunt pour séduire Liza et la surveiller. Je lui répétai tout ce qu'elle m'avait dit — à savoir qu'elle croyait que Michael avait tué Aleksei pour étouffer l'affaire Trotsky ; que Roger lui avait affirmé que Michael travaillait pour son propre compte et partait en vrille ; qu'elle avait reçu l'ordre de le tuer, mais qu'elle hésitait depuis la découverte de la véritable identité de Richard. Enfin, je conclus en l'informant que Liza souhaitait discuter avec lui.

Je vis les muscles de sa mâchoire se crisper.

— D'accord, marmonna-t-il. Appelons-la. Tout de suite.

Nous roulâmes jusqu'à un grand hôtel situé à la sortie de la ville, où nous louâmes une salle de réunion. Michael et moi nous installâmes l'un en face de l'autre autour d'une grande table. Nous activâmes le haut-parleur et appelâmes Liza. Avec Michael, ils se confièrent ce qu'ils savaient. Ils mirent tout à plat. Et finirent par comprendre ce que Roger avait en tête.

Quand Liza apprit que Colby avait été assassiné, la conversation prit un tour plus dramatique encore.

— Leiland a tué mon frère, répéta-t-elle plusieurs fois, comme si elle ne comprenait pas le sens de ses propos.

Elle laissa échapper un sanglot étouffé.

— Il a tué toute ma famille, d'une certaine manière. Il a tué mon père !

Michael et moi échangeâmes un long regard pendant que Liza pleurait.

Quand elle se calma, je me penchai vers le téléphone.

— Ça va aller, Liza.

— Je vois mal comment.

— On va s'en sortir. Et on va se venger. Ça ne va pas se passer comme ça, tu m'entends ?

Au bout d'un moment, elle expira une grande bouffée d'air.

— D'accord. On va l'avoir, cette ordure.

Plus tard dans la journée, de retour au club, Michael examina le registre des employés. Angus s'était souvent absenté pour « affaires du Trust ». Il compara ces déplacements avec les rendez-vous que Liza avait eus avec Rich à Chicago : tout correspondait. Puis il constata qu'Angus avait prévu de s'absenter dans les jours à venir : les dates collaient exactement avec la mission de Rio. Nous commençâmes à craindre que Liza ne soit en danger, elle aussi.

Nous partîmes à Rio comme prévu.

Nous filâmes Angus, qui croyait être le chat plutôt que la souris. Nous découvrîmes l'endroit où il logeait. Le matin du meeting de Gustavo, à l'aube, Liza et Michael forcèrent sa porte et le droguèrent pendant son sommeil. Ils trouvèrent l'uniforme de police dans la penderie.

Nous avions un plan, mais il fallait le modifier, à présent.

Liza embaucha un certain Faustino — avec qui elle avait déjà travaillé à Rio et dont elle savait qu'il était prêt à tout si l'on y mettait le prix — pour porter l'uniforme à la place d'Angus. Et pour tirer sur Liza une fois qu'elle nous aurait abattus.

Les balles utilisées étaient spéciales. Michael, qui connaissait l'état des recherches menées par le Trust à Chicago, se les étaient procurées grâce à la complicité de Sebastian, auquel il avait pris le risque de confier toute l'histoire.

Les balles en question contenaient un liquide qui, au

moment de leur expulsion, se transformait en gaz. Une fois projetées dans notre corps, ces balles diffusèrent une enzyme protéinique que nous inhalâmes par les voies respiratoires et qui se propagea à notre système sanguin. Cette enzyme métabolisa la pellicule endothéliale entourant les puces électroniques que Sebastian avait implantées sous nos aisselles. Tout fonctionna à merveille. Et nous devînmes donc les premiers cobayes *in situ* du projet Juliette.

La substance employée par le projet étant composée d'une série de produits pharmaceutiques couramment disponibles, Sebastian s'arrangea pour se les procurer et les combiner. Une fois son enveloppe dissoute, la puce diffusa ces produits dans l'ordre voulu et créa en nous l'apparence de la mort clinique.

A notre arrivée à l'hôpital, les urgentistes ne purent que constater nos décès. Nous savions vers quel hôpital nous serions transportés et nous nous étions assurés que tous les cercueils de la morgue seraient oxygénés. Au milieu de la nuit, Sebastian nous réveilla et remplaça nos corps par des mannequins lestés à notre effigie, lesquels furent rapatriés aux Etats-Unis.

Sebastian accompagna les cercueils. A son arrivée, il expliqua à la mère de Liza et à mes parents que nous étions en vie. Nous ne voulions pas que nos parents assistent à nos enterrements en nous croyant morts. Mais il leur demanda de participer aux cérémonies funéraires et d'exiger que nos cercueils restent fermés. Je ne sais pas comment ils y parvinrent, mais ils tinrent le coup.

Pendant ce temps-là, Michael, Liza et moi fîmes de notre mieux pour disparaître.

83.

Rio de Janeiro, Brésil

Deux semaines après sa « mort », Liza entra dans une prison située aux abords de la ville. C'était une vieille bâtisse aux murs couverts de graffitis. L'endroit était imprégné d'une forte odeur d'urine. En l'absence de climatisation, une chaleur oppressante régnait dans les cellules.

L'établissement abritait surtout des petits malfaiteurs ayant commis des cambriolages, des vols de voitures ou des agressions sur la voie publique. Ce genre de crimes étant extrêmement courant à Rio, il fallait généralement des mois pour traiter le dossier des détenus et souvent des années avant qu'ils ne passent en jugement. C'était le genre d'endroit où l'on pouvait facilement disparaître à jamais.

Liza indiqua au gardien le nom du prisonnier à qui elle souhaitait rendre visite : Henrique de Tonas.

— Vous voulez le voir dans sa cellule ? demanda le garde.

Elle lui avait fait transmettre cette demande par l'intermédiaire de Faustino, auquel elle avait remis suffisamment d'argent pour être sûre d'obtenir satisfaction.

Il la précéda dans un couloir donnant sur des cellules

crasseuses équipées de barreaux rouillés. Certains prisonniers se précipitèrent vers les grilles de leur cellule pour lui lancer des obscénités et détailler ce qu'ils aimeraient lui faire en d'autres circonstances. Liza sourit. L'endroit était à la hauteur de ses espérances.

Le garde s'arrêta devant la dernière cellule du couloir.

Liza lui demanda si elle pouvait rester un moment seule avec le détenu. Le garde s'éloigna d'une dizaine de mètres et s'adossa au mur du couloir pour l'attendre.

Elle s'avança vers les barreaux. A l'intérieur de la cellule, il y avait deux prisonniers. Le premier, un obèse dont le T-shirt souillé couvrait à peine son ventre gonflé, dormait sur le lit superposé du haut, un bras passé sur son visage. Le matelas ployait sous son poids ; l'autre occupant de la cellule aurait eu du mal à se glisser sur le lit inférieur.

L'homme qui répondait à présent au nom d'Henrique de Tonas était assis en tailleur à même le sol, contre le mur du fond, près d'une cuvette de toilette sans couvercle, visiblement bouchée et sur le point de déborder. Son visage était entaillé à deux endroits, et il avait un œil au beurre noir.

— Salut, Rich, dit Liza. Tu préfères que je t'appelle Angus ? Ou bien tu t'es habitué à Henrique ?

Il plissa les yeux. Sur la couchette du haut, l'obèse poussa un grognement et roula vers le mur.

— Il paraît que tu t'es fait arrêter pour avoir piqué le costume et l'arme d'un flic.

Pendant que Rich était K.-O. sous l'effet des somnifères, Liza s'était débrouillée pour faire déposer son corps devant un commissariat. Elle avait glissé dans sa poche une pièce d'identité portant sa photo et le nom d'Henrique de Tonas, un criminel recherché pour trafic de drogue et contrefaçon, qui échappait à la police depuis des années. Quant au vrai Tonas, elle l'avait retrouvé, et lui avait donné une somme d'argent suffisante pour lui permettre de passer quelques années tranquilles auprès de sa famille, à la campagne. Elle n'avait parlé à personne — ni à Kate, ni à Michael, ni aux responsables du Trust — de ce qu'elle avait fait. C'était sa revanche personnelle.

Rich se leva et s'avança vers elle. Liza vit qu'il boitait de manière assez prononcée, et que sa cheville droite était enflée.

Parvenu devant les barreaux, il lança brusquement un bras vers elle pour l'attraper.

Elle recula d'un bond et échappa de justesse à sa main.

— Non, non. Tu n'as plus le droit de me toucher, tu sais.

Du bout du couloir, le gardien cria au prisonnier de se tenir à carreau.

— Espèce de salope, dit-il.

— Ne le prends pas comme ça, protesta Liza en forçant un sourire.

C'était imprudent de sa part d'être venue, de révéler à Angus qu'elle était en vie. Mais pour une fois, elle avait laissé ses sentiments l'emporter sur la raison. Elle le faisait de plus en plus, ces derniers temps, et elle avait l'intention de continuer. Elle prenait ses distances avec la Liza d'avant — cette femme dénuée d'émotions, capable de remonter le moral de sa copine tout en évitant d'être affectée par son chagrin. Ces jours-ci, elle ressentait toutes sortes de choses : une infinie tristesse pour Colby et pour son père ; des regrets et de la peur à la perspective d'être exclue du Trust (le seul travail qu'elle ait jamais eu) ; mais aussi de l'optimisme et, par moments, des bouffées d'euphorie à l'idée de se créer une vie entièrement nouvelle.

— Tu sais pourquoi je ne t'ai pas tué ? demanda-t-elle à Angus.

Ce fut dit d'une voix plus douce, car elle commençait à le plaindre, à présent. Ses conditions de détention étaient épouvantables. Impossible de savoir quand, et si, il sortirait de cet endroit. Elle avait entendu parler de détenus laissés de côté par la justice pendant des années.

Angus ne répondit pas.

— Je ne t'ai pas tué parce que tu as réveillé quelque chose qui dormait en moi depuis trop longtemps. Malgré le mépris que tu m'inspires à présent, j'ai très envie de garder cette sensation vivante. Pour mon seul bénéfice, bien sûr.

— Tu veux savoir ce que je sentais, moi, quand on était ensemble ? grogna-t-il. J'avais l'impression de baiser un morceau de viande froide.

— Nul doute qu'il saura mieux te satisfaire, dit-elle en faisant un geste vers son compagnon de cellule.

Angus se jeta de nouveau sur elle en passant un bras entre les barreaux. Elle l'évita sans peine.

— Ciao, Angus.

Elle lui envoya un baiser du bout des doigts. Puis elle s'éloigna d'un pas nonchalant, sans se retourner.

84.

Saint-Marabel, Canada

Roger accueillit les quatre autres membres du Conseil dans la cave à vins du Twilight Club. Il leur serra la main à chacun, leur tapota le bras, leur parla chaleureusement. Il était aux anges. Tout allait pour le mieux. Il était à la tête du Trust, Liza et Michael étaient morts, et les autres membres allaient lui obéir au doigt et à l'œil. Le monde était à lui, et il allait s'amuser comme un fou. Il allait aussi devenir extrêmement riche.

Il s'installa en bout de table et fit signe aux autres de prendre place. Outre lui-même, le Conseil se composait de trois hommes et d'une femme nommée Morgan Hadley. Tous avaient été recrutés par Coleman. Ils avaient passé des années à se battre sur le terrain. Aujourd'hui, ils voulaient se la couler douce, loin des lignes de front.

Ils s'assirent autour de la table et Roger commanda du vin. Quand la bouteille fut débouchée et servie, il demanda au sommelier de ne plus revenir.

Il désactiva le système de surveillance, comme toujours avant les réunions du Conseil, et prit la parole.

— Nous avons une affaire fâcheuse à l'ordre du jour : la perte de deux de nos membres, Michael Waller et Liza Kingsley.

Il parla des contributions importantes que tous deux avaient apportées à l'organisation, et du vide qu'ils laissaient derrière eux. Il exprima aussi de sérieuses inquiétudes au sujet de la disparition d'Angus Laslow, attribuée pour l'instant à une instabilité mentale jusque-là non décelée. Roger avait trafiqué les archives pour donner l'impression qu'Angus consultait un psychiatre pour une névrose post-traumatique suite à une mission effectuée à Beijing l'année précédente. En privé, il soupçonnait Angus de s'être attaché à Liza plus qu'il ne l'avait laissé paraître, et d'avoir effectivement basculé dans la folie après l'avoir tuée. Peu importait : tôt ou tard, il retrouverait le jeune imbécile et lui réglerait son compte.

Il parla ensuite du déraillement de la mission à Rio : la balle tirée par Michael n'avait pas touché Gustavo, et Michael et Liza avaient tous les deux trouvé la mort.

Vincent Lunosi, un des membres du Conseil, l'interrompit avec autorité.

— Si je comprends bien, Liza Kingsley et Michael Waller étaient tous deux à Rio pour assurer l'élimination de Gustavo. Or, Gustavo n'a pas eu une égratignure. Que s'est-il passé, exactement ? Pourquoi Kingsley a-t-elle abattu Waller ?

Roger avait anticipé cette question. Il expliqua que Liza avait voulu faire justice elle-même. Qu'elle avait perdu pied à la mort de son ancien amant, Aleksei Ivanov. Après avoir appris que Michael l'avait tué, elle l'avait éliminé à son tour.

— Pourquoi Waller aurait-il tué ce journaliste ? demanda quelqu'un d'autre. Ce n'était pas dans son ordre de mission !

— Ivanov enquêtait sur la mort de Radimir Trotsky, expliqua Roger.

Il marqua une petite pause pour donner de l'effet à ce qui allait suivre.

— Nous avons décidé d'éliminer Trotsky en nous appuyant sur des renseignements recueillis par Michael. Malheureusement, il ne nous avait pas tout dit. Depuis, nous avons appris que Radimir Trotsky était un agent de la CIA.

Aucune réaction. Bien que les membres du Trust soient passés maîtres dans l'art de dissimuler leurs émotions, Roger s'était quand même attendu que la nouvelle leur ferait plus d'effet.

— Vous saviez que Trotsky appartenait à la CIA, n'est-ce pas ? fit remarquer Morgan.

Roger tourna son regard vers elle.

— On ne l'a su que bien après son élimination. Nous supposons maintenant que Michael était à la solde de la Mafiya.

Morgan Hadley secoua la tête d'un air agacé. Elle sortit un dossier en cuir de son sac et l'ouvrit.

— Vous le saviez bien avant de confier la mission à Waller, au contraire. Vous avez vendu cette information à la Mafiya, puis vous avez ordonné l'exécution de Trotsky pour prouver que le Trust en était capable. C'est bien ça ?

Il sentit un léger malaise partir de la base de son crâne et descendre jusqu'à l'extrémité de sa colonne vertébrale.

— Vous faites erreur, Morgan. Je n'ai…

— Je crois aussi, intervint l'un des hommes en lui coupant la parole, que vous avez fabriqué de toutes pièces des preuves très graves contre un certain Angelo Naponi afin de convaincre le Conseil d'approuver son élimination.

Il sortit une feuille de la poche intérieure de sa veste, la déplia, et ajouta :

— Alors qu'en réalité le seul crime qu'il avait commis était de faire concurrence à Silvia Falconiere. N'est-ce pas ?

Le malaise de Roger se mua en désarroi. Il prit subitement conscience de la précarité de sa situation — il n'avait aucun renfort, la surveillance audio et vidéo était désactivée, et il n'avait aucun moyen d'alerter les membres du personnel qu'il avait lui-même choisis.

— C'est complètement faux. De la pure calomnie, et je suis forcé de m'en offenser. Puis-je vous demander l'origine du document que vous avez sous les yeux ?

— C'est un rapport signé par Michael Waller et Liza Kingsley, répondit Morgan.

Roger s'efforça de ne pas céder à la panique.

— Un rapport de…

— Daté d'il y a trois jours. Michael est vivant, tout comme sa femme et Liza Kingsley.

Morgan jeta un coup d'œil au contenu de son dossier.

— Ce même rapport indique que vous avez commandité le meurtre de Coleman Kingsley Junior dans l'espoir que son père serait anéanti et qu'il relâcherait son emprise sur l'organisation qu'il avait fondée.

Elle ne posait plus de questions, à présent : elle assénait des informations.

— Je nie catégoriquement cette allégation.

— Votre réaction nous importe peu.

Elle referma le dossier, le plaça sur la table et laissa ses mains retomber sur ses genoux.

— Nous avons mené notre propre enquête, qui confirme les accusations formulées dans ce rapport. Nous sommes également parvenus à une décision à votre sujet.

Roger jeta un regard oblique aux autres membres. Leurs visages étaient calmes, sans expression.

— Vous ne faites plus partie du Trust, annonça Morgan. Cette exclusion prend effet immédiatement.

La colère lui brouilla la vue.

— Je n'accepte pas cette décision ! hurla-t-il.

Il repoussa la table et bondit sur ses pieds. Cela n'allait pas se passer comme ça !

— Vous essayez de faire de notre organisation une agence de tueurs à gages, reprit calmement Morgan. Il n'en est pas question.

— Ecoutez-moi, bande d'idéalistes !

Roger serra les poings et haussa la voix.

— On a toujours tué pour le profit ! Toujours !

— C'est faux.

— Comment croyez-vous qu'on finance tout ça depuis le début ? C'est quoi, la différence ? Réfléchissez. Nous décidons, en bons Américains éclairés, que Gustavo est un tyran, et que nous allons l'éliminer en acceptant des contributions de capitaux de la part d'autres groupes. Quelle différence avec le fait de prendre l'argent de Silvia Falconiere pour éliminer Naponi ?

— La différence, dit l'un des hommes à mi-voix, c'est que dans le premier cas de figure nous agissons en accord avec nos « idéaux », comme vous dites. Notre travail est difficile. Il y a toujours des zones d'ombre. Mais nous savons que nous devons protéger notre patrie et faire respecter les principes du Trust, plutôt que de vendre nos services au plus offrant.

— Foutaises ! cria Roger.

Les membres du Conseil le dévisagèrent avec un flegme déconcertant. Qu'ils aillent se faire foutre, ces péquenauds ! Il reprendrait tout de zéro. Il recruterait ses propres agents, il les entraînerait, puis il retrouverait ses contacts et leur ferait savoir qu'il s'était mis à son compte. Il retrouverait aussi Michael et son imbécile de femme, et Liza, et il les tuerait tous de ses propres mains.

En attendant, il fallait qu'il sorte d'ici. Qu'il fiche le camp du Twilight Club. Il redressa les épaules et dit d'une voix décidée :

— Je rejette catégoriquement toutes ces accusations, et je…

— Pour l'amour de Dieu, Roger, interrompit Morgan. Fermez-la, pour une fois.

Elle remit les mains sur la table et Roger aperçut son 9 mm. Il hésita ; son esprit chercha vainement une solution.

Morgan n'hésita pas. Elle leva son arme et la braqua sur lui. Roger Leiland sentit son cerveau exploser tandis que la balle s'encastrait dans son crâne.

85.

Entre la Charente et la Dordogne, France

Je trouvais ma vie trop calme après mon divorce. Elle était extrêmement animée, en fait. Du moins, si je la compare à notre mode de vie actuel. Nous sommes au vert, Michael et moi. Autrement dit, nous devons nous montrer discrets. En attendant que le Trust ait tout réglé, nous avons pour consigne de rester entre nous, de ne pas répondre aux sourires des gens du village où nous allons parfois acheter du bergerac, des noix et des cèpes.

Nous sommes contraints de passer notre temps seuls, en tête à tête. Et ça me plaît.

Je ne suis plus la femme que j'étais quand je vivais à Chicago. J'ai beaucoup changé. Maintenant, quand je me promène dans les bois, je sais distinguer les baies toxiques de celles qui sont comestibles. Je sais les épépiner et en faire une tarte, avec une pâte sablée maison. La pâtisserie, c'est nouveau pour moi, et ça aussi, ça me plaît. Mais surtout, je ne suis plus une innocente. J'ai comploté ma propre mort.

Je suis plus forte, plus résistante, plus en accord avec moi-même. Michael est mon univers, et je suis le sien. Dans un sens, c'est ce que j'attendais — je pensais qu'il en serait ainsi entre Scott et moi. Je m'imaginais que nos enfants seraient comme des planètes en orbite autour de nous. Que nous formerions tous deux un Soleil pour eux. Mais Scott avait d'autres idées. Au sujet du mariage, des enfants, de moi. Je lui en suis reconnaissante, parce que d'une certaine manière, c'est lui qui m'a permis d'arriver jusqu'ici, dans cette maison baignée de soleil, où les couvre-lits sont blancs, où la baignoire repose sur des pattes de lion, où le verger qui entoure la propriété nous nourrit et nous protège. En me rejetant, Scott m'a poussée sur un chemin qui aboutit ici, dans ce jardin où la lune ressemble à un grand œil doré et bienveillant ouvert sur un ciel bleu marine.

Oui, Scott m'a conduite jusqu'ici.

Scott, et Liza, bien sûr.

Ce matin, en me levant et en faisant chauffer la bouilloire bleue, je pense à elle. Où est-elle en ce moment ? Je n'en ai aucune idée. Nous avons prévu de nous rejoindre à Paris quand le Trust nous permettra de quitter nos planques respectives. Mais nous ignorons quand cela se produira. Et mon amie me manque.

Roger a été « retiré de la circulation ». La nouvelle attriste encore Michael, malgré le mal que Leiland nous a fait. Pour moi, l'idée qu'on ait pu tuer Michale est complètement irréelle. Sans doute ne me suis-je pas encore habituée à la profession de mon mari. A son *ancienne* profession, devrais-je dire.

Nous ignorons où est Angus. Nous ne savons pas non plus si d'autres agents collaboraient, comme lui, étroitement avec Roger. En attendant que les membres du Trust aient été contrôlés et lavés de tout soupçon, on nous a demandé de rester cachés et de n'établir aucun contact avec Liza, pour notre sécurité à tous les trois.

Michael est encore au lit. Il fait souvent la grasse matinée, ces jours-ci ; il dit qu'il en a toujours eu envie. Moi, je savoure ma solitude matinale. J'ouvre une boîte de darjeeling, je dépose une cuillerée de feuilles dans la boule à thé. Je verse l'eau chaude, je regarde les volutes de vapeur s'élever de ma tasse. C'est ce genre de détails que je remarque, à présent.

En remuant la boule à thé dans la tasse, je pense encore à Liza. Je regarde l'eau se teinter. Je me demande si, en ce moment, quelque part dans le monde, Liza se prépare du thé ou du café.

Je l'imagine vivant à Budapest, ou peut-être à Barcelone. Elle a peut-être coupé ses cheveux roux ; ou elle les a teints en brun, mais elle n'arrivera jamais à dissimuler ses taches de rousseur ! Je l'imagine faisant un travail auquel personne ne s'attendrait — réceptionniste ou vendeuse dans un magasin — et j'imagine que la simplicité de ce travail lui apporte de la joie. Je l'imagine faisant exactement la même chose que nous : vivant une vie minuscule et merveilleuse.

Parfois, je me demande si elle sait où nous sommes, et même si elle ne vient pas jeter un coup d'œil sur nous de temps à autre, pour s'assurer que nous allons bien. Ça lui ressemblerait, en tout cas, et je dois dire que je perçois souvent sa présence. Quelquefois, quand je me promène dans le jardin au coucher du soleil, quand je vérifie que le portail du verger est bien fermé, je sens son regard sur moi. Au début, c'est comme une bouffée de chaleur qui s'insinue dans la fraîcheur du soir. Je regarde autour de moi, cherchant une brise qui pousserait jusqu'à moi la chaleur de la journée écoulée, mais rien ne bouge : les feuilles des arbres sont immobiles. Puis j'entends un murmure, une sorte de chuchotement à peine audible. Et toujours cette même immobilité autour de moi. C'est alors que je balaie du regard les collines à l'horizon. J'ai appris à y chercher le reflet d'un téléobjectif ou la lunette d'un fusil, mais je ne vois rien. Je ne me sens pas surveillée — du moins pas comme à l'époque du Trust. J'ai plutôt l'impression que quelqu'un est venu nous souhaiter bonne nuit, à Michael et à moi.

Aujourd'hui, j'ouvre la porte de la cuisine et je sors dans le jardin, ma tasse de thé à la main, comme chaque matin. Mais, cette fois, une petite surprise m'attend.

Sur le seuil, je lis ces quelques mots griffonnés à mes pieds, dans la terre poussiéreuse : « Je t'aime, petite sœur. »

Remerciements

Je tiens à exprimer ma profonde gratitude à Margaret O'Neill Marbury, à Maureen Walters et à Amy Moore-Benson. Merci à toute l'équipe de MIRA Books, et en particulier à Donna Hayes, Dianne Moggy, Loriana Sacilotto, Craig Swinwood, Laura Morris, Stacy Widdrington, Pamela Laycock, Katherine Orr, Marleah Stout, Don Lucey, Gordy Goihl, Dave Carley, Erica Mohr, Darren Lizotte, Andi Richman, Kathy Lodge et Carolyn Flear.

J'aimerais aussi remercier tous ceux qui ont lu le manuscrit ou qui m'ont donné des conseils à son sujet. Je pense notamment à Jason Billups, Dustin O'Regan, Clare Toohey, Trisha Woodson, Pam Carroll, Mary Jennings Dean, Morgan Hogerty, Ted McNabola, Joan Posch, Elizabeth Kaveny, Margaret Caldwell, William Caldwell, Kelly Harden, Karen Uhlman, Rob Kovell et Les Klinger.

Enfin, j'aimerais remercier mon panel d'experts. Merci au Dr Stuart Rice et au Dr Richard Feely, qui m'ont conseillée sur les questions médicales ; à Maria Fernanda Mazzuco pour sa connaissance de Rio de Janeiro ; au Dr Roman Voytsekhovskiy et à Peter Zavialoff pour leurs éclairages sur la Russie ; à Gary LaVerne Crowell pour son excellente connaissance du Vietnam et du programme Phoenix ; et à Rob Seibert pour ses informations sur l'armement et les opérations spéciales.

DANS LA MÊME COLLECTION
Par ordre alphabétique d'auteur

BEVERLY BARTON	*Dans l'ombre de l'assassin*
OLGA BICOS	*Nuit d'orage*
OLGA BICOS	*La mort dans le miroir*
LAURIE BRETON	*Ne vois-tu pas la mort venir ?*
BARBARA BRETTON	*Le lien brisé*
LAURA CALDWELL	*Le dernier mensonge*
JAN COFFEY	*La dernière victime*
JAN COFFEY	*L'accusé*
JASMINE CRESSWELL	*La Manipulatrice*
JASMINE CRESSWELL	*Le secret brisé*
JASMINE CRESSWELL	*La mort pour héritage*
JASMINE CRESSWELL	*Soupçons mortels*
JASMINE CRESSWELL	*Je saurai te retrouver*
CAMERON CRUISE	*La perle de sang*
MARGOT DALTON	*Amnésie*
MARGOT DALTON	*Kidnapping*
MARGOT DALTON	*Le sceau du mal*
MARGOT DALTON	*Crimes inavoués*
WINSLOW ELIOT	*L'innocence du mal*
ANDREA ELLISON	*Elles étaient si jolies*
ANDREA ELLISON	*La signature écarlate*
ANDREA ELLISON	*Sous le regard de l'ange*
LYNN ERICKSON	*Le Prédateur*
SUZANNE FORSTER	*Le cercle secret*
SUZANNE FORSTER	*Secrets*
SUZANNE FORSTER	*Passé obscur*
MICHELLE GAGNON	*Le cercle de sang*
MICHELLE GAGNON	*La forêt de la peur*
TESS GERRITSEN	*Présumée coupable*
TESS GERRITSEN	*Crimes masqués*
TESS GERRITSEN	*Ne m'oublie pas*
HEATHER GRAHAM	*L'invitation*
HEATHER GRAHAM	*L'ennemi sans visage*
HEATHER GRAHAM	*Le complot*
HEATHER GRAHAM	*Soupçons*
HEATHER GRAHAM	*La griffe de l'assassin*
HEATHER GRAHAM	*Prémonition*
HEATHER GRAHAM	*L'ombre de la mort*
HEATHER GRAHAM	*Danse avec la mort*
HEATHER GRAHAM	*Noires visions*
HEATHER GRAHAM	*Nuits blanches*
HEATHER GRAHAM	*Apparences*
HEATHER GRAHAM	*La crypte mystérieuse*
HEATHER GRAHAM	*Sombre présage*
HEATHER GRAHAM	*Hantise*
HEATHER GRAHAM	*Dangereuse vision*
HEATHER GRAHAM	*La nuit écarlate*
HEATHER GRAHAM	*L'héritage maudit*
HEATHER GRAHAM	*Les proies de l'ombre*
HEATHER GRAHAM	*L'île des ténèbres*
CAROLYN HAINES	*Les fiancées du Mississippi*

.../...

DANS LA MÊME COLLECTION

Par ordre alphabétique d'auteur

KAREN HARPER	*Testament mortel*
KAREN HARPER	*Le saut du diable*
KAREN HARPER	*L'œuvre du mal*
KAREN HARPER	*Les portes du mal*
KAREN HARPER	*Une femme dans la nuit*
KAREN HARPER	*Mortel mensonge*
KAREN HARPER	*Intention mortelle*
KAREN HARPER	*Je ne t'ai pas oublié*
KATHRYN HARVEY	*La clé du passé*
BONNIE HEARN HILL	*La disparue de Sacramento*
BONNIE HEARN HILL	*Mortelle perfection*
CHRISTIANE HEGGAN	*Miami Confidential*
CHRISTIANE HEGGAN	*L'Alibi*
CHRISTIANE HEGGAN	*Intime conviction*
CHRISTIANE HEGGAN	*Labyrinthe meurtrier*
CHRISTIANE HEGGAN	*Par une nuit d'hiver*
CHRISTIANE HEGGAN	*Troublantes révélations*
CHRISTIANE HEGGAN	*Intention de tuer*
CHRISTIANE HEGGAN	*Meurtre à New York*
METSY HINGLE	*Le masque de la mort*
METSY HINGLE	*La fille de l'assassin*
METSY HINGLE	*Noces noires*
GWEN HUNTER	*Faux diagnostic*
GWEN HUNTER	*Virus*
GWEN HUNTER	*Les mains du diable*
GWEN HUNTER	*Le triangle du mal*
GWEN HUNTER	*La piste du mal*
LISA JACKSON	*Dans l'ombre du bayou*
LISA JACKSON	*Noire était la nuit*
LISA JACKSON	*Les disparues de la nuit*
LISA JACKSON	*L'hiver assassin*
LISA JACKSON	*Piège de neige*
LISA JACKSON	*Un danger dans la nuit*
LISA JACKSON	*Visions*
CHRIS JORDAN	*L'étau*
CHRIS JORDAN	*Disparue*
PENNY JORDAN	*De mémoire de femme*
PENNY JORDAN	*La femme bafouée*
R.J. KAISER	*Qui a tué Jane Doe ?*
ALEX KAVA	*Sang Froid*
ALEX KAVA	*Le collectionneur*
ALEX KAVA	*Les âmes piégées*
ALEX KAVA	*Obsession meurtrière*
ALEX KAVA	*Le Pacte*
ALEX KAVA	*En danger de mort*
RACHEL LEE	*Neige de sang*
RACHEL LEE	*Le lien du mal*
RACHEL LEE	*Secret meurtrier*
P.D. MARTIN	*La marque du mal*

.../...

DANS LA MÊME COLLECTION

Par ordre alphabétique d'auteur

DINAH McCALL	*Le silence des anges*
DINAH McCALL	*Les disparus de l'hiver*
DINAH McCALL	*Mélodie mortelle*
HELEN R. MYERS	*Mortelle impasse*
HELEN R. MYERS	*Les ombres du doute*
HELEN R. MYERS	*Mort suspecte*
HELEN R. MYERS	*Suspicion*
HELEN R. MYERS	*La marque du diable*
CARLA NEGGERS	*L'énigme de Cold Spring*
CARLA NEGGERS	*Piège invisible*
CARLA NEGGERS	*La dernière preuve*
CARLA NEGGERS	*Le voile noir*
CARLA NEGGERS	*La nuit du solstice*
CARLA NEGGERS	*Noirs desseins*
CARLA NEGGERS	*Une femme en fuite*
BRENDA NOVAK	*L'étrangleur de Sandpoint*
BRENDA NOVAK	*Noir secret*
BRENDA NOVAK	*Noirs soupçons*
BRENDA NOVAK	*Noire révélation*
BRENDA NOVAK	*Une femme en cavale*
MEG O'BRIEN	*Le piège*
MEG O'BRIEN	*En lettres de sang*
MEG O'BRIEN	*Pluie de sang*
MEG O'BRIEN	*La déchirure*
MEG O'BRIEN	*Spirale meurtrière*
SHIRLEY PALMER	*Zone d'ombre*
SHIRLEY PALMER	*Le bûcher des innocents*
EMILIE RICHARDS	*Le refuge irlandais*
EMILIE RICHARDS	*Mémoires de Louisiane*
EMILIE RICHARDS	*Le testament des Gerritsen*
EMILIE RICHARDS	*L'héritage des Robeson*
EMILIE RICHARDS	*L'écho de la rivière*
EMILIE RICHARDS	*Promesse d'Irlande*
EMILIE RICHARDS	*Du côté de Georgetown*
NORA ROBERTS	*Possession*
NORA ROBERTS	*Le cercle brisé*
NORA ROBERTS	*Et vos péchés seront pardonnés*
NORA ROBERTS	*Tabous*
NORA ROBERTS	*Coupable innocence*
NORA ROBERTS	*Maléfice*
NORA ROBERTS	*Enquêtes à Denver*
NORA ROBERTS	*Crimes à Denver*
NORA ROBERTS	*L'ultime refuge*
NORA ROBERTS	*Une femme dans la tourmente*
NORA ROBERTS	*Clair-obscur*
NORA ROBERTS	*Le secret du bayou*
NORA ROBERTS	*Le souffle du danger*
NORA ROBERTS	*La maison du mystère*
FRANCIS ROE	*L'engrenage*
FRANCIS ROE	*Soins intensifs*

.../...

DANS LA MÊME COLLECTION
Par ordre alphabétique d'auteur

KAREN ROSE	*Le lys rouge*
KAREN ROSE	*Et tu périras par le feu*
KAREN ROSE	*Je te volerai ta mort*
KAREN ROSE	*Le cercle du mal*
KAREN ROSE	*Le sceau du silence*
KAREN ROSE	*Les roses écarlates*
M. J. ROSE	*Le cercle écarlate*
M. J. ROSE	*La cinquième victime*
M. J. ROSE	*Rédemption*
JOANN ROSS	*La femme de l'ombre*
SHARON SALA	*Sang de glace*
SHARON SALA	*Le soupir des roses*
SHARON SALA	*Meurtre en eaux troubles*
SHARON SALA	*L'œil du témoin*
SHARON SALA	*Expiation*
SHARON SALA	*Si tu te souviens*
SHARON SALA	*Dans les pas du tueur*
MAGGIE SHAYNE	*Noir paradis*
MAGGIE SHAYNE	*Un parfait coupable*
TAYLOR SMITH	*Le carnet noir*
TAYLOR SMITH	*La mémoire assassinée*
TAYLOR SMITH	*Morts en série*
ERICA SPINDLER	*Rapt*
ERICA SPINDLER	*Black Rose*
ERICA SPINDLER	*La griffe du mal*
ERICA SPINDLER	*Trahison*
ERICA SPINDLER	*Cauchemar*
ERICA SPINDLER	*Pulsion meurtrière*
ERICA SPINDLER	*Le silence du mal*
ERICA SPINDLER	*Jeux macabres*
ERICA SPINDLER	*Le tueur d'anges*
ERICA SPINDLER	*Collection macabre*
ERICA SPINDLER	*Et vous serez châtiés*
ERICA SPINDLER	*L'innocence volée*
AMANDA STEVENS	*N'oublie pas que je t'attends*
AMANDA STEVENS	*La poupée brisée*
AMANDA STEVENS	*Juste après minuit*
AMANDA STEVENS	*Le repaire du mal*
AMANDA STEVENS	*Le secret des marais*
ANNE STUART	*La veuve*
ANNE STUART	*Piège de brume*
TARA TAYLOR QUINN	*Enlèvement*
ELISE TITLE	*Obsession*
CHARLOTTE VALE ALLEN	*L'enfance volée*

.../...

DANS LA MÊME COLLECTION
Par ordre alphabétique d'auteur

LAURA VAN WORMER	*La proie du tueur*
GAYLE WILSON	*Les disparus du Mississippi*
GAYLE WILSON	*Rumeurs*
GAYLE WILSON	*Le secret de Maddie*
GAYLE WILSON	*L'innocence trahie*
KAREN YOUNG	*Passé meurtrier*

5 TITRES À PARAÎTRE EN JUILLET 2011

MIRA

Composé et édité par les
éditions Harlequin

Achevé d'imprimer en Allemagne
par GGP Media GmbH, Pößneck
en avril 2011

Dépôt légal en mai 2011